“十三五”国家重点图书规划项目
天津市重点出版扶持项目

中国文化外译:典范化传播实践与研究
总主编　谢天振

译介学思想:从问题意识到理论建构

谢天振　著

南開大學出版社
天　津

图书在版编目(CIP)数据

译介学思想：从问题意识到理论建构／谢天振著
.—天津：南开大学出版社，2021.11
（中国文化外译：典范化传播实践与研究／谢天振总主编）
ISBN 978-7-310-06164-8

Ⅰ.①译… Ⅱ.①谢… Ⅲ.①文学翻译－研究 Ⅳ.
①I046

中国版本图书馆 CIP 数据核字(2021)第 228134 号

译介学思想：从问题意识到理论建构
YIJIEXUE SIXIANG：CONG WENTI YISHI DAO LILUN JIANGOU

南开大学出版社出版发行
出版人：陈　敬
地址：天津市南开区卫津路 94 号　　邮政编码：300071
营销部电话：(022)23508339　营销部传真：(022)23508542
https://nkup.nankai.edu.cn

天津午阳印刷股份有限公司印刷　全国各地新华书店经销
2021 年 11 月第 1 版　　2021 年 11 月第 1 次印刷
230×170 毫米　16 开本　20.25 印张　2 插页　318 千字
定价：102.00 元

如遇图书印装质量问题，请与本社营销部联系调换，电话：(022)23508339

总序

谢天振

一

中国文学、文化如何才能切实有效地走出去？随着中国经济实力的增强和国际地位的提升，这个问题被越来越多的人所关注，从国家领导人到普通百姓大众。追溯起来，中国人通过自己亲力亲为的翻译活动让中国文学、文化走出去的努力早已有之。不追溯得太远的话，可以举出被称为“东学西渐第一人”的陈季同，他在1884年出版的《中国人自画像》一书中即把我国唐代诗人李白、杜甫、孟浩然、白居易等人的诗翻译成了法文，他同年出版的另一本书《中国故事》则把《聊斋志异》中的一些故事译介给了法语读者。至于辜鸿铭在其所著的《春秋大义》中把儒家经典的一些片段翻译成英文，敬隐渔把《阿Q正传》翻译成法文，林语堂把中国文化译介给英语世界，等等，都为中国文学、文化走出去做出了各自的贡献。

当然，有意识、有组织、有规模地向世界译介中国文学和文化，那还是1949年以后的事。1949年中华人民共和国成立以后，我们需要向世界宣传中华人民共和国的情况，而文学作品的外译是一个很合适的宣传渠道。1951年，国家有关领导部门组织了一个专门的编辑、翻译、出版队伍，还陆续聘请了不少外国专家，创办了英文版的期刊《中国文学》(*Chinese Literature*)。该期刊自1958年起改为定期出版发行，最后发展成月刊，并同时推出了法文版(季刊)。《中国文学》前后共出版了590期，介绍中国古今作家和艺术家两千多人次，在相当长的时期里，它是我们向外译介中国文学的最主要的渠道。“文化大革命”期间勉力维持，1976年10月以后进入繁荣期；20世纪90年代再度式微，国外读者越来越少，于2000年最终停刊。

创办了半个世纪之久的英文、法文版《中国文学》最终不得不黯然停刊，令人不胜唏嘘，同时也引发我们的深省。研究者郑晔博士在她的博士论文《国家机构赞助下中国文学的对外译介——以英文版〈中国文学〉(1951—2000)为个案》中总结了其中的经验教训，将其归纳为四条：一是译介主体的问题。郑博士认为像《中国文学》这样国家机构赞助下的译介行为必然受国家主流意识形态和诗学的制约，这是由赞助机制自身决定的。译本和编译人员只能在其允许的范围内做出有限的选择。这种机制既有优点，也有缺点。优点是政府有能力为刊物和专业人员提供资金保障，并保证刊物顺利出版发行。缺点是由于过多行政干预和指令性要求，出版社和译者缺乏自主性和能动性，刊物的内容和翻译容易带有保守色彩，逐渐对读者失去吸引力。二是用对外宣传的政策来指导文学译介并不合理，也达不到外宣的目的，最终反而导致译介行为的终止。三是只在源语(输出方)环境下考察译者和译作(指在《中国文学》上发表的译文)并不能说明其真正的翻译水平，也不能说明这个团队整体的翻译水平，必须通过接受方(译入语环境)的反馈才能发现在译入语环境下哪些译者的哪些译作能够被接受。四是政府垄断翻译文学的译介并不可取，应该允许更多译者生产更多不同风格、不同形式、不同题材的译本，通过各种渠道对外译介，由市场规律去淘汰不合格的译者和译本。[①]

"文化大革命"以后，在20世纪的八九十年代，我们国家在向外译介中国文学方面还有过一个引人注目的行为，那就是由著名翻译家杨宪益主持编辑、组织翻译和出版的"熊猫丛书"。这套"熊猫丛书"共翻译出版了195部文学作品，包括小说145部、诗歌24部、民间传说14部、散文8部、寓言3部、戏剧1部。但正如研究者所指出的，这套丛书同样"并未获得预期的效果。除个别译本获得英美读者的欢迎外，大部分译本并未在他们中间产生任何反响"。因此，"熊猫丛书"最后也难以为继，于2007年黯然收场。

"熊猫丛书"未能取得预期效果的原因，研究者耿强博士在他的博士论文《文学译介与中国文学"走向世界"——熊猫丛书英译中国文学研究》中总结为五点：一是缺乏清醒的文学译介意识。他质疑："完成了'合格的译本'

① 有关《中国文学》译介中国文学的详细分析，可参阅上海外国语大学郑晔的博士论文《国家机构赞助下中国文学的对外译介——以英文版〈中国文学〉(1951—2000)为个案》。该论文经作者补充修改后也收录在本丛书中。

之后，是否就意味着它一定能获得海外读者的阅读和欢迎？”二是“审查制度”对译介选材方面的限制和干扰。三是通过国家机构对外译介的这种模式，虽然可以投入巨大的人力、物力和财力，也能生产出高质量的译本，但却无法保证其传播的顺畅。四是翻译策略。他认为“要尽量采取归化策略及‘跨文化阐释’的翻译方法，使译作阅读起来流畅自然，增加译本的可接受性，避免过于生硬和陌生化的文本”。五是对跨文化译介的阶段性性质认识不足，看不到目前中国当代文学的对外译介尚处于起步阶段这种性质。①

另一个更发人深省甚至让人不无震撼的个案，是杨宪益、戴乃迭夫妇合作翻译的《红楼梦》在英语世界的遭遇。我们都知道，杨译《红楼梦》在国内翻译界备受推崇，享有极高声誉，可以说代表了我们国家外译文学作品的最高水平。然而研究者江帆博士远赴美国，在美国高校图书馆里潜心研读了大量第一手英语文献，最后惊讶地发现，杨译《红楼梦》与英国汉学家霍克斯的《红楼梦》英译本相比，在英语世界竟然备受冷落。江帆在其博士论文《他乡的石头记：〈红楼梦〉百年英译史研究》（后拓展为同名著作）中指出：“首先，英美学术圈对霍译本的实际认同程度远远超过了杨译本：英语世界的中国或亚洲文学史、文学选集和文学概论一般都直接收录或援引霍译本片段，《朗曼世界文学选集》选择的也是霍译本片段，杨译本在类似的选集中很少露面；在相关学术论著中，作者一般都将两种译本并列为参考书目，也对杨译本表示相当的尊重，但在实际需要引用原文片段时，选用的都是霍译本，极少将杨译本作为引文来源。其次，以馆藏量为依据，以美国的伊利诺伊州（Illinois）为样本，全州 65 所大学的联合馆藏目录（I-Share）表明，13 所大学存有霍译本，只有两所大学存有杨译本。最后，以英语世界最大的购书网站亚马逊的读者对两种译本的留言和评分为依据，我们发现，在有限的普通读者群中，霍译本获得了一致的推崇，而杨译本在同样的读者群中的评价却相当低，二者之间的分数相差悬殊，部分读者对杨译本的评论极为严苛。”②

杨译本之所以会在英语世界遭受“冷遇”，其原因与上述两个个案同出一辙：首先是译介者对“译入语国家的诸多操控因素”认识不足，一厢情愿地

---

① 详见上海外国语大学耿强的博士论文《文学译介与中国文学“走向世界”——熊猫丛书英译中国文学研究》。该论文经作者补充修改后也收录在本丛书中。

② 详见复旦大学江帆的博士论文《他乡的石头记：〈红楼梦〉百年英译史研究》。该论文经作者补充修改后也收录在本丛书中。

进行外译"输出"；其次是"在编审行为中强行输出本国意识形态"，造成了译介效果的干扰；最后是译介的方式需要调整，"对外译介机构应该增强与译入语国家的译者和赞助人的合作，以求从最大限度上吸纳不同层次的读者，尽可能使我们的对外译介达到较好的效果"。[①]进入 21 世纪以后，我们国家有关部门又推出了一个规模宏大的、目前正进行得热火朝天的中国文化走出去"工程"，那就是汉英对照的《大中华文库》的翻译与出版。这套标举"全面系统地翻译介绍中国传统文化典籍"、旨在促进"中学西传"的丛书，规模宏大，拟译选题达 200 种，几乎囊括了全部中国古典文学名著和传统文化典籍。迄今为止，这套丛书已经翻译出版了一百余种选题，一百七八十册，然而除个别几个选题被国外相关出版机构看中并购买版权外，其余绝大多数已经出版的选题都局限在国内的发行圈内，似尚未真正"传出去"。

不难发现，中华人民共和国成立以来，我们国家的领导人和相关翻译出版部门在推动中国文学、文化走出去一事上倾注了极大的热情和关怀，组织了一大批国内（还有部分国外的）中译外的翻译专家，投入了大量的人力、物力、财力，但如上所述，总体而言收效甚微，实际效果并不理想。

二

2012 年底，莫言获得诺贝尔文学奖之后，又引发了国内学术界特别是翻译界围绕中国文学、文化走出去问题的讨论热情。学界和译界都想通过对莫言获得诺贝尔文学奖一事背后翻译问题的讨论，获得对中国文学、文化典籍外译的启示。我当时就撰文指出，严格来讲，莫言获奖背后的翻译问题，其实质已经超越了传统翻译和翻译研究中那种狭隘的语言文字转换层面上的认识，而是进入了跨文化交际的层面，具体而言，也就是进入了译介学的层面，这就意味着我们今天在讨论中国文学、文化外译问题时，不仅要关注如何翻译的问题，还要关注译作的传播与接受等问题。在我看来，"经过了中外翻译界一两千年的讨论，前一个问题已经基本解决，'翻译应该忠实原作'已是译界的基本常识，无须赘言；至于应该'逐字译''逐意译'，还是两相结合，等等，具有独特追求的翻译家自有其主张，也不必强求一律。倒

① 详见复旦大学江帆的博士论文《他乡的石头记：〈红楼梦〉百年英译史研究》。

是对后一个问题，即译作的传播与接受等问题，长期以来遭到我们的忽视甚至无视，需要我们认真对待。由于长期以来我们国家对外来的先进文化和优秀文学作品一直有一种强烈的需求，所以我们的翻译家只须关心如何把原作翻译好，而甚少甚至根本无须关心译作在我国的传播与接受问题。然而今天我们面对的却是一个新的问题：中国文学与文化的外译问题。更有甚者，在国外，尤其在西方尚未形成像我们国家这样一个对外来文化、文学有强烈需求的接受环境，这就要求我们必须考虑如何在国外，尤其是在西方国家培育中国文学和文化的受众和接受环境的问题”①。

莫言作品外译的成功让我们注意到了以往我们忽视的一些问题。一是“谁来译”的问题。莫言作品的外译者都是国外著名的汉学家、翻译家，虽然单就外语水平而言，国内并不缺乏与这些国外翻译家水平相当的译者，但在对译入语国家读者细微的用语习惯、独特的文字偏好、微妙的审美趣味等方面的把握上，我们得承认，国外翻译家显示出了国内翻译家较难企及的优势。有些人对这个问题不理解，觉得这些国外翻译家在对原文的理解甚至表达方面有时候其实还比不上我们自己的翻译家，我们为何不能用自己的翻译家呢？这个问题其实只要换位思考一下就很容易解释清楚。试想一想，我国读者是通过自己翻译家的翻译作品接受外来文学、文化的呢，还是通过外国翻译家把他们的文学作品、文化典籍译介给我们的？再想一想，假设在你面前摆着两本巴尔扎克小说的译作，一本是一位精通中文的法国汉学家翻译的，一本是著名翻译家傅雷翻译的，你会选择哪一本呢？答案不言而喻。实际上可以说世界上绝大多数的国家和民族，主要都是通过自己国家和民族的翻译家来接受外国文学文化的，这是文学文化跨语言、跨国界译介的一条基本规律。

二是“作者对译者的态度”问题。莫言在对待他的作品的外译者方面表现得特别宽容和大度，给予了充分的理解和尊重。他不仅没有把译者当作自己的“奴隶”，而且还对他们明确放手：“外文我不懂，我把书交给你翻译，这就是你的书了，你做主吧，想怎么弄就怎么弄。”正是由于莫言对待译者的这种宽容大度，所以他的译者才得以放开手脚，大胆地“连译带改”以适应译入语环境读者的阅读习惯和审美趣味，从而让莫言作品的外译本顺利跨越

① 谢天振：《莫言作品“外译”成功的启示》，《文汇读书周报》，2012年12月14日。

了“中西方文化心理与叙述模式差异”的“隐形门槛”，并成功地进入了西方的主流阅读语境。我们国内有的作家不懂这个道理，自以为很认真，要求国外翻译家先试译一两个章节给他看。其实这个作家本人并不懂外文，而是请他懂外文的两个朋友帮忙审阅的。然而这两个朋友能审阅出什么问题来呢？无非是看看译文有无错译、漏译，文字是否顺畅而已。然而一个没有错译、漏译，文字顺畅的译文，也即我们所说的一个“合格的译本”能否保证译文在译入语环境中受到欢迎、得到广泛的传播并产生影响呢？本文前面提到的杨译《红楼梦》在英语世界的遭遇就是一个很好的例子：英国翻译家霍克斯的《红楼梦》译本因其中的某些误译、错译曾颇受我们国内翻译界的诟病，而杨宪益夫妇的《红楼梦》译本国内翻译界评价极高，被推崇备至。然而如前所述，研究者在美国高校进行实地调研后得到的大量数据表明，在英语世界是霍译本更受欢迎，而杨译本却备受冷遇。[①] 这个事实应该引起我们有些作家，更应该引起我们国内翻译界的反思。

三是“谁来出版”的问题。莫言作品的译作都是由国外一流的重要出版社出版，譬如他的作品法译本的出版社瑟伊(Seuil)出版社就是法国最重要的出版社之一，他的作品英译本则是由美国的拱廊出版社、纽约海鸥出版社、俄克拉荷马大学出版社以及闻名世界的企鹅出版社出版，这使得莫言作品的外译本能很快进入西方的主流发行渠道，也使得莫言的作品在西方得到了有效的传播。反之，如果莫言的译作全是由国内出版社出版的，恐怕就很难取得目前的成功。近年来国内出版社已经注意到这一问题，并开始积极开展与国外出版社的合作，很值得肯定。

四是“作品本身的可译性”。这里的可译性不是指一般意义上作品翻译时的难易程度，而是指作品在翻译过程中其原有的风格、创作特征、原作特有的“滋味”的可传递性，在翻译成外文后这些风格、这些特征、这些“滋味”能否基本保留下来并被译入语读者所理解和接受。譬如有的作品以独特的语言风格见长，其“土得掉渣”的语言让中国读者印象深刻并颇为欣赏，但是经过翻译后它的“土味”荡然无存，也就不易获得在中文语境中同样的接受效果。莫言作品翻译成外文后，“既接近西方社会的文学标准，又符合西方世界对中国文学的期待”，这就让西方读者较易接受。其实类似情况在中国

① 详见复旦大学江帆的博士论文《他乡的石头记：〈红楼梦〉百年英译史研究》。

文学史上也早有先例，譬如白居易、寒山的诗外译的就很多，传播也广；相比较而言，李商隐的诗的外译和传播就要少，原因就在于前两者的诗浅显、直白，易于译介。寒山诗更由于其内容中的“禅意”而在正好盛行学禅之风的20世纪五六十年代的日本和美国得到广泛传播，其地位甚至超过了孟浩然。作品本身的可译性问题提醒我们，在对外译介中国文学作品、文化典籍时，应当挑选具有可译性的，也就是在译入语环境里更容易接受的作品首先进行译介。

三

以上关于莫言作品外译成功原因的几点分析，其触及的几个问题其实也还是表面上的，如果我们对上述《中国文学》期刊等几个个案进行深入分析，当能发现，真正影响中国文学、文化切实有效地走出去的因素还与以下几个实质性问题有关。

首先，与我们对翻译的认识存在误区有关。

大家都知道，中国文学、文化要走出去，里面有个翻译的问题，然而却远非所有人都清楚翻译是个什么样的问题。绝大多数人都以为，翻译无非就是两种语言文字之间的转换。我们要让中国文学、文化走出去，只要把那些用中国语言文字写成的文学作品（包括典籍作品）翻译成外文就可以了。应该说，这样的翻译认识不仅仅是我们翻译界、学术界，甚至还是我们全社会的一个共识。譬如我们的权威工具书《辞海》（1980年版）对“翻译”的释义就是：“把一种语言文字的意义用另一种语言文字表达出来”。另一部权威工具书《中国大百科全书·语言文字》（1988年版）对“翻译”的定义也与此相仿：“把已说出或写出的话的意思用另一种语言表达出来的活动”。正是在这样的翻译认识或翻译思想的指导下，长期以来，我们在进行中国文学作品、文化典籍外译时，考虑的问题也就只是如何尽可能忠实、准确地进行两种语言文字的转换，或者说得更具体一些，考虑的问题就是如何交出一份“合格的译作”。然而问题是交出一份“合格的译作”后是否就意味着能够让中国文学、文化自然而然地“走出去”了呢？上述几个个案表明，事情显然并没有那么简单，因为在上述几个个案里，无论是长达半个世纪的英文、法文版《中国文学》杂志，还是杨宪益主持的“熊猫丛书”，以及目前仍然在热闹地进行着的《大中华文库》的编辑、翻译、出版，其中的大多数甚至绝大多数译文都称得上“合格”。然而一个无可回避却不免让人感到沮丧的事实是，这些“合格的译作”除了极小部分外，却并没有促成我们的中国文学、文化整体切实有效地“走出去”。

问题出在哪里？我以为就出在我们对翻译的认识失之偏颇。我们一直简单地认为翻译就只是两种语言文字之间的转换行为，却忽视了翻译的任务和目标。我们相当忠实、准确地实现了两种语言文字之间的转换，或者说我们交出了一份份“合格的译作”，然而如果这些行为和译文并不能促成两种文化之间的有效交际的话，并不能让翻译成外文的中国文学作品、中国文化典籍在译入语环境中被接受、被传播并产生影响的话，那么这样的转换（翻译行为）及其成果（译文）能够说是成功的吗？这样的译文，尽管从传统的翻译标准来看都不失为一篇篇“合格的译作”，但恐怕与一堆废纸并无实质性的差异。这个话也许说得重了些，但事实就是如此。当你看到那一本本堆放在我们各地高校图书馆里的翻译成外文的中国文学、文化典籍乏人借阅、无人问津时，你会作何感想呢？事实上，国外已经有学者从职业翻译的角度指出，“翻译质量在于交际效果，而不是表达方式和方法”[①]。

为此，我以为我们今天在定义翻译的概念时，倒是有必要重温我国唐代贾公彦在其所撰《周礼义疏》里对翻译所下的定义：“译即易，谓换易言语使相解也。”我很欣赏一千多年前贾公彦所下的这个翻译定义，寥寥十几个字，言简意赅。这个定义首先指出“翻译就是两种语言之间的转换”（译即易），然后强调“换易言语”的目的是“使相解也”，也即要促成交际双方相互理解，达成有效的交流。我们把它与上述两个权威工具书对翻译所下的定义进行一下对照的话，可以发现，贾公彦的翻译定义并没有仅仅局限在对两种语言文字转换的描述上，而是把翻译的目的、任务也一并包含进去了。而在我看来，这才是一个比较完整的翻译定义，一个在今天仍然不失其现实意义的翻译定义。我们应该看到，两种语言文字之间的转换（包括口头的和书面的）只是翻译的表象，而翻译的目的和任务，也即是促成操不同语言的双方实现切实有效的交流、达成交际双方相互之间切实有效的理解和沟通，这才是翻

① 达尼尔·葛岱克：《职业翻译与翻译职业》，刘和平、文韫译，北京：外语教学与研究出版社，2011年，第6页。

译的本质。然而,一千多年来我们在谈论翻译的认识或是在进行翻译活动(尤其是笔译活动)时,恰恰是在这个翻译的本质问题上偏离了甚至迷失了方向:我们经常只顾盯着完成两种语言文字之间的转换,却忘了完成这种语言文字转换的目的是什么、任务是什么。我们的翻译研究者也把他们的研究对象局限在探讨"怎么译""怎样才能译得更好、译得更准确"等问题上,于是在相当长的历史时期内我们的翻译研究就一直停留在研究翻译技巧的层面上。这也许就是这60多年来尽管我们花了大量的人力、物力、财力进行中国文学、文化典籍的外译,希望以此能够推动中国文学、文化走出去,然而却未能取得预期效果的一个重要原因吧。

其次,与我们看不到译入(in-coming translation)与译出(out-going translation)这两种翻译行为之间的区别有关。

其实,上面提到的对翻译的认识存在偏颇、偏离甚至迷失了翻译的本质目标,其中一个表现也反映在对译入与译出两种翻译行为之间的区别缺乏正确的认识上。我们往往只看到译入与译出都是两种语言文字之间的转换,却看不到两者的实质性差别,以为只是翻译的方向有所不同而已。其实这里的差别涉及一个本质性问题:前者(译入)是建立在一个国家、一个民族内在的对异族他国文学、文化的强烈需求基础上的翻译行为,而后者(译出)在多数情况下则是一个国家、一个民族一厢情愿地向异族他国译介自己的文学和文化,对方对你的文学、文化不一定有强烈的主动需求。这样,由于译入行为所处的语境对外来文学、文化已经具有一种强烈的内在需求,因此译入活动的发起者和具体从事译入活动的译介者考虑的问题就只是如何把外来的文学作品、文化典籍译得忠实、准确和流畅,也就是传统译学理念中的交出一份"合格的译作",而基本不需考虑译入语环境中制约或影响翻译行为的诸多因素。对他们而言,他们只要交出了"合格的译作",他们的翻译行为及其翻译成果也就自然而然地能够赢得读者,赢得市场,甚至在译入语环境里产生一定影响。过去两千多年来,我们国家的翻译活动基本上就是这样一种性质的活动,即建立在以外译中为主的基础上的译入行为。无论是历史上长达千年之久的佛经翻译,还是清末民初以来这一百多年间的文学名著和社科经典翻译,莫不如此。

但是译出行为则不然。由于译出行为的译入语(或称目的语)方对你的文学、文化尚未产生强烈的内在需求,更遑论形成一个比较成熟的接受群体和接受环境,在这样的情况下,译出行为的发起者和译介者如果也像译入行为的发起者和译介者一样，只考虑译得忠实、准确、流畅，而不考虑其他许多制约和影响翻译活动成败得失的因素，包括目的语国家读者的阅读习惯、审美趣味，目的语国家的意识形态、诗学观念，以及译介者自己的译介方式、方法、策略等因素，那么这样的译介行为能否取得预期成功显然值得怀疑。

令人遗憾的是，这样一个显而易见的道理却并没有被我国发起和从事中国文学、中国文化典籍外译工作的有关领导和具体翻译工作者所理解和接受。其原因同样显而易见，这是因为在两千年来的译入翻译实践（从古代的佛经翻译到清末民初以来的文学名著、社科经典翻译）中形成的译学理念——奉“忠实原文”为翻译的唯一标准、拜“原文至上”为圭臬等——已经深深扎根在这些领导和翻译工作者的脑海之中，他们以建立在译入翻译实践基础上的这些翻译理念、标准、方法论来看待和指导今天的中国文学、文化典籍的译出行为，继续只关心语言文字转换层面的“怎么译”的问题，而甚少甚至完全不考虑翻译行为以外的诸种因素，譬如传播手段、接受环境、译出行为的目的语国家的意识形态、诗学观念，等等。由此我们也就不难明白：上述几个中国文学走出去个案之所以未能取得理想的译出效果，完全是情理之中的事了。所以我在拙著《隐身与现身——从传统译论到现代译论》中明确指出：“简单地用建立在‘译入’翻译实践基础上的翻译理论（更遑论经验）来指导当今的中国文学、文化‘走出去’的‘译出’翻译实践，那就不可能取得预期的成功。”[①]

再次，是对文学、文化的跨语言传播与交流的基本译介规律缺乏应有的认识。一般情况下，文化总是由强势文化向弱势文化译介，而且总是由弱势文化语境里的译者主动地把强势文化译入自己的文化语境。所以法国学者葛岱克教授说：“当一个国家在技术、经济和文化上属于强国时，其语言和文化的译出量一定很大；而当一个国家在技术、经济和文化上属于弱国时，语言和文化的译入量一定很大。在第一种情况下，这个国家属于语言和文化的出口国，而在第二种情况下，它则变为语言和文化的进口国。”[②]历史上，当中华文化处于强势文化地位时，我们周边的国家就曾纷纷主动地把中华文化译入他们各自的国家即是一例，当时我国的语言和文化的译出量确实

① 谢天振：《隐身与现身——从传统译论到现代译论》，北京：北京大学出版社，2014年，第13页。

② 谢天振：《莫言作品“外译”成功的启示》，《文汇读书周报》，2012年12月14日。

很大。然而当西方文化处于强势地位、中华文化处于弱势地位时，譬如在我国的晚清时期，我国的知识分子也是积极主动地把西方文化译介给我国读者的，于是我国的语言和文化的译入量同样变得很大。今天在整个世界文化格局中，西方文化仍然处于强势地位，与之相比，中华文化也仍然处于弱势地位，这从各自国家的翻译出版物的数量中也可见出：数年前联合国教科文组织的一份统计资料表明，翻译出版物仅占美国的全部出版物总数的百分之三，占英国的全部出版物总数的百分之五。而在我们国家，我虽然没有看到具体的数据，但粗略估计一下，说翻译出版物占我国出版物总数百分之十恐怕不会算太过吧。

与此同时，翻译出版物占一个国家总出版物数量比例的高低还从一个方面折射出这个国家对待外来文学、文化的态度和立场。翻译出版物在英美两国以及相关英语国家的总出版物中所占比例相当低，反映出英语世界发达国家对待发展中国家（包括中国）的文学、文化的那种强势文化国家的心态和立场。由此可见，要让中国文学、文化走出去（其实质首先是希望走进英语世界）实际上是一种由弱势文化向强势文化的“逆势”译介行为，这样的译介行为要取得成功，那就不能仅仅停留在把中国文学、文化典籍翻译成外文，交出一份所谓的“合格的译作”就算完事，而必须从译介学规律的高度全面审时度势并对之进行合理的调整。

最后，迄今为止我们在中国文学、文化走出去一事上未能取得预期的理想效果，还与我们未能认识到并正视在中西文化交流中存在着的两个特殊现象或称事实有关，那就是“时间差”（time gap）和“语言差”（language gap）①。

所谓时间差，指的是中国人全面、深入地认识西方、了解西方已经有一百多年的历史了，而当代西方人对中国开始有比较全面深入的了解，也就是最近二三十年的事。具体而言，从鸦片战争时期起，西方列强已经开始进入中国并带来了西方文化，从清末民初时期起，中国人更是兴起了积极主动学习西方文化的热潮。与之形成对照的是，西方国家对我们开始有比较多的认识并积极主动地来了解中国文学、文化只是最近这二三十年的事。这种

① 这两个术语的英译由史志康教授提供，我以为史译较好地传递出了我提出并使用的这两个术语“时间差”和“语言差”的语义内涵。

时间上的差别，使得我们拥有丰厚的西方文化的积累，我们的广大读者也都能较轻松地阅读和理解译自西方的文学作品和学术著作，而西方则不具备我们这样的条件和优势，他们更缺乏相当数量的能够轻松阅读和理解译自中国的文学作品和学术著作的读者。从某种程度上而言，当今西方各国的中国文学作品和文化典籍的普通读者，其接受水平相当于我们国家严复、林纾那个年代的阅读西方作品的中国读者。我们不妨回想一下，在严复、林纾那个年代，我们国家的西方文学、西方文化典籍的读者是怎样的接受水平：译自西方的学术著作肯定都有大幅度的删节，如严复翻译的《天演论》；译自西方的小说，其中的风景描写、心理描写等通常都会被删去，如林纾、伍光建的译作。不仅如此，有时整部小说的形式都要被改造成章回体小说的样子，还要给每一章取一个对联式的标题，在每一章的结尾处还要写上“欲知后事如何，且听下回分解”，等等。更有甚者，一些译者明确标榜：“译者宜参以己见，当笔则笔，当削则削耳。”[①]明乎此，我们也就能够理解，为什么当今西方国家的翻译家们在翻译中国作品时，多会采取归化的手法，且对原作都会有不同程度甚至大幅度的删节。

时间差这个事实提醒我们，在积极推进中国文学、文化走出去一事时，现阶段不宜贪大求全，编译一本诸如《先秦诸子百家寓言故事选》《聊斋志异故事选》《唐宋传奇故事选》，也许比你花了大力气翻译出版一大套诸子百家的全集更受当代西方读者的欢迎。有人担心如此迁就西方读者的接受水平和阅读趣味，他们会接触不到中国文化的精华，读不到中国文学的名著。这些人是把文学交流和文化交际与开设文学史课和文化教程混为一谈了，想一想我们当初接受西方文学和文化难道都非得从荷马史诗、柏拉图、亚里士多德开始吗？

所谓语言差，指的是操汉语的中国人在学习、掌握英语等现代西方语言并理解与之相关的文化方面，比操英、法、德、西、俄等西方现代语言的西方国家的人民学习、掌握汉语要来得容易。这种语言差使得我们国家能够拥有一批精通英、法、德、西、俄等西方语言并理解相关文化的专家学者，甚至还有一大批粗通这些语言并比较了解与之相关的民族文化的普通读者，而在西方我们就不可能指望他们也拥有如此众多精通汉语并深刻理解博大精

① 谢天振：《译介学》（增订本），南京：译林出版社，2013年，第63页。

深的中国文化的专家学者，更不可能指望有一大批能够直接阅读中文作品、能够轻松理解中国文化的普通读者。

语言差这个事实告诉我们，在现阶段乃至今后相当长的一个时期里，在西方国家，中国文学和文化典籍的读者注定还是相当有限的，能够胜任和从事中国文学和文化译介工作的当地汉学家、翻译家也将是有限的，这就要求我们在推动中国文学、文化走出去的同时，还必须关注如何在西方国家培育中国文学、文化的接受群体——近年来我们与有关国家互相举办对方国家的"文化年"即是一个相当有效的举措；还必须关注如何扩大国外汉学家、翻译家的队伍，关注如何为他们提供切实有效的帮助，包括项目资金、专家咨询、配备翻译合作者等。

文学与文化的跨语言、跨国界传播是一项牵涉面广、制约因素复杂的活动，决定文学译介的效果更是有多方面的因素，但只要我们树立正确、全面的翻译理念，理解把握译介学的规律，正视中西文化交流中存在的"语言差""时间差"等实际情况，确立正确的中国文学、文化外译的指导思想，那么中国文学和文化就一定能够切实有效地"走出去"。

2014 年 7 月

自序："目标始终如一"

——我的学术道路回顾

一、想考复旦中文系，却进了上外俄语系

我从小喜欢文学，少年时还曾梦想成为一名作家，所以 1962 年高中毕业报考大学时，填写的第一志愿就是复旦大学中文系。然而或许是因为高考的分数不够高吧，最终被上海外国语学院（现上海外国语大学）的俄语系录取了。初入上外，一年级时那种严格的语音训练和词汇、语法教学让我感觉很枯燥乏味，甚至一度萌生退学的念头。但是升入二年级后，我遇到了一位极其优秀的俄语教师——上外俄语一、二年级教材的主编倪波教授。倪波教授见我比较好学，也有点悟性，于是每星期专门抽出一两个晚上单独辅导我直接阅读俄语原版名著——屠格涅夫的长篇小说《贵族之家》。一个学期下来，这部小说还有一个尾巴没读完，但我阅读原著的水平却得到明显的提高。从此我每个学期都能轻松地读完三五部俄语原版长篇小说。徜徉在充满魅力的俄罗斯文学名著的海洋中，我不仅打消了退学的念头，更是深深地爱上了俄语专业，我的专业水平也一下子跃居全年级的最前列。

然而，1966 年 6 月初，正当我们这一届学生还差一个月就要毕业之际，"文化大革命"开始了，全校所有的课全部停止，学生不用上课，教师也不用教书，整天就是写大字报，看大字报，开批斗会。先是批"反动学术权威"，上外第一个被贴大字报、被"揪出来"批斗的就是著名的乔叟研究专家和陶（渊明）诗英译专家方重教授。但是随着"文化大革命"的一步步发展，运动的矛头指向了党内的"走资派"，校党委被"靠边"了，有序的组织也就不复存在了，教师和学生大都分裂成了两大派："造反派"和"保皇派"。"造反派"多为干部子弟和工农家庭出身的学生，"保皇派"则多为学生干部，尤其是党员干部。像我这样一些家庭出身不"硬"的学生（教师也同样），就只能作壁上观，

每天看看大字报，或至多跟在某一派的后面，表明自己还是积极参加“文化大革命”的，以免日后落个“不积极参加运动”的毕业鉴定，影响今后的前途。好在这时已经开始了全国性的所谓“革命大串联”，我与几个同学相约挤上了一辆北上的火车，开始了我有生以来第一次也是最后一次的、不买一张车票却能走遍全国各地的“旅行”（确切地讲是“串联”）。不过我也只是到了天津、哈尔滨、北京和广州几个地方。在广州时我的钱包在公交车上被偷，只好无奈地返回上海。

对我来说，“文化大革命”倒使我有一个很实在的收获，那就是利用“停课闹革命”中特有的空闲时间，自学了另一门外语——英语。当年我们从大学二年级升入三年级时，只有部分成绩比较好的学生才有资格选修第二外语。当时大部分选修二外的同学都选学英语，只有七八个同学选修德语。我们几个人的想法是，要学英语以后有的是机会，但要学德语的话，机会恐怕就不那么多了。“文化大革命”进入第二年，党委已经被打倒，“造反派”忙着夺权、分权，我们这些普通学生基本上没有人管，既不用上课，也不用上班，自己想做什么就做什么，被称作“逍遥派”。于是从1967年秋天起，我和英语系的一个同学开始相互教对方外语：他教我英语，我教他俄语。

说是教外语，但对于已经有了两门外语基础的我们俩来说，其实都不用怎么教：同学花了几天时间把英语的国际音标教会我，然后扔给我4册许国璋英语教科书，就让我自己去学了。我对他也同样：把33个俄语字母的发音教会他后，也让他自己去看教科书。那时我们的记忆力好，时间又充分——一天可以花十几个小时不中断地学习。另外，我还有一套与众不同的学习方法：学第一册时先不做课文后面的练习，只求记住单词和词组，把课文看懂，然后在学下一册时再回过头来做前一册课文后的练习，这时的练习就显得很容易，所以学习的进度很快。我记得我学许国璋英语第一册只花了19天时间，第二册只花了17天时间，全部四册学完总共花了3个月。3个月后，我的一个朋友正好手头有一本苏联出版的《福尔摩斯探案》英语简写本，我借来一看，哇，竟然可以看得懂了（当然个别疑难句子还要依靠俄文注解）！我非常兴奋。当时的我当然不可能预见到，正是靠了这3个月时间里打下的英语基础，我后来竟然做了整整11年的中学英语教师；也正是靠了这个英语基础，我后来还获得机会，到加拿大阿尔伯塔大学比较文学系做了半年的高级访问学者，甚至还出席了多次国际会议。不过，这都是后话了。

1968 年 4 月，我们终于可以毕业、获得被分配工作的机会了。不无巧合的是，正如在报考大学时所预料的那样，我被分配在上海的一所中学里做外语教师——教英语。大学生涯结束了，我告别了哺育我差不多六年的上海外国语学院。不过，这只是暂时的告别。1979 年，在恢复研究生考试的第二年，我通过参加研究生考试又回到了母校，并于毕业后一直在上外工作到现在。

二、我怎样走上比较文学的道路

我走上比较文学的道路从表面看似乎有点偶然，因我大学本科专业是俄语；然而从深层看却又有一点必然性，因为我对文学一直有一种深深的爱。

20 世纪 70 年代末、80 年代初，我正在上外师从廖鸿钧教授攻读俄苏文学方向的硕士学位。一天在翻阅当时还属于"内部发行"的《外国文学动态》杂志时，一则学术报道吸引了我的注意。该报道说有一位美国学者李达三(John Deeney)在北京做了一场学术讲座，此人的身份是"比较文学教授"。比较文学？什么是比较文学？这则报道激起了我强烈的好奇心，我于是遍翻当时可以找得到的工具书，但都没有对"比较文学"的介绍。与我同宿舍的英美文学专业的研究生见我对比较文学如此好奇，便对我说，他可以帮我去问问他们的外籍专家，此人是美国文学专家和文学理论家，也许知道。结果那位美国教授借了一本书给我，说这上面就有关于比较文学的内容。这本书就是后来在中国流传甚广的韦勒克(René Wellek)与沃伦(Austin Warren)合著的《文学理论》(*Theory of Literature*)，该书第二章的标题赫然就是"民族文学、比较文学和总体文学"。

借得韦勒克与沃伦的《文学理论》后，我如获至宝，回来后就一遍又一遍地用心研读。接着，结合自己的心得体会以及收集到的有关材料，写了一篇《比较文学漫谈》，发表在 1980 年的《译林》杂志上。这也是当时国内报纸杂志上继周伟明、季羡林两位先生之后倡导比较文学研究的第三篇文章。之后不久，我研究生毕业留校工作，学校根据我的意愿，把我分配在刚刚建立不久的外国语言文学研究所。

新成立的外国语言文学研究所首任所长即是著名的乔叟研究专家、陶（渊明）诗英译专家方重教授，但主持研究所科研、教学等日常工作的，是时任常务副所长的廖鸿钧教授。廖先生以其敏锐的学术眼光察觉到，比较文学这门当时在中国还刚刚冒尖的新兴学科有着广阔的发展前景，所以当机立断，把比较文学立为新组建的外国语言文学研究所的主攻方向，并主持编辑印发了一本内刊《外国文学与比较文学》。我留校工作以后，他即任命我负责筹办一本可以公开出版的比较文学杂志——《中国比较文学》。

筹办国内第一本专门的比较文学杂志，对我这样一个刚刚走上学术道路的青年学子来说，是一个极富挑战性的任务，压力很大。好在当时一批学界前辈对此事都非常关心，并给予了极其热情的支持。季羡林先生欣然应邀出任杂志主编，他还点名邀请李赋宁、杨周翰两位教授出任杂志的编委，两位教授也欣然从命。接着，我又去拜见了中国社科院外国文学研究所的冯至、叶水夫教授，文学研究所的唐弢教授和北外的王佐良教授，同样得到非常热情的支持，并决定由叶水夫、杨绛、唐弢、王佐良、周珏良教授出任《中国比较文学》杂志的编委。在南京，我分别拜访了范存忠先生和赵瑞蕻教授。赵先生也表示很高兴，愿意担任即将创刊的《中国比较文学》杂志的编委，还送我一本他刚刚出版的诗集。在上海，筹办杂志的事也进行得非常顺利：施蛰存先生和方重先生应邀出任副主编，复旦大学的贾植芳先生和林秀清先生应邀出任编委。廖先生和华东师大的倪蕊琴教授不仅出任编委，还直接参与并指导杂志具体的编辑工作。

同时应邀出任《中国比较文学》杂志首届编委的，还有南开大学的《圣经》文学专家朱维之教授。朱先生于 1983 年 6 月，联合天津师范大学、天津外国语学院以及天津外国文学学会等多家单位，举办了具有开创性意义的第一次全国性的比较文学学术研讨会，为比较文学在中国的重新崛起，同时也为新时期中国比较文学学术队伍的组建做出了重要贡献。对我个人而言，这次会议也同样意义重大，正是在这次会议上，我认识了孙景尧、卢康华、刘象愚、曹顺庆、杨恒达、刘介民、张隆溪等一批中青年学者，并与他们结下了深厚的友谊。在此后将近 30 年的时间里，我在编辑《中国比较文学》杂志时一直都得到他们的全力支持。

1984 年 11 月，时任暨南大学中文系主任的饶芃子教授主办了第二次全国性的比较文学会议。这次会议是对刚刚崛起的中国比较文学一次有力的促进和推动，同时也是我个人早期比较文学生涯中浓重的一笔：我与时称中国比较文学界“南饶北乐”的两位“老太太”结下了终身的“忘年之交”，从而对我的比较文学之路也产生了深远的影响。（“老太太”之说是目前我们几个熟人小圈子内对饶芃子、乐黛云两位教授的戏称，其实那时她们俩都还非常年轻。）

在这次会议之前，我对饶教授并不怎么了解。她主要从事文艺学研究，而我对文艺学所知不多。在暨大开会期间的一个晚上，她专门邀请乐黛云、林秀清教授和我上她家去喝咖啡，并征求我们对在暨大发展比较文学学科的看法。虽然只是短短一个晚上的交谈，但饶先生富有文学情趣的谈吐、对学科建设清晰的发展思路（她那时已经提出了发展比较文艺学的设想），以及不经意间所流露出来的高雅脱俗的生活品味，都令我非常欣赏，也非常敬佩。

与此同时，我在这次会上也拜识了久仰大名的乐黛云教授。在此之前，我已经不止一次地研读过她为《中国大百科辞典》撰写的“比较文学”词条，对她已经留有深刻印象。而这次在会上现场聆听乐先生的发言，那印象就不只是深刻了。乐先生的发言所展示出来的开阔的学术视野、丰富的学术信息、深刻的学术观点，再加上她极富感染力的话语和笑容，立刻征服了所有在场听众的心。当时乐先生还兼任深圳大学中文系系主任和比较文学研究所所长的职务，在暨大会议结束后，她热情邀请我和林秀清教授、李希凡先生，一起到深圳大学小住，顺便参观参观深圳这座新兴城市。这是我和乐先生近距离接触、直接交往的开始。自那时起至今，差不多已经有30年的时间了，与乐先生交往、谈话的次数可谓不计其数，谈过些什么话也已经记不具体，但有一点我却是记得清清楚楚，那就是乐先生与我的每一次谈话，都离不开比较文学：或是谈比较文学的学科建设，或是谈比较文学学会的活动，或是谈如何与国际比较文学对话，等等。

创办并编辑《中国比较文学》杂志、审阅来稿来信等，占去了我大量的时间与精力，但与此同时也给我创造了与国内一流学者当面接触的机会。在与他们直接频繁的交往中我汲取到了丰富的学术营养，捕获到了最前沿的学术信息，而为了编好杂志，我就必须大量阅读国内外与比较文学有关的论著，以掌握比较文学的最新动态。这一时期我发表了关于苏联、东欧及我国港台地区比较文学研究的系列论文，同时还为《中国百科年鉴》每年撰写一篇评述当年国内比较文学研究现状的文章，所有这一切大大地提升了我的比较文学研究能力，也为我日后的比较文学研究打下了坚实的基础。

三、我如何走上译介学的道路

对我的比较文学研究生涯，尤其是对我的译介学研究有着更直接、更深远影响的当然是贾植芳先生。我曾在一次学术访谈中谈道："因为创办杂志的缘故，我拜识了贾植芳先生，这对我的学术生涯是个关键的转折。"1985年，我陪贾先生参加香港中文大学举办的国际比较文学会议，从此与贾先生结下不解之缘。经过贾先生，我又认识了章培恒先生、吴中杰先生，以及陈思和教授等。贾先生的人格魅力和学术视野，使我受到深深的感染，也调动了我潜在的积极性。贾先生一直倡导现代知识分子不仅要读书、教书，而且要写书、译书和编书。这对我都有很大的触动，激发了我身上一些蕴蓄很久的想法。我对翻译有兴趣，"文化大革命"中曾为上海译文出版社义务翻译过一百多万字的内部资料，"文化大革命"后也发表了一些中短篇译作，之后又培养起自己的比较文学的学科意识。在中国比较文学学科刚刚兴起之时，我就注意在其中寻找自己的研究领域和研究方向。很自然，我就把翻译研究列为自己的主攻方向，同时开始从比较文学的角度思考翻译问题。事实上，我有关译介学的一系列论文中，有不少就是在贾先生的书房里和他家的饭桌上闲谈间萌生最初的想法，而后慢慢酝酿成熟的。

当时陈思和与王晓明两人正在为《上海文论》主持一个"重写文学史"的专栏，在国内学术界产生了很大的影响。陈思和知道我对翻译在中国文学史上的地位问题有些自己的思考，同时他也认为中国文学史应该关注翻译的问题，于是邀请我为他们的专栏写一篇文章，这就是《为"弃儿"寻找归宿——论翻译在中国现代文学史上的地位》一文的缘起。

文章发表后也引起了较大的反响，但在引来一片赞赏声的同时也招来不少质疑声。为此，我又连续发表了《翻译文学当然是中国文学的组成部分》《论文学翻译的创造性叛逆》《翻译文学——争取承认的文学》等十余篇论文。然而尽管如此，仍有不少人心存疑惑："翻译文学明明是外国文学，怎么一下子成为中国文学了呢？"还有人觉得，翻译就是要讲究忠实，怎么可以提"创造性叛逆"呢？种种质疑之声不一而足。针对这种情况，我决定写一本专著，全面深入地论述翻译和翻译文学的问题，并把专著取名为《译介学》。

《译介学》很快就列入了上海外语教育出版社的出版计划。正当我全力以赴投入《译介学》的写作之中时，却意外地获得了一个由加拿大政府资助的赴加拿大阿尔伯塔大学比较文学系做半年高级访问学者的机会。此行的项目任务是考察加拿大的比较文学研究，并在回国后写成论文在国内重要刊物上发表，这个任务于我来说并不算困难，这样我在考察之余便赢得了较多的时间和精力来收集和阅读其他相关的文献，包括与翻译研究有关的文献。正是在这段时间，我接触到了大量的第一手的当代西方的翻译理论文献，尤其是反映当代西方翻译研究文化转向的理论文献，这使我对当代西方翻译理论有了比较全面而又深刻的认识，也为我日后主编《当代国外翻译理论导读》(南开大学出版社，2008)一书奠定了基础。

我相信我是国内学术界少数几个最早接触到并发现当代西方翻译研究文化转向动态的学者之一，这当然要归功于我的比较文学学科背景。众所周知，比较文学的研究特点是立足点高，高屋建瓴，涵盖面广，跨学科、跨语言、跨民族、跨文化。多年的比较文学研究不仅大大拓展了我的学术视野，更加深了我对某些特定领域的认识，其中就包括翻译研究。我很难形容最初读到下述名家著述时的激动兴奋之情——霍尔姆斯(James S. Holmes)的《文学翻译和翻译研究论文集》(*Translated!: Papers on Literary Translation and Translation Studies*)，勒菲弗尔(André Lefevere)的《翻译文学：比较文学语境下的实践和理论》(*Translating Literature: Practice and Theory in a Comparative Literature Context*)，当时刚刚发表的埃文-佐哈尔(Itamar Even-Zohar)的《多元系统论》("Polysystem Theory")和《翻译文学在文学多元系统中的位置》("The Position of Translated Literature within the Literary Polysystem")，以及图里(Gideon Toury)的《描述翻译学及其他》(*Descriptive Translation Studies and Beyond*)，苏珊·巴斯奈特(Susan Bassnett)的专著《翻译研究》(*Translation Studies*)等，因为我从这些著述中清晰地感觉到，他们的观点与我此前一直在孜孜求索和积极阐述的一些观点不谋而合。在加拿大半年的访学使我看到了此前我所进行的翻译研究的译学价值，并进一步确信，我的《译介学》写作及其学术理念与当代国际译学界的前沿学术研究趋向正好一致，异曲而同工，而之前我只注意到我的研究中的比较文学价值。因此可以这么说，加拿大之行更坚定了我对译学研究道路的选择。

因此，从加拿大回来并完成专著《译介学》的撰写以后，我有意花更多的时间参与到国内译学界的活动，并积极发表个人的意见，尽管我的观点会引起一些人的激烈反对。我觉得，我们在译学理论认识上比西方“迟”了一二十年，并不要紧。更何况承认在翻译理论研究的认识上比西方“迟”，并不就意味着西方的认识全是正确的，我们都得照搬。我认为，当前国内翻译界最重要的事情是要实现译学观念的现代化转向，正确处理翻译理论与实践的关系，尽快摆脱“匠人之见”——不要因为建造过几间茅草屋或小楼房，便自以为是建筑大师，自以为最有发言权，而对国内外的建筑理论不屑一顾，甚至嗤之以鼻，视为“空谈”。现在很有必要提醒我们国内翻译界的同行们，正视国际译学界的有关进展，调整心态，认真研究，切实建设发展我们自己的译学理论、译学事业，才是当务之急。

在这样的思想指导下，我发表了一系列观点鲜明的论文——《国内翻译界在翻译研究和翻译理论认识上的误区》《论译学观念现代化》《翻译本体研究与翻译研究本体》等，推出了我的个人专著《翻译研究新视野》《译介学导论》《比较文学与翻译研究》《隐身与现身——从传统译论到现代译论》《译介学》(增订本)等，主编或合作出版了《中国现代翻译文学史(1898—1949)》《中国 20 世纪外国文学翻译史》《中西翻译简史》《简明中西翻译史》等。2013 年年初我还出版了一本关于翻译和翻译研究的学术散文随笔选集《海上译谭》，出版后也很受欢迎，据说目前已经脱销了。与此同时，我还每年编选一本年度翻译文学作品选，作为“21 世纪中国文学大系”中的一卷。从 2001 年起，我总共编了 11 年，推动翻译文学在中国文学中获得了它的位置。通过这些论文和专著，我进一步全面阐述了自己的译介学思想，论述了翻译文学的国别归属问题，分析了翻译文学史与文学翻译史的区别，探讨了译介学研究的发展前景与广阔空间，从而在国内外学术界引起较为强烈的反响。让我感到特别欣慰的是，最近一二十年来，有越来越多的专家学者和硕、博士生运用译介学的理论视角展开他们的研究和撰写学位论文，并取得不俗的成绩。译介学研究也引起了我国国家层面相关社科领导部门的重视，譬如他们在制订国家课题指南时，把译介学与“马列文论与当代外国文论”等同时列为 2006 年外国文学课题指南中的八大课题之一，在制订“国家哲学社会科学研究'十一五'规划"时，又把译介学与"外国文学学科理论创新""西方当代文学思潮与外国文学若干前沿问题"等课题同时列为"规划"的内容。

四、几点感悟与体会

回顾自己三十多年的学术道路，我觉得我有几点感悟与体会可以与我的同行，尤其是青年同行们进行交流。

首先是"目标始终如一"。这句话是马克思在回答他女儿"你最信奉的人生格言是什么"时说的，我是在大学本科时读《马克思的青年时代》一书及其他相关文章时读到的，从此这句话就深深地留存在我的脑海里。今天当我回顾自己走过的学术道路乃至人生道路时，我发觉这句话一直在或隐或显地指引着我的行动。

20世纪70年代末我报考上外研究生时，发觉没有文学专业后就毅然决定放弃报考，背后的动机就是因为我的目标是文学。当时我如果就报考语言学专业的话，很有可能也能考上。如果那样的话，尽管我也有可能在语言学研究领域里写出几篇文章，甚至也能写出几本专著，但肯定不可能取得我在比较文学和译介学领域那样的成绩。

20世纪80年代和90年代上半期，国内出国热、经商热非常盛行，见面第一句话经常是"你还没出(国)去啊?"或是"你怎么不'下海'?"说实话，出国热兴起时我也曾动过心，但很快就安下心来做自己的学问。而面对经商热，我则丝毫未为它所动。当年也曾有一位与我们夫妇俩都很熟悉的朋友对我太太说，"让你天振去从商呀，他脑子活，一定能发财的。"我回答说，我这个人缺乏对财富的追求欲，小富即安，发不了财的。如今当年出国的一些朋友经常回国与我聚会，他们中多数人早已改行，为了能在异国他乡生存，他们不得不从事与他们的专业(更遑论兴趣)无关的职业。少数人能在高校谋得教职，算是大幸，然而能取得突出成绩而跻身当地主流学术界的人却是屈指可数。他们在了解了我在国内的情况后都认为我当初选择留在国内是正确的。当年下海从商的人中倒也确实有人发了财，住进了豪宅，开着名车，但我对他们一点都不眼红。我还是享受我自己目前的状态，我觉得教书、做学术研究更能体现我自己的人生价值，并让我有一种成就感。看到我的论著发表或出版后赢得了众多知音且产生了热烈的反响，看到自己做讲座时听众席上那一双双因激起共鸣而闪亮的眼睛，或是看见指导过的学生如今一个个成长为优秀的学者，我所感受到的那种快乐是无法用金钱计算的，也是用金钱所买不到的。

其次是“学术面目要清”。我常跟学生说，在20世纪五六十年代的中国，极左思潮盛行，那时考察一个人最重要的标准，是看他“政治面目”是否“清”。如果毕业时组织上给的鉴定意见中有“政治面目不清”的字样，那今后可要倒大霉了。现在做学问，我们要讲究“学术面目清”，人家一看到你的名字就知道你是干什么的，那你就算是在学术界基本立起来了。

在这方面，我也有一个切身体会作为实例。上面提到我在1991年初意外地获得了一个赴加拿大做半年高级访问学者的机会。那个机会的获得，就跟此事有关。当我赴加访学的申请报告提交上去被有关专家委员会审查时，委员会里原国家教委（即现在的教育部）的代表提出，上外已经有人获得了赴加拿大访学的名额，且那人是英语专业出身，而我是俄语专业出身。考虑到这两个因素，他建议不批准我的申请。而委员会的主任、加拿大驻华大使馆的教育参赞却表示要把这个机会给我，至于我的俄语出身问题，她表示可以专门到上海来对我进行面试。我后来得知，这位教育参赞之所以如此坚持要把这个机会给我，原因就在于我的“学术面目清”。因为我在提交的申请报告“前期研究成果”一栏中，填写了我研究苏联、东欧及我国港台地区比较文学的系列论文标题，同时还列出了每年给《中国百科年鉴》撰写的关于国内比较文学研究的年度述评文章题目，这些都与我申请赴加拿大访学的目标“考察加拿大的比较文学研究”一致，并让这位参赞确信我是专门研究国别和地区比较文学的，也是有能力完成这一课题任务的。后来这位参赞真的飞到上海来亲自对我进行英语面试，我圆满地回答了她的所有问题后，也终于如愿获得了赴加拿大访学的机会。

“学术面目要清”的内涵与上述“目标始终如一”其实也是相通的。“学术面目要清”不是做给人家看的，也是对自己的要求，即要求自己树立起明确的学术目标，终生坚持不懈地努力追求，那就一定会成功。有的人做学问也赶时髦，今天流行什么理论，便做什么理论文章，明天流行另一派理论了，又赶着写另一派的理论文章。这样的人表面看去倒也发表了不少成果，但别人始终搞不清他究竟是做什么的。在一个领域专注深耕才能有丰厚的收获；做学问若根基游移，那他也就不可能有大的作为。

再次，也是许多前辈学者所教导过的，做学问要耐得住寂寞，要舍得花死功夫，尽可能全面地获取与你的研究相关的资料。20世纪90年代，那时国内的资料没有现今那么多，更没有现在这样方便的资料获取渠道。那时我每次出国必逛书店，凡看到与我的研究相关的著述也必定不计代价买下带回。如今我已届古稀之年，但仍坚持每天在办公室看书写作，包括星期六、星期天，除非出差去外地，几十年来一直如此。我觉得一个人在办公室里容易集中思想，容易思考问题，工作效率也高。不过这因每个人的习惯而异，不必强求一致。

最后，做学问也要提倡一种奉献精神，不能太急功近利。我在"文化大革命"中曾经为上海译文出版社义务翻译了一百多万字的内部资料，尽管无名无偿，其实我还是有所收获的，那就是翻译能力得到了锻炼和强化，文字修养也得到了提升。我在研究生毕业后长期担任杂志的编辑，出任学会的秘书长，这些工作都需要付出大量的时间和精力，却并无任何看得见的所谓回报。不过我仍然乐此不疲，因为做编辑让我了解到了学界最新的学术动态，秘书长工作让我与许多学者接触，我有了向他们当面请教学习的机会，这些对我的成长都很有好处。现在有些年轻人，缺乏奉献精神，甚至到了"拔一毛利天下而不为也"的地步。这样的年轻人，看似精明，实则害己，因为这种做法让他失去了许多学习和锻炼成长的机会。

学问之道，实在很深，尽管我追求学问几十年，个中滋味其实也只是尝到了浅浅的一点点，因此在这里不敢说与大家"分享"经验，只是做了一个很肤浅的汇报而已，希望得到大家的批评指正。

目录

第一章　译学观念的现代化

第一节　论译学观念现代化

自从20世纪80年代有学者提出建立翻译学以来，国内翻译界围绕着翻译学的问题，围绕着翻译理论有用无用的问题，就一直争论不已。争论的双方各执其词，一方呼吁建立翻译学，认为翻译学是一门独立的学科，另一方则认为翻译不可能有"学"，建立翻译学的努力是一个未圆而且也难圆的梦。双方谁也没有说服谁，至今聚讼不已，各执其端，有时的反应甚至还相当激烈。

反对者中有人说："译家不可能因为掌握了现有的任何一套翻译理论或遵循了以上任何一套翻译原则，其翻译水准就会有某种质的飞跃……如今我国译林之中的后起之秀，可谓人才济济，无论他们用什么翻译理论武装自己，无论他们对翻译的过程、层次有多透彻的认识，无论他们对翻译美学原理如何精通，无论他们能把读者分成多少个层次从而使其翻译更加有的放矢，也无论他们能用理论界最近发明的三种机制、四种转换模式把翻译中的原文信息传递得如何有效，他们的译作会比傅雷的高明多少呢？霍克斯(David Hawks)与闵福德(John Minford)，虽然是西方人士(后者还曾是笔者所在学系的翻译讲座教授)，从来就不信什么等值、等效论，他们凭着深厚的语言功底和坚强的毅力，也'批阅十载'，完成了《红楼梦》的翻译。在众多的英文版《红楼梦》中，他们的译作出类拔萃，在英美文学翻译界堪称一绝。霍克斯在他写的翻译后记一书中也没有提到任何时髦的翻译理论，但东西方翻译界和翻译理论界仍然为其译作而折服。由此可见，翻译理论与译作的质量并没有必然的关系。"[①]类似的认识和观点(甚至行为)在我国翻译界还有相当的市场。把纯理论研究与具体的实践指导相混淆,把翻译理论与译作的质量牵强联系,这正是我们某些翻译家,甚至某些翻译教师、翻译研究者在译学理论认识上的一个误区。这种情况也从一个方面表明,在我国翻译界严格意义上的译学意识还没有真正确立,我们的翻译研究,尤其是译学研究还不够成熟。

我们不妨把翻译界的情况与其他学科的情况做一个比较。试想:在文学艺术界会不会有哪位作家对着文艺学家宣称"你的文学理论对我的创作完全无用"?会不会有哪位歌唱家去质问音乐理论家:"为什么读完了你的《音乐原理》,我的演唱技巧仍然毫无长进?"当然,我们更难设想会有人质疑陈景润执着于哥德巴赫猜想的研究对我们计算国民生产总值有什么帮助,质疑科学史学者研究亿万年前的宇宙大爆炸对改善我们今天的空气质量有什么实用价值,等等。类似的例子我们还可以举出许多许多。譬如,对巴尔扎克、托尔斯泰的作品,我们的文艺理论家们常用来做文论素材,但是难道会有人跑出来宣称文艺理论与作家的文艺创作"没有必然的关系"?

然而,这种在其他学科都不大可能发生的对理论研究的怀疑和否定,却不断地在我们的翻译界发生。这是不是说明我们的翻译学学科,甚至我们的翻译研究至今还不够成熟呢?而之所以存在这样的情况,其中一个很重要的原因,就是我们翻译界的译学观念还没有及时转变。如果仔细考察一下我们讨论的翻译以及翻译研究以往的内涵,应该能够发现,当今翻译所处的文化语境已经发生了变化,翻译的内涵已经有了新的定义,翻译研究的内容更是在不断扩展,然而我们的译学观念却没有变化,我们的翻译研究者队伍结构没有发生实质性的变化,不少人的译学观仍然停留在几十年前甚至几百年以前。因而改变目前这种状况,尽快实现我国翻译界译学观念的现代化转向是目前我们译学界的当务之急。

译学观念现代化的问题大致可以从以下三个方面进行讨论。

一、翻译研究的最新进展与译学观念的转变

在讨论翻译研究的最新进展时,我们认为必须把这个"最新进展"放到

① 李克兴:《中国翻译学科建设的出路》,杨自俭主编:《译学新探》,青岛:青岛出版社,2002年,第147页。

整个中外翻译研究发展史的大背景中去看，而且，有可能的话，还要尽可能地联系我们国家自己的翻译研究现状，这样才有可能比较容易地发现中外翻译研究中的“最新进展”，也比较容易发现我们国家翻译研究中所存在的问题。

这样，如果我们从整个中西翻译研究发展史的大背景上去看的话，那么我们应该可以发现，一直到20世纪上半叶，也就是在20世纪50年代以前，中西翻译研究的差别并不是很大：因为中西翻译界基本上都停留在传统的译学研究范畴之内，也即主要关心的是翻译的方法（如直译、意译等问题）、翻译的标准[如严复的“信、达、雅”、泰特勒（Alexander Fraser Tytler）的翻译三原则等]、翻译的可能性（可译性与不可译性等）等问题。但是20世纪五六十年代以来，西方翻译研究中出现了三个大的突破和两个划时代的转向，这使得西方翻译研究与此前的研究相比，发生了重大的实质性的变化。

所谓的“三大突破”，首先指的是自20世纪50年代以来的西方翻译研究开始从一般层面上的对两种语言转换的技巧性研究，也即从“怎么译”的问题，深入到了对翻译行为本身的深层探究，提出了翻译中的等值问题、等效问题，等等。当代西方翻译研究中的语言学派学者是这方面的代表，如卡特福特（J. C. Catford）、纽马克（Peter Newmark）、奈达（Eugene Nina），以及雅各布森（Roman Jakobson）等。我们国内译学界对这方面的研究进展比较熟悉，这里就不赘言了。

其次，也即第二个突破，指的是当代西方的翻译研究不再局限于对翻译文本本身的研究，而是还把目光投射到了译作的发起者（即组织或提议翻译某部作品的个人或群体）、翻译文本的操作者（译者）和接受者（此处的接受者不光指的是译文的读者，还有整个译语文化的接受环境）身上。这一新的研究趋势借鉴了接受美学、读者反应等理论，跳出了对译文与原文之间一般字面上的忠实与否之类问题的考察，而注意到了译作在新的文化语境里的传播与接受，注意到了翻译作为一种跨文化传递行为的最终目的和效果，还注意到了译者在这整个翻译过程中所起的作用，等等。自20世纪70年代起，出现了以霍尔姆斯、埃文-佐哈尔、图里、勒菲弗尔、巴斯奈特、朗贝尔（José Lambert）以及梵·登·勃鲁克（R. van den Broeck）等为代表的一批学者，他们的研究就属于上述性质。他们竭力打破文学翻译研究中业已存在的禁锢，探索建立文学翻译研究的新模式。他们都把翻译研究的重点放在翻译的结果、功能和体系上，他们都极为关注制约和决定翻译成果与接受效果的因素、翻译与各种译本类型之间的关系、翻译在特定民族或国别文学内的地位和作用以及翻译对民族文学间的相互影响所起的作用。这无疑是翻译研究的一大深化和进展。

最后，当代西方翻译研究中第三个也即最大的突破，是把翻译放到一个宏大的跨文化和跨学科的语境中去审视。研究者开始关注翻译研究中语言学科以外的其他学科的因素。他们一方面认识到翻译研究是一门独立学科，另一方面又很清醒地认识到翻译研究的多学科性质，注意到它不仅与语言学密切相关，而且还与文艺学、比较文学、哲学甚至社会学、政治学、心理学等学科都具有密切的关系。但是翻译研究真正关注的还是文本在跨文化传递中所涉及的一系列文化问题，比如翻译在译入语文化语境里的地位、作用，以及文化误读、信息增添、信息失落等。正如韦努蒂(Lawrence Venuti)提到的，“符号学、语境分析和后结构主义文本理论等表现出了重要的概念差异和方法论差异，但是它们在关于‘翻译是一种独立的写作形式，它迥异于外语文本和译语文本’这一点上还是一致的”①。

在这种情况下，翻译不再被看作两种语言之间的简单的转换行为，而是译入语社会中的独特的政治行为、文化行为、文学行为，而译本则是译者在译入语社会中的诸多因素作用下的结果，在译入语社会的上述活动乃至日常生活中扮演着有时是举足轻重的角色。鉴于此，德国功能学派的一位学者霍尔兹-曼塔利(Justa Holz-Manttari)甚至不把翻译简单地称作“翻译”(translation)，而是用一个杜撰的、含义更为广泛的新词“移译行为”(translatorial action)代替它，以表示各种各样的跨文化交际行为。这个词还不光局限于翻译、改编、编译，它甚至把与外来文化有关的编辑、查阅等行为也包括在内。在这种“行为”里，译者变得像是一个根据委托人要求设计“产品规范”(product specification)的专家，并生产符合接受者文化圈特定需要的“信息传递物”(message transmitter)，而译作也不再寻求与原文的等值，而只是一份能满足委托人需要的目的语文本。②

① Lawrence Venuti (ed.). *The Translation Studies Reader*. London: Routledge, 2000: 215.

② Lawrence Venuti (ed.). *The Translation Studies Reader*. London: Routledge, 2000: 216—217.

西方翻译研究中的三大突破，又可以归纳为两个转向，那就是20世纪50年代开始的语言学转向和70年代前后开始的文化转向。语言学转向使得当代西方的译学研究对翻译中的语言转换有了更加具体细微的观察和分析，而文化转向则借用各种当代文化理论对翻译进行考察、剖析，进行新的阐述，体现为从文化层面上对翻译进行整体性的思考。它更注重诸如共同的规则、读者的期待、时代的语码，注重翻译与译入语社会的政治、文化、意识形态等的关系，更关注翻译作为一种跨文化交际行为在译入语社会中的巨大影响和作用。这方面的例子有埃文-佐哈尔的多元系统理论，有勒菲弗尔提出的“折射理论”，也有本世纪头十年在国际译学界相当活跃的赫曼斯、巴斯奈特等人的著述，以及尼南贾纳(Tejaswini Niranjana)、斯皮瓦克(Gayatri C. Spivak)等人的后殖民主义翻译理论研究。

当代西方学者西蒙(Sherry Simon)说：“80年代以来，翻译研究中最激动人心的一些进展属于被称为‘文化转向’的一部分。转向文化意味着翻译研究增添了一个重要的维度。不是去问那个一直困扰翻译理论家的传统问题——‘我们应该怎样去翻译？什么是正确的翻译？’，而是把重点放在了一种描述性的方法上：‘译本在做什么？它们怎样在世上流通并引起反响？’……这种转向使我们理解到翻译与其他交流方式之间存在着有机的联系，并视翻译为写作实践，贯穿所有文化表现的种种张力尽在其中。”[①]近些年西方学界已有越来越多的学者开始从文化层面上审视、考察翻译，翻译研究正在演变为一种文化研究，翻译研究的文化转向和文化研究的翻译转向已经成为当代西方学术界的一道最新景观。然而对翻译研究来说，这种文化转向具有更为重要的意义。它不仅在一定程度上揭开了当代翻译研究的一个新的层面，而且还对主宰中外翻译界几千年的一些译学观念，诸如“忠于原文”的翻译观、译作与原作的关系、译者与原作者的关系，等等，产生了相当大的冲击，从而为国际译学界，也为中国译学界展示出相当广阔的研究前景。

二、翻译的文化语境及其内涵的变化

如本节开始所述，目前，人类翻译所处的文化语境已经发生了变化，翻

① Sherry Simon. *Gender in Translation*. London: Routledge, 1996: 7.

译的内涵和翻译研究的内容也已经发生了变化，但我们的译学观念却相对落后，翻译研究者的人员结构也没有发生实质性的变化，不少人的译学观念仍然停留在几十年前甚至几百年前的状态。然而，翻译所处的文化语境以及翻译的内涵究竟发生了什么样的变化？这里我们不妨对人类的翻译史做一个简单的回顾。

众所周知，自有文字记载以来，翻译作为人类跨越语言界限的交往行为已经有一两千年的历史。在这一两千年的时间里，翻译这个行为的文化语境发生了巨大的、实质性的变化。回顾人类的翻译史，粗粗划分一下，我们大致可以看到以下三个大的发展阶段。

初期阶段是口语交往阶段，这是人类翻译最早的阶段。这里我们有意不用“口译”而用“口语交往”，这是因为这个阶段的“口语交往”与目前严格意义上的“口译”尚有一定的差距。这一阶段翻译的内容大多限于一般的交往和简单的商贸活动，如何达到交往双方基本信息的相互沟通是这一阶段翻译的主要目的。这一阶段的翻译观，我们可以参考《周礼・秋官》和《说文》中对“译”的解释：前者称翻译为“换易言语使相解也”，后者则将翻译定义为“传四夷之言”。

中期阶段可以称之为文字翻译阶段，也即人类进入文字翻译以来的阶段。这个阶段有相当长的历史跨度，其翻译内容以早期的宗教典籍和以后的文学名著、社科经典著作为主。由于上述翻译对象往往具有不可撼动的崇高地位，关于译文如何忠实传递原著内容和形式的思考，成为这一时期翻译观形成的基础。我们一些最基本的翻译观，诸如围绕翻译“可译”与“不可译”的性质之争、“直译”与“意译”的方法之争，以及翻译的标准，如泰特勒的翻译三原则、严复的“信、达、雅”，等等，都是在这一阶段形成的。

第三阶段可以称之为文化翻译阶段，因为这一阶段的翻译已成为民族间全方位的文化交流，成为极重要的一项人类文化交际行为，翻译的视野大大拓宽。第三阶段的起始大致可以追溯至20世纪50年代末、60年代初，当时雅各布森提出了翻译的三种类型，也即语内翻译（intralingual translation）、语际翻译（interlingual translation）和符际翻译（intersemiotic translation），这种翻译的定义显然已经背离了传统的译学观念，它越出了单纯语言的界限，这使得翻译的定义不再仅仅是“语言文字的转换”，而是包含了宽泛意义上的信息转换和传递。之后的德国功能学派翻译学学者弗米尔

(Hans Vermeer)的翻译行为理论(action theory of translation)竭力强调译者的目标(skopos)在翻译过程中的决定性作用,英国的斯坦纳(George Steiner)提出"理解也是翻译",当代美国后殖民主义批评家斯皮瓦克提出"阅读即翻译"等概念,更是大大拓展了翻译的含义,使得翻译成了几乎渗透人类所有活动的一个行为,从人际交往到人类自身的思想、意识、政治、社会活动,等等,当代西方文化理论则进一步把翻译与政治、意识形态等联系起来,翻译的内涵更是空前扩大。这也必然导致新的翻译观、译学观的出现。

有必要强调一下的是,这里所谓的第三阶段,也即文化翻译阶段的出现,并不意味着第二阶段,也即文字翻译阶段的结束。这两个阶段在相当长一个时期里将会是相互交融、并存并进的,而相关的译学观也将并存互补。所以我们应该看到,翻译研究中的文化转向给传统译学观带来的是冲击,而不是颠覆,文化翻译阶段出现的新的译学观是丰富、深化原有的译学观,而不是取代,更不是推翻传统的译学观。

然而,不少事实表明,在翻译的文化语境和翻译的内涵都已经发生了巨大变化的今天,我们相当一部分翻译研究者和翻译教学者的译学观念还没有跟上这一新的变化,基本上还是停留在文字翻译阶段。有人曾直率地指出:"有关语言与翻译的政治,是我们大陆学人思考中的一个盲点。"[①]换句话说,有关语言与翻译的政治问题,我们国内译学界至今还没有人把它当作一个翻译研究中的学术问题认真地思考过。其实,冷静思考一下的话,我们当能发现,我们译学研究中的"盲点"恐怕还不止"翻译的政治"这一个问题吧。这恐怕也就是为什么至今国内译学界对于翻译学、翻译理论等问题仍争论不休的一个原因。从这个意义上而言,我国的译学理论建设与翻译学科建设现在已经到了一个瓶颈口了。如果再不迅速实现译学观念的现代化转向,译学观念在一定程度上的滞后,势必会阻滞中国译学的进一步发展,从而给我们整个翻译事业带来不利的影响。

三、译学观念的现代化与翻译学的学科建设

译学观念的现代化直接关系到翻译学的学科建设。但是在讨论这个问题之前,有两组概念必须予以区分,这就是翻译研究与译学研究的区别,以

① 许宝强、袁伟选编:《语言与翻译的政治》,北京:中央编译出版社,2001年,第1页。

及翻译事业与译学学科建设之间的区别。之所以要做区分，是因为国内翻译界在讨论翻译学或翻译理论问题时，经常把这两组概念相混。本来，只要稍微仔细地辨别一下，这两组概念的差异是很容易辨清的：翻译研究泛指一切与翻译有关的研究，同样，翻译事业不仅包括翻译实践，还要包括翻译研究（有具体翻译的研究，也有理论研究），而翻译学的学科建设则偏重译学作为一门独立学科的发展问题，既有翻译学科在学校里的课程设置、教学计划，更有译学理论等方面的探讨。

那么如何实现译学观念的现代化呢？或者说，译学观念的现代化转向应该体现在哪几个方面呢？

首先，要能够正确处理翻译理论与翻译实践之间的关系。香港浸会大学张佩瑶教授于2002年在上海外国语大学举行的翻译研讨会上通过追溯“theory”一词的来源，指出“理论”意即“道理、法则、规范”，是系统的、科学的东西，是现代建构出来的产物，因此从某种意义上说，无论中西，早期的翻译论述其实都是有“论”而无“理论”。她认为，重经验讲实践，不只是中国特色，中外皆然，不同点是西方自20世纪70年代后大力发展纯理论的东西，从多角度探讨翻译的本质，而中国的译学研究很大程度上还没有脱离传统的窠臼，仍然强调以实践为基础，很少探讨翻译的语言哲学问题，追问翻译的本质，所以在中国译学观念的现代转型过程中，应该首先重估中国传统译学理论的价值，然后再考虑如何引入国际上新的译学理论范式。①

香港中文大学王宏志教授也有相似的意见。他分析了中国传统译学中讨论的主要内容，认为徒有理论之虚名而无其实，只是经验的堆砌而已。虽然这些经验之谈对翻译实践有一定的参考价值，但是它们不能被看作真正的译学理论研究，因为真正的译学研究是有逻辑性的，是客观的、科学的。翻译研究不是价值判断，不是用作指导实践。鉴于中国至今尚无真正的译学理论研究，王宏志认为，当务之急是建立严格意义上的翻译学科，确立新的研究方向，实现从原文为中心向译文为中心的研究范式的转型。②

其实，对于翻译理论有用无用的困惑，不光在我国翻译界存在，在国外

---

① 李小均：《促进译学观念转变 推动译学建设 2002年上外中国译学观念现代化高层学术论坛综述》，《中国比较文学》，2003年第1期，第175页。

② 李小均：《促进译学观念转变 推动译学建设 2002年上外中国译学观念现代化高层学术论坛综述》，《中国比较文学》，2003年第1期，第176页。

也同样存在。2002 年出版的一本《理论对翻译家有用吗？象牙塔与语言工作面之间的对话》(*Can Theory Help Translators？—A dialogue between the ivory tower and the wordface*)讨论的也是这个问题。该书的两位作者切斯特曼(Andrew Chesterman)和瓦格纳(Emma Wagner)指出，那种指令性的研究(prescriptive study)，也就是要去规定翻译家该怎么做、不该怎么做的研究，已经过时了(old-fashioned)，现在的研究者(显然是指的纯理论研究者)，要做的是描述性的研究(descriptive study)，他们的研究是"描述、解释、理解翻译家所做的事，而不是去规定翻译家该怎么做"①。

从这个意义上而言，相对于传统翻译研究的实用主义观念，翻译的纯理论研究也许可定义为"无用之用"。因为从传统的实用观念来看，如同本章开头所引的那位作者所言，翻译的纯理论研究确是"无用"的。但是从另一个角度看，纯理论研究也有它的功用。以笔者本人的译介学研究为例，它对具体的翻译实践虽然"无用"，但是它在区分"翻译文学史"和"文学翻译史"的概念、界定"翻译文学"的概念、确立翻译文学在中国文学中的地位等方面，又有着传统翻译研究所无法替代的功用。

其次，译学观念现代化，要求我们从事翻译实践和翻译教学的人中间有一部分人应该有成为专门翻译理论家的追求。我们当然不反对从事翻译理论的专家学者在从事翻译理论研究的同时，在可能的情况下也从事一些翻译实践。但是，从目前我们国内译学界的实际情况来看，我们更迫切需要一支有独立译学理论意识的、能全身心专注于中国译学学科建设的人才队伍。

关于这个问题，前几年王东风教授就已经提出了"21 世纪的译学研究呼唤翻译理论家"的观点。他指出："虽然从理论上讲，实践与理论之间的互动始终存在，但从根本上讲，实践和理论是不能互相取代的。说白了就是，实践家不是理所当然的理论家，理论家也未必就是理所当然的实践家，实践家可以成为理论家，但前提是他必须花费与他的实践几乎相同的时间和精力去钻研理论。反之亦然。"②当代学科建设的特点之一就是分工越来越细，研究队伍开始分流，各有所重，这意味着每一门学科需要有一支专门的

① Andrew Chesterman and Emma Wagner. *Can Theory Help Translators？—A dialogue between the ivory tower and the wordface*. Manchester：St. Jerome Publishing，2002：2.

② 王东风：《中国译学研究：世纪末的思考》，《中国翻译》，1999 年第 1 期，第 9 页。

研究队伍，我们再也不可能像从前俄国的罗蒙诺索夫（Михаил Васильевич Ломоносов）那样，一个人既是诗人、语言学家、语文学家，又是化学家、物理学家，等等。

从相关学科的发展史看，这个问题也许可以看得更清楚。学科的建立固然离不开具体的实践以及对实践的研究，但更需要专门的理论工作者。文艺学学科的建立、比较文学学科的建立，主要不是靠的从事实际写作和创作的诗人、小说家和剧作家，而是靠的文艺理论家和比较文学家，其中的主力更是在高等学府从事研究生教学和相关学科理论研究的学者。现在，中国翻译学学科的建设与发展的情况也一样。

最后，译学观念的现代化意味着要有开阔的学术视野，这与上述学术队伍的分流、分工，是相辅相成、互为补充的两个方面。一门独立的学科当然需要专门的学科理论的支撑，但是由于现代学科，尤其是我们这门学科的研究对象——翻译的特殊性（它几乎与所有的学科都有关系），所以我们这门学科的理论，也即翻译学，也必然是开放性的，它必然也必须借用各种当代文化理论，以拓展它的研究视野，以展示它的方方面面。翻译研究的界限不再像以前那么分明，学科之间的重叠、交叉、接壤的情形将越来越多，越来越普遍。这一点从当代国外以及我们国内的翻译研究中已经得到了证实，这里无须赘言。

党的十六大以来，我国报刊媒体有一个词的出现率相当高，这就是"与时俱进"。现在我们是不是也应该把这个词（这已经不是一个普通的词，而是代表了一种观念）用到我们的译学界来，让我们的译学观念也能与时俱进，实现译学观念的现代化转向，以推进译学学科建设的健康发展呢？

第二节　当代西方翻译研究的三大突破和两大转向

对西方而言，20 世纪就是翻译的世纪。20 世纪西方翻译的发展和繁荣，超过了历史上任何一个时期。具体就西方的翻译研究而言，20 世纪首先是翻译研究的语言学派得到空前发展的时期。20 世纪初，索绪尔提出的普通语言学理论，不仅为语言学的发展奠定了基础，同时也为翻译研究语言学派的确立注入了生机。当代著名翻译理论家奈达曾把西方的翻译理论归纳为四大流派，即语文学理论、语言学理论、交际理论和社会符号学理论，其中除语文学理论的兴趣在于如何翻译经典文献和文学作品外，其余三大理论流派均在不同程度上运用了语言学的理论去阐释翻译中的各种语言现象。其中，语言学理论更是直接应用普通语言学理论，以对比两种语言的结构为其出发点，建立其翻译的等值观。

当然，翻译研究的语言学派理论的全面确立和发展主要还是在20世纪后半叶。从20世纪50年代起，西方出现了一批运用现代语言学的结构理论、转换生成理论、功能理论、话语理论、信息论等理论的学者，他们把翻译问题纳入语言学的研究领域，从比较语言学、应用语言学、社会语言学、语义学、符号学、交际学等角度，提出了相对严谨的翻译理论和方法，开拓出了翻译研究的新领域，给传统的翻译研究注入了新的内容。他们是当代西方翻译史上名副其实的翻译理论家，其中最主要的代表人物有雅各布森、奈达、卡特福特、纽马克等人。从严格意义上来说，正是这批学者对翻译问题的学术探讨，即他们所代表的当代西方翻译研究中的语言学转向，揭开了当代西方翻译研究史上的理论层面。

1959年，雅各布森发表了《论翻译的语言学问题》，他站在符号学的立场上，把翻译理解为对"两种不同语符中的两个对等信息"进行重新编码的过程。如前文所述，他把翻译区分为三种类型，即语内翻译、语际翻译和符际翻译，认为"在语际翻译中，符号与符号之间一般也没有完全的对等关系，只有信息才可用来充分解释外来的符号和信息"，从而跳出了历史上翻译研究常见的经验层面，体现了对翻译研究深层的理论思考。① 雅各布森的译论对20世纪的翻译研究具有深远的影响。

奈达则在交际理论的基础上提出了动态对等的翻译理论。他从语言的交际功能出发，认为语言除了传递信息外，还有许多交际方面的功能，如表达功能、认识功能、人际关系功能、祈使功能、司事功能、表感功能等，翻译不仅应传递信息，还应传达以上所说的语言的各种功能，这也就是奈达所追求的翻译的"等效"。由于奈达把翻译视作一种交际活动，所以他在判断翻译的效果时也是从翻译所传达的信息量出发，认为翻译的效果在于译语读者

① Roman Jakobson. On linguistic aspects of translation —An anthology of essays from Dryden to Derida. In Rainer Schulte and John Biguenet (eds.). *Theories of Translation*. Chicago: The University of Chicago Press, 1992: 144—151.

从译文获取的信息，是否类似源语读者对于原文的理解。

但是，奈达的"等效"理论注重内容而轻形式，纽马克认为形式与内容同等重要，故完全照此翻译不可取。他提出了交际翻译和语义翻译两种方法，前者致力于重新组织译文的语言结构，使译文语句明白流畅、符合译文规范，突出信息产生的效果；后者则强调译文要接近原文的形式。他的理论意欲兼顾形式与内容在不同需要下的不同侧重。

卡特福特在其《翻译的语言学理论》一书中，把翻译界定为"用一种等值的语言（译语）的文本材料去替换另一种语言（源语）的文本材料"[①]，并把寻求另一语言中的等值成分视作翻译的中心问题，从而提出翻译理论的使命就在于确定等值成分的本质和条件。语言学派的研究由于应用了语言学理论，使得翻译研究的结果显得比较"直观"，也比较"科学"。但是，当语言学派的研究应用于文学翻译时，就暴露出它的局限性了——因为此时它面临的对象不单单是一种语言向另一种语言的转换，仅具科学性；其研究对象也即文学翻译有着自身的特点，更具艺术性。因此，还在20世纪上半叶就已经有学者不仅是从语言学的角度出发分析翻译问题了。例如，布拉格语言学小组的奠基人之一马西修斯（Vilem Mathesius）在1913年就从等效翻译的角度指出："哪怕运用不同于原作中的艺术手段，也要让诗歌翻译对读者产生原作同样的作用……相似的或接近相似的手段其效果往往未必相似。因此，追求相同的艺术效果比追求相同的艺术手段更为重要，在翻译诗时尤其如此。"[②]到了奈达提出交际理论，强调原文与译文的不同的文化背景以及这种背景在译文的接受效果中所起的作用后，语言学派的某些领域实际上已经与文艺学派的研究领域接壤，包括交际理论、符号学理论等在内的一些语言学派理论中的许多观点也已广泛被文艺学派所利用。

因此，进入20世纪下半叶以后，当代西方的翻译研究又开始发生一个重要的变化，那就是不再局限在以往单纯的语言文字的转换、文学文本的风格、翻译的标准等问题上；研究者从各个领域切入翻译研究，除了语言学、文学、外语教学外，还有哲学、社会学、心理学甚至电脑软件开发，以及各种各样的当代文化理论。其实，即使是所谓的语言学派的翻译研究，到后来也不

① 卡特福特：《翻译的语言学理论》，穆雷译，北京：旅游教育出版社，1991年，第24页。

② 马西修斯：《翻译的技巧》（俄文版），莫斯科：苏联作家出版社，1970年，第416页。

可能仅局限在纯粹的语言转换层面而不进入文化研究层面。如奈达，他从动态对等到功能对等，就已经涉及不同文化语境对翻译等值的影响。所以，越来越多的学者开始从文化层面上审视、考察翻译，从某种意义上而言，翻译研究正在演变为一种文化研究，当代西方翻译研究中的文化转向已成为该领域研究中的一个趋势。事实上，已经有学者指出，最近 30 年来，“翻译研究正越来越转向文化研究，并成为文化研究的一部分”[①]。

翻译的文化转向，和语言学派一样，比较成规模的研究同样起始于 20 世纪的后半叶。

在此之前，西方的译学研究有一种实用主义的倾向，它对专业文献（技术、科学、商业等）的翻译甚至口译，似乎倾注了更多的关注，而对文艺翻译的重视远不如苏联、中国乃至一些东欧国家。所以 1957 年萨沃里（Theodore Horace Savory）的《翻译的艺术》（*The Art of Translation*）一书的出版，在西方就产生了较大的影响。从某种意义而言，该书似乎可以视作当代西方译学研究者重视文学翻译的理论问题的先兆。

进入 20 世纪 60 年代后，西方译学界有两篇论文值得我们关注。一篇是美国学者帕里斯（Jean Paris）撰写的《翻译与创造》（“Translation and Creation”），另一篇是法国文学社会学家埃斯卡皮（Robert Escarpit）发表在《总体文学与比较文学年鉴》（*Journal of Comparative and General Literature*）上的论文《文学的关键问题——“创造性叛逆”》（“‘Creative Treason’ as a Key to Literature”）。帕里斯在文章的一开头就提出了两个问题：在把一部作品从一种语言转变到另一种语言中去的时候，作品的性质有没有被完全改变？在完成作品语言的转化过程中，译者有没有违背或至少是损伤原作的艺术和精神？他对英国人通过英语欣赏莱辛、法国人通过法语欣赏济慈表示怀疑。他在比较分析了原作和译作的性质之后得出结论：“我确实认为，一个诗人首先是一个译者，一个未知世界的译者。他赋予这个世界一个明确的、一个可以感觉得到的表现形式。对艺术而言，发现甚于创造……译者处于与艺术家很相像的地位。译者是一件艺术作品的共同创造者，而艺术家则

① Luise von Flotow. *Translation and Gender*. Manchester: St. Jerome Publishing, 1997: 1.

是现实的创造者。”[①]

如果说，帕里斯向我们揭示了翻译的创造性价值的话，那么埃斯卡皮竭力论证的就是文学交际中的“创造性叛逆”的价值了。埃斯卡皮是从一个非常广阔的背景上考察文学交际中的“创造性叛逆”的。他认为，任何一个概念一旦被表达、传达，它就被“叛逆”了，对于文学作品来说尤其如此，因为文学作品使用的是通用的交际语言，这种语言带有一整套的象征，包含着约定俗成的价值观，所以它不能保证每一个创作者都能准确无误地表达他所要表达的生动的现实。譬如当一个诗人说出或写下“紫色”这个词，他无法断定这个视觉形象能否在每一个读者身上都产生他想表达的含义。然而，艺术的妙处也就在这里。假如“原意”与“理解”能进行直接、完整、迅速的交流的话，那么艺术也就失去了它的意义了。[②] 埃斯卡皮高度评价文学翻译中的“创造性叛逆”，并提出：“如果大家愿意接受翻译总是一种创造性的背叛这一说法的话，那么，翻译这个带刺激性的问题也许能获得解决。”[③]

20 世纪 70 年代是当代西方文学翻译研究取得突破性进展的时期。这一时期的著作首推英国学者斯坦纳的专著《通天塔——文学翻译理论研究》。[④] 这本书的引人注目之处就是提出了“理解也是翻译”的观点。斯坦纳说，“每当我们读或听一段过去的话，无论是《圣经》里的《列王纪》，还是去年出版的畅销书，我们都是在进行翻译。读者、演员、编辑都是过去的语言的翻译者。”斯坦纳高度评价了翻译的功绩，他说：“文学艺术的存在，一个社会的历史真实感，有赖于没完没了的同一语言内部的翻译（其实，又岂止是语内翻译呢——引者），尽管我们往往并不意识到我们是在进行翻译。我们之所以能够保持我们的文明，就因为我们学会了翻译过去的东西。”与语言

---

① Jean Paris. Translation and creation. In William Arrowsmith (ed.). *The Craft and Context of Translation*. Austin: The University of Texas Press, 1961: 62－63.

② Robert Escarpit. “Creative Treason” as a Key to Literature. *Journal of Comparative and General Literature*, 1961, (10): 16－21.

③ 埃斯卡皮：《文学社会学》，王美华、于沛译，合肥：安徽文艺出版社，1987 年，第 137 页。“叛逆”（treason）一词在该译本中译为“背叛”。

④ 该书原名《通天塔之后——语言与翻译面面观》（George Steiner. *After Babel － Aspects of Language and Translation*. Oxford: Oxford University Press, 1975），中文节译本易名为《通天塔——文学翻译理论研究》。

学派的研究观点相比，斯坦纳的观点显然进一步拓宽了翻译研究的思路。[①]

与此同时，在当代西方译学界还活跃着另一批学者，他们虽然来自不同的国度，但是从文化层面研究翻译的共同主张、观点和方法论把他们连在了一起。从70年代中期（个别学者从60年代末、70年代初）起，他们不断开会、发表论文、出版著作，形成了比较完整而又独特的翻译研究理论，其代表人物正是前文提及的霍尔姆斯、埃文-佐哈尔、图里、勒菲弗尔、巴斯奈特、朗贝尔，以及梵·登·勃鲁克等。这批学者竭力想打破文学翻译研究中业已存在的禁锢，试图采用有别于大多数传统的文学翻译研究的方法，在不断发展对翻译实践的研究和构建综合理论的基础上，建立文学翻译研究的新模式。虽然他们从各自的立场出发，对文学翻译做出了各自不同的描述和诠释，但人们仍不难发现他们的研究中存在着许多相同点，这些相同点可以简单地归结为如下几个方面：他们都把翻译理解为一个综合体，一个动态的体系；他们都认为，翻译研究的理论模式与具体的翻译研究应相互借鉴；他们对翻译的研究都属于描述性的，重点放在翻译的结果、功能和体系上；他们都对制约和决定翻译成果和翻译接受的因素、翻译与各种译本类型之间的关系、翻译在特定民族或国别文学内的地位和作用，以及翻译对民族文学间的相互影响所起的作用感兴趣。霍尔姆斯曾非常深刻地阐明了翻译研究中的语言学派与文艺学派之间的区别："文艺学派的主要兴趣是在翻译产品上，重在研究译作到底是怎样的一种文本；语言学派的主要兴趣在于用一种语言输入的句子与用另一种语言输出的句子之间发生了什么变化。它是从原作到译作的探讨，而不是从译作即从结果再返回原作进行研究。语言学派翻译理论的最大优势表现在研究高度规范化的语言方面，能提供许多范式以及使用标准形式的术语。但是这种理论有一个严重的缺陷，即它从语言学的角度只研究句子层面以下的语言现象，结构语言学和转换语言学分阶段的研究都没有走出句子层面，而翻译则很明显地不是去翻译一系列的句子，而是翻译一个由一系列句子组成的文本。在此前提下，几乎所有的语

① 斯坦纳：《通天塔——文学翻译理论研究》，庄绎传编译，北京：中国对外翻译出版公司，1987年：第22、28页。

言学派理论都暴露出了一个共同的缺点，即它们都不能触及翻译的文本层面。"①

把文学理解为一个体系，也即把文学理解为由各种因素按一定的规则严格构建而成的组合体，这种观点如果追本溯源的话，可以追溯到俄国形式主义理论家蒂尼亚诺夫(Юрий Николаевич Тынянов)、雅各布森和捷克结构主义理论家穆卡洛夫斯基(Jan Mukařovský)等人那里。在今天持这种观点的学者也仍不乏其人，如洛特曼(Yury Lotman)、纪廉(Claudio Guillén)、施密特(Siegfried Schmidt)、埃文-佐哈尔等。其中，埃文-佐哈尔所提出的多元系统理论(The Polysystem Theory)对上述这批文学翻译的探索者产生的影响最大。

除埃文-佐哈尔的多元系统理论外，图里的论文集《翻译理论探索》(*In Search of a Theory of Translation*)一书在这批学者中间，甚至在整个西方学术界影响也很大。这本书收集了图里1975－1990年间所写的论文11篇，其中有对翻译符号学的研究、对翻译标准的研究，也有对描述性翻译的研究和对具体翻译个案的研究。作者的整个指导思想是，迄今为止我们对翻译问题的研究过多地局限在关于可译性、不可译性等问题的讨论上，而太少关注对译文文本(translated text)本身的研究，更忽视了对译入语的语言、文学、文化环境给翻译造成的影响等问题的研究，因此他把注意力集中在翻译的结果，而不是翻译的过程上。图里认为，翻译更主要的是一种受历史制约的、面向译入语的活动，而不是纯粹的语言转换。因此，他对仅仅依据原文而完全不考虑译入语因素(与源语民族或国家完全不同的诗学理论、语言习惯等)的传统翻译批评提出了批评。他认为，研究者进行翻译分析时应该注意译入语一方的参数，如语言、文化、时期，等等，这样才能搞清究竟是哪些因素并在多大程度上影响了翻译的结果。图里还进一步提出，研究者不必为翻译在(以源语为依据的)"等值"和(以目的语为依据的)"接受"这两极之间何去何从而徒费心思——在他看来，翻译的质量与特定文学和特定文本的不同特点的翻译标准有关。他把翻译标准分为三种：前期标准、始创

---

① James S. Holmes. Translation theory, translation theories, translation studies, and the translator. In James S. Holmes. *Translated!: Papers on Literary Translation and Translation Studies*. Amsterdam: Rodopi, 1988: 94.

标准和操作标准。所谓前期标准（preliminary norm）指的是对原文版本、译文文体、风格等的选择，始创标准（initial norm）指的是译者对“等值”“读者的可接受性”以及“两者的折中”所做的选择；所谓操作标准（operational norm）则是指的反映在翻译文体中的实际选择。图里认为，译者的责任就是要善于发现适宜的翻译标准。对图里的“翻译标准”人们也许并不完全赞同，但是他的探索给人们提供了进行翻译研究的崭新的视角，这点是显而易见的。

最后，也是20世纪末译学界最值得注目的现象之一，即女性主义批评家的加入为当代的翻译研究吹入一股新风。20世纪80年代以来，国际译学界出现了一批从女性主义批评立场研究翻译的学者。有意思的是，她们首先强调的是译作与原作的地位问题。她们指出，传统的观点把译作与原作视作两极，所谓的“优美的不忠”的说法其内蕴其实就是原作是阳，译作为阴，阳者是万能的，而阴者则处于从属地位。翻译界流传甚广的说法“翻译像女人，忠实的不漂亮，漂亮的不忠实”，不仅包含着对女性的性别歧视，而且也包含着对译作的歧视。

与此同时，在翻译中占据统治地位的男性话语自然也受到了女性主义批评家们的猛烈抨击。有人就抱怨法语语法中阴性、阳性规则对女性的歧视，例如，在法语中，作为同一个句子的主语，300名妇女的地位还及不上一只猫（当然是一只公猫），因为句子谓语要求与“猫”保持一致，从而将300名妇女置于“猫”后。其实，把阳性作为语法的语言常规，把阴性理解为阳性的对立面，这种情况在许多语言中都可以见到。于是一些女性主义批评家便设想建立一种新的女性的语言格式，并利用双关、新词和外来语等手段来破除人们头脑中的传统语言观念，力图创造一种新的女性语言的格局。这样，女性主义者的创作便成了男性译者翻译时的一大障碍。其实，即使没有这些创新的女性主义话语，男性翻译者也已经受到了女性作家的强烈挑战，她们诘问：一个男性译者能把女性作家在作品中所描写的只有女性才能体会到的独特的心理和生理感受翻译出来吗？从某种意义而言，女性主义批评家的翻译研究已经越出了一般的翻译研究，它涉及的已不是单纯的语言转换问题，而是还有经济问题、社会问题、政治问题，等等。

综观两千多年的西方翻译研究史，从直译、意译的讨论，可译、不可译的争论，到对翻译的风格、原则、标准、性质的探索，再到近几十年来运用语言学理论对翻译进行分析，以及以各种文化理论对翻译从文化层面上进行审视，翻译研究的理论层面正在一步步地提高，翻译研究的视野正在一步步地拓宽，翻译研究的概念也正在一步步地更新。

把 20 世纪 50 年代以来一些当代西方学者的翻译研究，与此前两千多年的翻译研究相比，我们可以发现，其中呈现出三个根本性的突破。

首先，50 年代以来的西方翻译研究开始从一般层面上的对两种语言转换的技术问题的研究，也即从“怎么译”的问题，深入到了对翻译行为本身的深层探究，提出了语音、语法、语义等一系列的等值问题。当代西方翻译研究中的等值论等研究，虽然有它的局限，但它对翻译所做的微观分析，无疑使人们对翻译的过程和目标，看得更加清楚、更加透彻了。譬如卡特福特在《翻译的语言学理论》一书中根据翻译的范围、层次、等级，把翻译区分为“全文翻译对部分翻译”(full vs. partial translation)、“完全翻译对有限翻译”(total vs. restricted translation)等类型，然后又进一步分析其中的文本材料的翻译情况，如音位翻译是怎么回事，字形翻译又是怎么回事。这样的探讨，显然要比此前所论及的应该怎样翻译、不应该怎样翻译要精细得多。

而在此之前，直至 20 世纪 50 年代为止，西方翻译史上的绝大部分翻译研究基本上关注的就是如何进行翻译，或者说如何更好地进行翻译的问题。这样，研究者关注的重点也就一直停留在翻译的最表层的语言转换的问题上。对直译、意译的讨论要解决的是如何翻译的问题；而可译与不可译之争，表面看来似乎进入了哲学层面，其实它的背景涉及的是对待宗教文献的翻译态度问题，即对宗教典籍(如《圣经》)的原文是顶礼膜拜、亦步亦趋呢，还是译者可以主动自由发挥。所以归根结底，还是突破不了直译、意译的讨论范畴。后世对翻译风格、原则、标准、性质的讨论也同样如此，即大多是翻译实践的经验、体会、总结以及由此而来的思考和主张。当代美国翻译学研究者巴恩斯通(Willis Barnstone)教授说得好：“在 20 世纪之前，所有人，包括贝雷(Guillaume Du Bellay)、多雷(Etiene Dolet)、查普曼(George Chapman)、德莱顿(John Dryden)、蒲伯(Alexander Pope)、泰特勒、赫尔德(Johann Gottfried Herder)、施莱尔马赫(Friedrich Daniel Ernst Schleiermacher)，还有那两个哲学家叔本华(Arthur Schopenhauer)和尼采(Friedrich Wilhelm Nietzsche)，不管他们谈翻译谈得如何头头是道，他们讲的并不是翻译理论（尽管我们通常称之为理论），而只是应用于文学的翻译原则与实践史罢了。”①

其次，当代西方的翻译研究不再局限于翻译文本本身，而是将译作的发起者（即组织或提议翻译某部作品的个人或群体）、翻译文本的操作者（译者）和接受者（此处的接受者不光指的是译文的读者，还有整个译语文化的接受环境）也作为研究对象。这些研究借鉴了接受美学、读者反应等理论，超越了译文是否忠实之类问题的探讨，而考察了译作在新的文化语境里的传播与接受，注意到了翻译作为跨文化的传递行为的最终目的和效果，还注意到了译者在翻译相关过程中所起的作用，等等，这无疑展现了翻译研究的巨大进步。

譬如，德国功能学派翻译学学者弗米尔的翻译行为理论就竭力强调译者的目标在翻译过程中的决定性作用。他把译者的目标理解为一种集合了多种因素的企图或意愿，当译本到达一群接受者手里时，译者体现在译作中的企图或意愿可能与原作的原意完全背道而驰，大相径庭。所以，在弗米尔看来，翻译的成功取决于译作中所体现的意愿与接受者环境中的意愿的内在一致性，即他所说的“语内连贯”（intratextual coherence）。尽管译者无法完全预见接受者可能会有的反应，但设想中的接受者类型却会左右译者的翻译活动。②

最后，当代翻译研究中最大的突破还表现在把翻译放到一个宏大的文化语境中去审视。

研究者开始关注翻译研究中语言学科以外的其他学科的因素。他们一方面认识到翻译研究应作为一门独立学科而存在，另一方面又注意到翻译研究的多学科性质，注意到它不仅与语言学相关，而且还与文艺学、哲学甚至社会学、心理学等学科都有紧密的关系。但是翻译研究所关注的核心问题当然还是文本在跨文化转换中所涉及的一系列文化问题，诸如文化误读、信息增添、信息失落等。正如译学家韦努蒂提到的，“符号学、语境分析和后结构主义文本理论等表现出了重要的概念差异和方法论差异，但是它们在

① Willis Barnstone. *The Poetics of Translation*. Cuberland: Yale University Press, 1993: 222 .

② Hans J. Vermeer. Skopos and commission in translational action. In V. Lawrence (ed.). *The Translation Studies Reader*. London: Routledge, 2000:221—232.

关于'翻译是一种独立的写作形式，它迥异于外语文本和译语文本'这一点上还是一致的"[①]。

在这种情况下，翻译不再被简单地看作两种语言之间的转换行为，而是译入语社会中独特的政治行为、文化行为、文学行为、商业行为，而译本则是译入语社会中诸多因素作用下的结果，对于译入语社会的政治生活、文化生活乃至日常生活有时起着举足轻重的作用。鉴于此，如前文所言，德国功能学派的另一学者霍尔兹-曼塔利甚至不把翻译简单地称作为"翻译"，而是用一个杜撰的、含义更为广泛的新词"移译行为"代替它，以表示各种各样的跨文化交际行为。[②]

研究者借用各种当代文化理论去考察、剖析翻译作为一种跨文化交际行为在译入语社会中的巨大影响和作用，从而展现出翻译研究的巨大空间和发展前景。譬如，埃文-佐哈尔的多元系统理论就注意到了翻译与译入语社会的政治意识形态之间的关系，更注意到了所有的文学翻译都是源语国文学为了某种目的而对译入语国家文学的一种操纵或控制。[③]

多元系统理论提出了一系列在原先的文学研究者看来似乎无关紧要的问题，诸如为什么一些文化被翻译得多而另一些文化却被翻译得少，哪些类型的作品会被翻译，这些作品在译入语体系中占何地位，在源语体系中又占何地位，两相比较又有何差别，我们对特定时期翻译的惯例和习俗知道多少，我们如何评价作为一种创新力量的翻译，大规模的翻译活动和称作经典的作品在文学史上是何关系，译者对其所翻译的作品有哪些想象，而这些作品又是如何被形象性地表达出来的。这些问题表明，作者已经不再把翻译看作一种"次要的""边缘的"行为，而是文学史上一支基本形成的力量。埃文-佐哈尔还分析了在某一文化圈内形成翻译高潮的三种特定条件，把翻译行为和文化的弱势与强势联系了起来。这样的探讨，对人们客观冷静地认识各民族文学中的翻译行为无疑极具启迪意义。

多元系统理论致力于探索对翻译文学进行系统研究的合适的框架，同

---

① Lawrence Venuti (ed.). *The Translation Studies Reader*. London: Routledge, 2000: 215-217.

② Lawrence Venuti (ed.). *The Translation Studies Reader*. London: Routledge, 2000: 215-217.

③ Itamar Even-Zohar. Polysystem Theory. *Poetics Today*, 1979(1): 9.

时也努力揭示文学翻译的模式。但它无意对文学翻译做任何价值判断或做任何“指导”，而是把翻译的结果视作一种既成事实作为其研究的对象，探寻决定和影响翻译文本的各种因素。这样，这批学者的翻译研究，正如图里所说，是以经验事实，即翻译的文本为其出发点。但是由于他们的研究注重翻译的功能和实效，所以他们在研究时目光并不囿于孤立的文本，而是着眼于整体性的思考，诸如共同的规则、读者的期待、时代的语码、文学系统历时和共时的交叉、翻译文学与周边国家文学或非文学体系的相互关系，等等。

颇具新意的还有勒菲弗尔提出的“折射理论”。勒菲弗尔认为，“对大多数人而言，讨论中的古典作品无论从哪个角度看都是它本身的折射，或者更确切地说，是一系列的折射。从中小学校使用的选集里的漫画或大学里使用的文集，到电影、电视连续剧……到文学史上的情节总结，到评论文章……我们对古典作品的感受就是由一系列我们已经熟悉的折射累加在一起组成的”。而翻译，勒菲弗尔认为，也像所有的文学研究，包括如文学批评，也是对原作的一种“折射”。他分析说，由于文学主体概念的作用，人们习惯于认为“对文本进行的任何形式的篡改，都理所当然地是对原文的亵渎。然而，翻译就是这样一种篡改”。这样，“对文学作品的独特性来说，翻译就代表了一种威胁，而文学批评不会产生这种威胁，因为……批评没有明显地改变原文的物质外形”。勒菲弗尔指出，这其实是一种偏见，因为“如果我们承认翻译和批评的作用都是使某部作品适合另一些读者，或者对读者将某部原作按照包含文学批评和文学翻译的诗学具体化产生影响，那么，批评和翻译之间的差别就微乎其微了”[①]。这里，我们可以清楚地看到，勒菲弗尔通过提出所谓的折射理论对翻译进行了新的阐述，实际上已经把翻译(尤其是文学翻译)放在与译入语文化圈内的文学创作同等地位上予以考察了。

当代西方的翻译研究还有其他许多方面的发展趋势，但注重从文化层面上对翻译进行整体性的思考，诸如共同的规则、读者的期待、时代的语码，探讨翻译与译入语社会的政治、文化、意识形态等的关系，运用新的文化理论对翻译进行新的阐述，等等，实在是近几十年西方翻译研究中一个很重要的发展趋势。这种研究不仅在一定程度上揭开了西方翻译研究的一个新的层面，而且对当代国际学术界的文化研究也产生了相当大的影响，表现出相

① Susan Bassnett. *Comparative Literature*. Oxford: Blackwell Publishers, 1993: 147.

当广阔的发展前景。有必要说明的是，当我们在评述当代西方翻译界有越来越多的学者从广阔的文化层面上去审视翻译，把翻译提升为一种跨文化的交际行为予以分析、研究的时候，并不意味着它就是当代西方翻译研究界唯一的发展趋势。事实上，目前西方译学界还有相当多的学者仍然在借用语言学或外语教学的理论研究翻译，仍然在关心和探讨"怎么译""如何译得更好"等问题。正如当代世界的文化是多元的一样，当代西方学术界的翻译研究范式也是多元的。

第三节　多元系统理论：翻译研究领域的拓展

多元系统理论是以色列学者埃文-佐哈尔早在 20 世纪 70 年代初就已经提出的一种理论。1978 年，埃文-佐哈尔把他在 1970—1977 年间发表的一系列论文结集成册，以《历史诗学论文集》(*Papers in Historical Poetics*)为名出版，首次提出了"多元系统"(polysystem)这一术语，意指某一特定文化里的各种文学系统的聚合，从诗这样"高级的"，或者说"经典的"形式(如具有革新意义的诗)，到"低级的"，或者说"非经典的"形式(如儿童文学、通俗小说等)。

埃文-佐哈尔的多元系统理论虽然在西方学术界早就引起了相当热烈的反响，但是国内学术界直至 20 世纪 80 年代末对其仍知之甚微。直至 90 年代初，随着我国改革开放的深入以及走出国门进行国际学术交流的学者越来越多，才开始有人接触到了多元系统理论。但是真正把它介绍到国内学术界来，那也已经是 90 年代末的事了。

我国香港、台湾地区的学者与多元系统理论的接触显然要比内地(大陆)学者早，他们在 1994 年即已直接聆听了埃文-佐哈尔的报告，但令人遗憾的是，埃氏的多元系统理论在台港也同样在很长一段时间内"没有引起很大的回响"[①]，直到 20 世纪 90 年代末、21 世纪初才真正引起人们的关注——2001 年第 3 期《中外文学》推出的"多元系统研究专辑"也许可视作这方面的一个标志。

---

① 1994 年 11 月 22—25 日埃文-佐哈尔应台湾大学国际学术交流中心之邀，在台大外文系做了两场学术演讲。参见 2001 年 8 月《中外文学》第 4 页。

埃氏的多元系统理论之所以迟迟未能在华人文化圈内产生较为热烈的反响，一方面固然是因为埃氏的多元系统理论本身比较艰涩，牵涉的学科又过于庞杂，如语言、文学、经济、政治等，无不涉及；另一方面，更因为我国翻译界对翻译的研究和关注仍较多地停留在文本范畴以内，而对翻译从文化层面上进行外部研究的意识尚未确立，这使得他们即使接触到了埃氏的多元系统理论，也一时会觉得它与心目中的翻译研究相距甚远，甚至没有关系。另外，埃氏的多元系统理论文章一直没有完整的中译文，恐怕也是多元系统理论在中国大陆传播不广的一个原因（直到 2002 年张南峰教授翻译的《多元系统论》才发表在《中国翻译》第 4 期上）。

埃氏多元系统理论的一个核心内容就是把各种社会符号现象，具体地说是各种由符号支配的人类交际形式，如语言、文学、经济、政治、意识形态等，视作一个系统而不是一个由各不相干的元素组成的混合体。而且，这个系统也不是一元化的单一系统，而是一个由不同成分组成的、开放的结构，也即是一个由若干个不同的系统组成的多元动态系统。在这个多元动态系统里，各个系统“互相交叉，部分重叠，在同一时间内各有不同的项目可供选择，却又互相依存，并作为一个有组织的整体而运作”[①]。但是，在这个整体里各个系统的地位并不平等，它们有的处于中心，有的处于边缘。与此同时，它们的地位并不是一成不变的，它们之间存在着永无休止的斗争：处于中心的系统有可能被驱逐到边缘，而处于边缘的系统也有可能攻占中心位置。简言之，埃氏的多元系统理论为我们描绘了一幅大到世界文化、小到国别（民族）文化的活动图。

按理说，埃氏的多元系统理论主要着眼的是一个多元文化系统内各系统之间的关系、斗争和地位的演变（为此，笔者最初接触到埃氏的“Polysystem Theory”一词时，曾把它翻译成“多元文化理论”，以突显其文化理论的本质），其中提到翻译之处也并不算多。但颇为有趣的是，恰恰是翻译界最先接过了多元系统理论，并把它成功地应用到了翻译研究的实践中去，这很值得人们玩味和深思。

当然，埃氏的多元系统理论也确实对我们从事翻译研究有诸多的启迪和指导。它“绝不以价值判断为准则来预先选择研究对象”的原则，以及对

① 埃文-佐哈尔：《多元系统论》，张南峰译，《中国翻译》，2002 年第 4 期，第 20 页。

"批评"与"研究"之间的差别的强调，对我们国内的翻译研究就很有启发意义。有关翻译研究的历史，从有文字记载的算起，已经长达一两千年，但长期以来我们关注的焦点大多放在埃文-佐哈尔所说的"批评"(criticism)上，以价值判断为出发点——不是说某某人译得好，译得出色，就是说某部译作、某篇译文或某个段落、句子译得不确、有错误，等等，却忽视了翻译存在的另外一个天地，也即埃文-佐哈尔所说的"研究"(research)。

指出"批评"与"研究"的差异，强调不要把两者相混淆，并不意味着肯定后者和否定前者。事实上，两者各有其不可相互替代的功能。前者属于应用性研究，偏重对翻译实践的指导；而后者则属于描述性研究，更着重对翻译实践活动的描述、揭示和认识，是一种比较超脱的纯学术研究。

应用性研究我们做得比较多，既有个人翻译经验的总结和交流，也有具体译作的分析和点评。譬如，翻译家赵萝蕤以她前后翻译过的长诗《荒原》两个不同译本中的一些片段为例，谈她如何从30年代版的"不彻底的直译法"转到70年代末的"比较彻底的直译法"，以及如何在译文中体现原作中各种不同的语体的体会，等等。[①]再如翻译家叶君健指出在我们中译外的工作中，曾经为了所谓的"忠于原文"，画蛇添足地把"老虎"译成"old tiger"，把"肥猪"译成"fat pig"，令懂外文的人啼笑皆非。更有甚者，有人还把哲学中的一个术语"两点论"依样画葫芦译成法文的"la thèse en deux points"，结果"两点论"变成了"冒号论"，使得法文读者不知所云，想求忠实反而不忠实。[②] 不难发现，应用性研究多为文本内研究，或是把译文与原文对照，辨其信达与否，或是把两种或几种译文进行比较，判其孰优孰劣。

描述性研究近年也开始多了。譬如从20世纪80年代起国内出版的翻译史类的著作即是一种，从较早的《中国翻译简史》(马祖毅著)、《中国翻译文学史稿》(陈玉刚主编)，到近几年出版的《1949－1966：我国英美文学翻译概论》(孙致礼编著)、《中国近代翻译文学概论》(郭延礼著)、《汉籍外译史》(马祖毅、任荣珍著)等，对我国历史上的各种翻译活动和事件从史学的角度进行了梳理。这类著作一般不会关心文本内的研究(个别著作也有涉

① 赵萝蕤：《我是怎样翻译文学作品的》，《当代文学翻译百家谈》，北京：北京大学出版社，1989年，第605－614页。

② 叶君健：《关于文学作品翻译的一点体会》，《当代文学翻译百家谈》，北京：北京大学出版社，1989年，第113页。

及)，但避免不了价值判断，如对某翻译家或某译作在历史上的作用、意义的评价等。

还有一类著作，就明显地属于纯学术的研究了，如蔡新乐的《文学翻译的艺术哲学》和王宏志的《重释“信达雅”：二十世纪中国翻译研究》等。前者借鉴当代西方的语言哲学、现象学、解释学等理论，对文学翻译进行了形而上的哲学思考，研究的是文学翻译的本质属性与特征；后者在全书的开篇即援引埃文-佐哈尔的一段话作为题头语，指出“尽管文化史家普遍承认翻译在国家文化的形成过程中扮演了重要的角色，但无论在理论还是在描述层面上，这方面的研究却很少，这实在令人感到惊讶”[①]。然后，在接下来的几篇文章中，先后围绕严复、鲁迅、瞿秋白的翻译理论和思想，梁启超和晚清政治小说的翻译，晚清翻译外国小说的行为和模式等，在大量的中外文史资料的基础上，运用当代西方的翻译理论，从文化层面对20世纪中国的翻译理论、翻译思想和事件等，进行了新的阐发和研究。

有人也许会感到担心，跳出文本之外的翻译研究与翻译有什么关系呢？这种研究会不会流于空谈呢？因为迄今为止，仍然有相当多的人认为，既然是翻译研究，就应该结合具体的翻译实际。离开了翻译的实例谈翻译，有什么用呢？其实，有这种担心的人只看到了应用性研究的意义，却没有看到描述性研究的价值。即以王宏志教授的研究为例，王教授的研究虽然没有具体指出哪一个句子译错了，或哪一个句子译得很好，但是他的研究却能帮助我们更正确地把握严复的翻译思想：我们不少人以前总以为在严复的“信、达、雅”观点里，“信”是占第一位的。但王教授的研究揭示，原来在严复的翻译思想里“达”才是占据首位的。王教授的研究还让我们看清，原来鲁迅与梁实秋、赵景深的翻译之争，本质并不在于对翻译标准理解的差异，而是背后有更深刻的政治因素在起作用，等等。

诚然，文本内的研究对翻译实践有直接的指导意义，从某种意义上而言，似乎更有用。但是，有些问题如果仅限于在文本内进行研究，并不能完全解决问题。现实中正好有一个鲜活的例子：《中华读书报》2003年1月29日刊登了一篇文章，题目是《谁来向国外译介中国作品》，正如该文的副标题——“为我国对外英语编译水平一辩”所示，文章作者举出好几个令人信

① 王宏志：《重释“信达雅”：二十世纪中国翻译研究》，上海：东方出版中心，1999年，第1页。

服的例子，从半个多世纪前英国前首相丘吉尔称赞国民政府的外交官顾维钧的英语水平了得，足可与之“平起平坐”，到最近几十年我国翻译家许孟雄、英若诚等人的比外国人翻译的质量“高出一筹”的译作，等等，说明我国翻译家完全有能力、有水平把中国作品译介给世界。作者还进一步指出，“要指望由西方人出钱来弘扬中华文化，那是一厢情愿，万不可能”。文章最后，作者满怀热情地说：“因此，只要我们编得好，译得好，市场肯定不成问题，前景一定无比灿烂。”

应该说，作者为中国对外英语编译水平的辩解是有说服力的，我们国家确实有一批翻译家，他们的中译英水平绝不输给外国人。笔者这里甚至还可补充好几个例子，如方重翻译的陶渊明的诗，孙大雨翻译的屈原的《楚辞》，国外有关学者在进行过不同译本的比较研究后，也心悦诚服地指出，它们比国外翻译家翻译得还要好。但是，上文所引述的作者最后的结论却未免失之偏颇，这是因为译介（向国外译介中国作品）的成功与否，并不完全取决于翻译质量的高低。译得好（这里主要指译得正确），并不见得就一定会有市场。对此，每个喜欢翻译文学作品的人大概都有切身的体会。譬如，笔者就喜欢傅雷的译作，见一本买一本，毫不犹豫。但是，假若有某个精通中文的法国人，他把巴尔扎克的作品也译成了中文，而且他对巴尔扎克的作品的理解要比傅雷正确得多，我会不会买呢？我想不会。而且不光我不会买，许多和我一样喜爱傅译的读者也不会买。不要说这个虚构的法国人的译本我不会买，事实上，近年来已经有好几家出版社也推出了不少新的，相信比傅雷译得更加正确的巴尔扎克作品的中译本，但是购买者和读者有多少呢？恐怕根本无法与傅译的购买者和读者相比吧？其中的原因，也许与钱锺书情愿一本接一本地重读林纾的译作，而不愿读后来出版的，“无疑也是比较正确的译本”一样的道理。翻译家个人及其译作所独具的魅力，显然是译本能够广为流传并被读者接受的一个不容忽视的因素。不过，要把一国文学、文化译介到另一国、另一民族去，其中的决定性因素却远不止翻译家对读者的吸引力，另外还有政治因素、意识形态、占主流地位的诗学理论、赞助人（出版社、有关主管部门或领导等），等等。这也就引出了埃氏多元系统理论对我们的第二个借鉴意义，即多元系统理论帮助我们更深刻地审视和理解文学翻译，并让我们看到了文化译介过程背后的诸多因素。

埃文-佐哈尔指出：“在某些运动中，一个项目（元素或功能）可能从一个系统的边缘转移到同一个多元系统中的相邻系统的边缘，然后可能走进（也可能走不进）后者的中心。”[①]众所周知，在一个国家或民族的多元系统中，翻译文学往往处于边缘。如果翻译文学这个“项目”能从“边缘”走进“中心”，那就意味着翻译文学在该国或该民族被广泛接受、认可了，译者的译介也就取得成功了。

然而，“项目”如何才能从“边缘”走进“中心”呢？埃文-佐哈尔首先借用俄国形式主义批评家蒂尼亚诺夫的话对多元系统内部状况做了一番描绘：各系统“在多元系统中处于不同的阶层”，“各个阶层之间无休止的斗争构成了系统的（动态）共时状态。一个阶层战胜另一个阶层，则构成历时轴上的转变。一些现象可能从中心被驱逐到边缘（称为离心运动）；另一些现象则可能攻占中心位置（称为向心运动）”。然后他指出，正是多元系统内存在的关系（如各阶层之间的张力），“决定多元系统内的过程，而且决定形式库（repertoire）层次上的程序，就是说，多元系统中的制约，其实同样有效于该多元系统的实际产品（包括文字与非文字产品）的程序，例如选择、操纵、扩展、取消，等等”[②]。而这种制约，另一位翻译学者勒菲弗尔把它归纳为“意识形态、诗学和赞助人”三要素。可见，一个民族或国家的文学、文化要译介到另一国、另一民族去，除了翻译家个人对读者的吸引力外，译入语国家或民族的“意识形态、诗学和赞助人”是三个至关重要的因素。

以美国为例。20世纪五六十年代曾接连翻译出版或发表了中国唐代诗人寒山的诗一百余首：1954年发表了阿瑟·韦利（Arthur Waley）的译诗27首，1958年又发表了加里·斯奈德（Gary Snyder）的24首译诗，而1962年更是推出收入了100首寒山诗的译诗集。根据有关学者的研究，寒山诗的翻译之所以能在美国如此走红并广受欢迎（研究者在60年代初美国大学的校园里碰到的大学生竟然几乎都知道并读过寒山诗），最主要的原因显然并不是译得“好不好”（如果把译诗与中文原文对照一下的话，我们的翻译批评家很可能会发现一些理解或表达不如我们自己的翻译家的地方），而是如同有关学者研究后所指出的，“因为寒山诗里恰巧有1938到1958年间，美国新起一代追求的一些价值：寒山诗中不乏回归自然的呼声、直觉的感性，

① 埃文-佐哈尔：《多元系统论》，张南峰译，《中国翻译》，2002年第4期，第21页。

② 埃文-佐哈尔：《多元系统论》，张南峰译，《中国翻译》，2002年第4期，第21页。

及反抗社会成俗的精神”[①]。换句话说，是20世纪50、60年代美国社会流行的一种意识形态促成了寒山诗在美国的翻译和出版。

谈到诗学在外来文学、文化的译介中所起的作用，现实中的例证比比皆是。仍以美国为例。20世纪头三十年中国的古诗也曾经在美国得到许多翻译和传播。据有关专家统计，仅从1911年至1930年的短短二十年间，中国古诗的英译本就多达数十种。其中较著名的有：庞德(Ezra Pound)翻译的《神州集》(*Cathy*，1915、1919再版)，改写和翻译了李白、王维的诗15首；洛威尔(Amy Lowell)和艾思柯夫人(Florence Ayscough)合译的《松花笺》(*Fir-Flower Tablets: Poems from the Chinese*，1921)，收入160余首中国古诗，其中大半为李白的诗；以及弗伦奇(J. L. French)翻译的《荷与菊》(*Lotus and Chrysanthemum*，1928)、宾纳(Witter Bynner)和江亢虎合译的《群玉山头：唐诗三百首》(*The Jade Mountain*，1929)，等等。在这一时期的美国能够形成这样一个翻译中国古诗的热潮，与美国新诗运动的倡导者、意象派诗歌的领袖人物庞德和洛威尔等人的热心译介有直接的关系。而庞德、洛威尔等人之所以会如此热心地译介中国古诗，其原因正如美国文学史家马库斯·坎利夫(Marcus Cunliffe)在《美国文学》(*The Literature of the United States*)一书中所揭示的，“正当这些诗人(即意象派诗人——引者)处于关键时刻，他们发现了中国古典诗歌，因为从中找到了完美的含蓄和精练的字句而感到无比兴奋激动”[②]。庞德自己也曾坦率地提到他翻译中国古诗的动机：“正因为中国诗人从不直接谈出他的看法，而是通过意象表现一切，人们才不辞繁难去翻译中国诗歌。”[③]由此可见，正是因为中国古诗与意象派诗人正在寻觅并大力倡导的诗学原则具有一致性，才形成了20世纪初在美国的中国古诗翻译热潮。反之，当要译介的外来文学、文化与本国的主流诗学精神相抵触、相违背时，这种译介就很难取得成功。对此，我们只要想想我们自己国家20世纪50、60年代的情景即可明白：当时，我国的主流诗学原则是社会主义现实主义，于是西方现代派的作品就难以在当时的中国翻译出版，而一大批属于社会主义现实主义流派的作家作品，如苏联、东欧社会

---

① 钟玲：《寒山诗的流传》，叶维廉等：《中国古典文学比较研究》，台北：黎明文化事业股份有限公司，1977年，第168页。

② 朱徽：《中美诗缘》，成都：四川人民出版社，2001年，第181页。

③ 朱徽：《中美诗缘》，成都：四川人民出版社，2001年，第179页。

主义国家的作品,就得到大量的译介。

至于“赞助人”因素在译介中的作用,这只要举几个官方组织的翻译活动的例子就很容易说明白。当然,这里所说的“赞助人”并不指某一个给予具体“赞助”的个人,而是包括政府或政党的有关管理部门或权力(如审查)机构,以及报纸、杂志、出版社等。如果我们的有关部门,如宣传部、文化和旅游部或教育部等,鼓励或倡导翻译出版某部或某些外国作品,那么这些作品自然会得到大力的译介。譬如20世纪50、60年代,俄罗斯古典文学作品和苏联的文艺作品曾得到极其广泛的译介,而这与当时政府和政党有关部门的大力引导、支持(甚至包括指令性的安排)显然是分不开的。此外还有著名翻译家杨宪益的例子,他对他半生英译中国文学所做的一番自我评价,可以视作对“赞助人”因素在翻译过程中所起作用的一个具体的注释。杨先生曾表示,他和他的夫人戴乃迭有时“实际上只是受雇的翻译匠而已,该翻译什么不由我们做主,而负责选定的往往是对中国文学所知不多的几位年轻的中国编辑,中选的作品又必须适应当时的政治气候和一时的口味”[①]。“赞助人”因素的作用由此可见一斑。

顺便指出,权威的出版社、有良好品牌的丛书等,也是图书能赢得市场的一个重要因素(而能赢得市场,也就意味着译介有可能取得成功)。譬如,就翻译文学作品而言,读者(包括笔者本人亦如此)会对人民文学出版社、上海译文出版社这样一些享有较高声誉的知名文艺类出版社出版的图书比较信任,同时也会乐意购买。而如果是其他出版社,尤其是一些不太熟悉的出版社出版的图书,明明是同一部外国文学作品的译作,我们也许就会犹豫,除非那个译者是我们非常欣赏,也非常信任的,否则多半就不会买。在国外,情况其实也一样。一部图书(包括译作),一旦由某权威出版社出版,或是列入某套著名的丛书,诸如英语的“企鹅丛书”、法语的“七星丛书”等,它就很容易取得读者认可。

现在,我们再回过头来看前面提到的“谁来向国外译介中国作品”的问题,答案就应该比较清楚了:只注意“文本”翻译得“好”与“不好”,而忽视甚至无视意识形态、诗学、赞助人等这样一些“文本”以外的因素,显然是无法对“谁来向国外译介中国作品”这一问题做出一个比较全面的回答的。严格

① 杨宪益:《漏船载酒忆当年》,北京:北京十月文艺出版社,2001年,第190页。

来讲，上述文章仅只是解决了“中国人有没有能力或有没有足够的英语水平把中国作品译成合格的、优秀的英文作品”的问题，而并没有解决“谁来向国外译介中国作品”的问题。“译介外来文学和文化”这一问题，涉及人类文化交流的诸多方面的复杂因素。当我们讨论“谁来译介”这个问题时，当然可以强调中国翻译家的资格和能力，但千万不要从一个极端滑向另一个极端，即忘了国外汉学家的作用。20 世纪 80 年代，上海曾经举行过一次中国作家与外国汉学家的聚会。通过聚会和面对面的交谈，让国外汉学家认识、了解并熟悉中国作家以及他们的作品，然后鼓励他们翻译中国作家的作品。笔者以为，这是一个可取的并值得坚持的做法。国外汉学家在对原作的理解方面，也许不如我们自己的翻译家，但他们对译语（也即他们的母语）的把握要比我们的翻译家娴熟，他们的翻译风格令译文读者更感到亲切，因而他们的翻译也比我们自己的翻译更容易在他们的国家赢得读者和市场，这也是一个无可否认的事实。因此，让国外汉学家与我们自己的翻译家站在不同的文化场域，内外呼应，共同努力，各自发挥自己的优势，这样也许才能有效地把中国文学和文化译介给国外读者，从而也能比较圆满地解决“谁来向国外译介中国文化”这一问题里面的“谁”（即翻译主体）的问题。

然而，解决了“谁”的问题之后，还有一个“译介”的问题。如果我们只管“输出”，而不考虑接受，更不考虑接受的效果，那么，我们至多只是完成了一篇（部）合格的或优秀的翻译作品而已，却不能说完成了“译介”。如果我们所说的“向国外译介中国作品”这句话，其意思是要让国外读者能阅读、能接受，甚至进一步能喜欢中国作品——这恐怕也是“译介”一词应有的比较完整的含意吧？——那么，我们的眼光就不能只停留在文本翻译的“好”与“不好”上，还应该注意到译入语国家、民族的文化语境等问题了。在这方面，我们应该能从多元系统理论中得到不少启迪。

事实上，结合译入语国家、民族的文化语境，全面、深入研究翻译文学，正是多元系统理论为翻译研究拓展的一个极其广阔的崭新研究领域。在此之前，人们尽管都承认翻译在民族（国别）文学、文化形成过程中所发挥的重要的甚至不可或缺的作用，但是并没有把翻译文学也看作一个系统，而往往只是把它视作“翻译”或个别的“翻译作品”。埃文-佐哈尔于 20 世纪 70 年代首先提出，翻译文学也是一个文学系统，与原创的文学作品一样，它的背后也存在着同样的文化和语言关系的网络。[①] 埃文-佐哈尔在他的多元系统理论里，对翻译文学(translated literature)这样的“二度创作的文学”，给予了与原创文学及模式同样的重视，并肯定了其在文学史上的地位。他指出：“翻译文学不独是任何文学多元系统内自成一体的系统，而且是非常活跃的系统。”翻译文学在文学多元系统中并非永远处于边缘位置，它有时也会占据中心位置，即是说，“翻译文学在塑造多元系统的中心部分的过程中，扮演着举足轻重的角色”，并成为文学多元系统中“革新力量不可或缺的一部分”[②]。

多元系统理论对翻译文学的阐述，为我们研究翻译文学提供了多个切入点，并对翻译史上的一些现象做出了比较圆满的解释。

首先，多元系统论比较全面地分析了翻译文学在译入语文学的多元系统里可能占据中心位置的三种客观条件。第一种情形是，一种多元系统尚未定型，也即该文学的发展还处于“幼嫩”状态，还有待确立；第二种情形是，一种文学(在一组相关的文学的大体系中)处于“边缘”位置，或处于“弱势”，或两者皆然；第三种情形是，一种文学出现了转折点、危机或文学真空。

参照这三种情形去观照20世纪中国的外国文学翻译史，的确可以发现不少契合之处。譬如中国清末民初时的文学翻译就与上述第一种情况极相仿佛：当时，中国现代文学还处于“幼嫩”状态，我国作家自己创作的现代意义上的小说还没有出现，白话诗有待探索，话剧则连影子都没有，于是翻译文学便成了满足当时新兴市民阶层文化需求的最主要来源(翻译小说占当时出版发表的小说的五分之四)。至于在“文化大革命”时期，我们的文学尽管具有悠久的历史，但此时却由于极左思潮的影响，形成了文化荒漠，仅有屈指可数的几本反映极左路线的所谓小说尚能公开出版并供读者借阅。这正如上述第二种情形，由于特定历史、政治条件制约，原本资源非常丰富且在历史上一直为周边国家(日本、越南、朝鲜等)提供文学资源的中国文学，此时却处于“弱势”“边缘”地位。于是在“文化大革命”后期，具体地说，是进

① 《翻译文学在文学多元系统中的位置》(“The Position of Translated Literature within the Literary Polysystem”)于1978年发表，后于1990年修改，重新发表在《当代诗学》杂志(*Poetics Today*)(1990年第11卷第1期)上，在西方学术界产生了较大影响。

② 埃文-佐哈尔：《翻译文学在文学多元系统中的位置》，庄柔玉译，陈德鸿、张南峰：《西方翻译理论精选》，香港：香港城市大学出版社，2000年，第121页。

入20世纪70年代以后，翻译文学又一次扮演了填补空白的角色：当时公开再版或重印了“文化大革命”前就已经翻译出版过的苏联小说，如高尔基的《母亲》《在人间》，法捷耶夫的《青年近卫军》，奥斯特洛夫斯基的《钢铁是怎样炼成的》等。另外，还把越南、朝鲜、阿尔巴尼亚等社会主义国家的文学作品，连同日本无产阶级作家小林多喜二等人的作品，也一并重新公开出版发行。与此同时，当时还通过另一个所谓“内部发行”的渠道，翻译出版了一批具有较强文学性和较高艺术性的当代苏联以及当代西方的小说，如艾特玛托夫的《白轮船》、三岛由纪夫的《丰饶之海》四部曲、沃克的《战争风云》、赫勒的《第二十二条军规》等。这些作品尽管是在“供批判用”的名义下出版的，但对于具有较高文学鉴赏力的读者来说，不啻是文化荒芜年代里一场丰美的文化盛宴。及至“文化大革命”结束，中国当代文学创作一时出现了“真空”，创作思想也发生重大转折，于是一边大批重印“文化大革命”前即已翻译出版过的外国古典名著，诸如托尔斯泰、巴尔扎克、狄更斯等人的作品，印数动辄数十万甚至上百万册，一边开始翻译出版1949年以后一直被视作禁区的西方现代派作品，从而迎来了中国历史上的第三次翻译高潮。这第三次翻译高潮的出现正好印证了上述埃氏多元系统理论所说的第三种情形，即当一种文学处于转折点、危机或文学真空时，它会对其他国家文学中的形式有一种迫切的需求。新时期以来，我们曾经大量译介了西方的意识流小说，正是迎合了国内小说创作界欲模仿、借鉴国外同行的意识流手法的这一需求。

其次，多元系统理论对翻译文学的阐述让我们从一个新的角度去看待文学翻译中的“充分性”(adequacy)问题。在中外翻译史上，都会有这样一个时期，此时译者的翻译往往很不“充分”，即对原作偏离较多，包括对原作的随意肢解。譬如古罗马人对希腊典籍的翻译，又譬如我国清末民初严复、林纾等人对西方社科、文学作品的翻译，等等。以往我们对此现象的解释是：“随着时间的推移，罗马人意识到自己是胜利者，在军事上征服了希腊，于是以胜利者自居，一反以往的常态，不再把希腊作品视为至高无上的东西，而把它们当作一种可以由他们任意‘宰割的’‘文学战利品’。他们对原作随意加以删改，丝毫也不顾及原作的完整性。”[1]或者，一方面是“翻译家

① 谭载喜：《西方翻译简史》，北京：商务印书馆，1991年，第22页。

自身能力所限，另一方面这个时代的大部分读者也没有要求高水平的译作，只要能把域外小说的大致情节译过来就行了。故一大批胆大心不细的'豪杰译作'风行一时"[①]。

埃文-佐哈尔则是从翻译文学在文学多元系统中的位置这一角度出发解释上述现象，并且进而引申出关于翻译文学的位置对翻译的规范、行为模式、翻译策略等方面的影响问题。在埃氏看来，当翻译文学处于文学多元系统的边缘位置时，"译者的主要工作，就是为外国的文本，找来最佳的现成二级模式。结果是译本的充分性不足"[②]。在上述两例中，罗马译者已经"不再把希腊作品视为至高无上的东西"，清末民初的中国译者则"实际上蕴藏着一种根深蒂固的偏见：对域外小说艺术价值的怀疑"[③]，因此翻译文学在译入语文学的多元系统中占据的显然仅是边缘位置，于是译者对所译作品或是随意删改，或是"削足适履"，把原作生硬地套入译入语文学中的现成模式，如把西洋小说"改造"成中国章回体小说的模样，等等，从而极大地影响了翻译的"充分性"。反之，当翻译文学在译入语文学的多元系统中占据中心位置时，翻译活动实际是在参与创造译入语文学中创新的一级模式的过程，"译者的主要任务就不单是在本国的文学形式中寻找现成的模式，把原文套进来；相反地，译者即使要打破本国的传统规范，也在所不惜。在这种情况下，译文在'充分性'（adequacy）（即复制原文的主要文本关系）方面接近原文的可能性最大"[④]。20 世五六十年代我国对苏联文学的翻译即属于这种情况，当时我们把苏联文学视作无产阶级革命文学的典范，是我国文学创作的榜样，因此译者在翻译时也就小心翼翼，字斟句酌，唯恐翻译不确，损害原文。至于 20 世纪 20、30 年代鲁迅提出要"硬译"，甚至"宁信而不顺"，在多元系统理论看来，其背后一个原因就是要确立翻译文学在译入语中的中心位置。

需要补充说明的是，埃文-佐哈尔在讨论翻译文学时没有简单地、不加

① 陈平原：《二十世纪中国小说史》（第一卷），北京：北京大学出版社，1989 年，第 35 页。

② 埃文-佐哈尔：《翻译文学在文学多元系统中的位置》，庄柔玉译，陈德鸿、张南峰：《西方翻译理论精选》，香港：香港城市大学出版社，2000 年，第 122 页。

③ 陈平原：《二十世纪中国小说史》（第一卷），北京：北京大学出版社，1989 年，第 39 页。

④ 埃文-佐哈尔：《翻译文学在文学多元系统中的位置》，庄柔玉译，陈德鸿、张南峰：《西方翻译理论精选》，香港：香港城市大学出版社，2000 年，第 122 页。

区分地把它视作一个整体，而是看到“翻译文学本身也有层次之分，而就多元系统的分析角度、关系的界定，往往是以中心层次为着眼点，来观察系统内的各种关系。这即是说，在某部分翻译文学占据中心位置的同时，另一些部分的翻译文学可能处于边缘位置”①。这样的分析，对于我们理解俄苏文学和西方现代派文学在我国不同时期的译介情况（数量的多寡及影响的起落等），显然是有参考价值的。

多元系统理论在当前国际译学界有很大的影响，当代西方译学界著名的“操纵”学派的产生就与埃氏的多元系统理论有直接的关系。例如，著名美国译学专家勒菲弗尔的译学思想明显体现出了多元系统理论的一些基本观点。勒菲弗尔在“赞助人”和“诗学”之外，还把翻译研究与权力和意识形态等结合了起来，并提出，翻译是改写文本的一种形式，是创造另一个文本形象的一种形式。他指出，文学批评、传记、文学史、电影、戏剧、拟作、编纂文集和读者指南，等等，都是对文本的改写，都是创造另一个文本形象的形式。这也就是说，翻译创造了原文、原作者、原文的文学和文化形象。而一切改写，不论其意图如何，都反映了某种意识形态和诗学，它根据的是原文问世之前早就存在于目的语中的价值观、信仰和表达方式，并据之对外国文本进行改写。就此而言，翻译实际上也是译者对原文文本的“操纵”，使文学以一定的方式在特定的社会里产生作用。②

由此可见，多元系统理论把翻译研究引上了文化研究的道路，它把翻译和译作与它们所产生和被阅读的文化语境、社会条件、政治等许多因素结合了起来，为翻译研究开拓了一个相当广阔的领域。有鉴于此，国内已经有学者敏锐地指出：“这一对翻译性质的新认识（指多元系统理论——引者）导致了一系列新见解，其一是把翻译看作只不过是系统间传递的一种特殊形式，这就使人们能从更广泛的范围来看待翻译问题，以把握它的真正特色；其二可以使人们不再纠缠于原文和译文间的等值问题，而把译本看作是存在于目标系统中的一个实体，来研究它的各种性质。正是这一点后来发展成了图里的‘目标侧重翻译理论’（Target-oriented approach）。其三，既然译文并

---

① 埃文-佐哈尔：《翻译文学在文学多元系统中的位置》，庄柔玉译，陈德鸿、张南峰：《西方翻译理论精选》，香港：香港城市大学出版社，2000 年，第 121 页。

② 郭建中：《当代美国翻译理论》，武汉：湖北教育出版社，2000 年，第 159 页。

不只是在几种现成的语言学模式里做出选择，而是受多种系统的制约，那么就可以从更广泛的系统间传递的角度来认识翻译现象。"[①]

毋庸讳言，多元系统理论也存在相当多的局限，对之已有学者撰文，在此不再赘言。[②]

第四节　译学观念的现代化与国内译学界认识上的误区

不无巧合的是，国内译介学研究的起步与国内翻译界翻译理论意识的觉醒以及国内译学界围绕翻译学学科建设问题展开的大辩论差不多在同一时间，也即 20 世纪 80 年代前半期。这样，随着译介学研究的深入进行，它的意义和价值也就不再仅仅局限于比较文学学科领域，它还对国内翻译学的学科建设和理论建设产生了积极的启迪和推动作用。

众所周知，国内翻译界自 20 世纪 80 年代以来，围绕着翻译理论有用无用的问题，一直争论不已。争论的双方都坚持己见，一方认为翻译学是一门独立的学科，另一方则认为翻译不可能有"学"。双方谁也没有说服谁，至今各执一词，有时争论还相当激烈。

如前文所述，反对者中有人说："译家不可能因为掌握了现有的任何一套翻译理论或遵循了以上任何一套翻译原则，其翻译水准就会有某种质的飞跃。"[③]亦有资深译家声称："从实践上讲，西方的'纯理论'对我完全无用。"[④]

这些话可能表达了实践家对理论作用有限性的看法，但从译学发展角度看不免失之偏颇。这些话反映了说话者在翻译理论上的认知误区，即不加区分地谈论翻译的应用性理论和翻译的纯理论，同时又对纯理论提出了

① 潘文国：《当代西方的翻译研究》，杨自俭主编：《译学新探》，青岛：青岛出版社，2002 年，第 269—270 页。

② 参见庄柔玉：《用多元系统理论研究翻译的意识形态的局限》，《翻译季刊》，2000 年第 16、17 卷；叶君健：《关于文学作品翻译的一点体会》，《当代文学翻译百家谈》，北京：北京大学出版社，1989 年；谢世坚：《从中国近代翻译文学看多元系统理论的局限性》，《四川外语学院学报》，2002 年第 4 期。

③ 李克兴：《中国翻译学科建设的出路》，杨自俭主编：《译学新探》，青岛：青岛出版社，2002 年，第 147 页。

④ 许渊冲：《关于翻译学的论战》，《外语与外语教学》，2001 年第 11 期，第 20 页。

一个不切实际的要求，即翻译的纯理论应该对译作的质量负责，翻译的纯理论应该对翻译实践"有用"。从生活中举一二例即可判别个中误区。这就像一个泥瓦匠和一个小木匠跑去对一位建筑学教授说，"你写的《建筑学》对我们造房子毫无用处。"更有甚者，他们还硬拉着那位建筑学教授到工地上去，泥瓦匠对教授说："你写了这么多的建筑学论文，你现在倒砌一垛墙给我们看看，看有没有我砌的墙结实。"小木匠对教授说："你研究了那么多年的建筑学理论，请你刨一块木板给我们看看，看你能不能像我一样刨得既平整又光滑。"这里，这个泥瓦匠和那个小木匠对建筑学理论的否定，与上述翻译实践者对翻译理论（纯理论）的质疑和否定何其相似乃尔。

然而，类似的认识和观点（甚至行为），即把翻译的纯理论研究与具体的翻译实践指导相混淆，把翻译理论与译作的质量进行不无牵强的联系，在我国翻译界却有相当的市场。有知名翻译家曾发言称，"现在国内翻译的硕士、博士越来越多，但国内的外国文学翻译水平却越来越低。"又说："现在写翻译理论文章的人的本事，就是把简单的事情写得复杂化，写得让人家看不懂。"[①]这种情况也从另一个方面说明，在我国，严格意义上的译学理论意识还没有真正确立，把翻译学视作一门独立学科的意识还远不够成熟。长期以来，我国的翻译界形成了一种风气，认为翻译研究，尤其是有关翻译理论的讨论，都是空谈，能够拿出好的译品来才算是真本事。所以在我国翻译界有不少翻译家（甚至还有一些翻译专业研究生的指导教师）自得于自己几十年来能够译出不少好的译作，却并不深入译学研究，也不关注翻译理论，反而引以为荣，而对那些写了不少翻译研究的文章却没有发表或出版过多少出色译作的译者，言谈之间就颇不以为然，甚至嗤之以鼻。风气所及，甚至连一些相当受人尊敬的翻译家也不能幸免。譬如，一位著名翻译家曾经说过类似这样的话："翻译重在实践，我就一向以眼高手低为苦。文艺理论家不大能兼作诗人或小说家，翻译工作也不例外：曾经见过一些人写翻译理论头头是道，非常中肯，译东西却不高明得很，我常引以为戒。"[②]

上述情况在我国翻译界长期以来一直是个普遍的现象，而之所以会有

---

① 对这种似是而非的观点的批驳参见拙文《对两句翻译"妙论"的反思》，《文汇读书周报》，2006年6月30日。

② 傅雷：《翻译经验点滴》，罗新璋、陈应年编：《翻译论集》（修订本），北京：商务印书馆，2009年，第625页。

如此情况，笔者以为与我国翻译界在翻译研究和翻译理论的认识上存在的三个误区有关。

第一个误区是把对“怎么译”的研究误认为是翻译研究的全部。

把对翻译策略和技巧的研究误认为是翻译研究的全部，这样的认识误区应该说并不仅仅局限于中国翻译界，它在中外翻译界都有相当的普遍性。事实上，回顾中外两千余年的翻译史，我们一直都把围绕着“怎么译”的讨论误认为是翻译研究，甚至是翻译理论的全部。从西方翻译史上最初的“直译”与“意译”之争，到泰特勒的翻译三原则，到苏联的丘科夫斯基、卡什金的有关译论；从我国古代的“因循本旨，不加文饰”“依实出华”“五失本”“三不易”等，到后来的“信、达、雅”“神似”“化境”说，等等，几乎都是围绕着“怎么译”这三个字展开的。但实际上“怎么译”的问题，对西方来说，在20世纪50年代之前已经基本解决了，对我们中国而言，至迟在20世纪的六七十年代前也已基本解决。现在难道还有必要再去告诉人家“应该怎么译”吗？（诸如“翻译时应该紧扣原文，但不要死扣原文”“翻译时不必字当句对，要根据译入语的习惯灵活处理”，等等。）除非是在外语教学的课堂里，或者是面对一群初学翻译者。然而目前国内发表、出版的不少有关“怎么译”问题的讨论和研究著述，大多是译者个人从翻译实践中总结出来的体会和经验，它们提供了一些新的翻译实例和个案，对于从事翻译实践确有一定的借鉴意义，也许还能帮助译者翻译得更好一些，但要指望这样的研究能够在译学理论层面上有所创新和突破，譬如拓宽和深化对翻译的认识、揭示翻译与时代文化语境之间的关系等，那是不可能的。因此，对“怎么译”问题的讨论，如果说在中外翻译史上曾经产生过重大的意义，也对提高翻译的质量、促进翻译事业的发展产生过积极的影响，那么时至今日，如果我们仍然一味停留在“怎么译”问题的讨论上，那就只能说明我们今天的翻译研究，尤其是译学理论研究停滞不前，没有取得重大的、实质性的进展。王佐良教授曾在一次专题翻译讨论会上说过这一番话：“严复的历史功绩不可没。‘信达雅’是很好的经验总结，说法精练之至，所以能持久地吸引人。但时至今日，仍然津津于这三字，则只能说明我们后人的停顿不前。”[①]王教授这番话的用意，笔者认为绝不是要否定严复“信、达、雅”三字的历史功绩，而是希望我们后人能

① 王佐良：《翻译：思考与试笔》，北京：外语教学与研究出版社，1989年，第3页。

在翻译研究上有所创新，有所突破。

这里需要说明一下的是，我们提出不要一味停留在“怎么译”问题的讨论上，并不意味着我们不要或者反对研究“怎么译”的问题。其实，“怎么译”的问题今后肯定还会继续讨论下去，而且仍将在我们的翻译研究中占据相当大的比例，这与翻译这门学科的技术性和操作性比较强这一特点有密切的关系。我们呼吁不要一味停留在“怎么译”的问题上，主要着眼于译学学科的学术层面，因为我们希望在讨论这个问题的时候，研究者们能看到这个问题所包含的两个方面的内容：一个方面是翻译家们对翻译技巧的研究和探讨，这是翻译家们有关翻译实践的体会和经验总结，其中有些经验也已经提升到理论层面，有一定的学术价值，从而也构成了翻译研究的一个重要组成部分。但另一方面的内容则是一些已经为人们所共知的基本道理，只不过是更换了一些新的翻译实例而已，缺少理论创新和学术价值，像这样的内容也许放到外语教学的范畴里，去对翻译新手以及外语学习者谈，更为合适。因为对这些人来说，“怎么译”的问题还是一个尚未解决的问题，因此仍然是一个新鲜的、有意义的问题。但对译学界来说，也许从现在起应该跳出狭隘的单纯的语言转换层面的研究，更多地从广阔的文化层面上去审视翻译，去研究翻译，这样对中国译学理论的建设，尤其是对翻译学作为一门独立学科的建设会更有意义。

我国翻译界在对翻译研究和翻译理论认识上存在的第二个误区是对翻译理论的实用主义态度：片面强调理论对实践的指导作用，以为凡是理论，就应该对指导实践有用，所谓“从实践中来，到实践中去”，所谓“理论的重要意义在于它能指导人们的行动”。否则，理论就被视为“脱离实际”，是无用的“空头理论”。对理论的这种实用主义认识，半个多世纪以来，在我国的各行各业，当然也包括我们翻译界，都已经被普遍接受，并成了一种根深蒂固的思维定式。于是，当我们一谈到理论，人们第一个反应就是：你这个理论对我的实践有用吗？在翻译界，人们的反应就是：你搞的翻译理论对提高我的翻译水平有用吗？

正是基于这样的思想认识，我国翻译界对译学理论的认识也往往强调“来自个人的翻译实践”。在相当多人的潜意识中，总认为只有自身翻译实践过硬的人才有资格谈翻译理论，否则就免开尊口。最近还看到一篇文章，对于从前“对翻译者（translator）与翻译学者（translator scholar）往往是不做区分”，“他们大都一身而二任，而且对翻译研究有建树者历来多是些作家(诗人)兼翻译家”的情形，颇流露出不胜追念之情，而对现在“搞翻译研究的人自身必须具备相当的实际翻译经验，这在过去是不成问题的，而在现在却成了一件有争议的事”甚感不解，甚至很不以为然。[①] 他们忘了，随着学科的深入发展和分工日益精细，文艺理论家不能兼做诗人、小说家，就像诗人、小说家不能兼做文艺理论家一样（个别人兼于一身的当然也有，但那属特例)，是很正常的现象。尺有所短，寸有所长，原不必苛求。同理，翻译实践水平很高的翻译家未必能谈出系统的翻译理论来，反之，谈翻译理论头头是道的理论家却未必有很高的翻译实践水平，同样不足为怪。我们有些翻译家，对自己提出很高的要求，希望自己既能“写翻译理论头头是道，非常中肯”，又能“译东西高明”，这当然令人钦佩。以此标准律己，精神可嘉，无可非议，但若以此标准求诸他人，甚至求诸所有谈论或研究翻译的人，那就显得有点苛求，甚至不合情理。与之形成鲜明对比的是，在文学创作界，从来没有听说有哪位作家对文学批评家或理论家说，“我不懂什么文艺理论，我不是照样写出不错的小说来了吗?”更没有哪位学者或大学教师对文学批评家和理论家含讥带讽地说：“我们文艺学科的建设不是靠你们这些空头理论文章，而是靠我们作家的创作。”在语言学界，也从不曾听说有人对语言学家兴师问罪：“我从来不读你们的语言学著作，我的口才不照样很好？你们这种语言学理论对提高我的讲话水平有何用?”创作了众多不朽世界经典著作的巴尔扎克(Honoré de Balzac)、托尔斯泰(Лев Николаевич Толстой)等文学大师，他们其实也没有提到过他们的创作受惠于何种文学理论、文学批评，但这是否就可以成为我们否定丹纳(Hippolyte Adolphe Taine)，否定别、车、杜[②]或否定任何其他文学理论和文学批评的理由呢？任何一门学科，如果只有实践而没有理论的提升和总结，都是无法确立和发展起来的。这个显而易见的道理若竟被视作谬论，那不啻是中国译学界的悲哀，同时也更清楚地说明，翻译学作为一门独立的学科在我国还远远没有成熟。我国古代文

① 何刚强：《翻译的“学”与“术”——兼谈我国高校翻译系科(专业)面临的问题》，《中国翻译》，2005年第2期，第32—35页。

② 19世纪俄国著名文学批评家别林斯基(Виссарион Григорьевич Белинский)、车尔尼雪夫斯基(Николай Гаврилович Чернышевский)、杜勃罗留波夫(Николай Александрович Добролюбов)三人的简称。

论家袁枚就说过："人必有所不能也，而后有所能；世之无所不能者，世之一无所能者也。"[①]由此可见，在大多数情况下，一个人在某一方面有所特长的话，很可能就会在另一方面有所缺失。譬如，有些人抽象思维比较发达，谈起翻译理论来自然就会"头头是道"，而有些人则形象思维比较发达，语言文字修养比较出色，于是文学翻译的水平就比较高。但无论是前者还是后者都应该相互宽容，相互尊重，在可能的情况下，最好还能取长补短，而不是相互排斥或相互歧视。这样，我们的译学研究，也包括我们的翻译事业才有可能繁荣发展。

对翻译理论的实用主义态度带来了两个直接的后果：首先是局限了翻译理论的范围，把翻译理论仅仅理解为对"怎么译"的探讨，这样就很容易让研究者停留在翻译的经验层面上，满足于翻译经验的归纳总结。翻译经验的归纳与总结当然也是很有意义、很有价值的，但是，由于经验往往来自个人的实践，它就难免带有个人认识问题时的局限性。与此同时，由于各人都是根据各人自己的翻译实践总结经验和体会的，所以尽管各人所举的例子也许不尽相同，但其经验体会其实有较多的重合之处，这也就是为什么我们国内几十年来也发表或出版了不少讨论翻译的文章和著述，但其内容相互之间却有不少重复的原因。

其实，细究一下的话，应该不难发现，尽管传统的翻译理论中也有很大一部分内容一直局限在探讨"怎么译"的问题，即所谓的应用性理论上，但是，即使如此，在传统的翻译研究中也已经有学者注意到了"怎么译"以外的一些问题，如 18 世纪末、19 世纪初德国语言学家洪堡（Wilhelm von Humboldt）对翻译的可译性与不可译性之间的辩证关系就有过相当精辟的阐述。他一方面指出各种语言在精神实质上是独一无二的，在结构上也是独特的，而且这些结构上的特殊性无法抹杀，因而翻译从原则上而言就是不可能的；但另一方面，他又指出，"在任何语言中，甚至不十分为我们所了解的原始民族的语言中，任何东西，包括最高的、最低的、最强的、最弱的东西，都能加以表达"[②]。再如沃尔特·本雅明（Walter Benjamin）早在 1923 年就已经指出，"翻译不可能与原作相等，因为原作通过翻译已经起了变化"。在此基础上

① 袁枚：《袁枚文选》，北京：作家出版社，1997 年。

② 谭载喜：《西方翻译简史》（增订版），北京：商务印书馆，2006 年，第 110 页。

他进一步指出："既然翻译是自成一体的文学样式，那么译者的工作就应该被看作诗人（实泛指一切文学创作者——引者）工作的一个独立的、不同的部分。"[①]本雅明的话深刻地揭示了文学翻译的本质，并给了文学翻译一个十分确切的定位。这些话至今仍没有失去其现实意义。

对翻译理论的实用主义态度带来的另一个后果是把理论的功能简单化了，使人们以为似乎理论只具有指导实践的功能。其实，理论，包括我们所说的翻译理论，除了有指导实践的功能以外，它还有帮助我们认识实践的功能。《辞海》中"理论"词条在"理论的重要意义在于它能指导人们的行动"前面还有这么一段话："（理论是）概念、原理的体系，是系统化了的理性认识。科学的理论是在社会实践基础上产生并经过社会实践的检验和证明的理论，是客观事物的本质、规律性的正确反映。"这就点出了理论的认识功能，即帮助人们理性地认识客观事物的本质，以及帮助人们认识社会实践的规律。这就像语言学理论一样，语言学理论的研究虽然不能直接提高人们的说话和演讲水平，却能深化人们对语言的认识。

还可举一个译学研究以外的例子：我们都知道《实践是检验真理的唯一标准》一文在20世纪末我国的社会政治生活中曾经发挥了巨大的作用。但是那篇文章在我国译界的某些人看来，恐怕也难逃"空头理论文章"的"恶谥"，因为那篇文章的作者既没有管理过一个企业、乡镇、城市，也没有管理过整个国家的经历，更遑论有何"业绩"。套用到翻译界来的话，也即此人既没有翻译的实践，翻译水平也乏善可陈。但众所周知，尽管这篇文章没有具体阐述如何管理厂矿企业、如何治理城市国家，但正是这篇文章改变了20世纪末我国那个特定年代人们对向来深信不疑的"两个凡是"的盲从，从而开创了改革开放的新局面。理论的认识作用及其巨大意义由此可见一斑。

理论的功效在某种程度上也与上例中的文章相仿。譬如斯坦纳在《通天塔》一书中提出的"理解也是翻译"的观点，认为"每当我们读或听一段过去的话，无论是《圣经》里的《列王纪》，还是去年出版的畅销书，我们都是在进行翻译。读者、演员、编辑都是过去的语言的翻译者。……总之，文学艺术的存在，一个社会的历史真实感，有赖于没完没了的同一语言内部的翻

① 陈德鸿、张南峰：《西方翻译理论精选》，香港：香港城市大学出版社，2000年，第197、205页。

译，尽管我们往往并不意识到我们是在进行翻译。我们之所以能够保持我们的文明，就因为我们学会了翻译过去的东西"①。这样的观点不仅扩大，同时也深化了我们对翻译的认识。

再譬如近年来国内从比较文学的立场出发对翻译进行的研究，也即译介学研究，虽然它主要不是立足于指导人们的翻译实践（它有关文化意象的讨论对文学翻译还是有直接的指导意义的），但它通过对文学翻译中"创造性叛逆"的分析，论证了翻译文学不等同于外国文学，而是中国文学的一个组成部分，从而深刻地揭示了文学翻译的相对独立的价值和意义，也极大地提高了文学翻译和文学翻译家的地位。近年，著名中国现当代文学研究专家陈思和教授在主编"21世纪中国文学大系"时，在"小说""诗歌""散文"等卷外，明确地把翻译文学视作中国文学的一个组成部分而专门设立了"翻译文学"卷，这从某种程度上表明国内现当代文学界对翻译文学的承认，也从一个侧面证明了从比较文学立场出发对翻译进行的研究所取得的成功和意义。②

我国翻译界在翻译研究和翻译理论的第三个认识误区是，在谈到翻译理论或翻译学时，习惯于强调"中国特色"或"自成体系"，从而忽视了理论的共通性。其实，理论，除了与意识形态、国家民族的社会体制有关的以外，通常都有其共通性。这一点在自然科学理论界是尽人皆知的常识，因为很难想象会有人提出要建设"有中国特色的物理学"，或"有中国特色的化学、数学、生物学"的主张。而事实上，对人文社会科学的理论，包括翻译理论来说，也是同样的道理，否则，如果一种语言就有一种自成体系的翻译理论的话，那么世界上有成百上千种语言（照语言学家的说法，则更多，有上万种），是否就会有成百上千种翻译理论呢？

其实，强调翻译理论的"中国特色"或"自成体系"的学者还忽视了问题的另一面。因为翻译总是涉及两种语言之间的转换，因此，当你强调"中国特色"，那么在讨论中译外时，又该强调何种特色呢？假如无论是外译中还

---

① 斯坦纳：《通天塔——文学翻译理论研究》，庄绎传编译，北京：中国对外翻译出版公司，1987年，第22—23页。

② "21世纪中国文学大系"共十卷，陈思和主编，翻译文学第一卷正式出版时名为《2001年中国最佳翻译文学》，从第二卷起，更名为《21世纪中国文学大系2002年翻译文学》《21世纪中国文学大系2003年翻译文学》等。

是中译外，都只有"中国特色"的话，另一种语言所必然具有的"特色"又将被置于何地呢？显然，用这样的思维方法来提出问题和讨论问题失之偏颇。

不过，尽管如此，我们也不会否认，由于翻译时使用的语言文字不同，各国、各民族的翻译必然会有其各自的一些特点。但这些特点更多地是反映在翻译的实践层面，或者部分地反映在应用性翻译理论层面上，而不是在翻译的纯理论层面上。譬如，你可以说，在特定的文艺作品中，把英文中的"the Milky Way"译成俄文很方便，因为可以照搬，而不会带来任何歧义，但把它译成中文就会使译者陷入两难境地：照搬英文译成"牛奶路"或"仙奶路"，会令读者感到困惑费解；而如果译成"银河"或"天河"，则又丧失了原文中的文化内涵。这里中文和俄文的翻译就显示出了各自的特点，但这仅仅是在实践层面上的一例个案，谈不上是"中国特色"的翻译理论，更谈不上是"自成体系"的翻译理论。实际上，上述问题如果上升到理论层面，那么这些都属于文学翻译中文化意象的传递问题，这时就会涉及共通性了。

其实，强调翻译理论的"中国特色""自成体系"的学者们的用意和出发点，我们也是能够理解的：这些学者希望在探讨翻译理论时能更多关注与中国国内的翻译实践相关联的问题，希望翻译研究者能为提高我们国家的翻译实践水平以及翻译研究水平提供更多的帮助。但笔者仍不主张在讨论翻译理论时片面强调"中国特色"或"自成体系"。一方面是因为这种提法对于全面深入讨论翻译理论是不利的，带有明显的片面性；另一方面是因为笔者担心，这种提法很可能会导致这样一些后果：或是因热衷于建立有"中国特色"的翻译理论，导致拒绝，甚至排斥引进、学习和借鉴国外译学界先进的翻译理论；或是以"自成体系"为借口，盲目自大自满，把经验之谈人为地拔高成所谓的理论，从而取代严格意义上的翻译理论的探讨。而笔者的上述担心也绝非杞人忧天，事实上，在我国翻译界也确实存在着这样一些情况。在我们某些同行看来，西方的翻译理论只属于西方，西方的教学体制只属于西方，翻译学学科在西方的发展也只属于西方。他们却忘记了一个根本的道理：人类的先进文化并不只为某一方（西方或东方）所特有，它属于全人类。就像现代化并不只属于西方，而是人类社会发展到一定程度必经的阶段一样，翻译事业和翻译研究的发展也必然会向着建立一门独立的翻译学学科演进。其实，我们国家今天的大学体制、学位建制（包括学生毕业时穿的袍子、戴的帽子）等也都是从西方借鉴来的，但只要这些"体制""建制"，乃至服饰、典礼体现了教育的运作规范，，我们又为何要拒绝它们呢？

香港岭南大学的张南峰教授说得好，他认为，我国翻译研究界对西方许多译论，特别是新翻译理论并不熟悉，更谈不上在实践中运用和验证。中国翻译界所说的翻译理念，大多处在微观、具体操作层面上，是应用性理论而并非纯理论。“特色派”无视纯理论的普遍适用性及其对翻译研究的指导作用，片面强调“建立中国特色的翻译学”，其后果就是：有可能因过分突出国别翻译学的地位而强化了民族偏见。①

自20世纪50年代以来，国际翻译界在翻译研究领域取得了很大的进展，笔者个人甚至以为，正是从20世纪50年代起，西方翻译研究才跳出了历史上翻译研究常见的经验层面，真正进入了严格意义上的理论层面。如前文所述，笔者的这一观点正好在巴恩斯通教授所说的一段话中得到了印证。他说：“在20世纪之前，所有人，包括贝雷、多雷、查普曼、德莱顿、蒲伯、泰特勒、赫尔德、施莱尔马赫，还有那两个哲学家叔本华和尼采，不管他们谈翻译谈得如何头头是道，他们讲的并不是翻译理论（尽管我们通常称之为理论），而只是应用于文学的翻译原则与实践史罢了。”②

巴恩斯通教授的观点其实与翻译学者霍尔姆斯的观点一脉相承。后者早在1977年于蒙特利尔的国际翻译者联合会第八届年会上所做的题为《翻译理论、翻译研究与译者》（“Translation Theory，Translation Theories，Translation Studies and the Translator”）的发言中就说过，在1953年之前（也即国际译联成立之前——引者），西方没有“严格意义”上的翻译理论。他指出，人们通常把西方翻译理论追溯到几千年前西塞罗关于翻译的一些言论，而实际上这些理论都是非严格意义上的，它们“告诉我们的是人们应该如何翻译而不是人们实际上是如何做翻译的”，也即这些理论大多在规定翻译的标准，设立翻译的规范，而不是对人们实际所从事的翻译活动进行客观的探讨。③

---

① 张南峰：《特性与共性——论中国翻译学与翻译学的关系》，谢天振：《翻译的理论建构与文化透视》，上海：上海外语教育出版社，2000年，第223—235页。

② Willis Barnstone. *The Poetics of Translation*. Cuberland：Yale University Press，1993：222.

③ James S. Holmes. Translation Theory，Translation Theories，Translation Studies and the Translator. In James S. Holmes. *Translated！：Papers on Literary Translation and Translation Studies*. Amsterdam：Rodopi，1988：93—98.

笔者很赞同霍尔姆斯和巴恩斯通教授的观点，并且认为，20世纪50年代以来西方翻译界的许多理论进展特别值得我们思考和借鉴。譬如，当代西方的一些翻译研究不再仅仅探讨翻译文本本身，而是还注意到了译作的发起者(即组织或提议翻译某部作品的个人或群体)、翻译文本的操作者(译者)和接受者(译文的读者+整个译语文化的接受环境)。他们借鉴了接受美学、读者反应等理论，不再局限于对译文忠实问题的考察，而考察译作在新的文化语境里的传播与接受，注意到翻译作为一种跨文化传递行为的最终目的和效果，非常重视译者在这整个翻译过程中所起的作用，等等。这无疑是翻译研究的一大深化和进展，大大拓展了我们翻译研究的视野。

再譬如，还有些学者把翻译研究的重点放在翻译的结果、功能和体系上，对制约和决定翻译成果和翻译接受的因素、翻译与各种译本类型之间的关系、翻译在特定民族或国别文学内的地位和作用，以及翻译对民族文学间的相互影响所起的作用给予特别的关注。与此同时，他们还开始注意翻译研究中语言学科以外的其他学科的因素。他们一方面认识到翻译研究是一门独立学科，另一方面又看到翻译研究具有多学科性质，注意到它不仅与语言学，而且还与文艺学、哲学，甚至社会学、政治学、心理学等学科都有重要的关系。这些对译学研究来说都颇具启发意义。

顺便提一下，国内译学界近年来也已经开始注意到翻译研究的“跨学科性质(或者学科交叉性质)”，提出尽可能把国内学界三方面的力量，也即翻译系科(专业)的翻译教学力量、一些从事翻译软件开发的院校或研究单位的力量，以及主要从事翻译研究(即翻译“学”的研究)的力量整合起来，以促进当今国内的翻译研究学科的建设。[①]

国内翻译界在翻译研究和翻译理论认识上的误区和西方译学研究的文化转向，从两个不同的方面提醒了，我们译学学科的发展与译学观念的现代化转变有着非常密切的关系。我们不妨把翻译界的情况与其他领域的情况做一个比较。试想：会不会有哪位歌唱家去质问音乐理论家：“为什么读完了你的《音乐原理》，我的演唱技巧仍然毫无长进?”当然，更不可想象，会有人质疑陈景润对哥德巴赫猜想的研究与我们的生产生活有什么关系，质疑

① 何刚强：《翻译的“学”与“术”——兼谈我国高校翻译系科(专业)面临的问题》，《中国翻译》，2005年第2期，第32－35页。

科学家研究亿万年前的宇宙大爆炸对改善我们今天的空气质量有什么实用价值，等等。类似的例子我们还可以举出许多许多。再譬如，古今中外通常是文艺作品受众颇多而文艺理论的读者相对较少，但是难道会有人跑出来指责文艺理论与作家的创作质量“没有必然的关系”？

然而，这种在其他学科绝少出现的对理论研究的怀疑和否定，却反反复复在翻译界发生。这是不是说明翻译学学科，甚至翻译研究其实还很不成熟呢？而之所以存在这样的情况，其中一个很重要的原因，就是译学观念严重滞后，有待进步和成熟。如果仔细考察我们所讨论的翻译和翻译研究，就能够发现，翻译所处的文化语境以及翻译的内涵已经发生了变化，翻译研究的内容也在随之更新，然而我们的翻译研究者队伍没有发生实质性的变化，不少人的译学观念并未与时俱进，仍然停留在几十年前，甚至一百多年以前。

人类翻译的历史，从有文字记载的时候算起已经有一两千年的时间了。在这一两千年的时间里，特别是进入 20 世纪以后，翻译行为的文化语境已经发生了巨大的、实质性的变化。

在笔者看来，人类的翻译历史大致可以分为如下三个大的发展阶段。

一、初期阶段。这是一个口语交往阶段，也是人类翻译最早的阶段。这里笔者不用“口译”而用“口语交往”，是因为这种“口语交往”与真正的“口译”尚有一定的差距。这一阶段翻译的内容大多限于日常交往和简单商贸活动，如何达到基本信息的相互沟通是翻译的主要目的。譬如一个人拿着张老羊皮，一个人拿着两斤盐巴，这两个人借助简单的几个单词以及手势，达成了一笔交易：前者换到了他所要的两斤盐巴，而后者也得到了他所喜欢的老羊皮。这笔交易进行的过程中自然有翻译（口译）的成分，但绝不是今天意义上的口译，其基本意义就是达成双方对彼此意图的理解。对这一阶段翻译的含义，《周礼・秋官》和《说文》中都有解释：前者称翻译为“换易言语使相解也”，后者则简单明了地说翻译就是“传四夷之言”。当然，从我们今天的角度看这两条对翻译的定义，我们把它们用诸书面翻译也未尝不可，但当初如此解释翻译，其原始用意恐怕是偏向口语翻译的。

二、中期阶段。该时期也可称之为文字翻译阶段，也即人类进入文字翻译以来的阶段，借用施莱尔马赫的话来说，也就是“真正的翻译”的阶段。这个阶段有相当长的历史跨度，其翻译内容以早期的宗教典籍和以后的文学名著、经典文献(除宗教文献外的哲学、社会科学著作等)为主。一些最基本的翻译观、翻译术语、概念,诸如围绕翻译"可译"与"不可译"之争、"直译"与"意译"之争,以及翻译的标准,如泰特勒的翻译三原则、严复的"信、达、雅",等等,都是在这一阶段形成的。

由于这一阶段所翻译的对象主要是宗教典籍、文学名著、经典文献,译者,甚至读者对这些原著都是采取仰视态度,所以我们也就不难理解为何在这一阶段,"忠实于原文的内容"成为翻译家们最核心的翻译观——宗教典籍、文学名著、经典文献这些著作都是翻译者以及译作的读者顶礼膜拜的对象,翻译时译者当然要小心翼翼,字斟句酌,否则一不小心歪曲了原文,招致批评不说,甚至因此发生诉讼都有可能。

与此同时,随着文学翻译数量的急剧上升,文本形式的传递也开始引起重视,这样,我们对翻译的认识又向前推进了一步:翻译不仅要传递原作的内容,还要传达出原作的形式意义。但是这一阶段的译学观基本上还是建立在两种语言转换的基础上,基本上还是局限在原文与译文的文本之内。

三、近期阶段。可将其称之为文化翻译阶段[①],这一阶段的翻译服务于各国、各民族间全方位的文化交流,成为极重要的一种人类文化交际行为,翻译的范围大大拓宽。第三阶段的开始时间大致可以追溯至20世纪50年代末、60年代初,甚至更早一点[②]。20世纪50年代,雅各布森提出了翻译的三种类型,也即语内翻译、语际翻译和符际翻译,这种翻译的定义显然已经背离传统的译学观念,也越出了单纯语言转换的界限,使得翻译的定义不再仅仅是"语言文字的转换",而是进入了更宽泛意义上的信息转换和文化传递。后来,德国功能学派翻译学学者弗米尔的翻译行为理论强调译者的目标在翻译过程中的决定性作用,英国的斯坦纳提出"理解也是翻译",当代美国后殖民批评家斯皮瓦克提出"阅读即翻译"等概念,更是大大拓展了翻译的概念,使得翻译几乎渗透人类所有活动,从人际交往到人类自身的思想、意识、政治、社会活动,等等;当代西方文化理论则进一步把翻译与政治、

① 用"文化翻译"作为人类翻译历史第三阶段的命名并不合适和确切,用此命名仅是作为与第二阶段"文字翻译"的一种区分,并不是说"文字翻译"就不是"文化翻译"。

② 可再往前推至第二次世界大战结束的时间,即20世纪40年代末。因为在第二次世界大战结束后,世界各国的交往开始越来越频繁,交往的领域也越来越广泛,尤其是商业往来更是成为主流。

意识形态等联系起来，翻译的内涵更是空前扩大。如后殖民主义翻译理论家尼南贾纳声称："我对翻译的研究，完全不是要去解决什么译者的困境，不是要在理论上再给翻译另立一说，以便能够找到一个'缩小'不同文化间之'隔阂'的更加保险可靠的'办法'。相反，它是要对这道隔阂、这种差异作彻底的思索，要探讨如何把对翻译的执迷（obsession）和欲望加以定位，以此来描述翻译符号流通其间的组织体系。关于翻译的论述是多种多样的，但它们却都没有或缺乏或压制了对历史性和不对称的意识。就这一状况进行考察，便是我的关怀所在。"①

需要强调说明的是，这里讲到第三阶段，也即文化翻译阶段的出现，并不意味着第二阶段即文字翻译阶段的结束。这两个阶段在相当长一个时期里将会是相互交融并存的，而相关的译学观也将并存和互补。所以我们应该看到，翻译研究中的文化转向给传统译学观带来的是冲击，是反思，而不是颠覆和取代。文化翻译阶段出现的新的译学观是丰富、深化原有的译学观，是拓宽原有的译学研究视野，而不是取代，更不是推翻传统的译学观。

如果我们从整个人类翻译发展史的大背景上去看的话，应该可以发现，一直到20世纪上半叶，也就是在20世纪50年代以前，我们的翻译观基本都停留在传统的译学研究范畴之内，也即主要关心的是翻译的方法（如直译、意译等问题）、翻译的标准（如严复的"信、达、雅"、泰特勒的翻译三原则等）、翻译的可能性（可译性与不可译性等）等问题。但是进入20世纪五六十年代以后，正如前文所分析的，西方翻译研究中出现了三个大的突破和两个划时代的转向，这使得西方翻译研究与此前的研究相比，发生了重大的实质性的变化。研究者开始关注翻译研究中语言学科以外的其他学科的因素。他们一方面认识到翻译研究是一门独立学科，另一方面又很清醒地认识到翻译研究的多学科性质，注意到它不仅与语言学，而且还与文艺学、比较文学、哲学，甚至社会学、政治学、心理学等学科都具有密切的关系。但是翻译研究真正关注的还是文本在跨文化交际与信息传递中所涉及的一系列文化问题，比如翻译在译入语文化语境里的地位、作用，以及文化误读、信息增添、信息失落等。正如韦努蒂（Lawrence Venuti）提到的，"符号学、语境分

---

① 尼南贾纳：《为翻译定位》，许宝强、袁伟选编：《语言与翻译的政治》，北京：中央编译出版社，2001年，第122—123页。

析和后结构主义文本理论等表现出了重要的概念差异和方法论差异，但是它们在关于‘翻译是一种独立的写作形式，它迥异于外语文本和译语文本’这一点上还是一致的”①。

在这种情况下，翻译不再被看作两种语言之间的简单的转换行为，而是译语社会中的独特的政治行为、文化行为、文学行为、商业行为，而译本则是译者在译语社会中的诸多因素作用下的结果，在译入语社会的上述活动乃至日常生活中有时甚至起着举足轻重的作用。在这种情况下，传统的翻译观显然会因为不适应新的形势而在某些方面受到挑战。譬如，把 Coca-Cola 翻译成“可口可乐”，被人们一致认为是一个绝妙佳译。然而，如果按照传统的“忠实于原文”的翻译观，它就不应该被人们视作好的翻译，因为在原文里并没有“可口”“可乐”的意思，所以它不能算是“忠实于原文”的好翻译。然而直觉又明明告诉我们，“可口可乐”是个好翻译。如何解释这里面存在的矛盾呢？“翻译目的论”(skopos theory of translation)可以轻松地回答这个问题：因为 Coca-Cola 是个商品品牌，而商品品牌的翻译要有利于商品的促销。把 Coca-Cola 译成“可口可乐”显然是符合这一原则的，所以这个翻译也就理所当然地被认为是一个好翻译了。这也解释了为什么有许多商品品牌的翻译，包括电影片名(电影也是一种商品)的翻译会与原文意义相去甚远，但在译入语文化里得到了广泛的认可。

综上，在翻译的内涵、对象、外部环境等都已经发生了极大变化的今天，应该是到了讨论译学观念现代化问题的时候了。

那么如何实现译学观念的现代化呢？或者说，译学观念的现代化转向应该体现在哪几个方面呢？

首先，笔者觉得我们要学会正确处理翻译理论与翻译实践之间的关系，不要一提翻译理论就只想到对自己的翻译实践有用还是无用，另外也不要把个别译者的经验体会误认为是理论。如前文所述，张佩瑶教授于 2002 年在上海外国语大学举行的翻译研讨会上，通过追溯“theory”一词的来源，指出“理论”意即“道理、法则、规范”，是系统、科学的，是现代建构出来的产物，因此，从某种意义上说，无论中西，早期的翻译论述中其实是有“论”而无“理论”。她认为，重经验讲实践，也不只是中国特色，中外翻译界其实都是

① Lawrence Venuti (ed.). *The Translation Studies Reader*. London: Routledge, 2000: 215.

如此，不同点是西方自20世纪70年代后大力发展理论研究，而中国的译学研究仍然强调以实践为基础，所以在中国译学观念的现代转型过程中，应该首先重估中国传统译学理论的价值，然后再考虑如何引入西方新的译学理论范式。[①] 王宏志教授也有相似的意见。他分析了中国传统译学中讨论的主要内容，认为此类译论虽然号称理论，但只是经验的堆砌而已。虽然这些经验之谈对翻译实践有一定的参考价值，但不能把它们看成真正的译学理论研究，翻译研究不是对翻译的价值判断，不是翻译实践指南。王宏志认为，当务之急是建立严格意义上的翻译学科，确立新的研究方向，以期在中国促成建立真正的译学理论研究。[②]

此外，对于翻译理论是否有用的质疑，不光在我国翻译界存在，在国外也同样存在。如前文提及的《理论对翻译家有用吗？象牙塔与语言工作面之间的对话》讨论的也正是这个问题。该书的两位作者切斯特曼和瓦格纳指出，规约性研究(prescriptive study)已经不合时宜，现在的研究者要做的是描述性研究(descriptive study)，他们的研究是“描述、解释、理解翻译家所做的事，而不是去规定翻译家该怎么做”[③]。

正因如此，相对于传统翻译研究的实用主义观念，翻译的纯理论研究其实具有一种“无用之用”。因为从传统的实用观念来看，翻译的纯理论研究似乎是“无用”的，如同本章开首引用的两位作者所说的那样。但是从另一个角度看，纯理论研究也有它的功用。以译介学研究为例，它对具体的翻译实践虽然“无用”，但是它在界定翻译文学史、文学翻译史、翻译文学等概念方面，在确立翻译文学在中国文学中的地位方面，却有着应用性翻译研究所无法替代的功用。

其次，译学观念现代化，意味着从事翻译实践和翻译教学的人中间有一部分人应该成为专门的翻译理论家。我们当然不反对从事翻译理论的专家学者们也从事一些翻译实践，但是，从目前国内译学界的实际情况来看，我

---

① 参见李小均：《促进译学观念转变 推动译学建设 2002年上外中国译学观念现代化高层学术论坛综述》，《中国比较文学》，2003年第1期，第175页。

② 参见王宏志：《重释“信达雅”——二十世纪中国翻译研究》，上海：东方出版中心，1999年，“绪论”。

③ Andrew Chesterman and Emma Wagner. *Can Theory Help Translators? —A dialogue between the ivory tower and the wordface*. Manchester: St. Jerome Publishing, 2002: 2.

们更迫切需要一批有独立译学理论意识的，专门进行译学学科建设的人才。

关于这个问题，前几年王东风教授就已经提出了“21世纪的译学研究呼唤翻译理论家”的观点。他指出：“虽然从理论上讲，实践与理论之间的互动始终存在，但从根本上讲，实践和理论是不能互相取代的。说白了就是，实践家不是理所当然的理论家，理论家也未必就是理所当然的实践家，实践家可以成为理论家，但前提是他必须花费与他的实践几乎相同的时间和精力去钻研理论。反之亦然。”[①]当代学科建设的特点之一就是分工越来越细，研究队伍开始分流，各有所重，这意味着每一门学科需要有一支专门的研究队伍，从前那种文艺复兴式的全才、通才，就学科分工日益细化的当今情况而言，已经成为不切实际的幻想。

对比相关学科的发展史，这个问题也许可以看得更清楚。学科的建立当然离不开本专业的实践以及对实践的研究，但更需要该领域的专门的理论工作者。比如，文艺学学科的建立、比较文学学科的建立不是主要依靠诗人、小说家和剧作家，而是文艺理论家和比较文学家，其中的主力更是在高等院校和研究机构从事研究生教学和相关理论研究的学者。现在，中国翻译学学科的建设与发展的情况也一样。那种作家、翻译家一身兼二任，即作家、翻译家既从事创作、翻译，又从事理论研究的时代已经成为历史了（更何况那时的所谓理论多是停留在实践层面上的经验之谈），随着翻译学学科的建立和发展，我们更需培养一批专门从事翻译理论的人才，这样我们国家的翻译学学科才有可能真正建成并健康发展。

最后，译学观念的现代化不仅意味着明确的分工，而且意味着更为宽广的学术视野，这与上述人才的分流、分工，是相辅相成、互为补充的两个方面。一门独立的学科当然需要专门的学科理论的支撑，但是由于现代学科，尤其是翻译学科的研究对象的特殊性（它几乎与所有的学科都有关系），翻译学必然是开放性的，必须借用各种当代文化、语言、技术领域的理论，以拓展它的研究视野。翻译研究的边界不再像以前那么分明，学科之间的交叉、接壤将越来越普遍。这一点从当代翻译研究中已经得到了证实。

21世纪的头十年，几乎世界上所有国际大师级的文化理论家，从德里

① 王东风：《中国译学研究：世纪末的思考》，张柏然、许钧：《面向21世纪的译学研究》，北京：商务印书馆，2002年，第58页。

达(Jacques Derrida)、福柯(Michel Foucault),到艾柯(Umberto Eco)、斯皮瓦克,等等,都在大谈特谈翻译,翻译不仅成为当今国际学术界最热门的话题,而且也被提高到前所未有的众所注目的地步。其中折射出的翻译理论与翻译实践之间的关系,很值得我们国内翻译界深思。

令人感到欣慰的是,近年来国内也已经有学者注意到我国翻译界在翻译研究和翻译理论认识上的一些误区,并且指出:“目前中国的描写性翻译研究缺乏严密的理论体系和令人信服的理论深度和广度,因为经验之谈难以自成体系,尤其是,还有一些学者仍然将理论看作是对语言表层结构转换技巧的研究。”①

国内翻译界一方面抱怨翻译地位低,不受重视,但另一方面,却又总是轻视翻译研究,更轻视对翻译理论的研究。有人说,翻译地位的提升不是靠理论,而是靠出翻译大家,靠众多优秀译作的积累。有人则强调翻译要得到全社会的重视,靠的是“走出象牙之塔,投身于改革开放和现代化建设的大潮”,靠的是“编印一系列有关‘入世’及为外商准备的中外文对照的资讯材料”,这样就会“受到全社会的欢迎”②。他们抓住一点,即翻译在西方国家的稿酬也比较低,以此证明尽管西方国家翻译的理论研究取得很大的成就,但翻译仍然没有得到足够的重视,等等。然而,他们却没有看到在西方国家普遍开设的独立的翻译系、翻译学院,以及翻译学的硕士、博士学位点,而在我国,尽管早在清末马建忠就已经提出设立翻译书院的提议,但直至最近十几年才陆续有学校设立了单独的翻译系和翻译学院,至今也只有不多几所高校刚刚建立起了独立的翻译学的博士点。由此可见,如果人们仍然把翻译视作两种语言文字之间一种简单机械的转换,看不到翻译家对译入语文化的贡献,看不到译作的价值和意义,那么,翻译大家也只能“养在深闺人未识”,而提高翻译的地位也就无从说起了。因此,要提高翻译的地位,不能仅仅停留在多出优秀的翻译作品,还应该通过真正学术层面上的翻译研究,通过严谨的理论层面上的阐发,扩大翻译研究的视野,更新人们对翻译的认识,只有这样,翻译的性质和意义才能被人们真正认识和理解,译者的贡献

① 王东风:《中国译学研究:世纪末的思考》,张柏然、许钧:《面向21世纪的译学研究》,北京:商务印书馆,2002年,第58页。

② 参见《中国翻译》,2002年第6期,第35页。

才能被人们真正承认,也只有这样,翻译才能得到人们充分的重视,并在我们国家的政治、社会、文化生活中获得它应有的地位。

如前所述,我国报刊媒体有一个词的出现率相当高,这就是“与时俱进”。现在我们显然也应该把这个词用到译学界来,让我们的译学观念也能与时俱进,实现译学观念的现代化转向,以推进翻译学学科建设的健康发展。

第五节 正确理解“文化转向”的实质

最近一二十年来,国内的翻译研究发展得相当快,具体的表现也许可以从每年成百上千的公开发表、出版的翻译研究的论文、专著以及相关译著的数量上得到反映。另外,国内高校近年来快速增长的翻译专业硕士(MTI)学位点、设置翻译本科专业的院校数量以及翻译学、翻译方向的硕博士点的数量,等等,也从一个侧面印证了这一趋势。更令人欣慰的是,业内还涌现出了一群比较优秀的翻译研究学者,尤其是青年学者,他们具备了较好的理论素养和学术前沿视角,对国内和国外翻译研究界的问题能做出比较科学的分析,并得出比较中肯的结论。但与此同时,我们也应该清醒地看到,迄今为止,国内学界,包括翻译界和翻译研究界,对翻译问题的认识仍然存在着较多的误区,对翻译问题的讨论还是跳不出单一的语言文字转换层面,跳不出狭隘的文本框框,于是也就看不到翻译作为一个跨文化交际行为的实质。

有人对笔者的上述判断不以为然,认为“失之偏颇”,甚至“有悖于国内译学界在三十多年的探索中所取得的研究成果”[①]。其用心固然良苦,用意也善,但遗憾的是,国内译学界和学术界的相关事实从侧面印证了笔者的判断。

先看第一个事实:鲁迅文学奖优秀翻译文学奖的评审。三年一度的鲁迅文学奖是我国文学领域最高级别的国家级奖项,优秀的翻译文学作品能否获奖也很自然地成为众所瞩目的事件,然而在第五届鲁迅文学奖评奖时,

① 参见刘云虹、许钧:《文学翻译模式与中国文学对外译介——关于葛浩文的翻译》,《外国语》,2014年第3期,第6—17页。

翻译奖项却被宣告空缺，也就是说，在评委们看来，我们国家不存在够格获得优秀翻译奖的作品。这一结果理所当然地引发了国内文化界的热议，本人也于第一时间撰文对此结果进行质疑：新时期以来，我们的不少作家都受惠于文学翻译作品，为何在评选鲁迅文学奖时，却不见了文学翻译家以及他们译作的踪影呢？这说明了什么问题？是评委们不懂行吗？不是，因为在评委中有的是资深的外国文学编辑和外国文学研究专家，有的本人就是文学翻译家。是评委们不负责任、敷衍塞责吗？也不是，因为这次评奖还被称为“工作最细的一次评奖”。那么问题出在哪里？从有关评委的解释中我们不难一窥究竟，他们的解释是，尽管“中国的外国文学翻译在近一二十年间的发展，其成就超过了以往任何时代。然而在表面的热闹之下，能感动读者、令人信服的文学佳译却似乎不多，粗制滥译的反倒并不少见，很多译本经不住显微镜观察，甚至硬伤累累”。其实这里所谓缺乏“感动读者、令人信服的文学佳译”是否有调查依据尚待考证，如果评委们关注的仅仅是在显微镜下观察到的“翻译疏漏”，以及“翻译表达不贴切、不准确”，换言之，也即在语言文字转换层面上存在的一些问题，然后在此基础上得出“文学翻译奖空缺，实际上是一种必然”的结论，那么这些资深编辑、专家、教授所持的如上认识，不是正好形象地反映出外国文学教学界、出版界和翻译界在翻译问题认识上的误区吗？鲁迅文学奖（也包含优秀翻译文学奖）每隔 3 年就有一次，然而，如果我们的评委们对翻译的认识仍然只是停留在语言文字转换的层面上，仍然只是拿着显微镜在观察译作，那么体现优秀翻译文学作品特征的重要因素即文化互动与文明互鉴的效果，是否仍会被禁锢在语言文学转换的窠臼里？对此笔者在十多年前就撰文说过，照着这种评奖标准和方法，即使是鲁迅本人拿着他的译作来申报评奖，也恐怕得不到以他的名字命名的优秀翻译文学奖，尽管鲁迅的文学翻译活动为 20 世纪中国新文学的发生与发展做出了杰出的贡献。

再看第二个事实：“大中华文库”的编辑、翻译与出版。“大中华文库”是进入 21 世纪以后国家有关部门组织、动员了全国各地的相关翻译与出版力量，收录了 200 余种中国文化典籍所进行的外译和出版工程，旨在“全面系统地翻译介绍中国传统文化典籍”，促进“中学西传”，是不折不扣的政府行为。迄今为止，“文库”中翻译、出版的选题已经有 100 多种，目前还在不断推出新的品种和译本，并且在最初的以英译本为主的基础上进一步推出了其他语种的译本。然而这套“文库”是否切实有效地把中国传统文化典籍译介出去了呢？是否真的让“中学西传”了呢？很希望“文库”的组织方与实行方即译者和出版者，事先认真地考虑这些问题，更希望他们能到译入语语境中去深入调查研究这些问题。如果此类调研未能做足，仅从输出者的单方面愿望出发开展对外译介活动，效果恐难如预期。是否在组织方和实行方看来，只要把中国文化的典籍翻译成外文，那么中国文化典籍就自然而然地“走出去”了？他们是否意识到中外文化交流中存在着特定的译介规律？是否领悟到中西文化交流中存在的“时间差”“语言差”等具体问题仍需要解决？如果没有全新的翻译思想指导，这个“文库”能“走出去”吗？事实上，这套“文库”尽管迄今已经出版了100多种译本，但除了个别几种外，大部分已经出版的图书都只是在国内高校图书馆里被束之高阁，而鲜有品种跨出国门。

第三个事实更是与国内译学界的译学认识有关，即国内译学界对翻译研究的文化转向以及相关翻译理论的反应。自从20世纪90年代末西方翻译研究的文化转向及相关文化译论被引入国内以后，国内译学界一些学者对于翻译研究文化转向的实质并不是很理解，尽管口头上也承认“从文化的立场考察翻译，揭示了文化与翻译的相互作用，有其积极意义”，但实际上他们把文化转向定位于“否定翻译学基础体系的极端”，“与翻译的本位研究（即语言研究——引者）是南辕北辙的”。[①] 还有一些学者则认为翻译研究的文化转向“只是一次研究重点的转移，是目前多元视角中的一个视角……不能取代语言而成为翻译研究的本体”。甚至还郑重提出：“应警惕用文化研究取代语言研究，即文化研究对翻译本体研究的剥夺，把翻译本体研究消解在文化研究中。”[②]然而，如果我们的翻译研究只关注所谓的翻译本体，也即只关注文本以内的语言问题，这样的研究能够全面、深刻地揭示“语言转换的规律”吗？我们的一些学者一方面也承认翻译不是在真空里面进行的与世隔绝的行为，但另一方面却打着“翻译本体”的旗号，继续无视在语言文字转换过程之外的诸多因素，包括译者、接受者等翻译主体和翻译受体所处

① 参见赵彦春：《翻译学归结论》，上海：上海外语教育出版社，2005年，第2、4页。

② 吕俊、侯向群：《翻译学——一个建构主义的视角》，上海：上海外语教育出版社，2006年，第104、107页。

的历史、社会和文化语境，以及对两种语言文字转换产生影响和制约作用的各种文本以外的意识形态、民族习俗、国家政治等因素。与此同时还有人问："文化转向之后翻译研究还会向哪里转向？"还有人甚至声称："文化转向对我们来说并没有什么新意，因为把翻译跟文化联系起来，或者谈翻译中的文化，我们早就在这样做了。"由此可见，国内翻译界不少人根本没有认识到文化转向对翻译的跨文化交际本质的深刻揭示，没有看到文化转向对翻译研究空间的极大拓展，更没有意识到文化转向对当今译学研究发展必然趋向的显示，而只是把它视作热闹一阵就会过去的时髦理论。

然而，翻译研究的文化转向却并不是几个学者心血来潮、简单地为了求新而提出的几个时髦理论，它的出现是一种历史的必然，是我们两千多年来的翻译活动和翻译研究发展到一定历史阶段后必然出现的一个历史性突破，涉及翻译的理念、翻译的对象、翻译的手段和方法，以及翻译研究的目标和视角，等等。实际上，翻译研究的文化转向与中西翻译史的历史演变轨迹也正好不谋而合。前文已表，中西翻译史的演变经历了三个大的历史阶段，其初期、中期和近期即对应了以宗教典籍为主要翻译对象的宗教典籍翻译阶段，以社科经典、文学名著为主要翻译对象的文学名著翻译阶段和以实用文献为主要翻译对象的实用文献翻译时期。这第三个历史阶段也即我们目前所处的历史阶段，暂且可把它称作"翻译的职业化时代"。笔者在此前曾撰文指出翻译的职业化时代的几个主要特征，诸如随着数字化时代的来临，翻译的对象除了传统的纸质文本外，还涌现出了形形色色的网状文本，也即所谓的超文本（hypertext）和虚拟文本（cybertext）；翻译研究的对象变得更加丰富、复杂和多元，口译、翻译服务、翻译管理以及翻译中现代科技手段的应用等问题都成为了当代翻译研究中的热点对象，等等。由此可见，翻译研究的文化转向正好迎合并印证了当前翻译时代的演变与发展的总体发展趋势。处于这样的历史阶段，我们的翻译研究者的眼光如果仍然只是局限在两种语言文字的转换层面，囿于文本之内，那么要想对翻译有全面深刻的把握就是不可能的。有道是"不识庐山真面目，只缘身在此山中"，翻译研究的文化转向就是要让我们从这座"山"中跳出来，也就是要"超越文本、超越翻译"，以一种高屋建瓴的开阔视野，定义翻译，审视翻译，进入翻译研究的新时代。

第二章　翻译研究的理论意识

第一节　翻译研究的理论意识

尽管在前一章我们已经就国内翻译界对翻译理论和翻译研究存在的认识误区做了分析，但在展开探讨翻译研究的理论空间之前，仍想再简单谈一谈翻译研究的理论意识问题。众所周知，在国内翻译界尽管大家都承认理论的重要性，然而在涉及具体的理论问题时，却往往会出现自相矛盾的现象：一方面，虽然在口头上承认理论很重要；但另一方面，在内心里，却并不承认理论的价值，甚至对理论还有一种排斥的心态。事实上，在国内翻译界（其实在国外的翻译界也同样）如何对待或处理理论与实践之间的关系一直是一个令人纠结，甚至未能真正解决的问题。面对历史上以及现实中的一些老翻译家，他们也许根本就不知道什么翻译理论，却凭借其丰富的翻译经验与高超的翻译技巧奉献出了不少翻译精品的事实，我们的一些翻译研究者也会感到疑惑和迷惘：翻译理论真的有用吗？

我们的翻译研究者之所以会感到疑惑和迷惘，其原因在于他们（当然更包括某些从事翻译实践的工作者）对翻译理论还缺乏清晰的认识。其实在译学界大家都很清楚，翻译理论分为两大块，一块是应用性理论（Applied Theory），另一块是描述性理论或称纯理论（Descriptive or Pure Theory）。应用性翻译理论在总结翻译实践和经验的基础上会对翻译的实践活动和行为提出一些指导性的意见，有利于翻译工作者把翻译做得更好。然而即使是应用性翻译理论，它提供的也只是“指导性的意见”，它并不像某台机器的“操作手册”，或某台仪器的“使用说明书”，你掌握了这份“操作手册”或“使用说明书”的内容后就能开动某台机器或就会使用某台仪器。所以你不能指望看了或掌握了应用性翻译理论后，就学会如何翻译了。这样的翻译理论，过去没有，现在没有，将来也不会有。

至于描述性翻译理论，如其名称所示，它是对翻译活动和行为的一个客观的描述，它的作用在于帮助我们更全面、更深刻地认识翻译活动和行为的性质、意义与价值，帮助我们理解促使翻译活动和翻译行为发生、进行并产生影响等的原因。就像文艺学理论是对文学创作活动和行为的描述与分析而不会对文学创作活动给予具体的指导一样，描述性翻译理论同样不会对翻译的实践活动和行为给予具体的指导。所以有些翻译家声称“翻译理论对我毫无用处”，此话既对又不对。说“对”是因为他所说的翻译理论(其实就是指描述性翻译理论)对他的翻译实践确实“毫无用处”。而说他“不对”，是因为他对(描述性)翻译理论的错误期待，他没有理解描述性翻译理论的功能与意义。

应该看到，由于民族的务实性特征和传统，我们国家描述性翻译理论的发生、发展与建设要稍稍晚于西方翻译界。正如笔者在前文所指出的，回顾两千余年的中西翻译史，及至 20 世纪 40 年代，无论中西其实都没有严格意义上的翻译理论，这里所说的翻译理论实际上主要就是指描述性翻译理论。但是从 20 世纪 50 年代起，西方出现了一批具有深厚语言学理论背景的学者，尤以奈达、纽马克、卡特福特等人为代表，他们借鉴语言学理论，首次对翻译现象和翻译问题从理论层面上进行审视，并提出了“等值论”“动态对等”等一系列跳出了经验感悟层面的翻译理论，开启了严格意义上的翻译理论研究。这些学者后来被称为翻译研究的语言学派。由于语言学派的翻译研究的关注点基本上还是局限在文本以内，集中在两种语言文字转换的层面，它提出的“等值”“对等”等理念与两千余年来中西翻译界建立在“忠实”理念基础上的经验感悟并无实质性的区别，在某种程度上也许我们可以把语言学派的翻译研究视作对两千余年来中西翻译界的经验感悟的理论提升，所以中西译学界对语言学派的翻译理论大多还是能够较快理解并欣然接受。

然而滥觞于 20 世纪 70 年代的西方翻译研究的文化学派翻译理论的情况就不一样了。文化学派的翻译研究者不再局限于文本以内的两种语言文字转换的层面，而是从更广阔的跨文化交际的视野去审视与考察翻译现象和翻译问题，关注翻译行为的动机与操控因素，关注翻译结果的传播、接受与影响，这与我们已经习惯的立足于经验感悟层面的翻译研究传统显然大异其趣，从而对中西译学界，尤其是对国内译学界的翻译理念产生了很大的冲击和影响，并且引发了国内译学界对文化学派翻译理论的质疑和拒斥。由此可见，如何引导国内翻译界和译学界的人士，包括目前还在学校选修、研习当代国外翻译理论课的研究生和青年学者，全面把握当前国外翻译研究的最新理论走向，正确、理智地应对当前国外翻译研究发生的一些最新变化，恐怕是我们每位从事翻译研究与教学的教师和科研人员，都应该认真、严肃思考的问题。这里笔者觉得有三个问题必须引起我们的注意。

第一，在研究当代国外翻译理论时，一定要转变一下我国翻译界的一个比较根深蒂固的观念。众所周知，在我国翻译界有相当一部分翻译家，也包括一部分翻译研究者，他们总认为当代国外的一些翻译理论，包括借鉴自各种文化理论的翻译理论，诸如解构理论、性别理论、后殖民理论、多元系统理论等，都是西方学者提出来的，它们属于西方，它们不适合中国的国情，它们只能解决西方翻译中的问题，不能解决中国翻译中的问题。更有甚者，不去对西方的翻译理论做一番认真深入的调查和研究，仅凭着自己的主观印象，就轻率断言，“西方译论只能解决低层次的科技翻译问题”，只有“中国译论才能解决高层次的文学翻译问题”，等等[①]。

这种把理论简单地划分为东方和西方的做法，让笔者想起了几年前在一次学术会议上听到的北京大学严绍璗教授所说的一番话。他说：“我们以前一直以为现代化是属于西方的，于是搞现代化就意味着搞西化。这种看法其实是不对的。现代化并不只属于西方，它是人类社会发展的必然阶段。”笔者觉得这番话说得太对了。是啊，现代化的确并不只属于西方。人类发展到一定的阶段，就必然会进入现代化阶段，从茹毛饮血到熟食，从学会用火到学会用电、用天然气、用核电，等等，只不过是时间的先后而已，但人类迟早都要进入这个阶段。

如果说，自然科学给我们带来的是生活方式、工作方式、学习方式、物质条件等方面的改变的话，那么，社会科学、人文科学给我们带来的就是思维方式、认知角度、研究方法等方面的改变了。在这里不需要举马克思主义的例子，因为没有人会认为马克思主义只属于西方，尽管这个理论是一位西方

① 参见许渊冲：“初版序”，王秉钦、王颉：《20世纪中国翻译思想史》（第二版），天津：南开大学出版社，2009年，第12页。

人提出来的。笔者就以西方翻译研究中操控学派的翻译理论为例来说明这个问题，这个理论提出了翻译与政治、翻译与意识形态、翻译与特定民族的文学观念等因素之间的关系，以及这些关系对翻译的操控与影响。翻译中的这些关系，难道仅仅是属于西方的吗？操控学派对这些关系的研究和分析，难道对我们没有借鉴意义吗？想一想为什么我们国家在20世纪五六十年代热衷于翻译苏联和东欧社会主义国家的文学，以及第三世界的文学，而直到20世纪80年代才允许翻译西方现代派的文学作品，其答案是不言而喻的。而国内译学界之所以有人对西方译论持拒斥态度，我觉得这些人是把理论的提出者及其发明权与某一理论所阐明的规律、所提供的认识事物的角度和研究方法等方面之间的关系混为一谈了。理论的提出者及其发明权是有明确的民族或国别归属的，但某一理论所提供的认识事物的角度、方法等，却并不局限于该理论提出者本人所属的民族或地域，它完全可以为其他民族、其他国家所共享。大家一定会同意这个结论：人类的先进文化并不只为某一方（西方或东方）所特有，它属于全人类。同样，先进的、科学的译学理论，它们是相通的，也并不为某一方所特有。翻译研究的一个重要任务就是要把理论、思想从某个特定民族的语言“牢笼”中解放出来，让这些理论、思想归全人类所有。而我们某些从事翻译教学、翻译研究的同行，反而要把这些已经“解放”出来的理论、思想，贴上“西方”的标签，然后将其坚决拒之门外，这不是很奇怪吗？

第二，我们还要改变一种思维方式。在我国翻译界有一种非此即彼地把不同的译学理论对立起来的思维方式。在某些人看来，中国和西方的译学理论是对立的，语言学派与文艺学派是对立的，规范学派与描述学派是对立的，甚至认为从事翻译实践、从事翻译教学的人与从事翻译理论研究的人也是对立的。事实并非如此。不同国家、不同流派的理论，只是所要寻求解决的问题不一样，看问题的角度不一样，研究的层面和领域（范围）不一样，但他们研究的对象——翻译是一样的，探讨的问题更是不乏相通之处。语言学派更多关注语言层面上的事，关注文本以内的问题，它回答不了文化学派关注的问题；反之，文化学派也解决不了语言学派提出的问题，规定性研究关心的是“怎么译”，而描述性研究则要回答“为什么这么译”。这里不存在一个流派或学派颠覆或取代另一个流派或学派的问题，它们是互为补充、相辅相成的。

当代国外(主要是西方)翻译理论的发展趋势是越来越多的学者从文化层面上分析翻译现象,而并不关心具体如何翻译的问题。但这并不意味着具体如何翻译的问题不需要研究,不值得研究,而是说这些问题不具有严格意义上的学术研究的价值。“怎么译”相关问题的价值存在于翻译教学与翻译实践领域,在那里我们仍然需要不断地探讨关于如何翻译的具体问题。中国翻译界一直非常关心如何翻译、如何提高翻译的质量问题,这自然无可厚非而且也很有必要,但是如果把对这些问题的研究视作翻译研究的全部,并把对这些具体问题的研究混同于学术研究,这就有悖学术研究的真谛了。国内翻译界就有人认为西方的翻译理论“无用”,其根源也在此。其实,这只是因为不同学者思考问题的层面、研究目标和所要解决的问题不同,西方翻译理论家是在学术层面上进行思考,而中国的翻译研究者则是在实践层面上进行讨论。尽管如此,它们彼此之间也并不矛盾,更不对立。因为西方翻译理论要解决的是我们对翻译的认识问题,而国内翻译研究要解决的是我们具体如何翻译的问题。国内曾有学者担忧,引进当代西方的翻译理论后,我们翻译时是不是就不要讲“忠实”了,还有学者撰文称解构译论把我国译论中的“化境论”“消解”了,等等。这些看法混淆了两个不同层面的翻译研究,是对当代西方译论,尤其是对描述性翻译研究的误解。

第三,我们要跟上当前国际译学研究的最新进展,要努力关注国外学术界的前沿理论,同时积极、主动地调整我们自身的知识结构。从事翻译教学和研究的人员,大多是外语专业出身。按理说,多掌握一门外语,就等于多打开了一扇了解世界的窗户,多一种直接接触国外第一手材料的能力,我们的视野应该比其他学科的人更加开阔才是。但是,事实上,与中文系、哲学系、历史系的人相比,外语专业的研究者和师生在知识面、理论修养、逻辑思维等方面不容乐观。其中的原因,恐怕是跟我们国家外语院系的教学体制和教学的指导思想有关。外语院系多把掌握外语作为最终目标,而不是把外语作为一种研究或从事某项工作的手段和工具。这与国外大学的外语系不一样,与我们国家1949年以前的大学(如北京的清华大学、上海的圣约翰大学等)外语系也不一样。我们今天的外语系,主要功能是教学生学习外语,如果说有理论的话,那也是很少的一点语言学理论。知识面方面,也是一些相关语种国家的比较浅显的文学史知识而已。

前几年曾听说有人在一次翻译研讨会上批评说,现在一些搞翻译理论的人的本事就是把简单的事情复杂化，把文章写得让人家看不懂。此话一出，在会上居然还博得一阵颇为热烈的掌声。其实，此话似是而非，既对又不对。说它对，是因为目前我们国内是有一些作者在写文章时，自己还没有弄懂相关理论，便生搬硬套，甚至故意卖弄些外来的理论术语，这样的文章的确有问题，读者看不懂。但此话又有不对的一面，就是它只看到作者一方的问题，却没有看到读者一方的问题。因为通常理论文章都不可避免地会使用一些专门的甚至不无艰涩的理论术语，譬如解构理论提到了“撒播”“印迹”“错位”“偏离”等术语，如果读者不具备相应的理论修养，对这些基本术语都不了解，那他们如何能读懂德里达的文章或借鉴德里达的理论写的文章呢？这就如一位读者，他（她）如果都不知道“能指”“所指”的含义，只知道自己的“手指”，又怎么可能读懂与索绪尔（Ferdinand de Saussure）相关的语言学论文呢？由此可见，看不懂理论文章的责任并不仅仅在作者一方，有时读者一方也是有责任的。所以，我们一方面要反对那些生搬硬套国外理论术语的故弄玄虚的文章，另一方面也要正视自身理论修养的不足，不要作茧自缚、自以为是，而要保持一种开放的心态，努力关注前沿理论，积极、主动地调整自己的知识结构，防止已有知识的老化、僵化、教条化，这样才能跟上时代的发展，适应时代的需要。

翻译研究，无论中西，都具有悠久的历史，翻译研究的前辈也为我们留下了丰富且弥足珍贵的翻译思想。尽管这些思想大多停留在翻译的实践层面，但它们完全可以成为我们当前建设翻译学科的理论资源。不过要做到这一点，必须确立翻译研究的理论自觉和理论意识，清晰区分两个不同层面的翻译研究，这样才有可能把翻译研究引向深入，而不是只在“怎么译”的层面上打转。

最后，有必要再次强调指出的是，翻译学作为一门与众多学科相交叉、相接壤的交叉学科、边缘学科，它的理论建设也注定要大量汲取相关学科的理论，尤其是文化交际理论、比较文学理论以及当代的各种文化理论等。事实上，严格而言，翻译学并没有纯粹属于自己的理论，而正是以上这些不同学科的理论赋予了当代的翻译研究多维的视角，揭开了翻译研究的崭新层面，并成为翻译学学科建设的理论资源。笔者主编的《当代国外翻译理论导读》[①]一书，在对当代国外翻译研究的现状进行了比较全面的调查和研究之后，把当代国外的翻译理论区分成八个主要理论流派：语言学派、阐释学派、目的学派、文化学派、解构学派、女性主义、后殖民理论和苏东学派。其中，除苏东学派出于地缘政治的考虑外，其余则都是依据其理论取向和立场而定。这些理论为我们研究翻译提供了广阔的研究空间，刷新了我们对翻译的认识。其中的阐释学理论、解构主义理论和文化学派中的多元系统理论，特别能够展现翻译研究的理论前景，也值得我国的翻译理论学习者和研究者重点关注。

第二节　翻译本体研究与翻译研究本体

一、译学界对于文化转向的质疑

最近一二十年来，随着国际译学界实现了翻译研究的文化转向，尤其是随着代表当代国外翻译研究文化转向的一些译学论著被大量原版引进或翻译出版，国内部分学者借鉴、运用这些理论，也相应出版、发表了一些译学论著，从而在国内译学界激起了比较强烈的反响。一个比较典型的观点是，认为当代国外译论，尤其是文化学派的译论，尽管不无可取之处，但都偏离了翻译的本体，“走向了歧路”，因此认为国内的翻译研究应该回归翻译本体。这样的观点在国内的一些翻译研讨会上，在近几年出版或发表的一些译学论著中都能听到或看到，在国内译学界也有一定的影响。

譬如赵彦春教授在他的专著《翻译学归结论》(以下简称《归结论》)一书中就指出：“近三十年来的文化派译学研究虽不乏善可陈，却是一步步走向了歧路。尤其是解构(deconstruction)学派、女权学派、操纵学派，更是代表了这一错误方向。”他还进一步分析说：“该派论者从文化的立场考察翻译，揭示了文化与翻译的相互作用，有其积极意义。但以翻译学言之，它走的是一条现象描写的道路，更由于它受后结构主义(poststructuralism)思潮的拍打而漂向了否定翻译学基础体系的极端。”[②]

---

① 谢天振：《当代国外翻译理论导读》，天津：南开大学出版社，2008 年。

② 赵彦春：《翻译学归结论》，上海：上海外语教育出版社，2005 年，第 2—3 页。

于是在赵彦春教授看来，“文化派从大处着眼，‘毅然决然地与文本内讨论相决裂’，这正好说明他们所研究的是翻译学的边缘性问题，因为翻译的基本规律——翻译之所以成为翻译的规律、翻译的制约因素——决定译与非译的因素，只能到翻译本身，即文本（text）和成就文本过程中去寻找。文化派从历史、政治、文学的角度切入，‘找到’了翻译的制约因素，但这是决定‘译蜕变为非译’（从改写到操纵乃至伪译）的因素，而不是决定‘译之所以为译’的因素。质而言之，这与翻译的本位研究恰是南辕北辙的。不错，从文本到文本的单一模式是不充分的，但翻译的根本问题毕竟离不开文本，因为文本（源语文本和译语文本）承载着语言和语言的转换，而语言又蕴含着文化因素。简言之，没有文本，翻译便不存在。语言的转换规律涉及翻译学最核心的问题，即（1）本体论问题：翻译是什么（Translation as it is）；（2）认识论问题：翻译是如何运作的。翻译学要成为真正的‘学’就必须首先回答这两个问题”①。

虽然就实质而言，吕俊、侯向群两位教授与赵彦春教授对翻译学的观点不尽相同，但在看待当代国外翻译研究中的文化学派，尤其是从国外翻译研究文化学派中引发出来的关于翻译研究的“本体”问题上，他们还是有一些相似之处，如吕、侯两位在他们合著的《翻译学——一个建构主义的视角》（以下简称《建构主义》）一书中同样不止一处提到：“翻译的文化转向只是一次研究重点的转移，是目前多元视角中的一个视角，当然也是一次翻译研究深化的过程。但它仍不能取代语言而成为翻译研究的本体。”他们郑重提出：“应警惕用文化研究取代语言研究，即文化研究对翻译本体研究的剥夺，把翻译本体研究消解在文化研究中。”②

吕、侯两位教授还强调指出：“应当承认，目前的文化研究与翻译研究的结合还有很多内容未被涉及，深度也有待加强。但无论如何这种研究也只是整体翻译研究中的一个向度，而绝非全部。更不可以算作本体研究，它仍是一种离心式的外在性的研究，而翻译学的继续发展仍主要依赖其内在性

① 赵彦春：《翻译学归结论》，上海：上海外语教育出版社，2005年，第4页。

② 吕俊、侯向群：《翻译学——一个建构主义的视角》，上海：上海外语教育出版社，2006年，第104、107页。

研究，即本体研究。”[①]他们还进一步强调说：“在此，我们必须再次指出：就翻译研究而言，对语言之外的各种要素的关注都是应该的，也是必需的。但是如果要建立起翻译学的知识体系，语言要素仍是最主要的要素，离开对它的研究将是不可思议的。因为任何翻译活动都是以语言作为媒介的。所以西方‘翻译研究’学派，如巴斯奈特、勒菲弗尔等人的‘翻译学已牢固地建立起来了’的说法是很令人怀疑的，因为在这一学派的诸多著作中，有译者目的的论述，有文化建构与意识形态问题，有权力话语问题等等，而独没有语言问题的系统论述。”所以，他们认为：“建构主义翻译学就是要返回翻译本体，重建这一知识体系。”[②]

与以上三位教授相比，张柏然教授、辛红娟教授两人合作的论文《西方现代翻译学学派的理论偏向》（以下简称《理论偏向》）对现当代西方翻译理论中的两大流派进行的分析似乎更为详细和精当。他们首先分析的是语言学派的译论，把语言学派的译论分为两类，一类是以布拉格学派创始人雅各布森、英国语言学家弗斯(J. R. Firth)等人为代表的结构主义语言学家关于翻译的论述，另一类是以奈达、卡特福特等为代表的学者以现代语言学理论为基础所做的关于翻译的论述。两位作者认为，第一类研究者在讨论翻译问题时，“往往将翻译研究纳入语言学理论研究的框架，以结构主义语言学理论与方法来描述翻译现象。他们研究翻译的根本目的是便利语言研究”，第二类研究者把翻译的中心问题局限于“在译语中寻找等值物”，把翻译理论的中心任务局限在“描述翻译等值的本质和达到翻译等值的条件”。由此，两位合作者认为：“如果说语言学翻译研究的第一类文献是基于语言学自身研究的需要而对翻译现象进行分析，其结论给翻译研究带来极大的局限，从根本上否定了翻译理论作为学科的地位，那么语言学翻译研究的第二类文献则是在为实现译文‘等值’或‘等效’的实用性目标的观照下，同样得出具有理论偏向的模式。”[③]

---

① 吕俊、侯向群：《翻译学——一个建构主义的视角》，上海：上海外语教育出版社，2006年，第113页。

② 吕俊、侯向群：《翻译学——一个建构主义的视角》，上海：上海外语教育出版社，2006年，第118、114页。

③ 张柏然、辛红娟：《西方现代翻译学学派的理论偏向》，《外语与翻译》，2005年第2期，第1—7页。

论文接着同样把文化学派的译论分为两类，一类是以以色列学者埃文-佐哈尔为代表的多元系统论，另一类是以巴斯奈特和勒菲弗尔为代表的“翻译研究”（Translation Studies）学派的译论。作者认为，前者的译论是“把翻译结果作为研究对象，研究文学翻译与整个文学体系的关系及其在其中的地位和作用，其实质是研究译入语文化对以翻译为媒介的外国文学的接受问题以及该翻译文学对译入语文学和文化的影响问题”；而后者“所从事的研究是在比较文学的框架下进行的，它力图解决的问题正是比较文学所要解决的问题，使用的也正是比较文学的研究方法”。这样，在两位作者看来，无论是文化学派的第一类译论还是第二类译论，“他们的研究虽与翻译有密切的联系并给翻译带来新启示，但并不属翻译理论的本体论范畴”。

综合以上对现当代西方译论两个主要流派的分析，论文得出的结论是，西方现代翻译理论中的两大流派都存在一定的理论偏向。论文认为，语言学派的“核心是如何实现等值或等效，始终不过是对翻译方法（翻译模式）的探索”，从而“合理地推导出对翻译现象的误释，以及对翻译理论学科的消解”，而文化学派由于“无限扩大翻译研究对象的外延，使其学术边界模糊，从而使翻译研究的学科建构失去可能。质言之，翻译的文化研究回避了翻译的本体研究”。总之，在论文的两位作者看来，这两个西方翻译理论流派一是“消解”了翻译的学科理论或“模糊”了翻译的学科边界，一是都不属于翻译研究的本体论范畴。

从以上分析和介绍中可以发现，尽管几位作者的立场并不完全一样，但在评价现当代西方翻译理论时有一个观点是基本相同或比较接近的，那就是都认为当代西方翻译理论，尤其是文化学派的理论，偏离了翻译的本体或翻译研究的本体。

二、理论“偏向”还是理论“取向”?

由于把目光局限在传统译论的框架之内，把翻译的本体仅仅理解为纯粹的、机械的语言文字的转换，于是在讨论现当代国外译论，尤其是文化学派的译论时，便会觉得它们偏离了翻译的本体，或者说表现出一种偏离翻译本体的理论偏向，这样的观点和立场在国内译学界还是很有代表性的。如进一步探究的话，我们还能发现在有些学者所用的“偏离”或“偏向”等词的背后，可能还蕴藏着论著作者对现当代西方译论的一种否定性立场。

然而，假如能跳出传统译论的框架，比较全面、客观地考察、审视当代国外译论中的各个流派的话，那么应当不难发现，现当代国外翻译研究中的各种理论流派，其实就是提供了一个又一个新的研究视角。事实上，《理论偏向》一文的两位作者在对现当代西方翻译理论的两大流派的所谓理论“偏向”进行分析时，对两大流派的基本理论特征的把握还是比较确切和中肯的。如果文章作者不用“偏向”一词概括两大学派的理论特征，而代之以另一个词——“取向”，那么他们的评述其实也是比较符合这两大流派的实际情况的。如上所述，当代西方翻译研究中的两大学派的研究不过是反映了研究者们各自不同的立场、不同的切入点而已，语言学派更关注翻译的过程及可能达到的目标，文化学派的重点则放在翻译的结果和译者及其背后的诸多制约翻译选择和过程的文化因素。这里的所谓“偏向”，实际上是各自的研究特征与各自的研究取向，所以与其说是“理论偏向”，倒不如用“理论取向”一词，更接近两大学派的理论研究实际。

以语言学派为例。20 世纪首先就是翻译研究的语言学派得到巨大发展的时期。自 20 世纪中期以来，西方翻译学者开始从现代语言学的视角讨论翻译问题，运用结构理论、转换生成理论、功能理论、话语理论等现代语言学理论，对翻译问题进行了科学、系统的研究，开拓出了翻译研究的崭新领域。他们的研究深化到对翻译行为本身的深层探究，通过微观分析考察一系列语言层次的等值，较为科学、系统地揭示了翻译过程中的种种问题。无论是奈达提出的“动态对等”和“功能对等”的翻译原则，以及就翻译过程提出的“分析”“转换”“重组”和“检验”的四步模式，还是雅各布森对翻译所做的语内翻译、语际翻译和符际翻译的分类，都帮助人们对翻译有了比以前更全面、更深刻的认识。严格而言，正是这些研究揭开了现当代西方翻译研究史上的理论层面。这一“语言学转向”是西方翻译理论发展史上第一次质的突破和飞跃，在西方翻译理论发展史上占有重要的地位。

谈到语言学派，笔者觉得有两个问题似乎有必要引起我们的关注和认真思考，即语言学派的理论核心是否有“寻求等值或等效”？现当代西方翻译研究语言学派的学者是否仅仅只有奈达、卡特福特、纽马克，而没有其他人？结合当代西方翻译研究语言学派的最新进展，对这两个问题的回答显然都是否定的。

纵观语言学派的翻译理论，我们不难发现他们的研究其实并不局限在语言转换的层面，文化因素同样也是他们考察的对象，如奈达的动态对等和功能对等原则就是在考察不同文化语境差别的基础上提出的。而随着当代语言学派各分支的深入发展，有相当一部分语言学背景的翻译研究学者已经从语言学的角度对翻译中的跨文化问题提出了自己的见解。譬如阿拉伯裔的英国学者哈蒂姆（Basil Hatim），他的著作如《语篇与译者》（*Discourse and the Translator*，1990）、《作为交际者的译者》（*The Translator Communicator*，1997）、《跨文化交际：翻译理论与对比篇章语言学》（*Communication across Cultures*：*Translation Theory and Contrastive Text Linguistics*，1997）等，运用语篇语言学和话语分析理论对翻译作为一种跨文化交际的各种因素进行探讨，他从翻译的语用和符号层面探讨语篇中社会、意识形态和权力关系的问题，这种研究实际上已经超越了系统功能语法中单纯的语域分析，同时也体现了近十年来语言学派发展的一个新趋势。再譬如，以德国斯奈尔-霍恩比（Mary Snell-Hornby）为代表的新一代具有语言学理论背景的翻译理论家，他们的研究与翻译研究文化学派有着较密切的学术上的联系，也不再把文本内的"对等"或"等值"视作译者的追求目标，观点已经与文化学派相当接近，在一定程度上同样反映了当前语言学派翻译研究的最新发展趋势。

实际上，在当今国际译学研究的新形势下，翻译研究的语言学派也已经发生了重大的变化，奈达、卡特福特、纽马克等人已经无法代表当今翻译研究中的语言学派了。"最近二三十年来，一批从语言学立场出发研究翻译的学者，像哈蒂姆、梅森（Ian Mason）、豪斯（Julian House）、斯奈尔-霍恩比、莫娜·贝克（Mona Baker）等，也正在尝试借鉴语言学的特定分支或特定的语言理论，如批评话语分析、系统功能语法、社会语言学、语用学、认知语言学等，将非语言因素纳入他们的研究视野，创建关于翻译的描写、评估或教学的模式，在探讨翻译语篇问题的同时也揭示世界观、意识形态或权力运作对翻译过程和行为的影响。他们的研究在一定程度上也同样透露出向文化转向的迹象和特征。他们不再像以往的语言学派学者那样把翻译仅仅看成是语言转换的过程，而同样意识到翻译是体现和推动社会的力量"①。在他们的理论框架和具体分析中，我们可以发现当代语言学以及翻译的语言学派

① 谢天振：《当代国外翻译理论导读》，天津：南开大学出版社，2008年，第5页。

对语言和社会关系的新认识。譬如莫娜·贝克就很重视翻译中的意识形态问题，而哈蒂姆和梅森则明确指出，近年来在语境语言学、社会语言学、话语研究和人工智能等领域所取得的进展，“已为翻译研究提供了新的方向，使译者恢复了在跨文化交际过程中的中心作用，并且不再把对等仅仅视作语篇之内存在的问题”①。这些迹象表明，在当前西方的翻译研究界似乎正在形成一支有别于以奈达等为代表的老一代语言学派的新一代语言学派，也许我们可以把他们称为当代西方翻译研究中的“第二代语言学派”。当然，限于自身的学科背景，目前这还仅仅是笔者个人的一个很不成熟的假设，笔者很希望对此现象感兴趣的专家学者能做进一步的科学论证，这对国内译学界全面深入认识西方翻译研究的语言学派无疑将是非常有益的。

再如文化学派。且不说他们并没有如《归结论》作者所言“毅然决然地与文本内讨论相决裂”(事实上，这一学派学者的不少研究著述都有对文本深入细致的分析和探讨)。退一步说，即便真是如此，是否就因为文化学派的翻译研究注重翻译结果，注重文学翻译在译入语语境中的接受和影响，而没有关注或较少关注文本以内的问题，从而就使他们的研究成为翻译学研究的“边缘”了呢？也许从传统的翻译观来看，可以对这个问题做出肯定的回答，因为两千多年来，我们的翻译研究者关心的一直就是“怎么译”这样一个与语言文字转换直接相关的，属于文本以内讨论的问题。但是，《归结论》作者是从当今“翻译学”的角度提出这个问题的，这样，我们讨论这个问题时就不能再局限在传统翻译观以内了。在笔者看来，当代西方译论的一大贡献正是让我们认识到，翻译不是在真空里进行的，翻译行为从它的发起，到进行，再到最后的结果、接受和影响等，注定要受到各种社会文化因素的制约。也正因为当代译论把探究控制翻译产生和接受的规范和约束机制、翻译和其他类型文本生成之间的关系、翻译在特定文学当中的地位和功能，以及翻译对民族文学之间的相互影响所起的作用等问题都纳入当代翻译研究的视野，才使得今天的翻译研究从以前的外语教学学科下面的、为外语教学服务的教学翻译研究和译者个人的翻译经验交流，发展为有可能作为一门独立学科的翻译学予以建设。否则，进行了两千多年的对所谓翻译本体的研究，为何一直没有能建立起作为独立学科的翻译学，而只能作为外语教学

① Basil Hatim & I. Mason. *Discourse and the Translator*. London: Longman, 1990: 35.

的附庸呢？其中的道理是很清楚的。

三、区分“翻译本体”和“翻译研究本体”

其实，赵彦春教授在他的《归结论》中指出翻译学的两个核心问题，抓得很准，这两个问题也确实是翻译学的核心问题：一是本体论问题，即“翻译是什么”，二是认识论问题，即“翻译是如何运作的”。他还认为：“翻译学要成为真正的‘学’，就必须首先回答这两个问题。”这个观点也说得很好。只是当我们从本体论角度提出“翻译是什么”这个问题时，我们要探讨的就不再是翻译的表象，而是翻译的实质。今天如果我们仍然回答，翻译就是“换易言语使相解也”，那我们就倒退到两千年前古人的认识水平上去了。今天，我们任何人都应该认识到，翻译不仅仅是两种语言文字的转换，它还是一种受制于各种社会文化因素的民族间的交际行为。我们一些学者之所以会对当代国外翻译理论，尤其是文化学派的译论不以为然，甚至指责其“偏离”翻译本体或翻译研究的本体，笔者以为这首先跟他们的翻译观有关：他们只看到翻译是一种语言文字转换行为，只承认应用性、规范性的翻译理论，认为这才是翻译学的学科理论，才是翻译理论的本体论，所以极力强调要回归翻译本体，却没有看到或不承认翻译更是一种跨越语言、跨越文化、跨越民族的交际行为。依据他们的“翻译本体观”，只有讨论文本以内的语言文字转换的规律，讨论翻译的语言要素，那才算属于翻译研究的本体。

然而，翻译研究本体是否仅仅是对所谓的翻译本体（即语言）进行的研究？只研究所谓的翻译本体也即只关注文本以内的语言问题，能够全面、深刻揭示“语言转换的规律”吗？这里我们的一些学者显然混淆了翻译本体研究与翻译研究本体之间的关系，并且用翻译本体取代了翻译研究的本体。如果说翻译本体只是指翻译过程中两种语言文字的转换过程本身，翻译本体研究也只是对这一过程本身所进行的研究的话，那么翻译研究的本体就绝对不可能局限于语言文字转换过程的本身。正如《归结论》一书作者所提出的，翻译学的第二个核心问题就是要回答“翻译是如何运作的”。而既然我们已经认识到翻译不是在真空里进行的，那么翻译的运作也就不可能是一个简单的语言文字的自动转换，在语言文字转换过程本身之外，它必然还包括译者、接受者等翻译主体和翻译受体所处的历史、社会和文化语境，还包括对两种语言文字转换产生影响和制约作用的各种文本以外的诸多因素。翻译研究只有把诸如上述问题等所有问题都包括进去，才有可能成为完整的翻译研究本体，也才有可能使翻译学成为真正的“学”。翻译研究本体的这些特点也决定了当下讨论的翻译学不可能是一门单纯的语言学科，而是一门综合性、边缘性、交叉性的独立学科。实际上，任何一门学科理论，无论是自然科学理论还是人文社会科学理论，如果只有规范性、应用性理论而没有描述性理论，它就必然是片面的，而且也是建立不起来的。语言学理论、文艺学理论，难道不都是这样的吗？

说到翻译学的学科性质，这里还可顺便回应一下《理论偏向》一文两位作者所说的关于文化学派的研究使得“学科边界变得模糊”的观点。其实，所谓的“学科边界模糊”，正是当代一些学科，尤其是一些新兴的边缘学科、交叉学科（如翻译学、比较文学）的学科特征，也是当前整个国际译学研究界的一个发展趋势，即冲破传统固有的学科框架，大量借用其他学科尤其是当代各种文化研究的理论，全方位、多视角地理解翻译、描述翻译、剖析翻译，从而使得翻译学成为当代学术研究中最具吸引力、最富学术研究前景的学科之一。这样的研究并不会如文章作者所担忧的那样，“使翻译研究的学科建构失去可能”，相反，正是这样宏观的描述研究，才使得人们对翻译的价值与意义有了更全面的了解，也使得人们意识到翻译学作为一门独立学科建设的必要。

一些学者在面对国外译学界翻译研究的文化转向时呼吁回归翻译本体，这还跟他们对翻译研究不同流派之间关系的认识有一定关系。在他们看来，翻译研究中的不同理论流派相互之间是一种颠覆与被颠覆的关系，一种后者取代前者的关系。譬如，《归结论》一书的作者就在其著作中写道，“文化学派‘颠覆’了以前的翻译理论，特别强调文化在翻译中的地位，认为翻译的基本单位不是词、句、语篇，而是文化”[①]。他显然没有看到当代西方翻译研究中语言学派和文化学派两大学派之间的传承关系。实际上，文化学派突破文本的框架，注意到文本以外的文化因素，是对语言学派局限在文本以内的研究的一种拓展，两者相辅相成，互为补充，共同构建当代译学的理论大厦。

当代国外翻译研究理论流派相互之间的关系，并不如一些学者所认为

① 赵彦春：《翻译学归结论》，上海：上海外语教育出版社，2005年，第7页。

的那样，是一种颠覆与被颠覆、取代与被取代的关系。当代翻译研究中出现的新的理论流派，如同吕俊、侯向群教授所说的，“是一次研究重点的转移，是目前多元视角中的一个视角”，而绝不是对先前理论的颠覆和取代。它与20世纪国外文学批评理论流派的变化也很相似：针对传统社会学批评过于关注文学作品形成过程中的外部因素的倾向，俄国形式主义批评提出要探究文学之所以成为文学的“东西”，即能让读者产生新鲜感、陌生感的作品的形式和手段；新批评则干脆斩断了作品与作者、作品与读者的联系，提出对文本的“细读”，把研究者的目光完全引向了文本以内；而针对新批评完全不顾文本外因素的倾向，接受美学和读者反应批评又把研究者的目光引向了文本以外。当代国外翻译理论的发展也是这样：两千多年来基于译者个人翻译实践的语文学研究虽不乏智慧的闪光，但毕竟局限于感性的经验层面，所以，语言学理论流派是对它的一次理论提升，使古老的翻译研究有史以来第一次有了属于自己的专门的理论术语。但语言学派只停留在文本以内的研究，又使它的研究受到一定的局限，这样文化学派就应运而生，把研究者的视野拓展到了文本以外。但是有必要强调指出的是，这些理论流派之间的关系并不是后者颠覆前者或者取代前者的关系，而是一种相互补充、同济共生、不断丰富、不断发展的关系。今天，尽管西方翻译研究实现了“文化转向”，但与此同时，古老的语文学研究，以及20世纪50年代兴起的语言学研究，仍然都存在，并且也在不断发展。以语言学派为例，自从20世纪末西方译学界实现了翻译研究的文化转向以来，语言学派的翻译研究并没有从此销声匿迹。相反，如前所述，它继续在发出自己的声音，并在译学领域有新的建树。正如莫娜·贝克所指出的：“我认为语言学和语言学导向的翻译研究在近年来已取得显著的进步……攻击语言学途径与研究翻译无关的那些学者们通常不了解近年来语言学界发生的变化，也不清楚在现代语言学框架下开展的一些关于翻译的令人振奋的研究。”[①]当然，新一代语言学派学者的翻译研究视野与他们的前辈相比，要开阔得多，在坚守语言学理论立场的同时，他们不约而同地都把翻译过程中的文化因素纳入了自己的研究

---

① Mona Baker. Linguistics & Cultural Studies: complementary or competing paradigms in translation studies. In Lauer, A. (ed.). *Uebersetzungwissenschaft im Umbruch: Festschrift filr Wolfram Wilss zum* 70. Geburtstag, Tubingen: Gunter Nan Verlag, 1996: 15.

视野。

最后，笔者想特别强调指出的是，鉴于翻译学学科的特殊性，当代学者对翻译的研究视角也必定是多维的。以上针对国内同行就当代国外翻译理论所谈的自己的一些不同的观点，也无非是从笔者本人的立场坦陈的一些个人管见而已，同样有许多值得商榷的地方。但笔者相信，只要研究者不固守陈旧的翻译观，确立现代学科学的观点，那么尽管我们在某些方面表面上存在一些观点上的分歧，但只要在抛弃"唯语言"观或"唯文化"观之后，能以一种兼容的心态去探讨翻译学的学科建设，那么我们就一定能够最终取得共识，并共同为中国翻译学的学科建设做出贡献。

第三节 翻译的本质与目标

根据国际译联（FIT）发布的关于2012年国际翻译日（International Translation Day）的主题文章，2012年国际翻译日的主题是"翻译即跨文化交流"（Translation as Intercultural Communication）[①]。

"翻译即跨文化交流"这个主题其实算不上新鲜，因为帮助不同种族、不同政治和不同文化背景的人们进行交流，促进他们之间的相互理解，本来就是翻译活动的应有之义，也是翻译的一个本质目标。但是国际译联却把这个"算不上新鲜"的"翻译即跨文化交流"确定为2012年国际翻译日的主题，细究一下，似乎也不是一个随意之举。首先他们把它与不同文化中关于2012年世界末日的传言或所谓预言挂起了钩："2012年恐怕是人类历史上最富有'争议性'的一年，因为这一年充溢着大量符号、预言与含义。除了《圣经》里对世界末日的启示录之外，玛雅历法也断言2012年12月21日为世界末日。而一些研究者对中国3000年前的古书《易经》进行分析后，也声称2012年12月是世界末日。数字占卦学还告诉我们，在2012年12月21日晚间11点11分，所有围绕太阳的星球将排列成一条直线，造成剧烈的海水运动，有可能导致巨型海啸和其他灾难……"[②]而且在国际译联看来，"这

① 中国译协会员电子通讯2012年第6期上的译文为"翻译与跨文化交流"。笔者以为译成"翻译即跨文化交流"似更贴近原文，并能更加突出原文想要强调的翻译的跨文化交流性质。

② 本节对国际翻译日主题文章的引文均转引自中国译协会员电子通讯2012年第6期，英文撰稿毛思慧，翻译付蕾，审稿黄长奇。

些源于不同语言和文化背景的预言，似乎的确在传达着焦虑、绝望与希望的信息"，于是在这样的背景下，强调翻译与跨文化交流的关系，似乎也就并不显得多余了。

不过在笔者看来，以上所言恐怕仅仅是主题文章作者为了让文章在一开始就能吸引读者眼球而找到的一个事由罢了，其更实质性的理由，笔者觉得应该同样是主题文章中所提到的，即国际译联看到了 2012 年的世界"不仅充斥着不稳定性、金融危机、政治冲突、文化碰撞和社会动荡，也充满着希望、机遇与可能性"，同时也看到了操不同语言的各民族都在深切地关注着我们所处的世界，关注着人类的未来，所以其作为一个面向职业口笔译工作者与术语学家的规模最大的非营利性国际组织，希望在 2012 年继续在不同的文化间"架设翻译桥梁，推动跨文化交流，进而促进文化繁荣和提升所有人的文化素养"，笔者以为这才是问题的关键所在。

由此可见，是当前这个特定的时代语境促使国际译联把"翻译即跨文化交流"这个并不算新鲜的话题确定为 2012 年国际翻译日的主题，并以此号召全世界的翻译工作者关注翻译和翻译研究的本质目标，推动不同民族、国家间的跨文化交流。从更深的意义层面上而言，也可以把这个主题看作对翻译和翻译研究的本质目标的重申和强调。尤其是如果回顾一下人类一两千年来的翻译史，也许可以得出一个结论，当今我们的一些翻译工作者和翻译研究者有时似乎恰好是在翻译的这个本质目标上偏离了甚至迷失了方向，从而把翻译只是简单地理解为一种语言文字的转换行为，把翻译研究的对象也只是简单地定位在探讨"怎么译"，或是"怎样才能译得好、译得准确"等问题上，于是在某些研究者的笔下，翻译研究只是被局限在研究翻译技巧的框架之内。

然而，如果对中外翻译史上一两千年来对翻译所下的定义进行简单梳理的话，那么应该能够发现，其实早在一千多年前，我国的古人倒是已经注意到了翻译的这一本质性问题，并为翻译做了一个最为简洁明了、全面完整的定义："译即易，谓换易言语使相解也。"(唐·贾公彦《周礼义疏》)这个仅仅十余字的定义包含着两层意思：首先是"换易言语"，指的是翻译行为或活动的本身；其次是"使相解"，指的则是翻译行为或活动的目标。这个定义言简意赅地告诉我们，翻译的完整意义不应该仅仅是一个语言文字的转换行为或活动(即"换易言语")，而还应该包含帮助和促进操不同语言的人们之间的相互理解和交流(即"使相解")。

令人不禁汗颜的是,与这个千年之前对翻译的定义相比,今人对翻译的几则定义反倒在某种程度上表现出对翻译本质目标问题认识的"偏离"和"迷失"。谓予不信,请看以下几条"权威"的"翻译"定义:(1)"翻译:把一种语言文字的意义用另一种语言文字表达出来"(《辞海》1980 年版,《现代汉语词典》的"翻译"词条释义与之完全相同);(2)"翻译:把已说出或写出的话的意思用另一种语言表达出来的活动"(《中国大百科全书·语言文字》1988 年版)。

不难发现,这几条"权威"的"翻译"定义都不约而同地将其目光仅仅集中在翻译行为或活动的本身,也即"换易言语"上,却舍弃了我们古已有之的对翻译的本质目标的阐释——"使相解"。

当然,不无必要指出的是,这种情况也不独发生在中国,当代西方文化界和译学界在翻译定义的描述上也同样表现出对翻译的这一本质目标的忽视或"舍弃"。譬如《牛津英语词典》中对"translation"一词的解释就是:(1)"The action or process of turning from one language into another; also, the product of this; a version in a different language"(从一种语言到另一种语言的转换行为或过程;亦指这一行为的结果;用另一种语言表述出来的文本);(2)"to turn from one language into another; to change into another language retaining the sense …"(把一种语言转换到另一种语言;把一种语言转换成另一种语言并保留原意……)。

而实际上,就像在中国一样,在古代西方,包括在古罗马时期,以及文艺复兴时期,甚至更晚的一些时期,西方翻译史上的不少翻译家和学者对于翻译的目标问题其实也是很重视的。譬如古罗马著名政治家、哲学家和修辞学家西塞罗(Marcus Tullius Cicero)在论及其对翻译的看法时就明确提出,"要作为演说家,而不是作为解释者进行翻译",其用意就是要求译者在翻译时要考虑读者因素,要考虑翻译文本的接受效果,也就是要促成原文文化与读者的沟通。所以他关于翻译的名言就是,翻译时"没有必要字当句对,而应保留语言的总的风格和力量",翻译时"不应当像数钱币一样把原文词语一个个'数'给读者,而是应当把原文'重量''称'给读者"[①]。再如 19 世纪

① 谢天振等:《中西翻译简史》,北京:外语教学与研究出版社,2009 年,第 265-266 页。

俄国的普希金(Александр Сергеевич Пушкин)、屠格涅夫(Иван Сергеевич Тургенев)、别林斯基、车尔尼雪夫斯基等一批作家、批评家也都一致强调，“翻译的目的是为读者服务……不是使懂得原文的读者便于评价译出的某一诗句或某一措辞是否忠实，而是使一般不懂原文的读者也能正确地感受到原文思想和艺术价值”[①]。这实际上也就是强调翻译应该为实现译文读者与原文之间的跨文化交流服务。

笔者当然无意挑战中外词典对“翻译”词条的释义，作为工具书的词典释义自有它自己的特殊要求。但从这些工具书对“翻译”词条的释义中还是可以窥见中外学界对翻译性质及其本质目标的某种忽视或认识偏差，由此也突显了2012年国际翻译日主题重新强调翻译的跨文化交流性质及其本质目标的现实意义。

与此同时，中外学界在对翻译定义进行描述时，对翻译的性质及其本质目标存在某种忽视和舍弃，笔者对此也表示理解。从深层次看，这并不是无缘无故、凭空而来的，而是有其深刻的历史原因。

首先，随着宗教典籍翻译以及其后的文学名著、社科经典翻译发展起来的翻译活动，人们对翻译思考和研究的关注点主要集中在笔译活动上，而甚少(甚至根本没有)把口译活动也纳入自己的思考和研究视野。而且历代对翻译活动有所思考和研究的作者大多就是笔译方面的专家，或者他们的研究主要就是建立在笔译活动和与笔译有关的材料的基础上的。这样，研究者的目光也就越来越局限在翻译文本之内的语言文字的转换层面，而越来越少地注意到文本以外的诸多因素，包括读者和接受环境等。这样，他们在对翻译定义进行描述时也就基本局限在语言文字的转换上了。

这里顺便要对笔译与口译各自的特点做一点简单的说明。口译是贯穿人类翻译史始终的翻译活动，它的诞生甚至早于笔译。然而历史上对口译的描述文献和研究材料，留存下来的恰似凤毛麟角，少之又少。“二战”以后的国际战犯大审判以及此后频繁的国际交往，才让口译迅速发展成为一个独立的职业，并越来越引起当代翻译研究者的重视。而口译活动中交流双方的在场性和即时性，必然要求口译员把实现交流双方的有效沟通和交际放在第一位。与之相比，笔译员因为不存在交流双方的在场性和即时性，经

① 谭载喜：《西方翻译简史》(增订版)，北京：商务印书馆，2006年，第146页。

常是独自一人面对原文，委曲推究，反复经营，揣摩原文的意旨之所在，希望译成之文与原文相比，"无毫发出入于其间"（马建忠语），所以很容易专注于语言文字转换的成功程度（在多数情况下也即忠实程度），而忽视转换的本质目标。

其次，这还跟一两千年来翻译活动的"方向"有关。这里所谓的"翻译方向"，指的是所进行的翻译活动是"译入"还是"译出"，或是两者均有一定的比重。两千年来的中外翻译史表明，对绝大多数国家而言，历史上的翻译活动基本上都是以"译入"为主的。而建立在"译入"翻译活动基础上的翻译思考和研究，会越来越倾向于只考虑语言文字转换层面的一些问题。因为在通常情况下，对译入者而言，他们只需考虑如何把要翻译的作品译好就可以了，其余问题他们不必考虑。在"译入"翻译活动的语境里，已经形成了一种对外来文化的强烈渴求，因此只要把作品翻译好了，接受、传播、影响等都不是问题，而在此过程中实现跨文化的交流也就自然而然地水到渠成了。所以，建立在"译入"翻译活动基础上的翻译思考与研究，主要集中在文本之内语言文字的转换层面，也就不难理解了。

由此可见，是传统翻译活动的特点，即其主要形式是笔译，其翻译的"方向"主要是"译入"，导致了人们在对翻译的定义进行描述时越来越偏重翻译的语言文字的转换功能，而逐渐淡化甚至忽视了翻译的本质目标——"使相解"，即要帮助人们相互了解。联系这样的历史背景，我们再来看2012年国际翻译日的主题文章——强调要在不同的文化间"架设翻译桥梁，推动跨文化交流，进而促进文化繁荣和提升所有人的文化素养"，那就不是简单的旧戏新唱了，而自有其深意在焉。

翻译界长期以来在讨论翻译的定义时，这种对其跨文化交流性质及其本质目标的忽视，在某种程度上也对专家学者乃至翻译研究产生了相当大的影响。譬如，笔者此前曾多次撰文批评过的鲁迅文学奖评奖中翻译文学的整体"缺席"就是一例。[①] 评奖专家们显然甚少甚至根本没有考虑过参评的作品是否为"推动跨文化交流，进而促进文化繁荣和提升所有人的文化素养"做出了贡献，他们的目光只盯在参评的翻译作品中是否有"翻译疏

① 参见谢天振：《假设鲁迅带着译作来申报鲁迅文学奖》，《文汇读书周报》，2005年7月8日第3版；谢天振：《文学翻译缺席鲁迅奖说明了什么？》，《东方翻译》，2010年第6期，第4—8页。

漏”，是否有“表达不贴切、不准确”，是否有语言文字转换上的“硬伤”等问题上，从而使得一场国家级别的翻译文学评奖在某种意义上沦为了文学翻译的“作业批改”。

再如，我国学界某些学者对当代西方翻译研究中“文化学派”的分析和批评也同样暴露出这个问题。笔者曾经读到过一篇题为《反论：他山之石，可以毁玉——对文化翻译派的理论反思》[①]的文章，作者从“翻译的本质”和“翻译本体论”的立场出发，对所谓的“文化翻译派”[②]进行了猛烈的抨击，认为“他们（即作者所称的‘文化翻译派’）主张采取描写的方法来研究业已存在的翻译现象，距离翻译的定义相去甚远”[③]。作者所据的“翻译定义”是他们从网上下载的一个“佚名”作者所下的定义：“翻译是以译者为主体，以语言为转换媒介的创造性思维活动。所谓翻译，就是把见诸一种语言的文本用另一种语言准确而完整地再造出来，使译作获得与原作相当的文献价值或文学价值。”正是基于这样的“定义”认识，在该文章作者的眼中，促成翻译活动发生的因素就只是“原本、作者、译本、译者”，而看不到不同语言民族之间交际的需要，看不到译入语语境中对外来文化的需要，看不到2012年国际翻译日主题中所说的“将某一特定文化下的生活方式、风俗习惯、态度、心态与价值观传输给其他文化”的需要。而实际上，这些“需要”才是促成翻译发生、发展、发达的深层因素和根本动力。离开了这些“需要”，翻译才真的成了“无本之木”了，而不是如作者所说的，“一个学科的建立与发展……倘若一味追求宽泛的视野，忽略了本体的回归与反思，则惜为无本之木了”[④]。

这篇文章中还有一些似是而非、逻辑混乱的话语和观点，如作者批评说：“在文化派的眼中，译文的作用甚至超过了原文，成了塑造和左右目的语文化的一种势力。这与翻译的本体论南辕北辙。在翻译本体论的研究中，

① 罗益民、韩志华：《反论：他山之石，可以毁玉——对文化翻译派的理论反思》，《当代外语研究》，2011年第8期，第36—40页。

② 笔者之所以说“所谓的‘文化翻译派’”，是因为在西方译学界只有翻译研究的“文化学派”，并没有什么“文化翻译派”。这个名称显然是文章作者杜撰的，且让人误以为是翻译实践领域内的某个流派。这里姑且套用之。

③ 罗益民、韩志华：《反论：他山之石，可以毁玉——对文化翻译派的理论反思》，《当代外语研究》，2011年第8期，第36页。

④ 罗益民、韩志华：《反论：他山之石，可以毁玉——对文化翻译派的理论反思》，《当代外语研究》，2011年第8期，第36页。

源语文本与译语文本如同一张纸的正反两面，是不可替代、不可或缺的。”[①]然而众所周知，在中外历史上，“译文的作用超过原文，成了塑造和左右目的语文化的一种势力”的事实可谓俯拾皆是，《圣经》译本、佛经译本、马克思主义理论的译本，无不如此，至于中外文学史上，这样的例子更是不胜枚举。笔者不明白为什么作者面对如此众多而明显的事实，却都视而不见。至于说源语文本与译语文本相互“不可替代”，更是让人难以理解。在讨论翻译问题的前提下，试问在哪一个译入语国家里译语文本不是源语文本的“替代”？译语文本如果不能替代源语文本的话，难道让译入语国家的读者直接去面对源语文本？

笔者不知道文章作者依据的是哪一家“翻译本体论”，但就笔者接触到的当代国外的一些译学著述而言（这些著述并不属于该文章作者所称的“文化翻译派”之列），这些作者所持的立场与该文作者所声称的“翻译本体论”显然也相去甚远。譬如当代俄罗斯翻译研究语言学派的著名代表人物科米萨罗夫，他早在20世纪70年代就已经指出：“翻译的语言学理论把翻译置于跨语言交际这个广阔的背景下，研究交际的各个方面，揭示决定交际的语言内因素和语言外因素。它不仅涉及源语文本和译语文本，还涉及原文转换成译文的过程。翻译作为一种语言中介，其目的是保障操不同语言的人达成沟通，从而实现跨语言交际。”[②]这里科米萨罗夫讨论的是语言学理论视角下的翻译研究，但他却明确指出，要研究交际（即翻译活动）的各个方面，而且把“语言外因素”视作与“语言内因素”一样的“决定交际（即翻译活动）”的因素。他更进一步指出：“翻译不仅仅是个过程，是译者的活动，它更是一个跨语言交际行为。翻译的结果不可能完全保留原作的内容，翻译的目的仅在于实现交际等值。翻译不能仅从言语的角度去研究，从过程的角度来研究，它更要通过研究其过程中的言语行为来研究其实现的语言基础。”[③]

当代英国著名翻译理论家莫娜·贝克前几年出版的新著《翻译与冲突——叙事性阐释》(*Translation and Conflict: A Narrative Account*)一书，

---

① 罗益民、韩志华：《反论：他山之石，可以毁玉——对文化翻译派的理论反思》，《当代外语研究》，2011年第8期，第37页。

② 吴克礼：《俄苏翻译理论流派述评》，上海：上海外语教育出版社，2006年，第517页。

③ 吴克礼：《俄苏翻译理论流派述评》，上海：上海外语教育出版社，2006年，第516页。

开篇的"作者序"就对"传统的口笔译研究"中"对于同时代的政治和伦理道德问题""采取回避态度"的立场提出批评，同时把那种"以为翻译，尤其是口译，是完全中立而纯粹的语码转换，不存在译者个人思想的介入"，相信"译者对现实的叙述能够'完好无损'地传递语言及其他符号信息"的认识，称作"一种天真的理念"，是一种"模糊了真相的理论模式"。她的这本新著显然就不是从传统的两种语言文字转换的层面上讨论翻译问题的，她极其敏锐地察觉到翻译（包括译者）在当今全球化国际政治中所扮演的重要角色、所发挥的独特作用，以及翻译与政治文化之间的复杂关联，所以她以极其清晰的语言宣称："当今世界，无论你人在何处，都不可避免地生活在冲突的氛围中。……而所有冲突方要将自己的行为合法化，翻译是必不可少的重要手段。"她甚至进一步声称："很多形式的冲突都是由翻译参与而形成的""翻译不是社会和政治发展的副产品，也不仅仅是社会和政治发展的结果，也不是人与文本物理运动的副产品。相反，翻译正是使社会、政治运动发展得以发生的那个进程本身必不可少的组成部分"。[①] 在这样的层面上定义和界定翻译，肯定会让读者感到耳目一新，完全刷新甚至颠覆了他们心目中原有的那些陈旧的翻译定义。然而，这样的定义与界定又是完全符合当今翻译的实际情况的。难道不是吗？2012 年国际翻译日主题文章最后指出："过去 30 年间，全球经济、文化与信息技术发生了巨大的变化；在其推动下，跨文化交流现在所处的语言、社会政治与文化背景与以往相比已有天壤之别。如果说，在当今时代，'是否要全球化'对于个人和国家而言几乎是不言而喻的，那么，'是否与翻译共存'也不再是一个选项，而是业已成为我们日常生活中面对的现实。"在这样的时代背景下，面对这样的翻译现实，翻译工作者和翻译研究者显然有必要尽快调整自己原先对翻译的那种狭隘的、失之偏颇的认识，而应积极响应国际译联的号召，站到一个广阔的跨文化交流的平台上，无论是在自己的翻译实践中，还是在自己的翻译研究中，拓宽自己的视野，"通过自己的专业劳动使跨文化理解更上一层楼"，从而切实有效地"推动跨文化交流，进而促进文化繁荣和提升所有人的文化素养"。

---

① 莫娜·贝克：《翻译与冲突——叙事性阐释》，赵文静主译，北京：北京大学出版社，2011 年，第 1、2、8 页。

第四节　翻译巨变与翻译的重新定位与定义

一、中西翻译史上前所未有的巨变

翻译正在发生巨变，发生一场两千年来中西翻译史上前所未有的巨变，从翻译的对象，翻译的手段、方式以及翻译的形式，到翻译的内涵、外延，翻译的方向（译入或译出），等等，无不发生着巨大的变化。还在几年以前，笔者就已经在不止一篇文章中提到，对我们从事翻译工作和翻译研究的译者、教师、学者而言，目前已经进入一个崭新的时代，也即翻译的职业化时代。在这个时代，无论是翻译的对象，还是翻译的方式、方法、手段和形态，以及外译在整个翻译活动中所占的比重，都发生了巨大的甚至是根本性的变化。[①]就像10年前我们很难想象今天的网购居然会成为我们生活中一个主要的购物方式一样，今天翻译所发生的变化同样也可与之比拟。笔者把今天翻译发生的变化归结为以下五个方面：

（一）翻译的主流对象发生了变化：宗教典籍、文学名著、社科经典等传统的主流翻译对象正在一步步地退出当今社会翻译活动的核心地位而被边缘化，特别是从量的方面而言，实用文献，商业文书，国家政府、国际组织的文件等，日益成为当代翻译的主流对象。而更具划时代意义的是，随着数字化时代的来临，翻译的对象除了传统的纸质文本外，还涌现出了形形色色涵盖了文字、图片、声音、影像等多种形式符号的网状文本，也即超文本（hypertext）或虚拟文本（cybertext），对这些“文本”的翻译行为已经远远超出了传统意义上的翻译概念。

（二）翻译的方式发生了变化：翻译从历史上主要是一种具有较多个人

① 相关的主要文章及著作有：《翻译：从书房到作坊——2009年国际翻译日主题解读》（《东方翻译》，2009年第2期），《新时代语境期待中国翻译研究的新突破》（《中国翻译》，2012年第1期），《关注翻译与翻译研究的本质目标——2012年国际翻译日主题解读》（《东方翻译》，2012年第5期），《从翻译服务到语言服务——翻译的职业化时代的理念与行为》（《东方翻译》，2013年第3期），《切实重视文化贸易中的语言服务》（《东方翻译》，2013年第2期），《中国文学文化走出去：问题与反思》（《学术月刊》，2013年第1期），《论翻译的职业化时代》（《东方翻译》，2014年第2期），以及专著《隐身与现身——从传统译论到现代译论》（北京大学出版社，2014年）和个人论文集《超越文本　超越翻译》（复旦大学出版社，2014年）等。

创造成分的个人文化行为，而逐步演变为今天的一种团队行为，一种公司主持的商业行为，一种译者为了谋生而不得不做的职业行为。同样有必要指出的是，这里所说的“团队行为”与传统意义上的“合作翻译”（从几个人的合作到几十乃至上百人的合作，如中国翻译史上的“译场”式翻译）也并非一回事，因为现代意义上的“合作翻译”[①]并非简单的化整为零式的“合作”，而是融合了各种现代化科技手段以及现代化管理手段的“合作”，与传统意义上的合作翻译完全是两回事，根本不可同日而语。

（三）翻译的工具、手段发生了变化：电脑、互联网等现代科技手段的介入，不仅极大地提高了翻译的工作效率和翻译质量，而且使得现代意义上的合作翻译成为可能，使得世界一体化的翻译市场的形成成为可能。

（四）翻译的方向增添了一个新的维度，越来越多的国家和民族开始积极主动地把自己的文化译介出去，以便世界更好地了解自己。这样，两千多年来以译入行为为主的翻译活动发生了一个非常重要的变化，即翻译领域不再是译入行为的一统天下，民族文化的外译也成为当前许多国家翻译活动中的一个越来越重要的领域。与此同时，文化外译，包括相应的文化外译理论，也正在成为当前翻译研究的一个重要内容。

（五）翻译的内涵和外延获得了极大的丰富和拓展：职业口译、翻译服务、翻译管理以及翻译中现代科技手段的应用等正在成为翻译活动的重要组成部分，尤其是口译，在当今世界各国的翻译活动中开始占据越来越大的比重。更有甚者，口译的形式、手段等也发生了极大的甚至是根本性的变化，不再局限于传统的交替传译、同声传译、陪同口译等形式，而是发展出了“远程翻译”如电话翻译等这样的运用现代化网络手段的口译服务，口译员都无须在翻译现场了。

不无巧合的是，国际译联为2015年国际翻译日推出的庆祝主题也正是“变化中的翻译面貌”（The Changing Face of Translation and Interpreting）[②]。国际译联以非常清晰、形象的语言指出：

> 世界在变，翻译工作也随之发生诸多变化。今天的毕业生们

① 2009年国际翻译日主题的英文表述为“Working Together”。

② 中国译协网上提供的译文为“变化中的翻译职业”。

很难相信，仅仅30年前他们的前辈们面临的是一个多么不同的工作环境！而如今，动动手指我们就可以获得海量的信息。我们可以利用诸多工具使翻译速度更快，前后更加一致。我们可以稳坐办公室与全球各地的同事对话交流。

对于客户而言，翻译也大不一样了。他们再也不用为找到一位符合要求的当地译者而大费周折，因为全球各地的翻译专业协会编制的会员名录可提供众多会员供客户选择。得益于跨时区的沟通，客户晚上离开办公室前发出的文件，第二天早晨回到办公室时就可以拿到译稿。他们可以通过各种项目与全球不同地区的译员合作，找到成本和目标受众之间的平衡。他们可以通过熟练、专业的电话口译员向位于另一个半球的他们自己的客户或异国的医生进行咨询。他们可以将一篇文章输入机器翻译程序，马上了解其大意。[①]

仔细品味一下，我们不难发现，上述五个方面的变化，以及2015年国际翻译日主题所指出的当今口笔译翻译面貌所发生的变化，实际上已经动摇了传统译学理念的根基，即以宗教典籍、文学名著、社科经典为主要翻译对象，以译入行为为主要翻译方向，且主要是以笔译为主的翻译行为和翻译活动，从而给我们展示出了一个崭新的翻译时代，这促使我们必须结合当前时代语境的变化，重新思考翻译的定位及其定义。

二、对翻译定义的再思考

众所周知，翻译的定义其实是特定历史时期一个国家或民族对翻译行为和翻译活动的共识的集中体现，也是这个国家或民族对翻译行为和翻译活动认识的高度概括。而这个共识的形成又跟这个国家或民族在特定历史时期的翻译行为和翻译活动的性质、特点、形态、方式乃至方向（译入或译出）密切相关。譬如为许多人所熟悉和接受的几则中西方翻译定义，就是这

① 中国译协网：《国际译联发布2015年国际翻译日主题文章》(http://www.tac－online.org.cn/ch/tran/2015－06/30/ content_8029778.htm)，译文由李旭翻译，黄长奇审定，本文引用时根据英文原文对所引译文略有改动。

样的情形。

中国的翻译定义可以《辞海》和《中国大百科全书·语言文字》里对翻译的释义为代表。前者称："翻译：把一种语言文字的意义用另一种语言文字表达出来。"[①]后者说："翻译：把已说出或写出的话的意思用另一种语言表达出来的活动。"[②]我们也可以外语教学界影响较广的翻译教材所给出的翻译定义为例，如20世纪80年代国内高校使用较多的张培基等人编著的《英汉翻译教程》所给出的翻译定义是："翻译是运用一种语言把另一种语言所表达的思维内容准确而完整地重新表达出来的语言活动。"[③]

西方的定义也许可以《牛津英语词典》里的释义为例：(1)"The action or process of turning from one language into another; also, the product of this; a version in a different language"(从一种语言到另一种语言的转换行为或过程；亦指这一行为的结果；用另一种语言表述出来的文本)；(2)"to turn from one language into another; to change into another language retaining the sense..."(把一种语言转换到另一种语言；把一种语言转换成另一种语言并保留原意……)。

以上这几则定义，不论中西，我们只要对其进行深入一点的分析，就不难发现，它们对翻译的定位基本上都局限在两种语言文字之间的转换层面，仅仅视翻译为两种语言文字之间的转换行为或过程。而且鉴于它们并没有具体标明翻译的方向——译入或译出，我们还可以由此推断，这几则定义基本上不涉及或不关注翻译活动中的外译行为。或者更确切地说，它们都把译入行为和译出行为视作一回事，并不觉得其中存在什么差异而需要给予明确的区分。在他们看来，"译入"是"把一种语言转换到另一种语言"，"译出"也同样如此。事实上，在此之前的绝大部分有关翻译的定义都没有对翻译的方向——译入或译出——给予过特别的关注。之所以形成这样的认识，当然跟两千年来翻译活动所处的中西历史文化语境有关。笔者曾在多篇文章中不止一次地指出，两千年来的中西翻译史基本上就是一部译入史，甚少或几乎没有涉及文化外译的活动。譬如在古罗马时期，罗马人就是把

① 辞海编辑委员会：《辞海》，上海：上海辞书出版社，1989年，第2181页。

② 中国大百科全书出版社编辑部：《中国大百科全书·语言文字》，北京：中国大百科全书出版社，1988年，第69页。

③ 张培基等：《英汉翻译教程》，上海：上海外语教育出版社，1980年，第VII页。

希腊文化译入自己民族的文化语境中来的：安德罗尼柯（Livius Andronicus）、涅维乌斯（Gnaeus Naevius）和恩尼乌斯（Quintus Ennius）等翻译家把荷马史诗、古希腊的悲喜剧等翻译成拉丁文，介绍给了自己的同胞。文艺复兴时期，英、法、德、西、意等国的翻译家，不仅译入了古希腊罗马的文学作品和文化典籍，还把相邻国家的文学文化典籍分别译入他们自己的国家或民族文化语境。譬如英国16世纪著名翻译家诺斯（Thomas North），不仅把古罗马作家普鲁塔克（Ploutarchos）的《希腊罗马名人比较列传》译成了英文，还借助法译本翻译了西班牙作家格瓦拉（Antonio de Guevara）的作品，借助意大利语译本把一部东方寓言翻译成了英文；弗罗里欧（John Florio）把蒙田（Michel de Montaigne）的《散文集》翻译成了英文，而查普曼（George Chapman）则翻译了《奥德赛》（*The Odyssey*）和《伊利亚特》（*Iliad*）两大史诗。同时期的法国翻译家阿米欧（Jacques Amyot）、多雷也同样翻译了普鲁塔克、柏拉图（Plato）等古希腊罗马的诸多作家的作品。在中国，历经汉、唐、宋三朝长达千年的佛经翻译，主要是把印度的佛教典籍大量翻译进来，从而使佛教在中国得到了极大的传播。中国历史上的大规模翻译活动，尤其是宗教典籍以外的翻译，主要始于清朝中后期。在清朝中期，科技文献翻译曾掀起过一个小小的翻译高潮，而到了清末民初，又掀起了一个社科经典、文学名著的翻译高潮，赫胥黎（T. H. Huxley）、孟德斯鸠（C. S. Montesquieu）、莎士比亚（W. Shakespeare）、狄更斯（C. Dickens）等西方思想家、文学家的作品就是在这一时期开始进入中国的。与此同时，涌现出了如严复、林纾等一批中国历史上杰出的翻译家，但他们也都只是把外国的，尤其是西方的文化译入中国，而很少有把中国的文化典籍翻译出去的活动。[①] 虽然当时也有陈季同、辜鸿铭等人把中国文化典籍翻译成法文、英文，以期引起国外读者了解中国文化并增强中国文化的兴趣，但终属凤毛麟角，翻译的主流方向还是外译中。因此，在这样的翻译实践的基础上形成的翻译观念，只关注译入行为而不把译出行为纳入自己的研究视野，也就是理所当然的事了。

三、国内外学者对翻译的重新定位和定义

其实，对翻译的重新定位和定义，无论是国际还是国内学术界，早就有

① 参见谢天振等：《中西翻译简史》，北京：外语教学与研究出版社，2009年。

学者开始了这方面的思考，只是一直没有把它作为一个必须正视的独立学术问题提上议事日程而已。譬如，早在20世纪50年代，雅各布森就提出了翻译的“三分法”，即把翻译分为语内翻译、语际翻译和符际翻译三类，不仅把翻译活动的内涵从纯粹的两种语言之间的转换，扩大到了同一语言内部古今语言之间的转换，而且还扩大到了语言与非语言系统符号之间的转换，其实质就是对翻译的一种重新定位和定义，明显地拓展了局限于两种语言文字之间转换的传统的翻译定义。这里有必要顺便指出一下，雅氏的符际翻译主要指的还是语言与非语言符号之间的翻译，而不是今天网络时代所说的已扩展至两种非语言符号之间的符际翻译，这是因为雅氏把语言也视作一种符号。

继雅氏之后，从20世纪70至80年代起，德国功能学派翻译理论家们发表的一些著述也先后提出了一些特别的翻译术语，实际上也同样反映了他们对翻译的重新定位与定义的探索。譬如莱斯（Katharina Reiss）提出了“综合性交际翻译”（integral communicative performance）这样的术语，其用意其实就是想把概念性内容、语言形式和交际功能都纳入翻译的内涵；而霍尔兹-曼塔利提出了“翻译行为”（translational action）的术语，后又用“移译行为”（translatorial action）来替代“翻译”（translation）一词，进一步把翻译视作人与人之间受目的驱使、以翻译结果为导向的相互作用，把翻译看作包括文本、图片、声音、肢体语言等复合信息传递物（message-transmitter compounds）在不同文化之间的迁移，并把改编、编译、编辑和资料查询等行为都纳入翻译行为之中。[①]

当代职业翻译理论家法国学者葛岱克（Daniel Gouadec）更是明确提出了他对翻译的新定义。他首先指出，“所有语言、图形、符号、手势及各种代码形式都有可能成为翻译的对象”，然后说：“翻译，就是让交际在进行中跨越那些不可逾越的障碍：语言障碍、不了解的编码（形码）、聋哑障碍（手语翻译）。”[②]与此同时他又进一步强调：“翻译的作用就是借助与文本匹配或相

① 谢天振：《当代国外翻译理论导读》，天津：南开大学出版社，2008年，第135－196页。

② 葛岱克：《职业翻译与翻译职业》，刘和平、文韫译，北京：外语教学与研究出版社，2011年，第5页。

关的工具或资料让产品、理念、思想等得到(尽可能广泛的)传播。"[①]从翻译的对象、过程,到翻译的作用,葛岱克对翻译的思考何其周到。

其实中国学者对当前社会中翻译的发展与变化也并不是一无所知、毫无反应,有人在20世纪末已经提出了中国学者对翻译的新定义,认为:

> 翻译(translation)是语言活动的一个重要组成部分,是指把一种语言或语言变体的内容变为另一种语言或语言变体的过程或结果,或者说把用一种语言材料构成的文本用另一种语言准确而完整地再现出来。……翻译的作用在于使不懂原文的译文读者能了解原文的思想内容,使操不同语言的社会集团和民族有可能进行交际,达到互相了解的目的。但是,随着科学技术的发展,翻译概念的内涵越来越丰富。翻译不仅仅是由人直接参与的口译或笔译;而且包括各种数字代码的互译、光电编码信号的转换、人机互译、机器翻译等。[②]

只是国内学界,包括翻译界,受传统翻译理念的束缚,未能对这一富于时代感且具有相当前瞻性的定义给予重视,更未能在此基础上展开相关的研究,依然抱残守缺,固守原先狭隘的翻译理念,以之规范甚至苛求、限制我们的翻译活动和行为,这是非常可惜的。

实际上有关翻译定义的问题并不只是探讨如何来用文字表述翻译这个行为和活动的问题,在实际生活中,翻译定义还被人们视作一种翻译标准,甚至视作翻译行为的准则,并以之指导和规范当下的翻译行为和翻译活动。毫无疑问,陈旧狭隘的翻译定义肯定会对我们当下的翻译活动形成错误的导向,这在当前中国文化的外译领域体现得更为明显。前不久,一位资深外国文学出版家就在一次学术会议上大声疾呼:"不要把葛浩文的翻译神化了!"这样的观点在国内翻译界还颇有市场。明明葛浩文的翻译做出了很大的贡献,使得中国文学走出国门,赢得国外读者的喜爱,但国内的翻译界和

① 葛岱克:《职业翻译与翻译职业》,刘和平、文韫译,北京:外语教学与研究出版社,2011年,第5页。

② 穆雷、方梦之:"翻译",林煌天:《中国翻译词典》,武汉:湖北教育出版社,1997年,第167页。

出版界却有相当一部分人对之并不认可，甚至心存戒心。何故？究其深层原因，在于这些人担心，如对所谓“连删带改”的葛译加以肯定，会动摇甚至颠覆他们心目中根深蒂固的翻译理念，即原文是至高无上的，翻译应该是尽可能百分之百地忠实于原文的，怎么可以又删又改呢？这些人不明白，翻译不是发生在真空中的两种语言文字之间的转换，“译入”与“译出”并不是同一回事，将文化从弱势文化的国家和民族向强势文化的国家和民族译介，更是涉及一系列特别的制约因素。这些人也很少思考以下问题：评判一个翻译行为的成功与否，其标准难道仅仅是译文对原文的忠实度，而无关乎译文在译入语语境中切实有效的接受、传播和影响吗？一个似乎是非常忠实的译本，但在译入语环境中乏人问津，几乎没有影响，这样的译本是值得肯定的吗？笔者认为，葛岱克的话“翻译质量在于交际效果，而不是表达方式和方法”[①]应该引起我们对此问题的反思。

由此可见，如何结合当下的历史语境对翻译进行重新定位和定义，从而让我们的翻译行为和翻译活动为促进中外文化之间切实有效的交际做出应有的贡献，正是当前这个时代赋予我们的历史使命。

四、当下语境中翻译的重新定义和定位

毫无疑问，建立在两千余年来的宗教典籍、文学名著、社科经典翻译基础之上的翻译定义，其关注的重点是笔译，且主要是译入行为，而基本不涉及口译或译出行为，这样的翻译定义显然无法涵盖当下的翻译行为和翻译活动的内涵及特点。因此，重新定位与定义翻译势在必行。

今天我们要重新定位与定义翻译，笔者认为首先要考虑的是对新时代语境下翻译的基本形态的描述。翻译的基本形态是口译和笔译，而随着时代的发展，口译目前已经衍生出陪同口译、交替传译、同声传译及借助网络和电话等手段进行的远程口译等形态；而笔译则是否可在雅各布森三分法的基础上，增加对网络翻译的阐述？网络翻译所用的书写工具与传统的书写工具“笔”尽管完全不一样了，但其行为过程及其本质应该是基本一致的。因此，网络翻译应该被视作新时代语境下笔译的一种形式，而且已经发展成

---

① 葛岱克：《职业翻译与翻译职业》，刘和平、文韫译，北京：外语教学与研究出版社，2011年，第6页。

了一种基本形式。

其次，笔者觉得有必要对翻译的对象进行重新描述。也就是说，必须强调指出翻译的对象并不局限于两种语言文字，而且还包括手语、旗语等符号，以及网络世界的各种形码和虚拟文本等。

再次，还要对新时代语境下翻译的手段、方式进行描述，这是新翻译定义中最能凸显时代特征的一个内容。必须指出，随着网络化时代的来临，翻译的手段已经发生了根本的变化，电脑、互联网以及目前还无法完全预见的科技手段的应用和介入，不仅提高了翻译的质量和效率，还从根本上改变了传统的翻译方式，使得跨地域的合作翻译成为可能，这是过去难以想象的。

最后，对于翻译的本质与使命的阐述必须纳入翻译定义的描述中去，这样才有利于纠正目前国内翻译界一味沉醉于追求所谓的"合格的译作"，而忘记了翻译的本质是什么、翻译的使命是什么的现象。中国人一千多年前就已经提出了一个至今仍不失其现实意义的、简明扼要的翻译定义："译即易，谓换易言语使相解也"，它凸显了翻译的本质与使命。2012 年国际译联推出当年国际翻译日的庆祝主题"翻译即跨文化交流"（Translation as Intercultural Communication），与这个古老的中国人的翻译定义可谓遥相呼应，再次强调了翻译的本质及其使命，其中的深意值得我们反思。国际译联提出这一主题的深层原因，在笔者看来，正是为了纠正当代翻译界对翻译本质及其使命的偏离。因此，今天当我们重新思考翻译的定位与定义时，一定要把翻译的本质及其使命（也即其目标和功能）纳入翻译的定义中去。只有这样，我们才有可能获得一个全面、完整的翻译定义。

认真思考翻译的重新定位与定义，现在是时候了！

第五节　中西翻译史整体观探索

自 20 世纪 80 年代以来，我国译学界在中西翻译史课程的设置以及相关著述的编撰方面，取得了相当引人注目的进展。在 80 年代和 90 年代初，马祖毅的《中国翻译简史》、陈玉刚主编的《中国翻译文学史稿》、谭载喜的《西方翻译简史》相继问世，从而拉开了国内译学界编撰中西翻译史类著述的帷幕。此后，翻译史类的著述，尤其是中国翻译史和中国翻译文学史类的著述，前"出"后继，甚是热闹。

但是在这热闹的翻译史类著述的编撰出版过程中，有一个现象引起了笔者的注意，那就是自从第一本中国翻译史和第一本西方翻译史问世以来，中、西翻译史的编写，包括课程的开设，一直都是各行其道，互不搭界的。似乎中国翻译史和西方翻译史是性质迥异、无法相互沟通的两回事。

有没有可能把两者有机地融合在一起，把它们作为一个有机的整体予以审视、考察，甚至进行整体性的全面分析和思考呢？这一方面是因为目前有些专业，如国内近年刚刚推出的翻译专业硕士(MTI)的课程设置有这样的需要，对于目前正在试点的翻译系，乃至外语专业翻译方向的高年级本科生来说，同样也有这样的需要，因为这些专业都不可能有足够的时间为学生分别开设中国翻译史课和西方翻译史课。与此同时，让翻译专业或方向的学生(无论是本科生还是研究生)对中西翻译史有一个总体的了解和把握又很有必要。而另一方面，这也是一个更为积极而有意义的努力和尝试，那就是把中西翻译发展史作为人类文明发展史上一个具有共性的文化交际行为，一个与译入语民族、国家的社会、政治、意识形态、诗学观念都有着密切关系的文化交往行为，整合在一起，以探索其共同的发展规律，同时又把它们作为各具特色的文化交流活动，互为观照，互证互识。

事实上，当我们把中西翻译活动的发展轨迹及其译学观念的演变过程放在一起予以审视、考察的时候，就会发现，这两者之间确实不乏共同之处。而更令人兴奋的是，当我们把两者放在一起考察，将中西译学观念的演变轨迹进行梳理时，我们发现两者具有非常相似的演进规律。

首先，中西大规模翻译活动(指笔译)的发起及推进都与宗教文献的翻译具有密不可分的关系：在西方是《圣经》的翻译，在中国则是佛经的翻译。深入探究，我们发现这一共性也正是主宰中西翻译界两千年之久的“原文至上”“忠实原文”等翻译观的由来。回顾历史，我们不难想见，当中国和西方的古代译者全身心地投入《圣经》和佛经文献的翻译中时，他们绝对都是怀着非常虔诚的心情把原文放在一个至高无上的地位上，然后对着原文字斟句酌，逐行推敲，谨小慎微，殚精竭虑，唯恐在翻译时稍有不慎而影响原文的思想的忠实传递，唯恐歪曲了上帝的旨意、佛祖的教诲。梳理两千多年的中西翻译史，可以发现，这种翻译观实际上一直延续到后来对文学名著和社科经典的翻译。直到20世纪50年代以后，由于职业翻译时代的来临，翻译的对象由原先的以宗教文献、文学名著、社科经典为主演进到以经济、科技、媒体、商业、娱乐等非文学性质的实用文献为主之后，这种翻译观才遭到了挑战，并引发了译学研究者们的反思。不过尽管如此，这种翻译观至今还是大有市场，而且从某种意义上而言，这种传统的翻译观目前仍然在我国大陆的翻译界甚至译学界占据着主流地位。

其次，无论是在中国还是在西方，翻译在传播知识方面都发挥了巨大的作用。当我们把中西翻译在传播知识方面的贡献放在一起进行考察时，这种作用也就得到了进一步的彰显。在西方，众所周知，继巴格达翻译中心之后的西班牙托莱多"翻译院"开展了许多翻译活动，译者们通过把阿拉伯人翻译的古希腊罗马的自然科学著作，哲学、神学等古典典籍以及阿拉伯人自己的学术著作翻译成拉丁文，为西方世界提供了学习的源泉。而正是通过阿拉伯人翻译的古希腊罗马古典典籍，西方人才开始接触到了大量的古典文化，并推动了西方的文艺复兴，也推动西方封建社会在11世纪进入了一个全盛时期。而对于中国来说，明末清初时期的科技翻译在传播西方的科技文献，促进中国的科技进步方面，同样也是厥功至伟的。正是通过这一时期大规模的翻译活动，西方的天文历法、数学、物理学、机械工程学、兵器制造技术等方面的著作才被大批引入中国，从而极大地推动了中国自然科学和工程技术的发展。

再次，翻译对各国民族语言的确立和发展所起的作用，在西方和中国也都不乏明显的共同点。西方翻译史上，马丁·路德(Martin Luther)的《圣经》翻译对德语语言的统一和发展，以及确立现代德语起到了极其重要的作用；而《圣经》的英文翻译也同样对丰富英语的词汇、表现手段等，促进英语向现代英语的发展贡献卓著。至于中国，佛经翻译对丰富汉语词汇所起的作用，以及20世纪上半叶的文学翻译对我国现代白话文的确立和发展所起的作用，等等，更是众所周知，毋庸赘言。

最后，无论中西，翻译在传递外来的社会文化价值观方面也同样扮演了至关重要的角色。在西方的文艺复兴期间，人文主义精神的发掘、传播和发扬，都在很大程度上得益于对古希腊罗马的经典文献的翻译，得益于欧洲各国、各民族之间的文学作品、社科经典文献的翻译和出版。在中国，清末民初时期，严复等人对《天演论》等西方社科名著的翻译，让国人认识了进化论等西方先进思想，而同时期开始的大规模的文学翻译则极大地改变了我们国家的文学观念，至于"五四"前后对马克思主义著作的翻译，那就更是从根本上刷新了国人的世界观,并最终导致国家社会制度的改变,其功用以“惊天动地”形容之,恐怕都不为过。

根据以上所述不难发现,中西翻译史不只是在译学观念的演变上具有许多共性,在具体翻译活动的展开、进行,以及翻译在中国和西方所起的作用与所产生的影响方面,更是不乏共同之处。基于此,笔者在设计《中西翻译简史》教材的编写架构时便探索性地以“翻译与宗教”“翻译与知识传播”“翻译与民族语”“翻译与文化价值的传递”和“翻译与当代各国的文化交流”五个主题作为整合中西翻译发展史的抓手,尝试通过全面检视中国的佛经翻译和西方的《圣经》翻译、中西方古代的科技文献翻译、翻译对中国以及对欧洲各国民族语言发展所起的作用,以及翻译在向中国和西方各国传递先进的文化价值观,在推动各国、各民族之间的文化交流等领域所做的贡献,凸显中西翻译发展史的整体特点。而这五个主题也就构成了《中西翻译简史》一书的主要内容。不过在平行叙述中国的佛经翻译和西方的《圣经》翻译时,笔者觉得有必要增设一个章节,用来专门叙述《圣经》在中国的翻译概况,这是此前的一些中西翻译史类著述基本不予涉及甚至完全缺失的内容。这个内容的增添当然不是笔者个人一时的心血来潮,更不是为了标新立异,而是为了拉近《圣经》翻译与中国读者的距离,从而让读者可以更加全面、深入地认识宗教典籍的翻译,为他们审视中西翻译史提供一个新的视角。

与此同时,笔者当然也很清楚,中西翻译史的发展又各自具有其独特的表现,不仅在发展的时段、节点上并不完全相同,在其他某些方面甚至也相去甚远。

首先,宗教在中国和西方社会政治生活中扮演的角色不一样。在西方,宗教有着严密的组织,相当长的时期在国家政治生活中甚至占据着举足轻重的地位,因此佛经翻译在中国的影响与《圣经》翻译在西方的影响就不可同日而语。在中国,佛教尽管也曾经得到过最高统治者的信奉和支持,但它从来不可能凌驾于皇权之上,它也从来不曾成为一种全民的宗教行为。所以中国的佛经翻译,其影响更多存在于民间文化之中,其影响所发挥的作用也更多表现为一种潜移默化的形式,诸如世界观的改变、语言的渗透、文学作品中对佛经故事情节的借用,等等。

其次,由于中国和西方的民族特性差异——中华民族比较务实,而西方民族崇尚思辨，这使得两地翻译理论的发展路径也有所不同。如果说至20世纪50年代之前中西翻译活动的理念和特征还有较多相似之处的话，那么越到后期，特别是从19世纪末开始，两者在翻译理论方面的发展趋向差异就越来越大：西方翻译理论中较早就出现了施莱尔马赫的解释学思想、洪堡的语言哲学思想，以及本雅明的解构翻译思想，而中国的翻译理论则在很长一段时期内，一直到20世纪70年代，都停留在翻译实践经验感悟的层面。由此我们也就不难明白，为什么发展到当代翻译研究以后，中西翻译研究者在译学理念和翻译理论的建构上，差别会越来越大。

正是基于以上对中西翻译史这种“同中有异、异中有同”的认识，笔者认为把中西翻译发展的历史放在同一个框架内进行描述、分析、梳理，是有可能的。这样我们既可以强调中西翻译发展史中的共同点，同时也可以展示两者发展过程中各自的独特性。但是要把中西翻译发展脉络作为一个有机的整体融入一本教材或著述，却并非易事，这对全书的结构编排是一个很大的挑战。它当然可以像许多传统的翻译史著作那样，从历时的角度，根据中西翻译史的两条发展线索进行编排，从而让读者可以很清晰地掌握中西翻译史的两条发展脉络。但是这样编排的话，中西翻译发展史的两条线索尽管被纳入同一本著述，彼此却仍然是游离的。考虑到笔者主编的《中西翻译简史》的使用者主要是翻译专业硕士研究生，他们中的大多数人在本科阶段已经对中西翻译史的基本发展脉络有所了解，因此我们在编写此书时把目标定在让读者和使用者通过该书的阅读和学习，对中西翻译发展史有一个整体的把握，甚至确立一个中西翻译发展史的整体观。从这个立场出发，《中国翻译简史》没有采用传统翻译史的历时编排和描述的方法，而是采用了以共时展现的平行叙述为主，同时辅以历时梳理的编写方法，也即主要通过五个大的共同的主题，把中西翻译史的发展脉络有机地融合在一起，从而让读者真切地感受到中西翻译发展史是人类一个共同的文化交际行为。

当然，为了让读者对中西翻译史的发展线索有一个总体的把握，该书平行叙述中西翻译发展脉络的同时，也专门设立了几个章节，非常紧凑地从宏观的角度，对中西翻译发展的事件和翻译思想的演变轨迹，进行历时的梳理。

具体而言，在《中西翻译简史》一书的第一、二章“当代翻译研究视角下的中西翻译史”和“中西翻译史的分期”中，我们就是从宏观的角度对中西翻译史上的发展脉络和主要发展阶段进行划分的。这里特别需要强调指出的是，正是在这两章里笔者提出了关于划分中西翻译史发展阶段的新的尝试，即依据中西翻译史上特定历史阶段的主流翻译对象，对中西翻译史的发展阶段进行重新划分，从而把中西翻译史划分为三个大的历史发展阶段，并分别命名为“宗教文献翻译阶段”“文学翻译阶段”和“非文学(实用文献)翻译阶段”。当然，这里不无必要指出的是，中西翻译史的三大发展阶段在时段上并不完全一致：对西方翻译史来说，它的第一阶段从古希腊罗马时的《圣经》翻译算起，而文艺复兴的帷幕拉开，同时也开启了西方翻译史的第二阶段，至于20世纪中叶第二次世界大战的结束则意味着西方翻译史第三阶段的开始。然而，虽然同样是三个历史阶段，但对中国翻译史来说，其第一阶段延续的时间就要长得多，从最初的佛经翻译算起，一直要延续到19世纪末。这是因为中国翻译史上成规模和成气候的文学翻译出现得比较晚，直至19世纪末梁启超发表了《译印政治小说序》，林纾推出了他的第一部译作《巴黎茶花女遗事》，才算正式拉开了中国文学翻译阶段的帷幕。而中国翻译史上的第三阶段，也即以实用文献为主流翻译对象的阶段，则要迟至20世纪80年代末才正式开始，其时中国经济的全面开放，孕育、催生了中国真正意义上的翻译市场，中国的翻译事业也从此正式步入了职业化翻译时代。

在对中西翻译史发展阶段进行重新划分的基础上，笔者又提出了一个也许可以算是比较重要的新观点，即在笔者看来，中西翻译史上的译学观念的演变与各发展阶段的主流翻译对象有着密不可分的关系。笔者认为，从某种意义上而言，某一历史阶段的主流翻译对象是形成该特定历史阶段的主流译学观念的重要制约因素。譬如，正是中西翻译史上第一阶段的主流翻译对象——宗教文献奠定了人类最基本的译学观念，诸如“原文至上”观、“忠实原文”观，等等。之所以如此，其原因也不难理解：当译者面临的翻译对象是诸如《圣经》和佛经这样神圣的宗教典籍的时候，他必然会感觉到他的翻译对象是至高无上的，他同时会感觉到自己在这样的翻译对象面前是多么的渺小，于是他会竭尽全力，尽可能忠实地传递出原文的意思，唯恐有什么地方译得不够忠实，从而亵渎了上帝或佛祖。第二阶段也即“文学翻译阶段”的主流翻译对象是文学名著和社科经典(早期的社科经典著作多具有较强的文学性，所以我们把社科经典的翻译与文学翻译放在一起讨论)，在这一阶段译者与他的翻译对象之间的“不平等”关系(即翻译对象的地位高于译者)并没有发生根本的变化——翻译对象继续凌驾于译者之上,因此这一阶段实际上首先是继承和肯定第一阶段的"原文至上"观、"忠实原文"观等译学观念,然后在此基础上,提出了许多关于翻译的新思考,诸如"翻译的风格"问题、"翻译的文体"问题、"形式与内容的矛盾"问题,等等,从而进一步丰富、发展、深化了此前的译学观。这些关于翻译的新思考只能产生在人类翻译史的第二阶段,因为第一阶段的宗教典籍在文体、文类方面,比不上文学作品那么丰富多彩。人类译学观念具有转折性意义的实质性变化出现在第三阶段,这是因为这一阶段的主流翻译对象——实用文献不像此前两个阶段的主流翻译对象那样具有"神圣性"和"经典性",译者对他的翻译对象也不再像从前翻译宗教典籍、文学名著和社科经典时那样,采取一种仰视的态度。由于实用文献的翻译更注重翻译的功效和目的,这样译者在进行翻译时"忠实"就不再是他们进行翻译活动时唯一的和最高的准绳了,这一阶段的译学观念也因此引入了许多新的思考维度。

这样,《中西翻译简史》的第一、二章就重点对中西翻译史的发展从新的角度切入,进行了新的阶段划分,并在此基础上探讨了中西译学观念演变的内在规律。然后,该书第十四章"中西翻译思想和理论"从宏观的角度,集中对中西翻译思想、理论的演变轨迹进行了一番梳理。对这一章的描述也有一些需要说明的地方。在这一章里我们把西塞罗和泰特勒定为西方传统译论的起点和终点人物,因为我们觉得前者是西方翻译史上最早比较系统地阐述翻译观点的人,泰特勒则是西方翻译史上第一位明确提出"翻译三原则"的学者,影响较大。从时间上看,也许德国的施莱尔马赫和洪堡的活动时间要比泰特勒更长一些,前两者卒于19世纪30年代,而泰特勒于1813年就已经去世。但考虑到泰特勒的主要贡献是在翻译研究领域,而施莱尔马赫和洪堡的主要贡献不限于翻译研究领域,因此还应把泰特勒定为西方传统译论终结期的代表性人物。

该书对于中国传统译论的时间节点也有一些独特的考虑。把支谦定为中国传统译论第一人,这不会引起太多争议。众所周知,他的《法句经序》是中国翻译史上第一篇见诸文字的讨论翻译的文章,他的"因循本旨,不加文饰"的翻译观点在中国翻译史上也影响深远,颇具代表性。然而把谁定为中国传统译论的终结者,却是颇费思量。目前比较通行的做法多是把严复视作中国传统译论的最后一人。但笔者经过仔细思考后觉得,继严复的"信、达、雅”之后，傅雷、钱锺书两人提出的“神似”“化境”翻译观点，不仅影响深远，而且在精神实质上与严复及至严复之前的中国传统译论是一脉相承的。中国译论真正进入当代多元时代已经是在20世纪80年代后期了，当时随着国门的敞开，国外最新译论大量引入，国内译学界才表现出严格意义上的翻译理论意识的觉醒，中国的译学建设也由此开始迈入一个新的历史阶段。有鉴于此，笔者在《中西翻译简史》中打出一个标题“从支谦到钱锺书”，其暗含的意思就是把钱锺书先生定为中国传统译论的终结代表者。

顺便还需要说明一下的是，《中西翻译简史》的第十四章专门对当代西方翻译思想的最新进展进行了比较具体的描述和介绍，但却没有设立专门的一节来介绍当代中国翻译思想的最新进展。之所以如此，是因为编者觉得，虽然最近二三十年来我国的翻译思想和理论空前活跃和丰富，但许多思想和观点还没有公认的定论，该如何介绍这些思想和观点，还没有把握，所以这一内容在书中只能暂付阙如了。

《中西翻译简史》的最后一章“翻译现状与展望”引述了较多的国内外材料，结合“二战”以后世界各国翻译的职业化趋势，对当今国内乃至国外的翻译现状进行了介绍，并从这一大背景出发，分析了翻译专业教学的特点以及翻译学科建立的历史必然性。该章还专门讨论了机器翻译和网络翻译。这些极富当代时代特征的翻译活动和现象，也是其他翻译史类著述着墨不多的，但对读者了解当代中西翻译的发展趋势，认清翻译学的学科本质，也许不无裨益。

把中西翻译史两条表面上看似互不相干的发展脉络组合在一起，作为一个整体予以分析和描述，对中西翻译史的发展阶段根据其特定时代的主流翻译对象进行重新划分，并由此探讨和揭示中西翻译观念演变的内在规律，这些都属于中西翻译史编写领域比较新的探索和尝试，也期待广大学者加入我们的研究和思考，进一步共同探索翻译在人类文明史上所发挥的重要作用。

第三章　译介学的理论起点:“创造性叛逆”

第一节　论文学翻译的创造性叛逆

人们尽可以对翻译下各种各样的定义,但我们不得不承认,当埃斯卡皮说“翻译总是一种创造性的背叛”这句话时,他确实击中了翻译问题,尤其是文学翻译的要害,并且提出了一个极富建设性的课题。

然而,十分可惜的是,埃斯卡皮对“创造性叛逆”没有进行详细的阐述,仅仅指出:“说翻译是背叛,那是因为它把作品置于一个完全没有预料到的参照体系里(指语言);说翻译是创造性的,那是因为它赋予作品一个崭新的面貌,使之能与更广泛的读者进行一次崭新的文学交流,还因为它不仅延长了作品的生命,而且又赋予它第二次生命。”[①]这里的“参照体系”,埃斯卡皮已经说明是指语言,而“崭新的面貌”主要也是指语言。这样,在埃斯卡皮看来,所谓的“创造性背叛”实际上仅仅是语言环境与语言外壳的转换,这显然把文学翻译的创造性叛逆解释得过于简单了。

对于比较文学来说,文学翻译中的创造性叛逆具有特别的研究价值,因为在这种创造性叛逆中,不同文化的交流、碰撞、变形等现象表现得特别集中,也特别鲜明。

通常以为,文学翻译中的创造性叛逆的主体仅是译者。其实不然,除译者外,读者和接受环境同样是创造性叛逆的主体。因此,本文拟从译者——媒介者、读者——接受者和接受环境这三个方面对文学翻译中的创造性叛逆做一番考察。

---

① 埃斯卡皮:《文学社会学》,王美华、于沛译,合肥:安徽文艺出版社,1987年,第137－138页。

一、媒介者的创造性叛逆

在文学翻译中媒介者即译者。译者的创造性叛逆有多种表现，但概括起来不外乎两种类型：有意识型和无意识型。具体的表现有以下四种。

（一）个性化翻译：译者，尤其是优秀的译者，在从事文学翻译时大多都有自己信奉的翻译原则，并且还有其独特的追求目标。譬如同样是拜伦(George Gordon Byron)的诗，马君武用七言古诗体译，苏曼殊用五言古诗体，而胡适则用离骚体。不同的诗体不仅赋予拜伦的诗以不同的中文面貌，更重要的是，它们还塑造了彼此不同的诗人拜伦的形象。

再譬如，傅东华在翻译美国小说时，觉得“译这样的书，与译 Classics 究竟两样”，所以不必“字真句确地译”。于是他在翻译时，碰到人名、地名，“都把它们中国化了……对话方面也力求译得像中国话，有许多幽默的、尖刻的、下流的成语，都用我们自己的成语代替进去……还有一些冗长的描写和心理的分析，觉得它跟情节的发展没有多大关系，并且要使读者厌倦的……就老实不客气地将它整段删节了”。[①] 然而，当我们的读者随着思嘉、媚兰、瑞德、希礼们（均为十足地道的中国人名），从肇嘉州、钟氏坡一起漫游到曹氏屯（均为极地道的中国地名）时，他们是否会意识到他们正在欣赏美国作家的作品呢？

比较多的个性化翻译，一个很主要的特征就是“归化”。所谓“归化”，它的表面现象是用极其自然、流畅的译语去表达原著的内容，但是在深处却程度不等地都存在着一个译语文化“吞并”原著文化的问题。例如，严复译的《天演论》是有口皆碑的译界精品，其开卷第一段更是脍炙人口。然而，令人“倾倒至矣”的究竟是严译的内容呢还是严复的译笔呢？当我们读着“怒生之草，交加之藤，势如争长相雄，各据一抔壤土。夏与畏日争，冬与严霜争，四时之内，飘风怒吹，或西发西洋，或东起北海，旁午交扇，无时而息。上有鸟兽之践啄，下有蚁蝝之啮伤。憔悴孤虚，旋生旋灭。菀枯顷刻，莫可究详”，欣赏着这样古典朴雅、气势恢宏的桐城派风格的译文时，答案是不言而喻的。更有甚者，严译的《天演论》(*Evolution and Ethics*)第一句“赫胥黎独处一室之中”，把原著的第一人称径自改为第三人称，译语文化对原著文化

① 此段所引文字均见傅东华《飘》译序，杭州：浙江人民出版社，1979 年，第 3—4 页。

的"吞并"更显昭著——作者以第三人称出现在文中是中国古文的特征之一。又如,苏曼殊译苏格兰农民诗人彭斯(Robert Burns)的诗《一朵红红的玫瑰》("A Red Red Rose"),诗僧译成"颎颎赤墙靡,首夏初发苞,恻恻青商曲,眇音何远姚? ……"俨然一首词丽律严的五言诗。然而在译诗里,原诗清新明快的风格、素朴爽直的农夫村姑形象不见了,读者看到的是一幅典型的中国文人仕女执袖掩面、依依惜别的画面。

个性化翻译的特征也并不全是"归化",它还有"异化"——译语文化"屈从"原著文化的现象。美国诗人庞德在翻译中国古诗时,就有意识地不理会英语语法规则,显著的例子如他把李白的"荒城空大漠"的诗句译成"Desolate Castle, the sky, the wide desert",没有介词或代词进行串联,没有主谓结构,仅是两个名词词组与一个名词的孤立并列。熟谙中国古诗并了解庞德进行的新诗实验的人一眼可看出,这是译者有意仿效中国古诗的意象并置手法(尽管这一句其实并非典型的意象并置句)。这种译法理所当然地使英语读者感到陌生和吃惊,"我们不明白,汉语是否真像庞德先生的语言那么奇怪?"[①]但它的效果也是显而易见的:"从奇异但优美的原诗直译,能使我们的语言受到震动而获得新的美。"[②]其实,这种译法产生的何止是"震动",它还触发了美国的一场新诗运动呢。

可与之相映成趣的是中国诗人穆旦(即查良铮)的翻译。穆旦在翻译艾略特(T. S. Eloit)的《J. 阿尔弗雷德·普鲁弗洛克的情歌》("The Love Song of J. Alfred Prufrock")时,照搬英语原诗中"Should I, after tea and cakes and ices / Have the strength to force the moment to its crisis!"的句式,写出了像"是否我,在用过茶、糕点和冰食以后/有魄力把这一刻推到紧要的关头?"这样与中文文法格格不入的句子。严厉的语文学家肯定会对此大皱眉头,并斥之为"句式欧化";但宽容的语文学家一定能发现,中文中不少句式,诸如"当……的时候""与其……不如……",等等,正是通过这些"欧化"翻译传入的。

(二)误译与漏译:绝大多数的误译与漏译属于无意识型创造性叛逆。例如英译者在翻译陶诗《责子》中"阿舒已二八"一句时,把它译成了"阿舒十

① 转引自赵毅衡:《远游的诗神》,成都:四川人民出版社,1985 年,第 229 页。

② 转引自赵毅衡:《远游的诗神》,成都:四川人民出版社,1985 年,第 229 页。

八岁”。他显然不懂汉诗中的“二八”是十六岁的意思，而自作聪明地以为诗中的“二八”是“一八”之误。这样的误译造成了信息的误导。

误译当然不符合翻译的要求，任何一个严肃的翻译家总是尽量避免误译。但是误译又不可避免地存在，尤其是在诗歌翻译和较长篇幅的文学作品翻译之中。

对于比较文学来说，误译有时候有着非同一般的研究价值，因为误译反映了译者对另一种文化的误解与误释，是文化或文学交流中的阻滞点。误译特别鲜明而突出地反映了不同文化之间的碰撞、扭曲与变形。

譬如莎剧《罗密欧与朱丽叶》中朱丽叶在等待保姆带回罗密欧消息时有一段独白：

> …
>
> But old folks, many feign as they were dead;
>
> Unwieldy, slow, heavy and pale as lead.

这里，朱丽叶因等待情人的消息而无比焦灼的心情跃然纸上。但朱丽叶毕竟是一位有教养且温柔美丽的女性，因此即使在这种情况下，她脱口而出的也只是一句“old folks”——一个感情色彩不十分明显的词，可是从上下文中则可以体会出其中的嗔怪意味。有一种中译本把这段话译成：

> ……但是这些老东西。真的，还不如死了干净。又丑，又延迟，像铅块一样，又苍白又笨重。[1]

这样一来，女主人公的形象近乎一个破口大骂的泼妇，原著的文学形象被扭曲了[2]。

又如鲁迅翻译果戈里（Гоголь，全名 Никола́й Васи́льевич Гоголь-Яновский）的小说《死魂灵》（*мертвые души*），当译到戈贝金大尉出现在彼得

① 引自曹未风译本。

② 朱生豪译为“可是年纪老的人，大多像死人一般，手脚滞钝，呼唤不灵，慢腾腾地没有一点精神”，较好地传达了原著形象。

堡时，译文中说："他的周围忽然光辉灿烂，所谓一片人生的广野，童话样的仙海拉宰台的一种。"鲁迅还给仙海拉宰台（Sheherazade）做注，说这是《一千零一夜》里的市名[①]。这样就把《一千零一夜》中的讲故事的女主人公谢赫拉扎台误解为一座城市，自然也无法传达果戈里"有如谢赫拉扎台讲的故事一样美丽"的原意了。

以上例子均属无意误译，造成误译的原因都是译者对原文的语言内涵或文化背景缺乏足够的了解。

与此同时，还存在着有意的误译。譬如苏联作家阿·托尔斯泰（Алексей Николаевич толстой）的名作三部曲《苦难的历程》（*Хождение по мукам*）的英译名是"Road to Calvary"（译成中文为《通往卡尔瓦利之路》），这里英译者故意用一个含有具体象征意义的地名"Calvary"（出典自《圣经》，系耶稣被钉上十字架的地方）代替了俄文中那个泛指"苦难、痛苦"的普通名词"муки"。当然，这样做的结果是阿·托尔斯泰的英译本被蒙上了厚厚一层宗教色彩。

傅雷译的几部巴尔扎克长篇小说的书名也是有意误译的佳例。如巴尔扎克原著的书名是"La Cousine Bette"和"Le Pere Goriot"，本来，前者应译为《表妹贝德》或《堂妹贝德》，后者则应译为《高里奥大伯》或《高里奥老爹》。但傅雷在仔细揣摩全书内容后，却把前者译为《贝姨》，后者译为《高老头》，这样不仅从形式上缩短了译入语国家的读者与译作的距离，而且还细微地传达出了人物在作品中的特定处境（《贝姨》），或是独特的性格和遭遇（《高老头》），堪称成功的创造性叛逆。

以上两例表明，译者为了迎合本民族读者的文化心态和接受习惯，故意不用正确手段进行翻译，从而造成有意误译。

为了强行引入或介绍外来文化的模式和语言方式，也是造成有意误译的一个原因。如前面已经提到的庞德翻译的汉诗和穆旦翻译的英诗，这种翻译恰如鲁迅所称，"不但在输入新的内容，也在输入新的表现法"[②]。

漏译也分无意与有意两种。无意的漏译多为一言半语，通常未产生什么文学影响。有意的漏译即节译，我们将在下面予以分析。

---

① 参见戈宝权：《漫谈译事难》，《当代文学翻译百家谈》，北京：北京大学出版社，1989年。

② 参见鲁迅《二心集》。

（三）节译与编译：节译与编译都属于有意识型的创造性叛逆。造成节译与编译的原因有多种：为与接受国的习惯、风俗相一致，为迎合接受国读者的趣味，为便于传播，或出于道德、政治等因素的考虑，等等。

例如我国早期翻译家伍光建在翻译法国大仲马（Alexandre Dumas）的《侠隐记》（*Les Trois Mousquetaires*，现通译《三个火枪手》）时，压缩或节略景物描写与心理描写，凡与结构及人物个性没有多大关系的语句、段落、议论、典故等统统删去，把原作差不多删掉三分之一。其原因，一方面如茅盾所分析的，"他是根据了他所见当时的读者程度而定下来的……因为他料想读者看不懂太累赘的欧化句法"[①]，另一方面则是因为中国历来的小说没有景物描写与心理描写，照原著译出的话，怕读者不易接受。这样做的结果是，读者阅读、接受固然容易了许多，但与此同时，由于大量节译作品的存在[林纾译《茶花女》（*La Dame aux camélias*）、马君武译《复活》（*Воскресение*）、曾朴译《九三年》（*Quatre-Vingt-Treize*），均有不同程度的删节]，原作的丰富性、复杂性没有了，原作的民族文学特性（景物描写与心理刻画）也没有了，于是给读者造成一种错觉："西洋小说太单调。"

接受国的道德伦理观念对文学翻译的影响最明显地反映在蟠溪子翻译的《迦因小传》（*Joan Haste*）上，译者为了不与中国传统的道德观念相悖，故意把原著中女主人公与男主人公两情缱绻、未婚先孕等情节统统删去。后来林纾重译此书，补全了蟠译删削的情节，引起激烈的反应。有人就此评论说："吾向读《迦因小传》，而深叹迦因之为人，清洁娟好，不染污浊，甘牺牲生命，以成人之美，实情界中之天仙女；吾今读《迦因小传》，而后之迦因之为人，淫贱卑鄙，不知廉耻，弃人生义务，而自殉所欢，实情界中之蟊贼也。"[②]节译本塑造出一个与全译本（遑论原著）完全不同的文学形象。类似的情形在当今中国依然存在，譬如薄伽丘（Giovanni Boccaccio）的名作《十日谈》（*The Decameron*）和劳伦斯（D. H. Lawrence）的名作《查泰莱夫人的情人》（*Lady Chatterley's Lover*），由于道德方面的原因，只有它们的节译本才能公开出版发行，它们的全译本要么只能极少量地在内部发行，要么被禁止出版。

---

① 转引自《中国翻译文学大稿》，北京：中国对外翻译出版公司，1989 年，第 84 页。

② 转引自郭绍虞等：《中国近代文论选》（下册），北京：人民文学出版社，1965 年，第 510 页。

在某种程度上而言，编译也是一种节译，编译者与节译者一样，旨在理清原著的情节线索，删除与主要情节线索关系不大的语句、段落，甚至篇章，以简洁、明快的编译本或节译本的形式介绍原著。因此，在大多数情况下，编译与节译在文学交流中所起的作用与产生的影响是差不多的。编译与节译最大的差别在于：节译本中所有的句子都是依据原文直接翻译的，而编译本中的句子，既有根据原文直接翻译的，也有根据原文编写、改写的，甚至还有编译者出于某种需要添写的。由于这后两种情况，编译本对原著造成的变形有时就要超过节译本。

但是，在不少场合，编译与节译实际上是混杂在一起的，根本无法区分。据说，日本学者岛田建次在其《外国文学在日本》一书中曾把日本著名作家森鸥外译的《即兴诗人》与安徒生原文详加对照，发现森鸥外有时把原文整段删掉，有时又加上自己的描述来启发日本读者的想象力[①]。我国早期翻译家如林纾、包天笑等的翻译，实际上都属于编译范畴。事实上，他们自己也意识到这点，所以他们称自己的译品为“译述”或“达旨”（严复语）。

节译与编译在传播外国文学上的积极作用是显而易见的。时至今日，我们仍有好多家出版社在组织译者从事节译外国文学名作的工作，这些书的发行量还相当大，可见读者对它们也仍是非常欢迎的。

（四）转译与改编：文学翻译中的转译与改编都属于特殊型创造性叛逆，它们的共同特点是都使原作经受了“两度变形”。

转译，又称重译，指的是借助一种外语（我们称之为媒介语）去翻译另一外语国的文学作品。这种形式的翻译，无论中外古今，都很普遍。譬如，我国最早的汉译佛经所用的术语就多半不是直接由梵文翻译过来的，而是间接经过一个媒介——有学者认为可能是天竺文字或西域文字[②]；英国译者诺思根据阿米奥的法译本翻译普鲁塔克的希腊语作品；在匈牙利和卢森堡，莎士比亚的作品长时期内是通过德译本转译的；在日本，自明治至大正初年，也大多通过英文转译法国和俄国的文学作品，有一段时期（明治二十年代，即1888－1898年）甚至还盛行转译的风气，如森鸥外，即使懂得原作语言，也一律从德文转译。

① 参见田中千春：《日本翻译史概要》，《编译通讯》，1985年，第11期，第43页。

② 参见马祖毅：《中国翻译简史》，北京：中国对外翻译出版公司，1984年，第15页。

在大多数情况下，转译是不得已而为之的，尤其是在翻译小语种国家的文学作品时，因为任何国家也不可能拥有一批通晓各种小语种的译者。然而文学翻译又是如此复杂，译者们在从事具有再创造性质的文学翻译时，不可避免地要融入译者本人对原作的理解和阐述，甚至融入译者的语言风格、人生经验乃至个人气质，因此，通过媒介语转译其他国家的文学作品会产生"二度变形"，也就不难理解了。更何况媒介语译作中还存在一些不负责任的滥译本，以及一些有独特追求的译本，例如18世纪的法译本就追求"优美的不忠"，而18世纪时法语曾是英语与意大利语、西班牙语、葡萄牙语，有时还是波兰语与俄语之间的媒介语，通过这些"优美的不忠"的译本转译的作品将会是什么结果，当是不难想见的了。

在我国，叶君健先生曾提供了好几个因转译而产生变形的例子，他把安徒生(Hans Christian Andersen)童话的丹麦文原作与英译本进行了对照，把但丁(Dante Alighieri)《神曲》(*Divina Commedia*)片段的意大利原文与英、中译文进行对照，指出其中的巨大差异[①]。

除了变形问题外，转译中媒介语的变化也是一个值得研究的问题。如从"五四"前后直至20世纪三四十年代，日语曾经是我国文学翻译中的极主要的媒介语：鲁迅、周作人兄弟早在20世纪初编译出版的《域外小说集》中，就通过日语(还有德语)转译了波兰等"弱小民族"的文学作品以及俄国契诃夫(Антон Павлович Чехов)、安德列耶夫(Леонид Николаевич Андреев)等人的短篇小说。之后，包括不少大作家、大诗人作品在内的许多小说、诗歌、剧本，仍有不少是通过日译本转译的，如高尔基(Максим Горький)的剧本、雷马克(Erich Maria Remarque)的长篇小说、裴多菲(Petöfi Sándor)的诗，等等。但是自20世纪50年代起，日语的这种媒介作用就明显地让位于英语与俄语了。这里面，政权的更迭当然是一个原因，但更重要的原因恐怕跟各个时代文化界人士中的留学生由来有关(从"五四"至20世纪40年代，从日本留学回来的人士在我国文化界占有相当的比例)。

最后，转译还具体地展示了译入语国家对外国文学的主观选择与接受倾向。一些掌握了英语、日语的译者、作家，不去翻译英语文学或日语文学的作品，却不惜转弯抹角，借助英语、日语翻译其他语种的文学，这个现象很

① 详见《文学翻译百家论》，北京：北京大学出版社，1989年，第118－121页。

值得研究。譬如，巴金在20世纪三四十年代的翻译活动中，除了偶尔翻译过一些英语作品外，几乎一直致力于通过英语转译俄罗斯文学作品。巴金晚年回忆自己五十年文学生涯时这样说："我后来翻译过屠格涅夫的长篇小说《父与子》和《处女地》，翻译过高尔基的早期的短篇，我正在翻译赫尔岑的回忆录。"[①]从这里面不难窥见中国作家，以及以巴金为代表的广大中国读者对俄国文学的积极追求。

文学翻译中的改编，不单单指作品文学样式、体裁的改变，同时还包括语言、文字的转换。

改编经常出现在诗歌、剧本的翻译之中。如林纾把易卜生（Henrik Ibsen）的剧本《群鬼》（*Ghosts*）改译成文言小说《梅孽》，方重用散文体翻译乔叟（Geoffrey Chaucer）用诗体写成的《坎特伯雷故事集》（*The Canterbury Tales*），朱生豪用散文体翻译莎士比亚剧本中的人物对白（原作为无韵诗体），等等。

改编在国外也是普遍存在的。例如在法国，纪德（André Gide）与巴罗（Jean-Louis Barrault）合作，把德国作家卡夫卡（Franz Kafka）的小说《城堡》（*The Castle*）搬上了法国舞台，纪德也同样用散文体翻译了莎士比亚的无韵诗体剧《安东尼与克莉奥佩特拉》（*Antony and Cleopatra*）。

通常，改编的"叛逆"仅在于文学作品的样式、体裁的变化上。例如，由于莎剧中的译本大多是散文体翻译的，于是中译本的读者就得到一个错觉，以为莎剧的原作也是用散文体写作的。但是改编对原作内容的传达倒是比较忠实的，尤其是严谨的翻译，例如上述方重译的《坎特伯雷故事集》和朱生豪译的莎剧，因为摆脱了诗体的束缚，译作对原作的内容反倒易于表达得比较透彻和全面。当然，由于文学翻译中普遍存在的创造性叛逆，即使是严谨的改编翻译，在作品内容的传达上照样有变形现象。

值得注意的还有另一种改编，这种改编多是在已有译本的基础上进行的，所以这种改编严格地说不属于文学翻译的范畴，只能视作文学翻译的外延，但它对原作进行"两度变形"的性质与上述改编是一样的。

如我国著名剧作家田汉与夏衍曾分别在1936年和1943年把托尔斯泰的长篇小说《复活》改编成剧本，并搬上我国话剧舞台，产生了很大的影响。

① 巴金：《文学生活五十年》，《创作回忆录》，北京：人民文学出版社，1982年。

但由于改编者对托尔斯泰的原作的独特理解和改编意图，更由于两位改编者本人又是极优秀的剧作家，他们的改编作尽管在总的情节内容上忠于原作，但正如研究者所指出的，“两个改编本都抹去了原作的宗教色彩”“作品的基调、风格等显然与小说《复活》有很大的差异，它们都已中国化了”。[①] 尤其是田汉的改编本，针对当时中国正在遭受日本军国主义侵略的特定背景，有意突出原作中并不起眼的几个波兰革命者的形象，还让他们唱出“莫提起一七九五年的事，那会使铁人泪下：我们的国家变成了一切三的瓜，我们二千七百万同胞变成了牛马；我们被禁止说自己的话，我们被赶出了自己的家”这样的歌，其对原作的创造性叛逆赫然可见。

二、接受者的创造性叛逆

文学翻译中的创造性叛逆还来自接受者——读者。

人们较少注意到读者在文学翻译中的作用。然而，如果我们承认文学翻译的最终目的是文学交流，那么我们不难认识到，脱离了读者接受的文学翻译就是一堆废纸，毫无价值可言，因为只有在读者的接受中，文学翻译才能实现其文学交流的目的。

文学翻译是一种再创造，这是大家都承认的事实。然而我们还应该看到，当译者把完成了的译作奉献给读者后，读者以他自己的方式，并调动他自己的人生体验，也加入到了这个再创造之中。由于读者的加入，文学翻译中的创造性叛逆变得更加丰富、更加多姿多彩了。

顺便提一下，近年来翻译研究者们已经认识到，读者的阅读和理解实际上也是一种翻译。英国翻译理论家斯坦纳指出：“每当我们读或听一段过去的话，无论是《圣经》里的《列王传》，还是去年出版的畅销书，我们都是在进行翻译。”[②]

由于读者的翻译是在译者翻译的基础上进行的，因此他的翻译与原作相比的话，必然比译者的翻译更富创造性、更富叛逆精神。如美国著名哲学家弗洛姆（Erich Fromm）在《被遗忘的语言》（*The Forgotten Language*）里从

---

① 倪蕊琴：《列夫·托尔斯泰比较研究》，上海：华东师范大学出版社，1988年，第109页。

② 斯坦纳：《通天塔——文学翻译理论研究》，庄绎传编译，北京：中国对外翻译出版公司，1987年，第22页。

卡夫卡的小说《审判》(*The Trial*)的英译本里引了这样一句话:"Someone must have been telling lies about Joseph K, for without having done anything wrong he was arrested one fine morning."(一定有人在诬陷约瑟夫·K,因为他什么错儿都没犯,却在一个明媚的早晨被逮捕了。)然后从语言的角度分析说,"to be arrested"有两种意思,一是被警方拘捕,一是一个人的成长发展受到阻碍。一个被指控触犯了刑律的人被警察逮捕,一个有机体的正常发展受到阻碍,二者都可以用"to be arrested"。小说从表面看用的是这个字的第一义,但在象征的意义上,也可以从它的第二义去理解:K意识到自己被捕了,同时,自己的成长也受到了阻碍。对此,英国比较文学家柏拉威尔指出,弗洛姆的解释完全是从译成英文的"arrest"一词出发的,实际上,卡夫卡的德文原著中使用的是"verhaftet",这个词在德语中只有"arrest"的第一义,而没有它的第二义。①

读者本人对某些社会现象或道德问题的强烈见解和思考,也会影响读者对文学作品的"翻译"。俄国作家屠格涅夫曾经成功地塑造了罗亭这样一个典型的"多余人"形象。也许是屠格涅夫对"多余人"形象的了解太深了,所以当他阅读莎士比亚的《哈姆雷特》时,竟不由自主地把哈姆雷特与俄国社会中的"多余人"形象相比较,从而得出了"哈姆雷特是自我中心的利己主义者,是对群众无用之人,并不爱奥菲利娅,而是个好色之徒,他同靡菲斯特一样代表'否定精神'"等结论②。这里,屠格涅夫显然塑造了一个作者、译者都始料未及的新的哈姆雷特形象。

与此相仿的是托尔斯泰对莎士比亚作品的猛烈抨击与否定,托尔斯泰坚决宣称:"莎士比亚不是艺术家,他的作品不是艺术作品。"这位注重道德自我完善的作家无法理解,为什么莎士比亚笔下的人物都热衷于追求个人的幸福与利益,没有谁想到拯救自己的灵魂和使人类从罪恶中得救的问题,他更不能接受那些充满复仇、残杀、好人坏人无区别地大量死亡的舞台场面。这样,尽管他读了不少莎士比亚剧作的俄译本、德译本,甚至英文原作,但他得到的印象"始终如一"。

① 陈惇、刘象愚:《比较文学概论》,北京:北京师范大学出版社,1988年,第222页。

② 杨周翰:《攻玉集》,北京:北京大学出版社,1983年,第55页。

三、接受环境的创造性叛逆

读者的创造性叛逆一方面来自他的主观因素——他的世界观、文学观念、个人阅历，等等；另一方面，也来自他所处的客观环境——不同的历史环境往往会影响读者接受文学作品的方式。这样，在后一种情况下，尽管创造性叛逆具体体现在读者的接受上，但其根源在于环境，因此有必要把这种创造性叛逆与读者的创造性叛逆分开考察。

一般而言，作者在从事其文学创作时，心目中总是有其特定的对象的，并且自信其作品能被他的特定对象所理解。但是由于文学翻译，他的作品被披上了另一种语言的外衣，被介绍给非他预料之中的对象阅读，而这些对象不与他处在同一文化环境，有时候还不处于同一历史时代，于是作品的变形便在这样的接受中发生了。

斯威夫特(Jonathan Swift)的《格列佛游记》(*Gulliver's Travels*)是一部字字隐藏讥讽的政治讽刺小说，诸如书中拥护"甲党"和"乙党"的穿高跟鞋派和穿低跟鞋派，吃鸡蛋先敲大端的"大端派"和先敲小端的"小端派"，在斯威夫特所处的英国社会里，都有明确的隐射对象。但是，当这部小说被译介到其他国家以后，人们不再注意小说的政治锋芒了，人们感兴趣的仅是作者以其丰富的想象力所描绘出来的充满怪诞异趣的大人国、小人国的故事。譬如在中国，斯威夫特的这部小说自 1914 年林纾开始翻译起，就不断地被译介。但大多数译本仅译出其第一部、第二部，即《小人国》《大人国》两部，有的干脆以"小人国""大人国"名之，而且明确列入"少年文学故事丛书"或"世界少年文库"。一部严肃的政治讽刺小说，就这样因环境的作用，竟演变成了一本轻松有趣的儿童读物。

更为明显的事实也许要数寒山诗在美国的流传了。寒山诗在中国本土几乎无人知晓，文学史上更没有他的地位。但是他的诗于 1954 年被译成英文在美国发表后，却不胫而走。尤其在 20 世纪 50 年代末、60 年代初，在美国的青年大学生中几乎形成了一股不大不小的"寒山热"。继 1954 年翻译发表了 27 首寒山诗后，1958 年翻译发表了 24 首寒山诗，1962 年又出版了寒山诗的英译诗集，内收寒山诗百首之多。更有甚者，在这时期美国大学里的嬉皮士学生，几乎人人都称读过寒山诗(当然是译诗)，而且喜欢甚至崇拜寒山这个人。著名的"垮掉的一代"的作家杰克·凯鲁亚克(Jack Kerouac)

还把他的自传体小说题献给寒山，寒山诗在美国的影响之大，由此可见一斑。

寒山诗为何能在美国产生如此之大的影响呢？有关学者经过研究发现了几个原因：(1)在寒山诗译介到美国之前，学禅之风正在美国社会流行；(2)20世纪60年代的美国校园盛行嬉皮士运动；(3)寒山本人的形象。

答案就是这么简单。原来，充满禅机、崇尚自然的寒山诗正好迎合了当时美国社会的学禅热和嬉皮士运动。而更为有趣的是，诗人寒山的形象——一个衣袍破烂，长发飞扬，站在高山上迎风大笑的狂士形象，使得嬉皮士们把他视作心目中的理想英雄。这一切都促成了寒山诗在美国的流传。后来，在70年代以后，嬉皮士运动已成过去，寒山热也成历史，但寒山诗却从此在美国的翻译文学史上生下了根，许多中国文学的英译集不收孟浩然，不收杜牧，却收录寒山的诗。有学者因此指出寒山在美国赢取了他在中国一千年也没有获得的文学地位。①

英国长篇小说《牛虻》(*The Gadfly*)的命运也很说明问题：小说《牛虻》在其本土也是一本并不出名的作品，但是在20世纪50年代和60年代初的中国却广受欢迎。之所以如此，小说本身的艺术魅力固然是一个原因，但另一个原因也不容忽视，即在当时的中国青年中正在开展向苏联革命作家奥斯特洛夫斯基(Николай Алексеевич Островский)学习的热潮，而《牛虻》恰恰是这位作家极其喜爱的作品，于是《牛虻》便与奥斯特洛夫斯基的自传体小说《钢铁是怎样炼成的》(*Как закалялась сталь*)一起成为当时中国广大青年案头必备的读物。可是到了20世纪60年代后半期，中国发生了"文化大革命"，政治环境大变，当在这种政治气候熏陶下的青年学生又一次接触到《牛虻》时，情况就大不一样了，他们中的不少人不仅感受不到书中昂扬的革命精神，相反觉得这本书充满了资产阶级的人性论，甚至把它看作一部"黄色小说"。这真是绝妙的环境创造性叛逆了。

第二节　创造性叛逆：争论、实质与意义

鉴于翻译行为时时刻刻都会面临并必须处理不同民族之间的文化差

① 叶维廉：《中国古典文学比较研究》，台北：黎明文化事业股份有限公司，1977年，第173页。

异，而处理这些跨越语言、跨越民族、跨越国界、跨越文化的信息传递又不可避免地遭遇不同程度的信息失落、扭曲和增添，因此，法国文学社会学家埃斯卡皮敏锐地指出："翻译总是一种创造性的背叛。"他还紧接着说："如果大家愿意接受翻译总是一种创造性的背叛这一说法的话，那么，翻译这个带刺激性的问题也许能获得解决。"[①]

笔者非常欣赏并赞同埃斯卡皮这个关于翻译的观点，认为它道出了翻译，尤其是文学翻译的实质，所以从20世纪90年代初起，笔者就不断撰文予以介绍和阐释，[②]并最终在笔者于20世纪末出版的《译介学》[③]一书中给予了比较全面、系统和深入的阐述。

让笔者始料未及的是，当笔者把"翻译总是一种创造性的背叛"的观点引入中国比较文学界和翻译界以后，它在中国大陆学界引发了非常热烈的反响，尤其是进入21世纪以来，探讨"创造性叛逆"的论文不断见诸各学报和杂志。据对中国期刊网收录的论文进行的调查统计，以"创造性叛逆"为题的论文在2001年以前一共为7篇，2002年是8篇，2003年、2004年、2005年分别是6篇、5篇和9篇。但从2006年开始，这个数字开始有了非常大的增长：2006年有21篇论文题目中包含"创造性叛逆"，2007年同样有21篇，2008年则是22篇。值得注意的是，2006年有1篇以"创造性叛逆"为题的博士学位论文，2007年到2008年共有4篇硕士论文以"创造性叛逆"为题。[④] 2006年更是有一部以"创造性叛逆"为研究对象的专著出版。[⑤]这还不包括更多的涉及和探讨"创造性叛逆"但并未在标题或关键词中予以明确体现的论著。

不无必要指出的是，这些热烈的反响并非都是对这个观点给予肯定的，实际上这些反响中还包含着不少的对此观点的质疑、批评甚至抨击——笔者称之为对"创造性叛逆"自身意义的"创造性叛逆"。这倒也应了埃斯卡皮

---

① 埃斯卡皮：《文学社会学》，王美华、于沛译，合肥：安徽文艺出版社，1987年，第137页。

② 包括《论文学翻译的创造性叛逆》(载《外国语》，1992年第1期)、《误译：不同文化的误解与误释》(载《中国比较文学》，1994年第1期)、《翻译：文化意象的失落与歪曲》(载《上海文化》，1994年第3期)、《比较文学与翻译研究》(载《外语与翻译》，1994年第1期)、《文学翻译：一种跨文化的创造性叛逆》(载《上海文化》，1996年第3期)。

③ 谢天振：《译介学》，上海：上海外语教育出版社，1999年。

④ 以上信息均来自中国期刊网。转引自刘小刚《创造性叛逆与跨文化交际》电子版第14页。

⑤ 指董明撰写的《翻译：创造性叛逆》，北京：中央编译出版社，2006年。

的另一段话："我们看到，国外读者不是直接理解作品的；他们要求从作品中得到的并不是作者原本想表现的东西。在作者的意图跟读者的意图之间，谈不上什么相互吻合或一致性，可能只有并存性；就是说，读者在作品中能够找到想找的东西，但这种东西并非作者原本急切想写进去的，或者也许他根本就没有想到过。"[①]

事实也确是如此。中国大陆学界有一批学者，似以中青年学者居多，在接触到"创造性叛逆"这个说法以后，倒也是由衷地赞赏这个说法，并真诚地为之叫好。他们也认为这个说法确实道出了翻译的本质。但与此同时，他们又错误地把这个说法简单地理解为一种翻译的方法和手段，并牵强地把这个说法纳入某些理论框架中去。所以他们接过"创造性叛逆"这个说法后，会热衷于探讨"什么样的创造性叛逆是好的创造性叛逆""什么样的创造性叛逆是不好的创造性叛逆"以及"该如何把握创造性叛逆的度"等明显背离这个说法的本意并误入歧途的一些问题。

譬如有学者认为，"创造性叛逆"应该是"翻译主体在某种明确的再创作动机驱使下完成的创造性行为，是对原作进行的能动的转述和转换，像有意识的'误译'、编译、节译、改编等都属于翻译中的创造性叛逆的现象"，而一些漏译和误译等现象是无意识型的，是消极的"背离"，不属于"创造性叛逆"范畴；"创造性叛逆"中的创造性应表现为"新价值的发现、论证、判断和被认可"。[②]

还有学者认为"创造性叛逆"这一定义比较模糊，未能对创造与叛逆之间的关系加以深究，从而导致对创造性叛逆译者、接受者与接受环境分类的混乱。他认为，应该将"创造性叛逆重新定义为忠实性创造和叛逆性创造"。"译者主观上尽可能准确把握原文，客观上也体现了原文风貌的创造为忠实性创造；与之相反，译者有意歪曲原文，或虽主观上试图忠实原文，实际上歪曲了原文的创造为叛逆性创造。"[③]在该学者看来，庞德的翻译就属于"忠实性创造"，而非"叛逆性创造"。

---

① 埃斯卡皮：《文学社会学》，王美华、于沛译，合肥：安徽文艺出版社，1987 年，第 137 页。

② 孙建昌：《试论比较文学研究中翻译的创造性叛逆》，《理论学刊》，2001 年第 4 期，第 118—120 页。

③ 段俊晖：《重新定义创造性叛逆——以庞德汉诗英译为个案》，《四川外语学院学报》，2004 年第 4 期，第 117—121 页。

更有学者采用语用学理论、顺应性理论等对"创造性叛逆"进行研究，提出"创造性叛逆作为一种翻译手段，可以有效地再现最佳关联，即达到原文作者的意图与译文读者的期待的最佳关联"[①]；认为"创造性叛逆是在难以进行直接的语言转换或文化传递的条件下，译者根据翻译的目的，超脱语言的制约，突破文化差异造成的隔阂，实现对原文的高度忠实的一种翻译策略"，并认为忠实于原文就是忠实于原文的顺应，"创造性叛逆"是在难以进行直接的语码转换和文化传递的情形下所做出的成功顺应。[②] 这些观点实际上是对"创造性叛逆"的误读。

而另有一些学者，以在高校长期从事实践翻译教学的教师和长年从事文学翻译的老翻译家为主要代表，他们对"创造性叛逆"的说法感到非常困惑。譬如法国文学翻译家许钧一方面充分肯定"创造性叛逆"的研究价值，但另一方面又提出几个问题质疑：第一，原作的变形，有的是客观的障碍和各种差距造成的，有的是译者主观造成的。如果这种变形是创造性的，那么"一味追求创造而有意偏离原作，岂不违背了翻译的根本目标"？第二，创造性叛逆从狭义的翻译的语言转换过程延伸到了原作的接受与传播过程，接受主体不同，对原作的理解和接受也有异。但是，"读者的主体性对翻译本身到底会起到怎样的作用？过于强调主体性是否会造成原作意义的无限'散播'而导致理解与阐释两个方面的极端对立，构成对原作的实质性背离呢"？[③]

与以上纯粹从学理层面上发出的质疑相比，以下这位老翻译家的话那就简直是破口大骂了。在他看来，翻译就是要讲究"信"，讲究"忠实"，"翻译，无信则不立"。"叛逆"既然已经是对原文的背离了，怎么还能加上"创造性"这样的美誉？他将矛头直指"创造性叛逆"，认为对创造性叛逆的研究就是导致近年来图书翻译质量下降的原因，认为"这种理论的特点是脱离中国翻译实际，鼓吹一种病态的审美观，声称翻译可以脱离原作，误译、误读，甚

① 李翔一：《文化翻译的创造性叛逆与最佳关联》，《江西社会科学》，2007年第6期，第203—206页。

② 江忠杰：《从顺应性理论看创造性叛逆》，《四川外国语学院学报》，2006年第2期，第83—87页。

③ 许钧：《"创造性叛逆"和翻译主体性的确立》，《中国翻译》，2003年第1期，第6—11页。

至更有利于传播与接受，从而在客观上助长，甚至是教唆（翻译）质量的下降”。[①]

以上这些学者和翻译家，因为长期以来沉浸在具体的翻译实践中，所以在思考翻译问题时总也跳不出翻译实践的圈子，把所有对于翻译的研究，以及对于翻译的认识和说法都简单归结为对翻译实践的指导。殊不知“创造性叛逆”并不是一个用来指导如何进行翻译的方法和手段。笔者在《译介学》以及相关的论文中，通过对翻译中文化意象的失落、扭曲、增添，对翻译中的误译、误释等问题的阐述，比较具体而详细地分析了翻译中“创造性叛逆”的客观存在和表现。任何一个严肃、认真、理智的学者和翻译家都应该看到“创造性叛逆”这一说法深刻地揭示了翻译行为和翻译活动的本质。就译者而言，尤其是一个认真、负责的译者，他主观上确实是在努力追求尽可能百分之百地忠实原文，尽可能百分之百地把原文的信息体现在译文中，然而事实上这是做不到的，译文与原文之间必定存在着差距。这个差距也就注定了翻译中必定存在着“创造性叛逆”这个事实。这里不无必要再一次强调指出的是“创造性叛逆”一语只是英文术语“creative treason”的移译，它是个中性词，是对一种客观现象的描述。在原文中，这里的“创造性”一词并无明确的褒义，“叛逆”一词也无明确的贬义。有关“创造性叛逆”这一术语在中文语境中引发的或褒或贬的种种联想，其实是中文语境增添给它的，这也恰好证明了翻译中“创造性叛逆”的存在。

与上述翻译家和翻译教学界的学者形成鲜明对比的是，国内中国文学界的专家学者对“创造性叛逆”一词的反应却异乎寻常地敏锐，他们立刻察觉到这一提法背后所蕴含的丰富而深刻的内涵。譬如专治中国现当代文学的著名学者孙绍振教授在读了拙著《译介学》之后，立即给笔者发来电子邮件，指出：“‘创造性叛逆’的提法具有原创性，把这当作一般规律，是十分警策，而且是有学理基础的。先生此见，极具启发性，它使我想得更远。其实这不仅是译介，而是一切引进外国思想的规律。从严复引进《天演论》开始，就是创造性的误读和创造性的反叛。鲁迅笔下的国民劣根性，本是西方传教士罗列中国人种种缺点，经日本人的转译，到了鲁迅手里，又成了对于中国传统的消极文化价值观念的批判。就是毛泽东引进共产主义的学说，也

① 江枫：《论文学翻译及汉语汉字》，北京：华文出版社，2009年，第136页。

是创造性的反叛。日本人、西方人讲孔夫子、老子，莫不如此。在文学上，庞德的意象派引进中国古典诗歌的意象叠加，也是从误读到创造性的反叛。”他还进一步指出：“先生的原创性概括，值得再发挥下去，从译介出发，向一切引进国外的文论方面拓展，可能有望成为一种系统学说，此范畴亦可被广泛接受，并可能被衍生为系列的话语。这里有个民族文化传统的冲突和错位问题，还有不同民族的深层价值观念问题，还有思维方式问题。把这两种思维方式在译文中调和起来，是一个极其复杂的问题，既不可太拘泥如鲁迅的‘硬译’，又不可如现代后生的乱译，其中有一口理论的深井值得深挖。”[①]

中国文学界的专家学者之所以会比翻译家和翻译教学界的教师与学者更能理解和接受“翻译总是一种创造性的背叛”的说法，是因为前者从一开始就很正确地把这一说法定位在“引进”和“译介”外来文化的“规律”层面上，定位在涉及文学和文化的跨国、跨民族的传播与接受层面，而不是如后者那样，把这个说法理解为“指导”甚至“教唆”我们在翻译的时候要“创造性叛逆”，也就是他们心目中的“胡译、乱译”。这里笔者无意指责这些翻译家和翻译教师对“创造性叛逆”这一说法的误读与“胡批、乱批”，他们对翻译的“信”和“忠实”原则的捍卫也是其情可嘉，甚至不失几分“可爱”。只是他们搞错了捍卫的地方，因为“创造性叛逆”这个说法关注和讨论的根本不是具体的“怎么译”的问题，而是如前所述，是对翻译本质的一种揭示，是对翻译中存在的客观现象的正视。

而从更深层次上看，可以发现“创造性叛逆”这一说法还是对千百年来我们一直深信不疑的传统译学理念的一种纠正和补充。众所周知，传统译学理念，无论中西，千百年来一直是把百分之百地忠实传递原文信息视作其最高理想和追求目标的。譬如我国古代的佛经翻译家支谦等人就要求，“其传经者，当令易晓，勿失厥义”，并强调翻译时要“因循本旨，不加文饰”[②]。传至清末，翻译家马建忠提出了“善译”的说法，其观点和精神与之如出一辙，强调译出的文字应该与原文“无异”，所谓：“一书到手，经营反覆，确知其意旨之所在，而又摹写其神情，仿佛其语气，然后心悟神解，振笔而书，译成

① 孙绍振、谢天振：《关于“创造性叛逆”的电子通信》，杨国良主编：《古典与现代》（第二卷），桂林：广西师范大学出版社，2010年，第115—116页。

② 支谦：《法句经序》，罗新璋、陈应年编：《翻译论集》（修订本），北京：商务印书馆，2009年，第22页。

之文适如其所译而止，而曾无毫发出入于其间。夫而后，能使阅者所得之益，与观原文无异，是则为善译也已。”[①]当代著名学者钱锺书在其1981年发表的《林纾的翻译》一文中提出了文学翻译的最高标准——“化”，他指出：“文学翻译的最高标准是‘化’。把作品从一国文字转变成另一国文字，既能不因语文习惯的差异而露出生硬牵强的痕迹，又能完全保存原有的风味，那就算得入于‘化境’。”[②]

要求在译文与原文之间“曾无毫发出入于其间”，译文“完全保存原有的风味”，等等，这样的观点在西方翻译史上也不乏共鸣。譬如17世纪法国著名的翻译家和翻译思想家于埃（Pierre Daniel Huet）就特别强调说，译者应该认识到自己工作的重点就是翻译，所以“不要在翻译的时候施展自己的写作技巧，也不要掺入译者自己的东西去欺骗读者，因为他要表现的不是他自己，而是原作者的风采”[③]。这样，在于埃看来，翻译的最好方式就是“在两种语言所具有的表达力允许的情况下，译者首先要不违背原作者的意思，其次要忠实于原文的遣词造句，最后要尽可能地忠实展现原作者的风采和个性，一分不增，一分不减”[④]。而英国翻译理论家泰特勒则提出了他的著名的“翻译三原则”：第一，译本应该完全转写出原文作品的思想；第二，译文写作风格和方式应该与原文的风格和方式属于同一性质；第三，译本应该具有原文所具有的所有流畅和自然。他们强调的也都是“一分不增，一分不减”“完全转写出原文作品的思想”“具有原文所具有的所有流畅和自然”[⑤]，等等。由此可见，中西传统译学理念在要求译文百分之百地传递出原文的信息方面，在相信译文有可能百分之百地传递出原文的信息方面，是完全一致的。

在如此深厚的传统译学理念的背景下，提出“翻译总是一种创造性的背

① 马建忠：《拟设翻译书院议》，罗新璋、陈应年编：《翻译论集》（修订本），北京：商务印书馆，2009年，第192页。

② 钱锺书：《林纾的翻译》，罗新璋、陈应年编：《翻译论集》（修订本），北京：商务印书馆，2009年，第696页。

③ Do uglas Robinson. *Western Translation Theory*: *from Herodotus to Nietzsche*. Manchester: St. Jerome Publishing, 1997: 164.

④ Do uglas Robinson. *Western Translation Theory*: *from Herodotus to Nietzsche*. Manchester: St. Jerome Publishing, 1997: 169.

⑤ Do uglas Robinson. *Western Translation Theory*: *from Herodotus to Nietzsche*. Manchester: St. Jerome Publishing, 1997: 210.

叛”的观点，对于“旬月踟蹰”（严复语），“委曲推究”（马建忠语），殚精竭虑，自以为能够“确知其（即原文——引者）意旨之所在”且可以在译文里做到“一分不增，一分不减”的翻译家们来说，未免有点“残酷”，然而这却是翻译学的真理。这一真理更可以从当代解释学那里获得它的理论支持。当代阐释学理论关于“合法的偏见”“效果历史”“视域融合”等问题的精辟阐述，以及围绕“作者本意”和“文本本意”等问题展开的争论，我们都可以从中借鉴到审视“创造性叛逆”的理论视角。实际上，这也正是“创造性叛逆”这一观点的实质之所在：以极其简明朴素的语言，道出一个内藏着丰富理论内涵的翻译事实。

埃斯卡皮从文学社会学的角度提出“翻译总是一种创造性的背叛”的说法，并用“创造性叛逆”引导研究者绕开了围绕翻译的诸多“带刺激性的问题”，诸如“翻译是否可能”也即翻译的可译性问题，“翻译应该采用直译还是意译”“应该推崇归化还是异化的译文”“译者有无权利在译文中体现他自己的风格”“诗歌翻译应该用诗体翻译还是也可用散文体翻译”“编译、节译等能不能视作翻译”，等等，其意义巨大。

首先，揭示“创造性叛逆”事实的客观存在，认定“翻译总是一种创造性的背叛”，也就是认定了译文与原文之间永远不可抹去的差异存在，直接把研究者的目光引向翻译的现实，关注翻译在译入语语境中的地位、传播、作用、影响、意义等问题，从而为探讨翻译文学的性质、地位归属等问题，提供了坚实的理论依据。

千百年来，人们一直有意无意地把翻译文学等同于或混同于外国文学，而没有意识到翻译文学并不等同于外国文学，更没有意识到文学翻译家的再创作的独特贡献和价值。然而作为文学作品的一种存在形式，翻译文学在译入语文学里完全应该被视作译入语文学的一个组成部分，它具有相对独立的价值，既独立于外国文学，当然，也独立于译入语文学。但其归属地位却是在译入语文学里。译介学研究者正是从“创造性叛逆”这一观点出发，具体、深入论证了翻译文学的性质和归属问题。目前越来越多的学者认同“翻译文学是中国文学的一个组成部分”的观点，并在这一研究领域取得了丰硕的学术成果。

其次，“翻译总是一种创造性的背叛”的说法，突显并肯定了文学翻译家的劳动价值。传统翻译观把翻译，尤其是文学翻译视作对原作纯粹语言文字层面上的描摹和复制，以为翻译家只是简单地跟在原作后面亦步亦趋，译作只是原作简单的派生。“创造性叛逆”的说法让人们看到译作并非原作简单的翻版，从而引导研究者关注在新的语言环境中译者在翻译中的独特贡献，及其背后左右译者的翻译策略取向的新文化语境中的诸多因素，这实际上也把研究者的目光引向了对翻译的文化层面上的研究。

最后，而且也是最重要的，“创造性叛逆”的说法展示了翻译研究的文化研究层面，跳出了“翻译只是机械的解码和编码过程”的迂腐认识，认识到翻译是一种“涉及言语和说话者的复杂交际行为”，使我们关注的重心从原文文化转向译入语文化，从而汇入了当代翻译研究文化转向的大趋势。

实际上，“创造性叛逆”的说法也正好与当今西方译学界关于翻译的“重写”“改写”理论不谋而合，相互呼应。翻译理论家勒菲弗尔曾提出，翻译与文学批评、文学史的编撰和文选的编选等一样，都是对原作的一种“改写”或“重写”，并指出这种“改写”或“重写”“已被证明是一个文学捍卫者用以改编（因时代或地理隔阂而）异于当时当地的文化规范的作品的重要手段，对推动文学系统的发展起了非常重要的作用”。从另一层面上，我们又可把这种“改写”或“重写”视作一个文化接受外来作品的证据，并从这个方面对其进行分析。正如巴斯奈特所强调指出的：“我们必须把翻译视作一个重要的文学手段，把它作为‘改写’或‘重写’的一种形式予以研究，这样可以揭示一个文学系统在接受外来作品时的转变模式。”[①]由此可见“创造性叛逆”从某种意义上而言，也是“重写”“改写”的一个同义词。

众所周知，自从20世纪80年代末、90年代初起，西方翻译研究开始全面转向文化研究，并于90年代末终于完成了当代翻译研究的文化转向，翻译研究广泛借用当代各种文化理论对翻译进行新的阐释，探讨译入语文化语境中制约翻译和翻译结果的各种文化因素，关注翻译对译入语文学和文化的影响和作用，翻译研究跳出了千百年来仅仅停留在对两种语言文字如何转换也即技术层面上“怎么译”问题的研究，从而把研究者的目光引向了从文化层面上展开的对翻译行为的本质、翻译的动因、翻译的结果、翻译的

① Susan Bassnett. The Translation Turn in Cultural Studies. In S. Bassnett. & A. Lefevere (eds.). *Constructing Cultures*: *Essays on Literary Translation*. Shanghai: Shanghai Foreign Language Education Press, 2001: 147－148.

传播、翻译的接受、翻译的影响等一系列与翻译有关的问题的研究，这成为当代世界翻译研究的一个主要趋势。而"创造性叛逆"正是从文学社会学的角度加入了对翻译的文化层面的考察和审视，并开创了翻译研究的新的空间。

当前，国际人文学界和社科学界的翻译研究和文化研究都各自实现了它们的文化转向和翻译转向，并实现了不同学科在翻译研究领域的交汇。实践证明，这两大转向和不同学科的交汇无论是给翻译研究还是给比较文学和文化研究，都带来了勃勃生机。在这样的背景下，我们有理由预期，随着国内译学界翻译研究文化转向的推进和完成，随着我们对"创造性叛逆"认识的深入，中国的比较文学和翻译研究，也一定会迎来一个无比广阔的发展前景。

第三节　创造性叛逆——翻译中文化信息的失落与变形

随着中外文化交流的日益频繁，人们对翻译提出了越来越高的要求。人们不仅要求译文优美流畅，更要求译文能尽可能地完整、准确地传达原作特有的文化意象。否则，无论多么好的译文，如果失落了甚至歪曲了原文的文化意象，就会使读者感到美中不足，有遗珠之憾，有时还会使读者产生错误的印象。

比如，一位唐诗的英译者在翻译被蘅塘退士誉为"千古丽句"的李白的诗句"烟花三月下扬州"时，把这句诗译为"Mid April mists and blossoms go"，而把原诗中"扬州"一词略去未译。英译者很可能以为此句中的"扬州"只不过是一个普通的地名罢了，略去不译也许于诗意无大损害。当然，也可能是因为考虑译诗押韵的需要，不得已而为之。但不管怎样，由于此句中的"扬州"一词未能译出，原诗丰富的内涵和优美意境大受影响。正如有的研究者所指出的，"殊不知'千古丽句'之丽正在于'烟花三月'春光最美之时，前往'扬州'这一花柳繁华之地，时与地二者缺一不可"。研究者更进一步指出，"倘若他(指英译者)了解唐代扬州的盛况，听过但愿'腰缠十万贯，骑鹤上扬州'的故事，大概就不会这样处理了"。这里，"扬州"就是一个文化意象。在中国古代文人墨客笔下，"扬州"绝不是一个简单的地名，它不仅代表一个风光旖旎的风景地、一个城市名，更代表了一个古代中国文人所向往的享乐去处，一个令他们销魂的所在。

由于忽视了文化意象的意义，在翻译中，尤其是在文学翻译中，有时候就会影响原作整体内容的传达，严重者还会影响对原作意境、人物形象的把握。这方面一个著名的例子就是赵景深翻译的“牛奶路”。众所周知，自从20世纪30年代初鲁迅在《风马牛》一文中对赵景深把“Milky Way”译成“牛奶路”狠批之后，赵译“牛奶路”便一直是中国翻译界笑谈的对象，甚至成为“乱译”的典型例子。20世纪70年代有一篇文章说：“众所周知，天文学中把银河系中那条群星麇集、活像‘星河’似的带子称为‘银河’或‘天河’，相对的英文就是Milky Way，这是天文学上最常见的名词之一，对科学稍微注意的人都会知道，而且字典里也可以查到这个字的解释。但赵景深遇到这个词汇时，竟然将其译为‘牛奶路’！这是极端荒唐的笑话。”由于粗枝大叶，赵景深信笔把“Milky Way”译成“牛奶路”的可能性很大。但从翻译和传递文化意象的角度来看，如果把他的译文同他所据的英文译文以及英文译文所据的俄文原文相对照，再联系赵译“牛奶路”的上下文，我们完全可以说，赵景深把“Milky Way”翻译成“牛奶路”基本上是正确的。

首先，赵景深翻译的不是天文学的科学文献，而是文学作品，文学作品的翻译应该根据作品的上下文进行翻译。其次，作为文学作品的译者，赵景深不仅应该传达原作的基本内容，而且还应该传达原作的文化意象，而“Milky Way”恰恰是一个十分关键的文化意象！（当然，赵景深当初如此翻译时未必意识到这样译“基本上是正确的”。）据查，赵译“牛奶路”出自赵景深1922年翻译的契诃夫的短篇小说《樊凯》（*Ванька*，现通译为《万卡》）。小说描写沙俄时代一个名叫万卡的九岁的小男孩不堪忍受城里备受欺凌的学徒生活，在圣诞节前夜写信给他在农村的祖父，请求祖父赶快来把他接回农村的故事。与“牛奶路”有关的段落反映了万卡写信时回想在农村与祖父在一起度过的愉快时光。

赵译系根据小说的英译本转译。英译者是英国著名的俄罗斯古典文学翻译家加尼特夫人（Constance Garnett）。这段文字的英译文如下：

> The whole sky spangled gay twinkling stars, and the Milky Way is as distinct as though it had been washed and rubbed with snow for holiday.

目前比较通行也是公认比较准确的译文是这样的：

> 整个天空点缀着繁星，快活地眨眼。天河那么清楚地显现出来，就好像有人在过节以前用雪把它擦洗过似的。

把英译文、中译文同契诃夫的俄文原文对照一下，我们很容易发现，在“牛奶路”一词的翻译上，英译文准确地传达了俄文原文中的文化意象，这与它们同属于古希腊罗马文化传统当然有很大的关系。而中译文却推出了一个与俄文原文和英文译文截然相反的文化意象——“天河”，这个译法看似正确甚至无懈可击，因为词典上就是这么翻译的，实际上却歪曲了原文和谐的人物形象以及自然合理的情景描写，使译文变得自相矛盾，有悖常理。

这矛盾首先反映在字面上。由于原文中的意象“路”(way)被中文中的意象“河”所代替，于是译文就出现了这样一句不可思议的句子：“天河……好像有人……把它擦洗过似的。”“河”怎么可以被人去“洗”呢？我们可以想象“洗”星星，“洗”月亮，“洗”一切固体的东西，包括“洗”由许许多多星星组成的“路”，但我们却无论如何难以想象去“洗”河，即使这是一条“天河”。矛盾还反映在人物形象身上。由于“路”与“河”这两个分属于不同民族的文化意象的互换，于是一个在古希腊罗马文化背景下的旧俄农村出生、长大的小男孩，竟具有了与汉民族文化环境中出生、长大的中国农村小孩一样的文化思维，从而把在欧洲民族中几乎家喻户晓的“Milky Way”想象为中华民族传说中的“天河”。这样的译法显然扭曲了原作人物的民族身份，使这个人物形象显得不中不西。

现在我们来看赵景深的译文：

> 天上闪耀着光明的亮星，牛奶路很白，好像是礼拜日用雪擦洗过的一样。

这里，由于赵景深把“Milky Way”译成了“牛奶路”，所以赵译不但保留了原文中“路”的文化意象，而且还避免了“洗河”这样的字面上的矛盾，原文的人物形象也因此被比较完整地保留下来，没有被扭曲。赵译当然也存在不足之处，首先是这种译法尚未能反映出“Milky Way”一词的古希腊罗马神话文化的内涵。众所周知，“Milky Way”与古希腊神话有着非常密切的关系，古希腊人认为它就是众神聚居的奥林帕斯山通往大地的“路”，至于它为何如此璀璨闪亮，则是与仙后赫拉洒落的乳汁有关。赵景深把它译成“牛奶路”这种神话意味就荡然无存了。鲁迅在《风马牛》一文中对这个故事做了极其风趣的描述，然后不无挖苦意味地建议把“牛奶路”改译为“神奶路”。这里，鲁迅其实倒提供了一个比“牛奶路”更为合适的译法，尽管他本人并不以为然。其次，赵景深应该在“牛奶路”下加一条译注，说明“牛奶路”就是汉语中的“银河”“天河”，这样，中国读者就不至于感到突兀甚至莫名其妙了。

不顾及各国各民族文化意象的传达，生硬地将西文里的“Milky Way”与中文的“银河”对等互译，那么，中国美丽的民间故事——牛郎、织女鹊桥相会就很难在英译文中合理地表现了，因为他们之间只隔一条“路”而不是“河”，而许多美丽的古希腊神话传说也无法用汉语生动地讲述，居住在奥林帕斯山上的众神将无法下山，凯旋的天神朱庇特也将无法顺着“Milky Way”得胜回朝了，因为他们的“路”已经被改造为“河”了。

从以上“Milky Way”的汉译所遇到的问题，我们不难窥见文化意象的一个特点，就是不同的文化意象之间存在错位的现象：你以为是条“河”，他却以为是一条“路”。一般说来，文化意象大多凝聚着各个民族的智慧和历史文化的结晶，其中相当一部分文化意象还与各民族的传说，以及各民族初民时期的图腾崇拜有密切的关系。在各民族漫长的历史岁月里，它们不断出现在人们的语言里，出现在一代又一代的文艺作品(包括民间艺人的口头作品和文人的书面作品)里，慢慢衍变成一种文化符号，具有了相对固定的、独特的文化含义，有的还带有丰富的、意义深远的联想。

文化意象有许多种表现形式：它可以是一种植物，例如汉民族语言里的松树、梅花、竹子、兰花、菊花；欧美民族语言里的橡树、橄榄树、白桦树、玫瑰花、郁金香，等等。它可以是一种实有的或传说中的飞禽或走兽，例如汉民族语言中的乌鸦、喜鹊、龙、麒麟；欧美民族语言中的猫头鹰、狮、熊，等等。它可以是一句成语、谚语，一则典故或某个形容性词语中的形象或喻体等，例如汉民族语言中的“画蛇添足”“三个臭皮匠，顶个诸葛亮”；欧美民族语言中的“给车装第五个轮子”(to put a fifth wheel to the coach)、“条条大路通罗马”(All roads lead to Rome)，等等。它甚至可以是某个数字，例如汉民族语言中的“三”“八”；欧美民族语言中的“七”“十三”，等等。

不同的民族由于其各自不同的生存环境、文化传统，往往会形成其独特的文化意象，如阿拉伯民族视骆驼为耐力、力量的象征，在古代埃及文化里奶牛被视作神圣的象征，在印度文化里大象是吉祥的象征，在中国文化里牛是勤劳的象征，等等。这些意象一般不会构成文学翻译中的问题。但是，还有一些意象，它们为几个甚至更多的民族所共有，可是不同的民族却又赋予它们不同的甚至是大相径庭乃至截然相反的含义。在一种语言中带有褒义、正面意义的事物，在另一种语言中成了带有贬义、反面意义的事物。用语言学家的话来说：“世界各族人看到的同一客观现象，不同的民族语言却给它‘刷上了不同的颜色’。”这也就是我们所谓的文化意象的错位。

譬如龙，在英语文化和汉语文化里都有这个意象。在汉语文化里，龙是皇帝的代表，是高贵、神圣的象征。汉民族传说中的龙能呼风唤雨，来无影去无踪，神秘莫测，令人敬畏，所以龙在汉语文化里又是威严、威武的象征。与之相应的，许多与龙有关的词汇也就因此染上高贵、神圣的色彩，诸如“真龙天子”“龙宫”“龙颜”“龙袍”“望子成龙”，等等。但是在英语文化里龙却是一个凶残肆虐、应该被消灭的怪物，是一个可怕的象征。一些描写圣徒和英雄的传说都讲到与龙这种怪物的斗争并以龙的被杀作结，突出主人公的丰功伟绩。因此，当中国人不无自豪地宣称自己是“龙的传人”时，西方人未必能体会到其中蕴含着的中国人的自豪之情。

又如，在传统汉民族文化里，蝙蝠是吉祥、健康、幸福的象征；但在西方文化里蝙蝠并没有给人以好感，相反，它是一个丑陋、凶恶、吸血动物的形象，与蝙蝠有关的词语大多带有贬义，像“as blind as a bat”（瞎得像蝙蝠一样，有眼无珠）、“crazy as a bat”（疯得像蝙蝠）。对于海燕，读过苏联作家高尔基的散文诗《海燕》的中国读者，把它看作勇于在暴风雨中搏击风浪的斗士，许多青年人都把它当作学习的榜样；但在西方文化里，海燕却是“预示灾难、纠纷、暴力行动即将出现的人或幸灾乐祸的人”。两者相差，不啻天壤之别。类似的例子还有：西风，对英国人来说，因为它带来温暖和雨水，所以对它很有好感，诗人雪莱还有《西风颂》的名篇传世；但对于中国人来说，它是“寒冷”“严冬”的象征，因此对之并无好感。喜鹊，中国人认为是吉祥之物、喜事的征兆；但西方人却把喜鹊视作“饶舌”甚至“小偷”的象征。猫头鹰，中国人视作不祥之物；但西方人却奉作“智慧”的代表。水仙花，中国人称之为凌波仙子，可见对它非常赞赏；但是西方人因为一个古希腊神话，而把它看作自恋的象征。此外，像在汉民族文化里，兔子是跑得快的象征，因此在古代汉语里有“静若处子，动若脱兔”的说法，现代汉语里也有“他像兔子一样一溜烟地逃走了”的说法；但是在英语中兔子却是“胆小”的象征（或意象），于是就有了“as timid as a hare”（胆小如兔）的说法；而汉语中作为“胆小”的意象却是老鼠——“胆小如鼠”。

以上这些都属于第一种类型的文化意象的错位，其原因多与各民族的地理环境、生活习俗、文化传统等的不同有关，其中，文化传统的差异是最主要的原因。悠久的历史文化、神话传说、历史事件和文学作品等的积淀，都是构成各民族独特的文化意象的原因。

第二种类型的文化意象的错位则表现为作为喻体的意象上的差异。这种情况在成语、谚语中反映得尤为突出。这种意象本身并没有太多的文化积累，而是在特定的语言场合中取得了特定的含义。例如，中文中形容某人瘦，说“他瘦得像猴子”，英文中却说“瘦得像影子”；中文中形容某人吝啬，说“他像一只铁公鸡（一毛不拔）”，英文中却说“他是一枚起不动的螺丝钉（an old screw）”。在成语、谚语中，意象作为喻体的“错位”也很多。例如中文描写事物发展迅速、日新月异的景象，爱用“雨后春笋”做比喻，俄语中却用“雨后蘑菇”做比，英语也用蘑菇做比，如“spring up like mushrooms”（像蘑菇般地涌现）；中文中描写相同气质（类型）的人爱在一起比喻为“物以类聚”，较为抽象，而英语中喻为“同羽毛的鸟总是聚在一起”（birds of a feather flock together），较为具体；中文中说“明枪易躲，暗箭难防”，比英语中的“Better an open enemy, than a false friend”（宁要公开的敌人，不要伪装的朋友）更为形象、生动。

当然，即使是成语、谚语中作为喻体的意象，其实也总是带着特定民族的文化色彩的。例如，形容某人表面慈善、内心却狠毒无比时，中文里的“笑面虎”仅是一个一般性的意象，而英语中的“披着羊皮的狼”就有深远的文化渊源——它与欧美文化圈内广为流传的一则伊索寓言有关；把“Talk of the devil, and he is sure to appear”（说到魔鬼，魔鬼就来）译成“说曹操，曹操到”，意思似乎并不错，但由于曹操是特定的带有浓厚民族文化色彩的历史人物，译文会使读者产生错误的联想。

由此可见，文化意象上的错位现象，说明文化意象的跨文化传递绝不是一个简单的语言文字如何转换（即翻译）的问题，其背后蕴含着不同民族文化如何相互理解、正确交流，以及如何彼此丰富的大问题。

文化意象一般都有表层和深层两层意义。把“三个臭皮匠，顶个诸葛亮”译成“Even three common cobblers can surpass Zhuge Liang”，传达出了该谚语的表层意义，但其深层意义却没有得到表现；而译成“Many heads are better than one”或“Collective wisdom is greater than a single wit”，译出了它的根本意思，却又丢失了两个汉语中特有的文化意象——“臭皮匠”和“诸葛亮”。原文中原本非常和谐、有机地结合在一起的意义和意象的语言统一体，在译语中不得不割裂为二，这就常常使译者陷入顾此失彼的困境，导致文化意象的失落与扭曲。

传递文化意象的问题，从根本上而言，其实也就是一直困扰翻译界的如何正确处理翻译中原作的形式与内容的问题。长期以来，我们一直比较重视内容而轻视形式的意义。在翻译中，我们往往只强调用读者熟悉的形象去调动读者的联想，结果就用“班门弄斧”“情人眼里出西施”等过分民族化的词语去翻译国外相应的成语。这样做的结果，译文是民族化了，但同时也把人家民族的东西“化”掉了，把原本需要我们去了解和熟悉的独特文化意象抛弃了。因此，对翻译的更高要求是，不但要译出原作的语义信息，而且还要译出原作的内在文化信息。

对从事翻译实践和一部分从事外语教学的人来说，误译是他们的大敌，他们孜孜以求，竭力想减少误译甚至消灭误译。但对比较文学研究者来说，如果撇除因不负责任的滥译而造成的翻译错误，那么误译倒是很有独特的研究价值。因为误译特别鲜明、生动地反映了不同文化间的碰撞、扭曲与变形，反映出对外国文化的接受与传播中的误解与误释。

细究起来，误译大致可以分为无意误译和有意误译两种。对比较文学来说，也许更具研究价值的是有意的误译，因为在有意误译里译语文化与源语文化表现出一种更为紧张的对峙，而译者则把他的翻译活动推向一种非此即彼的选择：要么为了迎合本民族的文化心态，大幅度地改变原文的语言表达方式、文学形象、文学意境，等等；要么为了强行引入异族文化模式，置本民族的审美趣味的接受可能性于不顾，从而故意用不等值的语言手段进行翻译。还有一种情况是，通过有意误译寄寓或传递译者和接受环境的某种特别的诉求。

如前文所引述过的例子，苏联作家阿·托尔斯泰的《苦难的历程》的英译名是“Road to Calvary”(《通往卡尔瓦利之路》)，其英译本被蒙上了基督教色彩，也许与原著不符，但成功缩短了作品与英语读者的距离。傅雷将原文意为“表妹(或堂妹)贝德”和“高里奥大伯(或老爹)”的书名，分别译作《贝姨》和《高老头》，不仅从形式上缩短了译作与我国读者的距离，而且还细微地传达出了人物在作品中的特定处境、独特性格和遭遇。

同样情况也见诸英诗中译。著名翻译家周煦良翻译的霍思曼(A.E. Housman)的诗《希罗普郡少年》即是一例。该诗有一节原文是这样的：

> Loveliest of trees, the cherry now/Is hung with bloom along the bough/And stands about the woodland ride/Wearing white for Eastertide.

周煦良的翻译甚妙，备受称道：

> 樱桃树树中最娇，/日来正花压枝条，/林地内驰道夹立，/佳节近素衣似雪。

两相对照，不难发现，即使如周煦良这样的翻译高手，也同样面临翻译文化意象的两难困境。这里译者明知最后一句的意思是“为复活节穿上白衣裳”却仍然置“Eastertide”一词于不顾，而译成“佳节近素衣似雪”。其实，这里的“Eastertide”是个重要的文化意象，它不但是表示一个节日，而且由于它特定的日期，它实际上又寓示一个特定的季节——春天。因此，译诗舍弃“Eastertide”这一文化意象不译(当然是出于无奈)，实际上等于舍弃了原诗对一个特定季节的暗示。这样，对于一个未能看到或不懂原文的读者来说“佳节近素衣似雪”这一句译诗所产生的效果就会与原诗产生一定的偏差：读者虽然能立即感受到这句译诗本身所具有的以及它所传递的原诗的音韵美和形式美，但他可能很难想象这句诗还是在“形容樱花像少女在春天来时穿上的衣服那样美”，因为原诗中暗示春天的一个文化意象没有传达过来。不仅如此，由于取代“Eastertide”这一文化意象的“佳节”一词在中文里含义比较宽泛，易让人与“中秋”“重阳”“春节”“元宵”等节日联想在一起，因此对于中文读者来说，把“佳节”与“素衣似雪”这样两个意象并置，会感到突兀，甚至觉得不可思议，因为对于国人来说，在诸如春节、元宵这样的“佳节”里，是无论如何不会穿“素衣”的，何况还是“似雪”的。

毋庸赘言，误译，不管是有意误译还是无意误译，它总是要以失落信息或扭曲信息为代价的。然而，倘若我们把误译(mistranslation)与一般的错译(mistakes in translation)区别开来，把误译作为一个文化研究对象来看，便不难发现，误译自有其独特的甚至令人意想不到的意义。正如日本比较文学家大冢幸男所言：“翻译文学，在对接受国文学的影响中，误译具有异乎寻常的力量。有时拙劣的译文，意外地产生极大的影响。”

法国诗人戈蒂耶(Théophile Gautier)在翻译阿尔尼姆(Ludwig Achim von Arnim)的小说时，把原文一句话的实际意思“我能够准确地识别哪些是我必须用眼睛观察的真实，哪些是我自己形成的想法”，译成了“我觉得难于区别我用眼睛看到的现实和用想象看到的东西”。这里，阿尔尼姆的本意完全被译反了。然而有趣的是，恰恰是这段错误的译文吸引了超现实主义诗人布列东(André Breton)的注意，他引用这句完全被译反的话，把阿尔尼姆尊崇为超现实主义的先驱。有人因此不无揶揄地评论说，假如布列东能查看一下阿尔尼姆的原作的话，他一定会放弃这一观点，而超现实主义诗人们也就会失去这样一位“元老”。

鉴于翻译行为总会面临不同民族之间的文化差异，而处理这些跨越语言、跨越民族、跨越国界、跨越文化的信息传递又一定会经历不同程度的信息的失落、扭曲和增添，因此，法国文学社会学家埃斯卡皮敏锐地指出“翻译总是一种创造性的背叛”。“创造性叛逆”这个命题并不是一个用来指导如何进行翻译的方法和手段，而是深刻揭示了翻译行为和翻译活动的本质；如前文所强调的，“创造性”和“叛逆”两词的含义均为中立的，不含任何褒贬色彩。就译者而言，尤其是一个认真、负责的译者，他主观上确实是在努力追求尽可能百分之百地忠实原文，把原文的信息体现在译文中，然而事实上这是做不到的，译文与原文之间必定存在差距。这个差距就注定了翻译中必定存在创造性叛逆这个事实。

第四节 “创造性叛逆”:本意与误释

如果把1989年发表的《为“弃儿”找归宿——论翻译在中国现代文学史上的地位》[①]一文视作笔者的译介学研究起步的话，那么1999年出版的《译介学》[②]也许就可以视作笔者的译介学研究的理论探索的初步成形。但正如有的年轻学者在梳理笔者的译介学思想发展过程时所指出的，笔者的译介学思想并不止于《译介学》一书，在《译介学》之后所发表出版的论著中还不断有所发展。因此，如果要讨论笔者的译介学理论思想的话，那就需要把《译介学》出版后20年来的相关论著[③]一并考虑进去，这样才能对笔者的译介学理论探索有一个比较完整的理解和把握。

回顾30年来的译介学研究道路，笔者感觉这一路上得到了不少学界同道和朋友的响应与支持，如四川外国语大学的廖七一教授、上海外国语大学的宋炳辉教授等，而北京师范大学的王向远教授无疑也是其中之一，而且是响应和支持最有力的一位。凭借其深厚扎实的学术史研究基础，向远教授很早就敏锐地发现了笔者在译介学研究领域所做的理论探索，他在《中国翻译文学九大论争》一书中认为：“谢天振先生以鲜明的观点和精到的分析，论证翻译文学是中国文学的一个组成部分的核心观点。在《翻译文学——争取承认的文学》一文中，他指出了新中国成立后翻译文学受到严重忽视，各种现代文学史的著作均没有翻译文学的位置，‘究竟有没有一个相对独立的翻译文学的存在？也许，今天是到了对这一问题从学术上做出回答的时候了’。为此，他提出了‘文学翻译是文学创作的一种形式’‘译作是文学作品的一种存在形式’‘翻译文学不是外国文学’‘翻译文学是中国文学的一个组成部分’等一系列重要论断。”在他的另一本重要著作《翻译文学导论》中，向

---

① 谢天振：《为“弃儿”找归宿——论翻译在中国现代文学史上的地位》，《比较文学与翻译研究》，上海：复旦大学出版社，2011年，第122—128页。

② 谢天振：《译介学》，上海：上海外语教育出版社，1999年。

③ 如谢天振：《翻译研究新视野》，青岛：青岛出版社，2003年(后由福建教育出版社2015年再版)；《译介学导论》，北京：北京大学出版社，2007年(第二版于2018年出版)；《译介学》(增订本)，南京：译林出版社，2013年；《隐身与现身——从传统译论到现代译论》，北京：北京大学出版社，2014年；《比较文学与翻译研究》，上海：复旦大学出版社，2011年；《超越文本 超越翻译》，上海：复旦大学出版社，2014年；《中西翻译简史》，北京：外语教学与研究出版社，2009年；等等。

远教授更是坦言："谢天振第一个明确界定了'翻译文学'这一概念，区分了'翻译文学'与'文学翻译'，认为翻译文学(译作)是文学作品的一种存在方式，中国的翻译文学不是'外国文学'，提出'翻译文学应该是中国文学的一个组成部分'。这些观点的提出对中国比较文学界乃至整个中国文学研究界，都造成了一定的冲击，引起了反响和共鸣。我本人近年来对翻译文学的研究，也颇受益于谢先生理论的启发。"①

向远教授很谦虚，说是颇受益于笔者的理论的启发，其实笔者不过是早他几年发现一些相关问题，并对译介学理论进行了一些探索和阐释而已。而他接过笔者的一些观点，无论是在进一步的理论探索上，还是在进行具体的实践探索上，都取得了不俗的成绩。笔者在好几个公开场合不止一次地说过，他的《翻译文学导论》不光是国内翻译界，也是国际译学界第一部专门探讨翻译文学的理论专著，而他编写的《二十世纪中国的日本翻译文学史》比笔者和查明建主编的《中国现代翻译文学史(1898—1949)》更好地实现了笔者对翻译文学史的主张，让读者不光看到作家(原作家和翻译家)和翻译事件，还让读者看到了作品(译作)。

不过近年来，令笔者感到有些意外的是，向远教授就译介学理论，特别是关于"创造性叛逆"等译介学核心命题所发表的一些观点似乎与我们不少人对译介学理论的认识有着较大的差距。由于他在学界的影响力，再加上他雄辩的文风，这些文章发表后让不少人特别是青年学者产生了迷惑，感到无所适从。笔者不知道向远教授本人对此是否有所意识，但他倒不止一次地跟笔者提议过，希望能找一个机会举行一个小型的研讨会，当面就译介学的理论问题进行一次对话，笔者也欣然表示同意，只是可惜至今也还没有找到合适的机会。②

一、国内学界对"创造性叛逆"的误读与误释

众所周知，"翻译总是一种创造性的背叛"这个观点是法国文学社会学家埃斯卡皮提出来的。20世纪80年代，笔者在读埃斯卡皮的《文学社会

① 王向远：《译介学及翻译文学研究界的"震天"者——谢天振》，《渤海大学学报》(哲学社会科学版)，2008年第2期，第57页。

② 在此，特别感谢《中国社会科学评价》编辑部，他们慨然提供这样一个学术商榷的平台，从而可以为即将举行的对话会做一个前期的铺垫。从某种意义上而言，还可以促成对话会的早日举行。

学》一书时偶然发现了这段关于翻译的话："如果大家愿意接受翻译总是一种创造性的背叛这一说法的话，那么，翻译这个带刺激性的问题也许能获得解决。说翻译是背叛，那是因为它把作品置于一个完全没有预料到的参照体系里(指语言)；说翻译是创造性的，那是因为它赋予作品一个崭新的面貌，使之能与更广泛的读者进行一次崭新的文学交流，还因为它不仅延长了作品的生命，而且又赋予它第二次生命。"①

这段话立即引发了笔者的强烈共鸣，特别是他说的"翻译总是一种创造性的背叛"这一句，笔者对之更是激赏不已，因为这句话道出了翻译尤其是文学翻译的本质，所以从20世纪90年代初起，笔者就不断撰文予以介绍和阐释，②并最终在笔者于20世纪末出版的《译介学》一书中把它作为译介学研究的理论基础给予了比较全面、系统和深入的阐述。多少有点出乎意料的是，笔者围绕"翻译总是一种创造性的背叛"的观点所发表的一系列文章在国内比较文学界和翻译界引发了比较热烈的反响，一度甚至到了凡讨论翻译问题就必提"创造性叛逆"的地步。进入21世纪以来，探讨"创造性叛逆"的论文更是不断见诸各个学报和杂志。当然，这些反响并非都是对这个观点的肯定，其中也包含着不少质疑、批评甚至抨击。这都属正常，无可非议。但如前文所言，让笔者感到遗憾的是，有一批学者，在接触到"创造性叛逆"这个说法以后，倒也是由衷地赞赏这个说法的，并真诚地为之叫好，但与此同时，他们又误读与误释了这个术语，把"创造性叛逆"简单地理解为一种指导翻译行为的方法和手段。于是，他们热衷于探讨"什么样的创造性叛逆是好的创造性叛逆""什么样的创造性叛逆是不好的创造性叛逆"以及"该如何把握创造性叛逆的度"等问题。这些问题，其实本身就已经背离了"创造性叛逆"作为学术术语的本意，因为该术语是作为描述性研究的学理基础而提出的，本身并无任何褒贬之意。

前些年向远教授发表了一篇题为《"创造性叛逆"还是"破坏性叛

① 埃斯卡皮：《文学社会学》，王美华、于沛译，合肥：安徽文艺出版社，1987年，第137－138页。

② 包括谢天振：《论文学翻译的创造性叛逆》(《外国语》1992年第1期)、《误译：不同文化的误解与误释》(《中国比较文学》1994年第1期)、《翻译：文化意象的失落与歪曲》(《上海文化》1994年第3期)、《比较文学与翻译研究》(《外语与翻译》1994年第1期)、《文学翻译：一种跨文化的创造性叛逆》(《上海文化》1996年第3期)。

逆"？——近年来译学界"叛逆派""忠实派"之争的偏颇与问题》的文章，在文中他举了两个例子对"创造性叛逆"的提法表示质疑，性质似乎也与此相仿。他说："例如一首诗，每一句都是对原文的'创造性叛逆'，那么这算是翻译，还是创作呢？一篇一万字的翻译小说，从语言学的角度看，如果只是很少一部分字句属于'创造性的叛逆'，其他都是逐字逐句的直译，那由此应该得出'翻译总是一种创造性的叛逆'的结论，还是应该得出'翻译总是一种忠实性的转换'的结论呢？如果一多半的字数都属于'创造性的叛逆'是否还算是合格的翻译呢？在'创造性叛逆'之外，有没有'破坏性叛逆'呢？如果'破坏性叛逆'的比重多了，还能叫作'创造性'的叛逆吗？如果译文基本上是原文的忠实的转换和再生，那它是'叛逆'原文的结果，还是'忠实'原文的结果呢？这些都是令人不得不提出的疑问。"[①]

从某种层面上而言，向远教授的质疑倒也不乏一定的代表性，因为一般不从事译介学研究的人士和专门从事翻译实践的翻译家们看了"翻译总是一种创造性的背叛"这样的表述，很容易产生类似的疑问。然而，这个质疑以及由这个质疑而来的相应阐释对"翻译总是一种创造性的背叛"的误读却也是很明显的，这里的问题在于质疑者把"创造性叛逆"的说法对翻译本质的描述和揭示与对翻译质量的价值判断，乃至具体如何做翻译的问题混为一谈了。他们没有看到，"创造性叛逆"并不是一种理论，更不是一种做翻译的方法和手段，所以如果有人问在翻译时该如何把握"创造性叛逆"的度，那他就误会"创造性叛逆"的意思了。"创造性叛逆"一语是英文术语"creative treason"的移译，它是个中性词，是对译文与原文之间必然存在的某种"背离""偏离"现象的一个客观描述。这种"背离""偏离"的结果有可能表现为"绝妙佳译"，如"可口可乐"的翻译以及诸多优秀的译作就是如此；但也可能表现为误译、错译、漏译、节译、编译乃至胡译乱译。甚至还有一些现象，如笔者在《译介学》中提到的把某吉普车的牌子"钢星"翻译成英语"Gang Star"，把某电池的牌子"白象"翻译成英语"White Elephant"，它们倒也不是什么胡译乱译，但其翻译的结果造成事与愿违，像这样的现象也属于"创造性叛逆"。在翻译中，在我们对翻译进行全面考察与审视时可以发现，类似

① 王向远：《"创造性叛逆"还是"破坏性叛逆"？——近年来译学界"叛逆派""忠实派"之争的偏颇与问题》，《广东社会科学》，2014年第3期，第142页。

这样正反两方面的例子可以说比比皆是。“翻译总是一种创造性的背叛”就是对这一现象的客观描述，所以这里的“创造性”一词并无褒义，这里的“叛逆”一词也无贬义。有关“创造性叛逆”这一术语在中文语境里引发的或褒或贬的种种联想，其实是中文语境增添给它的，与“创造性叛逆”的本意无关。实际上，原文中的“创造性叛逆”一词已经包含了某些中文读者想象的所谓“好的创造性叛逆”和“不好的创造性叛逆”。明乎此，上述向远教授的质疑也就不构成什么问题：无论是那首小诗的翻译还是那篇小说的翻译，尽管它们与原作的偏离程度不一样，但从创造性叛逆的角度看，它们的性质是一样的，也即都存在着创造性的叛逆。至于向远教授质疑“是否还算是合格的翻译”，那就溢出了译介学的研究范畴，而把问题引入对译作质量的价值判断的范畴了。面对那首小诗和那篇小说的翻译，要说出两者哪一个翻译得好，哪一个翻译得不好，哪一个翻译得更忠实于原文，等等，这些都是翻译批评家的事，却不是译介学研究者要关注、要解决的问题。

所以有必要再次强调，“创造性叛逆”不是一种价值观，也不是一种立场。任何一位认真、严肃的译介学研究者都不可能把“创造性叛逆”当作一种价值观，然后去“倡导”译者翻译时要“创造性叛逆”，更不会把它作为衡量翻译质量或翻译水平高低的标准，因此也就不存在以“创造性叛逆”的程度高低去判断翻译（质量或水平）的高低的后果，如向远教授担心的那样，“拿‘创造性叛逆’的价值观来看待译文，评价翻译文学”，从而造成“哪个译文对原文‘叛逆’得越厉害，哪个译文也就越有价值”“哪个译文对原文保持忠实而不是叛逆，是‘创造性转换’而不是‘创造性叛逆’，哪个译文就越没有价值可言”，在真正的译介学研究的范畴中，上述情况是不会发生的。在严肃认真的译介学研究者中，绝不会有哪一位作者会自己或鼓励他人“拿‘叛逆’的标准去挑战古今中外负责任的翻译家都奉行的基本的翻译准则”，也不会“鼓励一些译者打着‘创造性叛逆’的旗号，尽情叛逆原文、糟践原作，以此为荣”[①]。向远教授的这些担忧显然是多虑了。

正确认识并理解“创造性叛逆”这一说法的本意，那就会明白，“创造性叛逆”的说法无非是揭示了翻译的实质，展示了翻译的一个事实，即无论译

① 王向远：《“创造性叛逆”的原意、语境与适用性——并论译介学对“创造性叛逆”的挪用与转换》，《人文杂志》，2017年第10期，第69页。

者在翻译中怎样竭尽全力地去接近原文、主观上力图百分之百地忠实地再现原文，得到的译文与原文还是不可能绝对相等，总是存在着某种程度上的背离或偏离。笔者在几年前撰写的一篇文章中指出："'创造性叛逆'并不是一个用来指导如何进行翻译的方法和手段，我在《译介学》以及相关的论文中，通过对翻译中文化意象的失落、扭曲、增添，对翻译中的误译、误释等问题的阐述，比较具体而详细地分析了翻译中'创造性叛逆'的客观存在和表现。译者和学者都应该看到，'创造性叛逆'这一说法揭示了翻译行为和翻译活动的本质。就一个认真的译者而言，他主观上确实是在努力追求忠实原文，把原文的信息体现在译文中，然而事实上这是无法完成的任务，译文与原文之间必定存在着差距。这个差距也就注定了翻译中必定存在着'创造性叛逆'这个事实。"[①]译介学正是在这一说法的基础上，提出了"文学翻译是文学创作的一种形式""译作是文学作品的一种存在形式""翻译文学不等同于外国文学""翻译文学是中国(或国别)文学的一个组成部分"等一系列重要观点。反之，认识不到"翻译总是一种创造性的背叛"这一事实，那么上述这些观点也就成为无本之木了。由此也可理解，为什么译介学把"翻译总是一种创造性的背叛"当作它的理论基础了。

当然，与此同时也应该看到，埃斯卡皮毕竟不是翻译研究专家，所以他说"翻译总是一种创造性的背叛"这句话时恐怕并无特别的深意，他感兴趣的是文学社会学问题，是文学作品的传播与接受问题，还有文学作品的生命力问题。但是文学作品的传播与接受必定会与翻译有关，所以他也注意到了翻译的问题，并说了这么一段引发笔者强烈共鸣的关于翻译的至理名言。正所谓"旁观者清"吧，在笔者看来，这位文学社会学家对翻译本质的认识倒是超过了我们这里许多一辈子沉浸在翻译实践中的翻译家，甚至还超过了我们不少的翻译研究者。

不过埃斯卡皮的这番话也就是点到为止，所以在他的眼中，所谓翻译的"背叛"主要指的是翻译过程中原作语言外壳的改变；而所谓翻译的"创造性"，也就是翻译能赋予作品"第二次生命"，从而让原作能在新的接受语境中被读者阅读、接受、传播并产生影响。至于"创造性叛逆"在翻译中的具体

① 谢天振：《创造性叛逆：争论、实质与意义》，《中国比较文学》，2012 年第 2 期，另收入《超越文本　超越翻译》，第 36 页。

表现,他就没有细说了。有鉴于此,笔者在接过埃斯卡皮的话后,首先为这段话定性和定位,即点明它道出了翻译的本质这一巨大意义;然后笔者对翻译中“创造性叛逆”的具体表现做了进一步具体的分析。[①] 实际上,向远教授一开始对这段话的理解和解读也是确切的:“它强调的是尽管译者以忠实为先,但实际上翻译是不可能原封不动地再现原文的,必然会带有译者及译入国文化的某些印迹,文学翻译尤其如此。”这样,“在埃斯卡皮看来,只要译者把一个作品放在了与原作者不同的语言系统中加以操作,即加以翻译的时候,就是开始‘背叛’了,这就是埃斯卡皮对‘背叛’的限定”。[②]

然而,接下来不知何故,向远教授的进一步解读却让人感到难以理解。他先是引了埃斯卡皮的话,“说翻译是创造性的,那是因为它赋予作品一个崭新的面貌,使之能与更广泛的读者进行一次崭新的文学交流,还因为它不仅延长了作品的生命,而且又赋予它第二次生命。可以说,全部古代及中世纪的文学在今天还有生命力,实际上都经过一种创造性的背叛……”然后分析说:“这里的‘创造性’的主体与‘背叛’的主体一样,明确地限定为‘译本’而不是译者。而我国译学界以‘创造性叛逆’为关键词的大量文章,也同样有意无意地把‘创造性’的主体置换为‘译者’。而实际上,埃斯卡皮在这里说的是,一个译本有没有‘创造性’,是以这个译本能否赋予原作一个崭新的面貌、能否使原作获得第二次生命、能否有助于延伸原作的生命为标志的。换言之,没有‘创造性’的东西是没有生命、缺乏生命力的,而翻译的‘创造性’正体现为译本的生命力与传播力。这样看来,‘翻译总是一种创造性的背叛’这句话的意思,其实就是翻译作品(译本)以其创造性的转换赋予原作第二次生命。”[③]

按理说,向远教授所引的埃斯卡皮的这段话结构很清晰,意思也很明白,不应该产生任何歧义。“赋予作品一个崭新的面貌”的“它”是谁?这里从字面上看可以说不是译者(尽管从某种层面上也可以说暗含着译者),但

---

① 参见谢天振:《译介学》(增订本),南京:译林出版社,2013年,第三章“文学翻译的创造性叛逆”。

② 王向远:《“创造性叛逆”的原意、语境与适用性——并论译介学对“创造性叛逆”的挪用与转换》,《人文杂志》,2017年第10期,第63页。

③ 王向远:《“创造性叛逆”的原意、语境与适用性——并论译介学对“创造性叛逆”的挪用与转换》,《人文杂志》,2017年第10期,第64页。

无论如何也不可能是“翻译作品（译本）”啊。这里的“它”只能是指“翻译”，是“翻译”赋予了作品（指原作）一个崭新的面貌，而译本是被“翻译”“赋予了一个崭新的面貌”后的“原作”也即“译作”，是这个翻译行为或活动的结果，结果怎么可能成为“创造性”和“叛逆性”的主体呢？且不说这样的解释与这段引言的字面不符，于实际逻辑更是说不通。

把译本理解为“创造性叛逆”的主体，像这样的误读，在国内围绕“创造性叛逆”的讨论中似乎并不多见，然而向远教授却顺着这样的“逻辑”，一方面批评“我国译学界以‘创造性叛逆’为关键词的大量文章，也同样有意无意地把‘创造性’的主体置换为‘译者’”，另一方面自己又把他心目中的“译本”置换为主体。他解释说：“而实际上，埃斯卡皮在这里说的是，一个译本有没有‘创造性’，是以这个译本能否赋予原作一个崭新的面貌、能否使原作获得第二次生命、能否有助于延伸原作的生命为标志的。”[①]如此固执地无视翻译的主体地位并不顾翻译的实际情况，执意把译本标举为“创造性”的主体，向远教授这样的分析和由此得出的结论也就很难让人信服了。

二、关于译介学对“创造性叛逆”原意的“改动、挪用与转换”

还有一个需要商榷的问题是，向远教授在他的文章中用了相当大的篇幅分析译介学对埃斯卡皮“创造性叛逆”原意的“改动、挪用与转换”。他把译介学对埃斯卡皮“创造性叛逆”原意的“改动、挪用与转换”归纳为四个方面，其中第一个转换是在“创造性的背叛”的适用范围上。向远教授指出，埃氏所谓的翻译“只是指‘翻译书籍’，有时则是广义上的作为阅读理解的‘翻译’”，而拙著《译介学》所讨论的“翻译”“似乎更多地指狭义上的翻译，包括作为过程行为的‘文学翻译’与翻译之结果的‘翻译文学’两个方面”。他于是认为：“埃斯卡皮在图书发行与读者阅读层面上的‘创造性叛逆’及在阅读层面上的广义翻译，就被（《译介学》）转换为狭义的‘翻译’即译者在翻译行为层面上的‘创造性叛逆’。读者阅读的‘创造性叛逆’是阅读的基本属性，是完全可以理解的，有益无害的。而（《译介学》里）翻译层面的、译者的‘创造性叛逆’，则会触动翻译的根本属性及翻译伦理学的基础，会在理论与实

① 王向远：《“创造性叛逆”的原意、语境与适用性——并论译介学对“创造性叛逆”的挪用与转换》，《人文杂志》，2017年第10期，第64页。

践上带来一些问题、困惑乃至混乱。”[①]

说译介学对“创造性叛逆”的适用范围有所“转换”，笔者觉得这是符合事实的。一名中国学者引入一名外国学者的观点，目的是解释他要解决的问题，因此“适用范围”（确切地说应该是“应用范围”）肯定要发生“转换”，这是毫无疑问的。然而，说埃氏所谓的“翻译”是指“广义的翻译”，而拙著《译介学》所讨论的“翻译”是“狭义上的翻译”，那就不符合事实了。拙著《译介学》在“前言”中一开头就明确指出，译介学“关心的是翻译（主要是文学翻译）作为人类一种跨文化交流的实践活动所具有的独特价值和意义”，“比较文学的翻译研究就摆脱了一般意义上的价值判断，从而显得较为超脱。当然，与此相应的是，它也就缺乏对外语教学和具体翻译实践的直接指导意义”。“比较文学是从更为广阔的背景上去理解翻译的。它认为文学作品创作过程的本身就是一种翻译——作家对现实、生活、自然的翻译，而一部文学作品一旦问世，它还得接受读者对它的形形色色的、无休无止的翻译——各种读者的不同理解、接受和阐述。因此，译者对另一民族或国家的文学作品的翻译就不仅仅是两种语言之间的转换，它还是译者对反映在作品里的另一民族、国家的现实生活和自然的翻译（理解、接受和阐述），翻译研究因此具有了文学研究的性质”。[②] 这里所说的翻译是“狭义的翻译”吗？

为了让读者进一步明白译介学对翻译的研究与传统翻译研究的区别，《译介学》“前言”还专门对此问题进行了具体的分析：

> 首先，是研究角度的不同。比较文学学者（也即译介学研究者，下同——引者）研究翻译多把其研究对象（译者、译品或翻译行为）置于两个或几个不同民族、文化或社会的巨大背景下，审视和阐发这些不同的民族、文化和社会是如何进行交流的。
>
> ……第二个不同，即研究重点的不同。传统翻译研究多注重于语言的转换过程，以及与之有关的理论问题，而比较文学学者关心的是在这些转换过程中表现出来的两种文化和文学的交流，它

① 王向远：《“创造性叛逆”的原意、语境与适用性——并论译介学对“创造性叛逆”的挪用与转换》，《人文杂志》，2017年第10期，第66页。

② 谢天振：《译介学》，上海：上海外语教育出版社，1999年，第1、9、10页。

们的相互理解和交融，相互误解和排斥，以及相互误释而导致的文化扭曲与变形，等等。比较文学学者一般不会涉及这些现象的翻译学意义上的价值判断。

然而最根本的区别是研究目的的不同。传统翻译研究者的目的是总结和指导翻译实践，而比较文学学者则把翻译看作文学研究的一个对象，他把任何一个翻译行为的结果（也即译作）都作为一个既成事实加以接受（不在乎这个结果翻译质量的高低优劣），然后在此基础上展开他对文学交流、影响、接受、传播等问题的考察和分析。因此，比较文学的翻译研究相对说来比较超脱，视野更为开阔，更富审美成分。[①]

由此可见，“会触动翻译的根本属性及翻译伦理学的基础，会在理论与实践上带来一些问题、困惑乃至混乱”的，不是所谓的译介学“狭义的”翻译观，而是学界某些人没有真正领悟“创造性叛逆”的实质，误入歧途地去探讨“什么是好的创造性叛逆”“什么是不好的创造性叛逆”，把揭示翻译本质的“创造性叛逆”说理解为一种指导翻译实践的方法，甚至把它理解为评判翻译水平高低的标准。

向远教授归纳的第二个“转换”是“创造性叛逆”主体的转换。他觉得拙著《译介学》把“创造性叛逆”界定为“文学翻译中的创造性叛逆”，从而把“创造性叛逆”的主体由读者转换为了译者。而“既然主体由读者转向了译者，那么译者的‘创造性背叛’的途径与方式只能是翻译行为……这就将埃斯卡皮的‘读者论’转换为‘翻译论’了”[②]。

这里向远教授的逻辑推理似乎有点牵强。既然“创造性叛逆”是对翻译（包括文学翻译和非文学翻译）本质的揭示，那么绝不会因为译介学把此说引入文学翻译范畴而影响翻译主体的变化，更何况埃斯卡皮在谈论翻译时主要关注的对象也是文学翻译，而拙著《译介学》第三章也很明确地指出：“创造性叛逆并不为文学翻译所特有，它实际上是文学传播与接受的一个基

① 谢天振：《译介学》，上海：上海外语教育出版社，1999 年，第 10—11 页。

② 王向远：《“创造性叛逆”的原意、语境与适用性——并论译介学对“创造性叛逆”的挪用与转换》，《人文杂志》，2017 年第 10 期，第 67 页。

本规律。我们甚至可以说，没有创造性叛逆，也就没有文学的传播与接受。”而更有必要强调指出的是，无论是拙著《译介学》还是早在《译介学》之前已经发表的拙文《论文学翻译的创造性叛逆》[①]等论著，在讨论“创造性叛逆”这一概念时都明确阐明“创造性叛逆”的主体不仅有媒介者即译者，还有接受者（包括读者和作为读者的译者）和接受环境。

其实，即使是只讨论译者的“创造性叛逆”也未必会导致什么“困惑和混乱”。如上所述，这里的关键问题仍然在于如何认识“创造性叛逆”的实质。不把“创造性叛逆”当作一种翻译方法和翻译判断标准，就不会引发任何“困惑和混乱”。

向远教授归纳的第三个转换是“创造性叛逆”的内容所指也随之转换了。他觉得埃斯卡皮所说的“创造性的背叛”“实际是指‘读者’在跨文化阅读理解中的‘创造性’的引申、扩展、转变或转化，是建设性的、增殖性的；而译介学的‘创造性叛逆’的内容，则是文学翻译所集中反映的不同文化的‘阻滞、碰撞、误解、扭曲等问题。’主要不是增殖，而是变异、变形”。[②]

其实，如果相关的研究者能够稍稍仔细地阅读一下《译介学》中关于“创造性叛逆”的章节内容，那就不难发现，译介学引入“创造性叛逆”这一说法后，与其说是转换了“创造性叛逆”的内容所指，不如说是对它的内容所指进行了进一步拓展和丰富。译介学对媒介者也即译者的创造性叛逆表现进行了细分，具体分为“个性化翻译”“误译与漏译”“节译与编译”和“转译与改编”，并配以大量的实例个案予以说明。与此同时，译介学还提出了接受者和接受环境的“创造性叛逆”。接受者即读者的“创造性叛逆”，埃斯卡皮在《文学社会学》中已有所提及，但对于接受环境的“创造性叛逆”他就没有涉及了，然而接受环境的“创造性叛逆”却是深入认识“创造性叛逆”不可或缺的一部分，不从这个角度去看“创造性叛逆”，那对于《鲁滨逊漂流记》《格列佛游记》之类的作品在异国他乡的变异接受就无法做出深刻的解释。

在提出译介学对“创造性叛逆”所做的第三个“转换”时，笔者注意到向远教授使用了“建设性的、增殖性的”去形容埃斯卡皮的“创造性叛逆”，而用

① 谢天振：《论文学翻译的创造性叛逆》，《外国语》，1992 年第 1 期。

② 王向远：《“创造性叛逆”的原意、语境与适用性——并论译介学对“创造性叛逆”的挪用与转换》，《人文杂志》，2017 年第 10 期，第 67 页。

“主要不是增殖，而是变异、变形”来描述译介学的“创造性叛逆”，这正好反映出了向远教授对“创造性叛逆”所持的一种价值判断立场。而假如我们都能把“创造性叛逆”视作翻译中必然存在的、并非出自译者主观愿望的对原作的一种偏离和背离，那么也就谈不上有什么“建设性的”和“非建设性的”区分了。至于要把埃氏所说的“创造性叛逆”都定位在“建设性的”，而把译介学所说的“创造性叛逆”都定位在“非建设性的”，恐怕也不是那么容易。

向远教授归纳的最后一个也是他眼中“最大的转换”，是所谓“从‘文学社会学’转到了‘翻译研究’”。这个“归纳”粗一看让人觉得有点莫名其妙，因为译介学把“创造性叛逆”说引入中国，就是为了以这个视角为切入点展开对翻译的研究。译介学无意进行文学社会学的研究，它的研究目标是翻译和翻译文学，它自然要转到“翻译研究”的领域中去，这本来是无可非议的。但向远教授却要把它列为“最大的转换”，显然另有深意。事实也确是如此，向远教授由此想引出的话题是对译介学所进行的翻译研究的质疑。他说：“‘译介学’是一种‘翻译研究’，是一种翻译学。也恰恰就在这里，译介学的‘创造性叛逆’论出了偏差和问题。本来，‘译介学’只是‘比较文学中的翻译研究’，然而，在实际的研究操作中，‘比较文学中’的这个范围界定往往被突破，而径直进入了‘翻译研究’及‘翻译学’。‘译介’的范畴，亦即‘文学社会学’，及‘文化翻译’的范畴时常挣脱，进入了‘译文’学的范畴、翻译学的范畴。”①

也就是说，在向远教授看来，译介学只能老老实实地守在“比较文学”这个范畴内，“对译文做外部的传播影响轨迹的描述”。译介学提出，严格意义上的翻译文学史不仅应该让读者看到文学翻译事件，还应该让读者看到“翻译文学”也即翻译文学作品和翻译文学作品中的文学形象以及对它们的分析评述。在向远教授看来，这样的研究“就由‘文学翻译史’范畴进入了‘翻译文学史’的范畴，就溢出了‘译介学’而进入了‘译文学’范畴了”。这个观点实在让人费解。众所周知，对文学翻译史与翻译文学史的区分以及对翻译文学史内涵的探讨，正是译介学的一个理论贡献。曾几何时，向远教授还在其撰写的《二十世纪中国的日本翻译文学史》的“前言”中声称，他撰写这

① 王向远：《“创造性叛逆”的原意、语境与适用性——并论译介学对“创造性叛逆”的挪用与转换》，《人文杂志》，2017 年第 10 期，第 67 页。

部"日本翻译文学史"受到了笔者发表的一系列有关翻译文学和翻译文学史的文章的启发，怎么现在翻译文学史竟成了译文学的私属领域，成了不准译介学研究染指的禁脔？

为此向远教授还推出了一个观点："不做译文分析，不做译文批评，不对译文做美学判断的研究，就不是真正的、严格意义上的译本研究或译文研究。"他还进一步提出："翻译学，特别是翻译文学的研究，必须具体落实到译文的研究，必须深入到具体的语言、语篇的层面，还要提高到总体的文学风格层面，对译文做出语言学上的正误与否、缺陷与否的判断，进而达到美学上的美丑判断、优劣判断；也就是说，必须有译文批评，必须对译文做'文学'的、美学的分析，才能揭示出翻译文学的文学特性，才能揭示译文的根本价值。"①

如果向远教授只是对自己的翻译研究提出上述要求，那当然无可厚非。但要把这些要求诉诸所有研究翻译学、研究翻译文学的人，那就明显失之偏颇了。且不说翻译学研究有那么大的研究领域，即使是研究某一具体的译文，也不是只有做到了上述几个"必须"，"才能揭示译文的根本价值"。研究译文在译入语语境中的接受、传播、影响难道就不能反映这个译文的价值吗？看来向远教授对译介学和翻译学的定性和定位好像有一点问题。

译介学和翻译学，它们都属于新兴学科，都具有跨学科、跨语言、跨文化的特点，具有边缘学科、交叉学科的特征，因此它们的研究边界或学科边界注定是不清晰的。能给比较文学划出一个清晰的界限吗？译介学作为比较文学中的翻译研究，确切地说是比较文学视域下的翻译研究，它的研究对象是翻译，以及一切与翻译相关的语言、文学、文化活动、行为、现象和事实。所以笔者在《译介学导论》(第 2 版)的"自序"里说："译介学发展到今天，它已经不仅仅属于翻译学，属于比较文学，同时也属于外国文学，甚至属于所有与跨语言、跨文化有关的学科了。"②

说起来译介学研究就是从翻译文学在中国现代文学史上的地位开始的，但其研究体系的建构却是始于对埃斯卡皮"翻译总是一种创造性的背

① 王向远：《"创造性叛逆"的原意、语境与适用性——并论译介学对"创造性叛逆"的挪用与转换》，《人文杂志》，2017 年第 10 期，第 68 页。

② 谢天振："自序"，《译介学导论》(第 2 版)，北京：北京大学出版社，2018 年，第 5 页。

叛”的引入和阐释。译介学引入了“创造性叛逆”的观点，并在此基础上对翻译文学的相对独立性进行了较为深入的分析，从而使得国内学界认识到翻译文学不等于外国文学，进而还认识到翻译文学是民族/国别文学的一个组成部分。笔者曾在此前的一篇文章中指出：“千百年来，人们一直有意无意地把翻译文学等同于或混同于外国文学，而没有意识到翻译文学并不等同于外国文学，更没有意识到文学翻译家的再创作的独特贡献和价值。然而作为文学作品的一种存在形式，翻译文学在译入语文学里完全应该被视作译入语文学的一个组成部分，它具有相对独立的价值，既独立于外国文学，当然，也独立于译入语文学。但其归属地位却是在译入语文学里。译介学研究者正是从‘创造性叛逆’这一观点出发，具体、深入论证了翻译文学的性质和归属问题。目前大陆学界越来越多的学者认同‘翻译文学是中国文学的一个组成部分’的观点，并在这一研究领域取得了丰硕的学术成果。”①而在对翻译文学的相对独立性进行研究的基础上，我们中国学者又进一步发展出对翻译文学史的研究和具体编撰，如向远教授本人编写的《二十世纪中国的日本翻译文学史》，从而使我们中国学者对翻译文学史的学术研究和编写在国际译学界处于明显的领先地位。

接着，译介学又通过对“创造性叛逆”的深入阐释，对长时间以来我们一直深信不疑的传统译学理念进行了纠正和补充。在译介学研究兴起之前，中国翻译研究的主流是从“文本”（原文）到“文本”（译文），关注的核心问题是“怎么译”，即从翻译的技巧到翻译的效果。这里的效果不是指译本在译入语语境中的接受效果，而是指译本对原文的忠实程度。译介学研究广泛借用当代各种文化理论对翻译进行新的阐释，探讨译入语文化语境中制约翻译和翻译结果的各种文化因素，关注翻译对译入语文学和文化的影响和作用，引导中国的“翻译研究跳出了千百年来仅仅停留在对两种语言文字如何转换，也即技术层面上‘怎么译’问题的研究，从而把研究者的目光引向了从文化层面上展开的对翻译行为的本质、翻译的动因、翻译的结果、翻译的传播、翻译的接受、翻译的影响等一系列与翻译有关的问题的研究”②。传统译学理念，无论中西，千百年来一直是把百分之百地忠实传递原文信息视

① 谢天振：《创造性叛逆：争论、实质与意义》，《中国比较文学》，2012年第2期，第39页。

② 谢天振：《创造性叛逆：争论、实质与意义》，《中国比较文学》，2012年第2期，第39—40页。

作其最高理想和追求目标的，而“创造性叛逆”告诉我们，文本经过了翻译，也即经过了语言外壳的改变，它必然会经历“创造性叛逆”，这样，改变了语言“外壳”的新文本也即译作不可能是原作简单的等同物，这就使我们对翻译有了新的更加深刻的理解，认识到“忠实与否”不是判断一个翻译（文本、行为或活动）成功与否的唯一标准。近年来，正是在这样的翻译理念的指导下，应笔者的倡议，国内翻译界已经举行了多次高端学术研讨会，讨论对翻译的重新定位与定义。①

与此同时，译介学倡导的翻译新理念也启发了国内译学界重新审视中国文学、文化“走出去”的问题：中华人民共和国成立以来，我们在文学、文化“走出去”方面已经做了不少工作，我们的翻译家已经奉献出了不少很忠实于原文，也堪称优秀的译本，但是中国文学、文化“走出去”的实际效果还不是很理想，“创造性叛逆”的说法让人们看到译作并非原作简单的翻版，从而引导研究者跳出传统翻译研究者只是从原本到译本的研究路径，而能关注翻译在新的语言环境中的独特境遇及影响译本命运的诸多因素，从而推动中国文学、文化切实有效地“走出去”。

至于翻译学，尽管传统的翻译学研究一直局限在文本以内，但近年来在译介学研究的影响和推动下，加上国际译学界的文化转向，国内翻译学的研究也在发生变化，也出现了文化转向的迹象，研究的视角、方法、对象等变得越来越丰富、越来越多元，想要规定它“必须如何如何”，恐怕不会成为未来学术方向的主流。

由此可见，目前我们应该做的也许不是去对正在正常进行的译介学研究、翻译学研究去提什么“必须……才能”，而是共同去纠正国内学界围绕“创造性叛逆”产生的一些误读和误释，消除它们的消极影响，从而推动国内译介学、翻译学深入、健康地发展。

① 参见谢天振：《现行翻译定义已落后于时代的发展——对重新定位和定义翻译的几点反思》，《中国翻译》，2015年第3期，第14－15页。

第四章　从翻译文学到翻译文学史

第一节　为"弃儿"寻找归宿
——论翻译在中国现代文学史上的地位

本节要讨论的有两个问题，其一是翻译文学的性质及其归属，其二是翻译文学在中国现代文学史上的地位，从而触及"重写文学史"所必须解决的一个重要问题：翻译文学应不应该纳入重写文学史的范围。

一、翻译文学的性质及其归属

长期以来，我们关于翻译文学的概念是含糊不清的。我们甚少认为，甚或不认为有必要认真思考一下"翻译文学"是怎么回事。从一般读者到专家学者，在很多人看来"翻译文学"只不过是"外国文学"的代名词而已。

然而对于文学史研究来说，这种对翻译文学与外国文学两个不同概念的混淆，带来的后果是严重的，试看自1949年以来国内出版的中国现代文学史，它们都一无例外地把翻译文学一笔勾销了。由此又造成两个偏向：一是无视作家们的翻译文学成就。譬如，皇皇二十卷的《鲁迅全集》，其中一半是译作，而且鲁迅的翻译成就和关于翻译的真知灼见，都被文学史家们轻轻地一笔带过；又如郭沫若、茅盾、巴金等的译作都相当丰硕，但在我们的文学史里却几乎不见它们的踪迹。二是文学翻译家们失去了文学史上的地位。20世纪上半叶我国涌现出一批主要从事文学翻译的文学家，如严复、林纾、傅雷、朱生豪、汝龙等，他们译著众多，形成了独具一格的翻译风格和翻译理论（或翻译主张），然而这些翻译文学家在我们的文学史里却无法占有一席之地。之所以如此，是因为在文学史编写者的眼里，翻译文学家们的作品不是中国文学，而是外国文学。可是，我们难道能期望在外国文学史上找到我们的翻译文学家们的位置吗？我们难道期望法国文学史会给我们的翻译文学家傅雷一个位置吗？于是我们的翻译文学家成了无家可归的“弃儿”：中国文学将他们拒之门外，而外国文学史又不能收容他们。

诚然，翻译文学与外国文学是有极其密切的关系，它传达的基本上是外国文学原作的内容，表达的是外国文学原作的形式意义（或是诗，或是散文，或是戏剧），创造的也是外国文学原作提供的形象与意境。但是它毕竟不是文学原作的直接呈现，它已经是翻译文学家二度创造的产物了。当我们捧着傅雷翻译的《高老头》展卷启读时，我们往往只想到自己在读巴尔扎克的作品，却忘记了一个十分简单却又非常根本性的事实：巴尔扎克怎么可能用中文进行写作？因此严格地说，我们读到的是中国翻译文学家根据巴尔扎克的《高老头》再创造的作品。

其实，对于译作与原作之间的差异人们早就注意到了。意大利人的一句谚语“译者都是叛徒”是众所周知的。美国比较文学家韦斯坦因（Ulrich Weisstein）[①]也指出：“在翻译中，创造性叛逆几乎是不可避免的。”这里所谓的“创造性叛逆”，笔者认为首先是指译者在文学翻译过程中的再创造，其次是指译者的翻译功力和追求，正是这两点决定了翻译文学不可能等同于外国文学。

先看文学翻译过程中的再创造。每一部外国文学原作的翻译都必须经历两个过程：第一个过程是译者对原作的理解和感悟，在这一阶段，译者得深入外国作家创造的文学世界，体验和感受外国文学原作的艺术意境，认识和领悟外国文学原作的艺术形象，为此目的他还须收集和熟悉与原作内容有关的背景材料，如社会、历史、政治、风俗、人情等。第二个过程是译者用另一种语言再现外国文学原作，在这一阶段译者得调动一切可能的语言手段，使原作塑造的文学形象在另一个语言环境里仍然栩栩如生，使原作的思想和精神能被另一语言系统中的读者所理解和接受，甚至还要使他们能感受和体会到原作的意境和语言风格等。

由此，冯明惠直截了当地指出文学翻译具有与创作相等的意义，他说：“翻译的完整意义乃是将文学作品的内容、形式意义以另一种语言完全表达出来。亦即是说，除了最基本的语言能力之外，译者须了解原作者及其所处

① 韦斯坦因：《比较文学与文学理论》，沈阳：辽宁人民出版社，1987 年，第 36 页。

之社会背景，更须体验原作者的心理过程。这一经了解、领悟、体验而后重整组合的手续，便是翻译的过程，也使翻译在某种层次上具有与创作相等的意义。”[①]而具有了与创作相等意义的译作，也就具有了相对独立的文学价值。如果说反映在文学翻译过程中的再创造是从翻译文学的性质这个角度肯定了翻译文学不可能等同于外国文学的话，那么译者的翻译功力和追求就是从译者本人的角度再度肯定了这一命题。钱锺书在分析文学翻译中之所以存在“讹”的现象时，指出这是由三种距离造成的：一是两种文字之间的距离，二是译者的理解和文风跟原作的内容和形式之间的距离，三是译者的理解和他自己表达能力之间的距离[②]。这里面二、三两条都与译者的翻译功力有关。

有时译者的追求从主观上有意造成与原作的偏离。这方面著名的例子是对英国作家哈葛德（Henry Rider Haggard）的《迦茵小传》的翻译。该书第一个译本的译者蟠溪子和天笑生出于道德上的考虑，把原书中迦茵与亨利两情缱绻、未婚先孕等情节删去了。后来林纾与其助手出版了全译本，把蟠、笑两位删去的情节补全，不料因此引出一场轩然大波。一些守旧的读者，原先读了蟠、笑的译本，称赞迦茵“清洁娟好，不染污浊，甘牺牲生命，以成人之美，实情界中之天仙也”，后来读了林译本后，态度骤然一变，斥迦茵“淫贱卑鄙，不知廉耻，弃人生义务，而自殉所欢，实情界中之蟊贼也”[③]。前褒后贬，一毁一誉，同一部外国文学作品中的形象，由于译者的不同追求，造成了如此悬殊的反响和评价。如果说原作塑造的形象是“这一个”的话，那么译作塑造的已是“投胎转世”后的“另一个”了。毫无疑问，这“另一个”是无论如何也不可能等同于原作中的“这一个”的。

文学翻译中不可避免的创造性叛逆，决定了翻译文学不可能等同于外国文学。那么它只能是国别文学的一部分，对我们来说，翻译文学就应该是中国文学的一部分，这完全是顺理成章的事。但是这种看法并没有为我们的学术界广泛接受，原因当然是多方面的。其中一个主要原因就是没有看

① 冯明惠：《翻译与文学的关系及其在比较文学中的意义》，《中外文学》，第 6 卷第 12 期，第 145 页。

② 参见钱锺书：《林纾的翻译》，罗新璋、陈应年编：《翻译论集》（修订本），北京：商务印书馆，2009 年，第 774—805 页。

③ 郭绍虞等：《中国近代文论选》（下册），北京：人民文学出版社，1965 年，第 510 页。

到翻译文学还具有相对独立的文学意义。学术界似乎没有认识到，由于文学翻译的创造性叛逆，译者已经把作品置于一个原作者完全没有预料到的语言参照体系之中，赋予作品一个崭新的面貌，使它能与更广泛的读者进行一次崭新的文学交流。正如法国文学社会学家埃斯卡皮所指出的，翻译“不仅延长了作品的生命，而且又赋予它第二次生命”①。

俄国形式主义批评家托马舍夫斯基的一个观点也许对我们不无启迪，他在1928年提出：“翻译文学应当作为每个民族文学的组成要素来研究。在法国的贝朗瑞和德国的海涅旁边，还有一个符合俄国的贝朗瑞、俄国的海涅；他们无疑跟西方的原型相距甚远。”②假如把这个观点与前文提到的围绕两个“迦茵小姐”所掀起的轩然大波联系起来，那么我们对翻译文学的认识无疑会深入一步。埃斯卡皮曾对此做了进一步的补充：“我们认为：法国的贝朗瑞跟俄国的贝朗瑞共同构成一个历史的、文学的贝朗瑞。”③这个意见应当引起我国学术界的注意。

把翻译文学视作国别文学的一部分是理所当然的事。从创作历程看，翻译家和作家在写作时都需要深入认识作品中所要表现的时代、环境和文化背景，他们也都要细致体验作品中人物的思想感情和行为方式，然后都要寻找最恰当的语言形式把这一切表现出来；从使用的创作语言看，他们是相同的；从面临的对象看，他们拥有同样的读者；从客观上产生的影响看，翻译文学的作用与影响有时还大大超过了国别文学的影响。对此，尤其是对翻译文学的作用与影响，我们的文学史家也已经意识到。譬如，唐弢在其主编的《中国现代文学史》一开始就提道：“据统计，晚清小说刊行的在一千五百种以上，而翻译小说又占全数的三分之二。其中林纾的译作曾在当时有过较大的影响。……马君武、苏曼殊等翻译了歌德、拜伦和雪莱的诗歌；它们在进行反清和民族民主革命的宣传方面，都曾起过积极的作用。”④可是在分章立节时，这“占全数的三分之二”的翻译小说却又失去了它们的立足之地。然而试想一下，假如这些“中国的歌德、拜伦和雪莱”只有中译本作品而

① 埃斯卡皮：《文学社会学》，王美华、于沛译，合肥：安徽文艺出版社，1987年，第137－138页。

② 埃斯卡皮：《文学社会学》，王美华、于沛译，合肥：安徽文艺出版社，1987年，第138页。

③ 埃斯卡皮：《文学社会学》，王美华、于沛译，合肥：安徽文艺出版社，1987年，第138页。

④ 唐弢：《中国现代文学史》(一)，北京：人民文学出版社，1984年，第4页。

没有原义，那么他们——"中国的歌德、拜伦和雪莱"在我们的文学史上该占有怎样的地位呢？那时我们将如何处置他们与（譬如说）鲁迅、茅盾、郭沫若等人的关系呢？请别以为这个问题提得可笑、荒谬，同样的问题，俄国民主主义作家车尔尼雪夫斯基在130多年前就已提出来了，他指出："拜伦也是这样，假定说，只有他的作品的译文，那么它对法国读者的影响就不会下于，例如吧，夏多勃里昂或者拉马丁作品的影响，他在法国文学史上所占的地位应该也不会下于拉马丁和夏多勃里昂了。"①

我们经常说外国文学的影响，但是在中国现代文学史上，外国文学的直接影响，诸如中外作家的直接交往，或是中国作家因出国留学而受到外国文学的熏陶等，那是少数。歌德、拜伦、雪莱，或是巴尔扎克、福楼拜、雨果，或是普希金、果戈里、托尔斯泰，他们之所以能对中国文学产生巨大的影响，能在广大中国读者的心目中占有重要的地位，绝大多数情况下主要是由于他们作品中译本的传播。这种情况在俄国也相类似。车尔尼雪夫斯基曾认为，"在普希金以前翻译文学实在比创作还重要。直到今天（1857年——引者）要解决创作文学是否压倒了翻译文学还不是那么容易哩"②。正因为此，苏联学者历来把"俄国文学中的歌德"这样的问题视作俄国文学发展史甚至俄国社会发展史上的问题，他们明确提出："创造性的翻译文学是译者所属国文学的有机组成部分，并且已经融入所属国文学的发展进程之中。"③

当然，我们强调翻译文学是国别文学的一个组成部分，并不意味着我们把翻译文学完全等同于国别文学。翻译文学与国别文学的差异是显而易见的。首先，从作品反映的思想、观点看，国别文学作品表达的是国别文学作家本人的思想和观点，翻译文学却是传达另一个国家或民族的作者的思想和观点，而译者的思想和观点必须通过非常曲折的形式来表达：或是借助翻译的序、跋，或是通过译者对原作的选择和对译文的某些注释，等等。其次，从作品的内容看，国别文学作品基本上反映的是本国人民的生活，而翻译文

① 车尔尼雪夫斯基：《车尔尼雪夫斯基论文学》（下卷），辛未艾译，上海：上海译文出版社，1982年，第421页。

② 车尔尼雪夫斯基：《车尔尼雪夫斯基论文学》（下卷），辛未艾译，上海：上海译文出版社，1982年，第423页。

③ 日尔蒙斯基：《俄国文学中的歌德》，列宁格勒：科学出版社，1981年，第12页。

学绝大多数反映的是异国人民的生活。最后，恐怕也是最根本的，国别文学的作家是以生活为基础直接进行创作的，而翻译家是以外国文学的原作为基础进行创作的。因此，翻译家的劳动被称为再创作。再创作与创作虽仅一字之差，但是在艺术创造的价值方面确实存在着较大的差别。因为一部作品的价值更多地体现在作品题旨的确立、整体的结构安排、情节的编织、形象的塑造等方面，而在这些方面翻译家没有付出劳动。鉴于此，我们一方面应该承认翻译文学在国别文学中的地位，但另一方面，也不应该把它完全混同于国别文学，而可以把它看作国别文学中相对独立的一个文学实体。

二、恢复翻译文学在中国现代文学史上的地位

“假使文学史应当谈谈社会的发展，那么它同时应当一视同仁地注意对这个发展有重要意义的事实，不管这些事实的最初表现是属于哪个民族、属于哪种文学的。”[①]在中国文学的发展历史上，翻译文学的重要意义是无需争辩的事实。但是新中国成立以来编写的中国文学史，古代部分的如中国社会科学院文学研究所编的《中国文学史》（全三册），或是朱维之编的《中国文艺思潮史稿》等，对佛经的翻译文学都设有专章加以详细论述；而现代部分的，凡十数种，对翻译文学，无论是作为新文学产生的源头之一，还是作为新文学几十年发展进程中的一个重要方面，基本上都没有展开论述，这个现象实在令人感到奇怪。

与此形成对照的是，我国20世纪二三十年代出版的几本中国现代文学史性质的著作，倒是对翻译文学给予了高度的重视，并都设有“翻译文学”专章。

陈子展的《中国近代文学之变迁》（1929年出版）中的“翻译文学”章详细论述了近代（文学革命以前）翻译文学的发展由来，比较深刻地分析了严复、林纾在翻译文学上的成就与缺失。尤为难得的是，作者对拜伦的《哀希腊》一诗的三个译本（马君武的七言古诗体、苏曼殊的五言古诗体和胡适之的离骚体）进行了比较，并收录了该诗的英文片段与苏曼殊译诗的片段，让读者可具体领略译诗的成就。

① 车尔尼雪夫斯基：《车尔尼雪夫斯基论文学》（下卷），辛未艾译，上海：上海译文出版社，1982年，第423页。

王哲甫的《中国新文学运动史》(1933 年出版)中的第七章“翻译文学”颇为清晰地勾勒出了新文学诞生十五六年来翻译文学的发展轨迹。该书的特点首先是把这一时期的有成就的翻译家几乎尽数列出，从鲁迅兄弟、郭沫若起，直至一些当时在翻译界初露锋芒的译者，如沈端先、林疑今等，约有三四十人；其次是把这一时期的翻译文学作品按国别、地区详细列出，读者可以清楚地看到翻译文学的繁荣景象。

郭箴一的《中国小说史》(1939 年出版)也有专门一节(第八章第三节)谈“新文学运动期间的翻译文学”，该节的内容实际上是王哲甫《中国新文学运动史》“翻译文学”那一章论述部分的照搬，不过略去了王哲甫著作中的翻译文学书目。但作者能注意到翻译文学在中国小说史地位与作用，还是值得肯定的。

总之，从以上所述可见，重视翻译文学在文学史上的地位与作用，本来就是我国现代文学史界的一个好传统，可是 1949 年以后新出的各种中国现代文学史却把这一传统丢弃了。今天，在我们讨论重写文学史时，提出恢复翻译文学在中国现代文学史上的地位，应该是时候了。

那么，我们该怎样恢复翻译文学在中国现代文学史上的地位呢？仍然像半个多世纪以前我们的前辈那样列举一下译者和译作的名字，显然是不够的。要恢复翻译文学在中国现代文学史上的地位，首先要承认翻译家的创作地位，在文学史上应该有对翻译家的文学翻译思想(理论主张、翻译追求等)的评述，有对翻译家的翻译成就得失及其译作的传播和反响的分析等内容。近年来，好几家出版社出版了以译者姓名命名的译文集，如《傅雷译文集》《茅盾译文集》等，这些都是翻译家的创作地位正在逐步取得社会承认的迹象。

其次，文学史还应该反映作家的文学翻译活动和成就。对中国现代文学史上的大多数重要作家来说，文学翻译不仅是他们的文学活动的重要组成部分，而且还是分析他们的创作思想、创作手法、创作历程的重要依据，这种情况，在撰写作家的章节中应考虑进去。文学史还应该反映一些重要译作对中国文学产生的影响，包括作品主题，人物形象，写作手法，文学语言、风格等。还应该有重要外国文学作家、作品的不同译文之间的比较研究。如果说，对法国文学来说只有一个巴尔扎克，对英国文学来说只有一个狄更斯，那么对中国文学来说，就不止一个巴尔扎克，不止一个狄更斯，因为不同的译者经过他们各自的创造性叛逆，塑造出了具有不同风格，甚至不同含义的“中国巴尔扎克”与“中国狄更斯”，文学史应该反映这些事实。有必要的话，也可对他们的优劣做出评判。

我们当然知道，恢复翻译文学在中国现代文学史上的地位，是一件说起来容易、做起来难的艰巨工作。但是，假如我们确实想给我们的后人留下一部从我们现在的认识水平来看是比较完整的文学史的话，那么，我们有什么理由回避这一尽管艰巨，却是十分必要的工作呢？

第二节　翻译文学——争取承认的文学

这是一个很值得玩味的文学现象：有一种文学，在半个多世纪前就已在我国文学史上取得了它的地位，可是时隔20年，它却失去了这一地位，并且直到如今仍未能恢复它应有的地位。这个现象就是翻译过来的外国文学（以下简称“翻译文学”）在中国现代文学史上的地位。

还在1929年，当陈子展的《中国近代文学之变迁》初次问世时，人们就已发现，在这本叙述辛亥革命前后近30年中国文学的演变史的薄薄的著作里，翻译文学作为该书的重要一章而占有相当篇幅。之后，在20世纪30年代陆续出版了《中国新文学运动史》（王哲甫著）和《中国小说史》（郭箴一著）。在这两部著作里，翻译文学继续被视作中国文学的一部分而给予专章论述。可是，自1949年以后，在各种新编写的中国现代文学史著作里，翻译文学却不再享有这样的地位了：它只是在字里行间被提及，或一笔带过而已，没有专门的论述。

值得深思的是，对于翻译文学在中国现代文学史上的地位这种大起大落现象，竟没有任何人对它做过任何解释。这是什么道理呢？也许，这个现象顺乎自然，毋需解释；也许，人们根本就否认有一个所谓的“翻译文学”的存在；也许，人们从来就不认为翻译文学是中国文学的一部分。

然而，究竟有没有一个相对独立的翻译文学的存在？也许，今天是到了对这一问题从学术上做出回答的时候了。

一、译作——文学作品的一种存在形式

长期以来，人们对文学翻译存有一种偏见，总以为翻译只是一种纯技术

性的语言文字符号的转换，只要懂一点外语，有一本外语辞典，任何人都能从事文学翻译。这种偏见同时还影响了人们对文学翻译家和翻译文学的看法：前者被鄙称为“翻译匠”，后者则被视作没有自身独立的价值。

然而，如果说从语言学或者从翻译学的角度出发，我们仅仅将文学翻译当作一种语言文字符号的转换的话，那么，当我们从文学研究、从译介学的角度出发去接触文学翻译时，我们就应该看到它所具有的一个十分重要的意义，即它是文学作品的一种存在形式。文学翻译也正是从这个意义上取得了它的独立价值。

众所周知，一部作品一经作家创作问世，它就具备了它的最初文学形式。如莎士比亚创作的《哈姆雷特》具有剧本的形式，曹雪芹创作了《红楼梦》，同时也就赋予这部作品以长篇小说的形式。然而，这些形式都仅仅是这两部作品的最初形式，而不是它们的最后形式，更不是它们的唯一形式。譬如，经过兰姆姐弟（Charles Lamb & Mary Lamb）的改写，《哈姆雷特》就获得了散文故事的形式；进入20世纪以后，《哈姆雷特》被一次次搬上银幕，这样，它又具有了电影的形式。曹雪芹的《红楼梦》也有同样的经历：它被搬上舞台，取得了地方戏曲如越剧、评弹等形式，它也上了银屏，取得了电影、电视连续剧的形式。可见一部文学作品是具有多种不同形式的。

一般说来，越是优秀、越是伟大的作品，就越有可能被人改编，从而取得各种各样的存在形式。尤其是一些世界名著，其人物形象鲜明，主题深邃，内涵丰富，值得从多方面予以开掘和认识，从而为改编成其他文学形式提供了坚实的基础。

文学翻译与改编极为相似。如果说改编大多是原作文学样式的变换的话，那么文学翻译则主要是语言文字的转换。但无论是前者还是后者，它们都有一本原作作为依据，而且它们都有传播、介绍原作的目的，尤其是当改编或翻译涉及的作品是经典文学名著的时候。

与改编有着本质区别的是，改编通过文学样式的变换把原作引入了一个新的接受层面，但这个接受层面与原作的接受层面仍属于同一个文化圈，仅在文化层次或审美趣味等方面有所差异罢了，如长篇小说《红楼梦》的读者与越剧《红楼梦》的观众或听众；而翻译却是通过语言文字的转换把原作引入了一个崭新的文化圈，在这个文化圈里存在着与原作所在文化圈完全不同的文化传统，以及相去甚远的审美趣味和文学欣赏习惯，如莎剧在中国的译介。翻译的这一功能的意义是巨大的，远远超过了改编。

事实上，地球上各个民族的许多优秀文学作品正是通过翻译才得以世代相传，也正是通过翻译才得以走向世界，为各国人民所接受的。古罗马文学中，如维吉尔(Publius Vergilius Maro，后世通称 Virgil)的作品，假如没有英语等其他语种的译本，它们也许早就湮没无闻了。当代世界文学中的杰作也是同样情形：哥伦比亚作家马尔克斯(García Márquez)的名著《百年孤独》(*Cien años de soledad*)是用西班牙语写成的，假如这位作家的作品在世界上只有原作而无译作的话，我们恐怕很难设想诺贝尔文学奖的桂冠会降临到他的头上。

随着翻译事业的发展，越来越多的优秀作品都以译作的形式存在着，而且其数量往往大大超过了原作，其传播范围及影响层面自然也就不可同日而语了，如莎士比亚的《哈姆雷特》在中文里有十几种译本，在俄文里有二十种译本，在法文、德文、日文等语种里，还有好多种译本。对于一些小语种的原作来说，在世界文坛中的作用与影响主要已经是通过译作去发挥了，例如易卜生的戏剧、安徒生的童话等。因此，译作作为文学作品的一种存在形式已是一个不容忽视的事实。

二、承认翻译文学的地位

应该看到，尽管迄今为止人们对翻译文学的理论研究尚未真正展开，但无论是在国内还是在国外，翻译文学正在一步步地取得人们对它事实上的承认。

这种承认首先反映在对翻译家作为译作主体的承认上。1981 年商务印书馆从大量的林纾翻译作品中挑选出 10 部译作，并另编评论文章及林译总目一集，推出“林译小说丛书”一套。该丛书的出版说明特别指出：“林纾的许多译作，在我国的旧民主主义革命阶段起过相当大的思想影响，如具有反封建意义的《巴黎茶花女遗事》在 1899 年出版，曾‘不胫走万本’，‘一时纸贵洛阳’。又如美国小说《黑奴吁天录》的出版，正值美国政府迫害我旅美华工，因此更激起中国人民的反抗情绪，后来一个剧社还据此译本改编为剧本演出。”该说明同时还强调了林纾作品的文学意义：“林纾首次把外国文学名著大量介绍进来，开阔了我国文人的眼界，因而又促进了我国现代小说的兴起和发展。”林纾作品即使在今天“仍具有独立存在的价值”。

同年开始出版的15卷的《傅雷译文集》(安徽人民出版社)是对翻译家劳动价值承认的又一例证。傅雷在翻译上有其自己的主张和追求，其译作具有强烈的译者风格，把这样一位译者的译作汇总出版，充分体现了出版界对译者再创造价值的尊重。

当然，对翻译家的承认最突出的表现也许还是在《朱生豪传》(上海外语教育出版社)的出版上。朱生豪既无政治业绩，也无文学创作成就。他从1935年起开始翻译莎士比亚作品，在极其艰苦的条件下，埋头伏案，矢志不渝，至1944年去世，以10年时间完成莎译27种。为这样一位纯粹的文学翻译家树碑立传，其意义、影响是非常深远的。

其次，对翻译文学的承认还表现在对翻译文学在文学交流、文学影响上的作用的深入研究上。

1988年出版的《二十世纪中国小说史》(第一卷)(陈平原著)设立了“域外小说的刺激与启迪”专章，详细考察了域外小说借助什么样的手段，通过什么途径进入中国，并最终影响中国作家的小说创作的过程。

施蛰存为《中国近代文学大系·翻译文学集》所撰写的长篇序言，对我国文化史上出现的第二次翻译高潮进行了深入的剖析。他尤其明确地指出了翻译文学对中国新文学的三项明显效益：(1)提高了小说在文学上的地位，小说在社会教育工作中的重要性；(2)改变了文学语言；(3)改变了小说的创作方法，引进了新品种的戏剧。①

但是，从上述情况中也可以看出，由于对翻译文学缺乏理论上的认识，目前国内对翻译文学的研究尚局限于翻译文学在促进中外文学交流、传播外国文学的影响上，还没有提高思考层次，把翻译文学看作中国文学的一个组成部分来加以分析、探讨。

在这方面，国外文学界的某些著作和论述值得我们借鉴。这里首先想提一下20世纪70年代法国学者编撰的《法国现代文学史》②。这部描述1945年至1969年法国现代文学发展轨迹的著作的作者们，显然具有比较明确的比较文学意识。在该书的第二十七章“外国作品的翻译”里，尽管他们也宣称“要描述某些外国作品在法国的影响”，然而在具体的论述中，他们

① 施蛰存：《文化过渡的桥梁》，《文学报》，1990年1月18日第4版。

② 贝尔沙尼等：《法国现代文学史》，孙恒、肖旻译，长沙：湖南人民出版社，1989年。

却并未拘泥于找出影响的主体和客体，而是把所有这些外国文学的翻译，包括译自德国、英国、美国、意大利、俄国，直至拉丁美洲和远东的翻译文学作品，作为法国现代文学中的有机组成部分，一一详加论述，讨论作品翻译出版的概况、评论界的研究、阅读界的反响与接受，等等，就像论述本国的创作文学一样。《法国现代文学史》此举可被视为翻译文学不仅进入了近、现代文学史，而且也进入了当代文学史的一个迹象。

《法国现代文学史》对翻译文学的这种处理，绝不是几个编写者一时心血来潮，而是有其深刻的学术根源的。在法国的学术界，甚至创作界，对翻译的独立价值一贯比较理解。著名法国作家纪德说，“最初，我要求自己作品的翻译者从属于我的风格，并认为越近似法语原文越是上品。不久便发觉了自己的谬误。现在，我对自己作品的翻译者不要求受我的语言和句式的束缚，相反希望他们灵活地翻译我的作品。”①

对翻译文学的承认与尊重并不限于法国。在苏联，著名学者日尔蒙斯基早在20世纪30年代就明确指出：“创造性的翻译文学是译者所属国文学的有机组成部分，并且已经融入所属国文学的发展进程之中。”②这个观点在当代许多苏联学者的著述中得到了进一步阐发。在德国，拉斯奈尔对译者的独立价值做了精辟的分析，他说，对译者来说，“原作是其本人思想的触发剂和出发点，是他要塑造的形象的来源。他人风格的因素汇入并丰富了民族和个人的新的想象世界……他们（指译者——引者）通过伟大作家的遗产在文学史上留下了自己深深的足迹。”③与拉斯奈尔这段话可以遥相呼应的是，在此之前英国正好出版了两本文学史——《剑桥英国文学简史》和《文学史纲》，前者提到译者182人、译作234种，后者提到各国译者65人、译作105种。④ 翻译文学正在被世界各国学术界承认，由此可见一斑。

著名的美国意象派诗人庞德曾经说过：“文学从翻译获得自己的生命力……一切新的强劲，一切复兴都从翻译开始……人们所谓的诗歌的伟大

---

① 转引自大冢幸男：《比较文学原理》，陈秋峰、杨国华译，西安：陕西人民出版社，1985年，第96—97页。

② 日尔蒙斯基：《俄国文学中的歌德》，列宁格勒：科学出版社，1981年，第12页。

③ 拉斯奈尔：《理解与曲解》，《文学的比较研究》，列宁格勒：科学出版社，1976年，第499—500页。

④ 庄绎传：“编译者言”，斯坦纳：《通天塔——文学翻译理论研究》，庄绎传编译，北京：中国对外翻译出版公司，1987年，第1页。

时代，首先是翻译的伟大时代。”[①]20世纪被人们公认为翻译的世纪，而现在该是到了我们对文学翻译和翻译文学做出正确的评价并从理论上给予承认的时候了。

第三节　翻译文学史：翻译文学的归宿

其实，在世界各国的文学发展史上，对翻译文学的重要地位早就是公认的。有不少国家，他们最早的书面文学作品就是翻译文学。如前文所述，伟大如俄罗斯文学，车尔尼雪夫斯基都说：“在普希金以前翻译文学实在比创作还重要。直到今天（1857年——引者）要解决创作文学是否压倒了翻译文学还不是那么容易哩。”[②]

亦如前文所述，我们经常谈外国文学的影响，但是在中国现代文学史上，外国文学的直接影响是很少的，无论是歌德、拜伦、雪莱，或是巴尔扎克、福楼拜、雨果，或是普希金、果戈里、屠格涅夫、托尔斯泰，他们之所以能对中国文学产生巨大的影响，在广大中国读者的心目中占据重要的地位，主要归功于他们作品的译本。类似情况在国外也比比皆是。在西方学术界人们经常提到拜伦受到歌德（Johann Wolfgang von Goethe）《浮士德》（*Faust*）的巨大影响。但正如当代西方翻译研究家勒菲弗尔所指出的，人们却往往忽略了一个事实，即拜伦根本不懂德文，他是通过斯达尔夫人（Madame de Stael）对《浮士德》一剧中最主要的几幕的法文翻译以及对该剧的剧情简介才了解《浮士德》的。普希金的情况也与之相仿。这位俄国伟大的诗人对拜伦推崇之至，但他也不懂英文，无法一睹拜伦的“庐山真面貌”，他是通过拜伦作品的法译本才领略到拜伦诗歌的真谛并受到其深刻影响的。

当然，我们强调翻译文学是民族文学或国别文学的一个组成部分，并不意味着我们把翻译文学完全等同于民族文学或国别文学。在肯定翻译文学在民族文学或国别文学史上的地位的同时，我们也应清醒地看到翻译文学与民族文学或国别文学的差异。

---

① 转引自贝尔沙尼等：《法国现代文学史》，孙恒、肖旻译，长沙：湖南人民出版社，1989年，第365页。

② 车尔尼雪夫斯基：《车尔尼雪夫斯基论文学》（下卷），辛未艾译，上海：上海译文出版社，1982年，第423页。

首先，在作品反映的思想、观点方面，民族文学或国别文学作品表达的是民族文学或国别文学作家本人的思想和观点，翻译文学则都是传达另一个民族或国家的作者们的思想和观点。

其次，在作品的内容方面，民族文学或国别文学的作品基本上反映的是本族或本国人民的生活，而翻译文学则绝大多数反映的是异族或异国人民的生活。当然，也有相反的情形，但在那种情况下，民族文学或国别文学是从本族或本国作家的角度去反映外族或外国人民的生活的，而翻译文学则是从外国作家的立场来反映译者所属民族或所属国人民的生活。譬如美国作家赛珍珠的创作，她的作品反映的就是一个美国作家所观察到的中国人民的生活，而与中国作家所创作的同类、同题材作品大异其趣。

最后，恐怕也是最根本的，民族文学或国别文学是作家以生活为基础直接进行创作的，而翻译文学是译者以外国文学的原作为基础进行创作的，译者的劳动也因此被称为再创作。再创作与创作虽然仅一字之差，但是二者确实存在着较大的差别。因为一部作品的文学价值更多地体现在作品的题旨、作品的整体结构、作品的情节、人物形象的塑造等方面，而在这些方面译者基本没有付出实质性的劳动。有鉴于此，我们一方面应该承认翻译文学在民族文学或国别文学中的地位，但另一方面，也应该把翻译文学看作民族文学或国别文学中相对独立的一个组成部分。

承认翻译文学，其最终体现其实落实在两个方面，一是在国别(民族)文学史内让翻译文学占有应有的一席之地，譬如在编写本国文学史时为翻译文学设立专门的章节；二是编写相对独立的翻译文学史，从而为翻译文学找到其最实在的安身立命之处。

第一个方面，从胡适的《白话文学史》以来，包括陈子展的《中国近代文学之变迁》、王哲甫的《中国新文学运动史》、郭箴一的《中国小说史》，等等，都已经做了。进入新时期以后，陈平原的《二十世纪中国小说史》(第一卷)对此也有所体现，在该书第二章“域外小说的刺激与启迪”里详细考察了域外小说借助什么样的手段，通过什么样的途径进入中国，并最终影响中国作家的全过程。此外，像“中国近代文学大系”也收入了三大卷《翻译文学》，从2001年起出版的“21世纪中国文学大系”也同样收入了《翻译文学卷》，这都表明了学界对翻译文学的承认。

至于第二个方面，即编写相对独立的翻译文学史，在我国以前也并不是没有人做过。而且，这样的翻译文学史我们国家出版了还不止一部，开此先河者是阿英写于1938年的《翻译史话》，尽管没有明确标明是“翻译文学史”，却是我国第一部具有翻译文学意识的翻译文学史。[①] 我国第二部翻译文学史的编辑在20年以后，是由北京大学西语系法文专业1957级全体同学编著的《中国翻译文学简史》(初稿)(以下简称《简史》)，该书虽然明显受到极左思潮的影响，但可以视作我国编写翻译文学史的第一个完整的实践尝试，在编写中国翻译文学史的实践方面进行了有益的探索，而且也已初步触及了一部翻译文学史应该涉及的几个基本要素，即作家(包括翻译家)、作品(包括人物形象)和事件(不仅指文学翻译事件，还有翻译文学对中国文学的影响等)，对此后的翻译文学史的编写很有借鉴意义。可惜的是，由于受特定时代的局限，书中的分析和观点大多失之偏颇。此外，由于《简史》一直没能正式出版，这使它在中国翻译文学史的编写实践上所做的探索鲜为人知，这个缺憾只能由30年以后编写的《中国翻译文学史稿》[②](以下简称《史稿》)来弥补了。

编写和出版于改革开放年代的《史稿》，在对翻译文学的认识方面明显超过以前两部。尤其是该书的“编后记”，更是热切呼吁：“现在是该让‘译学’(包括文学翻译在内)引起人们的重视，并使之作为一门独立学科而设立，加强研究探讨的时候了。”这种关于“译学”(包括文学翻译)的独立学科意识是前所未有的，它把对文学翻译的研究提高到了一个新的高度。这在国内众多的文学史中是独一无二的。然而，纵观《史稿》全书，这部“翻译文学史”却没有对翻译文学作品和作品中的文学形象进行分析和评述，也没有对翻译文学在中国的接受和影响的分析和评论，而仅仅只有对文学翻译事件和翻译家的评述和介绍，这样的著作只能说是一部“文学翻译史”，而不能算是“翻译文学史”。

这里有必要就翻译文学史与文学翻译史这两个不同的概念做一下区分。一般而言，文学翻译史以叙述文学翻译事件为主，关注的是翻译事件和历时性的线索；而翻译文学史则不仅注重历时性的翻译活动，更关注翻译事件发生的文化空间、译者翻译行为的文学文化目的，以及进入中国文学视野

---

① 《翻译史话》写于1938年，后收入阿英论文集《小说四谈》，上海：上海古籍出版社，1981年。

② 陈玉刚：《中国翻译文学史稿》，北京：中国对外翻译出版公司，1989年。

的外国作家。翻译文学史将翻译文学纳入特定时代的文化时空中进行考察，阐释文学翻译的文化目的、翻译形态，以及为达到某种文化目的进行翻译上的处理以及翻译的效果等，探讨翻译文学与民族文学在特定时代的关系和意义。

因此，严格意义上的翻译文学史其性质与通常意义上的文学史无异，它应该包括与所有的文学史同样的三个基本要素，即作家(翻译家和原作家)、作品(译作)和事件(不仅是文学翻译事件，还有翻译文学作品在译入国的传播、接受和影响的事件)。这三者是翻译文学史的核心对象，而由此核心所展开的历史叙述和分析就是翻译文学史的任务，即不仅要描述现代中国文学翻译的基本面貌、发展历程和特点，还要在中国文学自身发展的图景中对翻译文学的形成和意义做出明确的界定和阐释。

翻译家在翻译文学史里主体性地位的认定和承认是翻译文学史的一个重要方面。20 世纪中国翻译文学史上出现了一批卓有成就的翻译家，如林纾、鲁迅、周作人、郭沫若、茅盾、巴金、朱生豪、傅雷等，他们的文学翻译活动丰富了中国文学翻译史的内容，使得外国文学的图景生动地展示在了中国读者的面前。

“披上了中国外衣的外国作家”是翻译文学史的另一个主体。对 20 世纪中国翻译文学史来说，莎士比亚、狄更斯、哈代(Thomas Hardy)、艾略特、乔伊斯(James Joyce)、劳伦斯、贝克特(Samuel Beckett)、巴尔扎克、雨果(Victor Hugo)、司汤达(Stendhal)、普鲁斯特(Marcel Proust)、罗曼・罗兰(Romain Rolland)、萨特(Jean-Paul Sartre)、歌德、卡夫卡、托马斯・曼(Thomas Mann)、普希金、托尔斯泰、陀斯妥耶夫斯基(Фёдор Михайлович Достоевский)、屠格涅夫、高尔基、肖洛霍夫(Михаил А Шолохов)、艾特玛托夫(Чингиз Торекулович Айтматов)、帕斯捷尔纳克(Борис Леонидович Пастернак)、塞万提斯(Miguel de Cervantes Saavedra)、安徒生、易卜生、芥川龙之介、川端康成、泰戈尔(Rabindranath Tagore)、惠特曼(Walt Whitman)、杰克・伦敦(Jack London)、奥尼尔(Eugene O'Neill)、海明威(Ernest Miller Hemingway)、福克纳(William Faulkner)、贝娄(Saul Bellow)、马尔克斯、略萨(Mario Vargas Llosa)等，都是中国翻译文学史的重要对象，他们在翻译文学史里与翻译家处于同等重要的位置。翻译文学史应介绍他们在中国的译介和接受情况，从最初的译介到他们作品在各时期的翻译出版情况，以及各个时期接受的特点，等等，应有一个比较完整的描述，并分析这些作家和作品在各个时期译介和接受的特点，尤其应对该作家被译介的原因根据特定时代背景做出阐释。翻译文学史还应通过译本的序、跋之类的文字，分析在特定的文化时空中译者对所译作家、作品的阐释。如有些作家作品是作为世界文学遗产而翻译进中国；而有些则是契合了当时的文化、文学需求，作为一种声援和支持，促使特定时代的文学观念或创作方式的转变，才进行翻译的，如新时期的西方现代派文学的翻译。另外，有些外国作家进入中国的形象有一个变化的过程，如拜伦，起先是以反抗封建专制的"大豪侠"形象进入中国的，莎士比亚是以"名优"和"曲本小说家"的形象与中国读者结识的，卢梭(Jean-Jacques Rousseau)最初进入中国时扮演的是"名贤先哲""才智之士""名儒"的角色，尼采进入中国的身份则是"个人主义之至雄杰者""大文豪""极端破坏偶像者"，等等。

作为完整形态的翻译文学史的一个重要构成部分，翻译文学史还应该涉及翻译文学在中国文化语境中的传播、接受、影响、研究的特点等问题，从而对日益频繁的中外文化交流提供深刻的借鉴和历史参照。歌德曾说过："原作与译作之间的关系最能表现民族与民族之间的关系"。由于翻译文学史的独特性质，翻译文学史实际上也是一部文学交流史、文学影响史、文学接受史。具体说来，就是在时代社会文化的语境中揭示翻译文学的时代文化意义以及中外文化交流的时代特征，从翻译角度切入中外文学、文化的特质，在中国现代文化、文学的语境中，深入考察、探讨中国现代外国文学研究的现状和特点，深刻把握各个时期外国文学研究的主要特征，对在中国现代文学史上产生过重大影响的外国文艺思潮、作家、作品的研究特点和得失进行细致分析，并在时代语境中做出文化阐释。我们认为，这样的文学史，才是一部严格意义上的翻译文学史。

然而，以上认识仅仅是编写翻译文学史的第一步，它为编写翻译文学史提供了正确的指导思想，但它并不能代替翻译文学史的实际编写。编写翻译文学史中有许多具体问题都远未解决，这也是每一个有志于翻译文学史的编写者所面临的挑战。

首先，如何对翻译自世界各国各民族的文学作品正本清源，从而展开条理清晰的叙述，就是一个很大的难题。这一困难突出地反映在早期翻译文学史的编写问题上，因为早期翻译家们往往都不很重视原著。对他们来说，原著仅是他们驰骋个人文学才华的一个基础，一旦他们完成了“译作”，他们便把原著弃之一边。在他们的“译作”上往往都看不到原著的书名和作者名。更为复杂的是，早期翻译文学史上的有些译作并不是直接从原作译出，而是辗转通过第三国语言的译作重新译出的，从而为翻译文学史的编写者们埋下了一个又一个难以厘清的谜团。

翻译文学史的分期是编写翻译文学史时面临的又一个需要深思的问题。譬如，中国翻译文学史的编写者们在划分中国翻译文学史的时期时，更多参照的似乎是中国社会发展史的分期，如把五四运动作为中国近代翻译文学史和中国现代翻译文学史的分水岭。但这种做法是否符合翻译文学史自身的发展规律呢？

翻译文学史的编排方式也是一个很复杂的问题。对文学翻译史来说，单以翻译家的活动年代为序就可以了，但对于翻译文学史来说，这种方式显然就不够了，因为翻译事件可以历时性地叙述，而同一外国作家的作品在不同时代反复出现的现象，却无法历时叙述。为此，我们设想，未来的翻译文学史也许可由两部分组成，一部分按照传统的编年顺序历时编排，而另一部分则按国别、地区、语种、流派、思潮和代表作家编排。这样，也许可以通过纵横两轴、“线”“面”的结合来展示翻译文学史的全貌。

此外，对与源语文学中艺术手法变换有关的翻译潮流的发展和斗争，对翻译艺术的看法和观点的变迁，对在翻译过程中起媒介作用的中介语——转译本所依据的外语所起的作用，以及因转译而产生的二度变形等问题，翻译文学史都应该予以关注。

总之，翻译文学史概念的提出，从理论上而言为翻译文学已经提供了最终的归宿，但如何妥善合理地“安置”好翻译文学，也即如何编写一部严格意义上的翻译文学史，显然还有待国内的专家学者共同进行实践上的探索。让人倍感欣慰的是，进入21世纪以后，国内翻译文学史的编写实践进行得非常活跃，从而为我们进一步思考这一问题提供了丰富的素材。

第四节　中国翻译文学史：实践与理论

自从20世纪70年代末、80年代初比较文学在中国大陆重新崛起以来，中外文学关系一直是国内比较文学界、中国文学界以及外国文学界的研究热点。但是众多的研究往往把这种关系理解为外国文学与中国文学直接的关系，而忽略了其中的媒介者——翻译文学的存在和作用，同时也就忽略了探讨翻译文学在中国文学史中的发展轨迹，也即编写中国翻译文学史的问题。

尽管如此，如我们在上一节曾经概述过的，自 20 世纪 30 年代至今，我国还是有一些学者在中国翻译文学史的编写方面进行了有益而且极其可贵的探索和实践。这些探索和实践具体反映在 30 年代阿英撰写的《翻译史话》、50 年代北京大学学生集体编撰的《中国翻译文学简史》和 80 年代末陈玉刚主编的《中国翻译文学史稿》上。我们在本节对于这几种翻译文学史进行更为详尽的分析。

一、《翻译史话》：编写中国翻译文学史的首次尝试

自胡适的《白话文学史》起，无论是陈子展的《中国近代文学之变迁》，还是王哲甫的《中国新文学运动史》、郭箴一的《中国小说史》，都设有翻译文学的专章。但是，把翻译文学作为一个相对独立的文学实体，描述它在中国文学史内的发展轨迹，这样的实践在中国现代文学史上就难觅踪影了。阿英（钱杏邨）的《翻译史话》也许可视作这个领域里的空谷足音。

写于 1938 年的阿英的《翻译史话》套用我国传统的章回小说的形式，以风趣、生动的语言，介绍了我国早期翻译文学的历史。可惜的是，《翻译史话》没有写完，仅写成四回，具体标题如下：

第一回　普希金初临中土　高尔基远涉重洋

第二回　莱芒托夫一显身手 托尔斯泰两试新装

第三回　虚无美人款款西去 黑衣教士施施东来

第四回　吟边燕语奇情传海外　蛮陬花劫艳事说冰洲

这里的第一回、第二回具体描述了我国译介四位俄苏作家的情形，第三回分析了有关俄国民意党活动的作品中的文学形象（即《翻译史话》所说的“虚无美人”）和契诃夫小说中的文学形象（《翻译史话》以“黑衣教士”为例）在中国的接受情况，第四回则叙述了莎士比亚作品的汉译和哈葛德作品《迦茵小传》两种译本所引起的风波。《翻译史话》对这些外国文学家、外国文学

形象和外国文学作品的传入过程都做了详细的追溯。譬如，对普希金译介入中国的历史作者是如此叙述的：

> 只要说到俄国文学，从史的发展上，谁都会首先想起亚历山大·普希金。普希金著作之最初译成中文的，是他的名著《甲必丹之女》，时间是光绪二十九年（一九〇三）。
>
> 译本封面，题作《俄国情史》，本文前才刻上全称：《俄国情史斯密斯玛利传》，一题《花心蝶梦》。
>
> 译者是房州戢翼翚。系就日本高须治助本重译。据吴建常《爱国行记》（一九〇三），译者姓戢，字无丞，湖北人，留日甚久。全书意译，十三章，约二万言。十九年后（一九二一）才有安颐的直译《甲必丹之女》（商务刊本），可是现在也绝版了。

关于高尔基，作者写道：

> 高尔基是什么时候来到中国的呢？在他死的时候，我曾经为杂志《光明》编过一张书目，最早的翻译，是周国贤《欧美名家小说丛刊》（一九一七）时的《大义》，名字译作“麦克昔姆高甘”。其实，这是不确的，高尔基作品的中译的出现，是远在光绪三十三年（一九〇七）。
>
> 不过高尔基的名字为中国人所知，却不在此时，还要提前到“日俄战争”期间。光绪三十年（一九〇四），“日俄战争”爆发，日人所办的《日华新闻》，著论诋毁俄国，第一回使中国人知道，俄国有著名的文士“戈尔机”。日人用高尔基的文字，来作俄罗斯帝国罪恶的实证。说“著名文士戈尔机”著“草雄浑大篇”，以攻击南俄杀犹太人事。全文曾转载在商务印行的《日俄战记》第三册中。

从上面两段引文可以看出，《翻译史话》尽管是一部模仿传统章回小说的著作，但作者在写作时并不信“笔”开河，而是字字有依据，事事有出典，考证与叙述之严谨，与严肃的学术著作并无二致。当然，作为一部通俗性的大众读物，作者也尽力注意文字的活泼生动。譬如，书中写托尔斯泰的那段文字，可谓妙趣横生：

> 现在，我们可以说说托尔斯泰（Lev Tolstoy 1828—1910）这个老头儿了。他眼看着普希金一行人联袂东来，不觉心痒，也就匆匆地提了稿箱，跨上航轮，来拜访他一向所憧憬着的古国。大概因为他走得太快，毫无准备的关系，到了上海，开箱一看，不觉大失所望，原来携了来的，仅有《不测之威》（现译《谢列布良尼大公》，但非列夫·托尔斯泰而是阿·康·托尔斯泰所著，阿英有误——引者）和《蛾眉之雄》（现译不详——引者）两部稿子，其余的依旧留在那辽远的故国。
>
> 他第一回请的舌人，似乎并不知名。到光绪三十四年（一九〇八）才替他把《不测之威》翻译了出来。原稿是厚厚的两本。老头儿是不识中国字的，也不知翻译得究竟如何，但看到这就是穿上中国衣服的自己的著作，也就不禁欢喜。连忙偕同舌人，走到商务印书馆，会见那编辑老爷。书店看他满嘴胡须的长者相，而又来自远方，自不便拒绝他那小小的请求。所以在不久的时候，这一套书就照样地印成了两册，放在架上发卖了。
>
> ……（老头儿）一面谢了他的舌人，一面就连忙跑了回去，取出他仅有的第二部书，找着一位叫作热质的来替他翻译。他说希望《蛾眉之雄》也能很快的穿上中装。
>
> 宣统三年（一九一一）四月，《蛾眉之雄》的两册书，果然由一家叫作拜经堂的，印了出来。封面的装帧很好，仿佛在白色新衣的边缘上，滚了宽阔的花边，极精致可爱。老头儿拿到译本，看了又看，翻了又翻，虽然扁担大的一字也认不得，却也不禁欢喜得流下了泪来。他是做梦也没有想起，在这样的年岁，还能跑到中国，换上两套新装。

如前所述，《史话》并不单是叙述外国文学家传入中国的历史，它还分析了某些作品在中国的接受情况。譬如，它对早期中国翻译文学中的一个“主流”——“虚无党小说”的翻译，就做了非常精辟的分析。作者指出：“虚无党小说的产生地则是当时暗无天日的帝国俄罗斯。虚无党人主张帝制，实行暗杀，这些所在，与中国的革命党行动，是有不少契合之点。因此，关于虚无党小说的译印，极得思想进步的智识阶级的拥护与欢迎。”作者接着又指出：“不过，作为主流的虚无党小说的时代，并不怎样长，由于中国智识阶级政治理解的成长，由于辛亥（一九一一）革命的完成，这一类作品，不久就消失了他的地位，成为一种史迹。”①

从以上简介可以看出，阿英的《翻译史话》虽然没有明确标明“翻译文学史”，却是我国第一部具有翻译文学意识的翻译文学史。它的翻译文学意识具体表现在：

（1）在我国历史上首次把翻译文学的发展作为一个相对独立的发展线索进行史的描述，对外国文学的输入、接受和变形等问题进行了深入的追溯，还展开了非常形象的分析。除以上提到的对普希金、托尔斯泰、高尔基作品在中国译介的描述外，还有莱蒙托夫（Михаил Юрьевич Лермонтов）、莎士比亚等人的作品的早期汉译史的归纳，等等。

（2）把传入中国的外国文学家、外国文学形象和外国文学作品作为叙述的主要对象，而不是仅仅停留在对文学翻译事件的描述上，这一点从已经写成的四回的标题和本文中都可见出。此外，《翻译史话》对同一作品的不同译本（如莱蒙托夫的《当代英雄》早期的两个译本）的比较研究，对普希金、莱蒙托夫在早期汉译中的作者形象（小说家）与其在本国的实际形象（诗人）之间的差异的研究等，都很有意义。

（3）注意到了翻译文学的两主体之一——翻译家的作用。（翻译文学的另一主体当然是原作家了。）在已经写成的四回书中，翻译家如吴梼、陈冷血、林纾等，都占有显著的位置。

二、《中国翻译文学简史》：一次奇特而大胆的实验

我国的第二部翻译文学史的编写是20年以后的事了，而且这本翻译文学史一直没有正式出版，这就是由北京大学西语系法文专业1957级全体同学编著的《中国翻译文学简史》（初稿）②（以下简称《简史》）。

---

① 阿英：《小说四谈》，上海：上海古籍出版社，1981年，第238－239页。

② 该书系打印本，未正式出版。封面上方第一行印“中国翻译文学简史”八个大字，第二行印有带括号的“初稿”二字，第三行印“北京大学西语系法文专业57级全体同学编著”，下方分二行印“北京大学西语系”和“1960年1月”，说明该教材印行于1960年1月。

说起来，这本《简史》还是"大跃进"的产物。正如编写者在该书的"后记"里所说的：

> 去年(指1958年——引者)八月，在党的"敢想、敢说、敢做"的号召下，在本校的"群众办科学"运动的鼓舞下，我们这一群年轻人提出要编写一部"中国近代文学翻译史"，当即受到党总支的重视、关怀、指导和全班同学的支持。编写工作接着就紧张地开始了。

由于这样一个特殊的时代背景，这本《简史》从头至尾贯穿并充斥着不少极左思潮的观点也就不足为怪了。譬如，该书认为，在我国的翻译界自始至终存在着两条路线的斗争，存在着尖锐的阶级斗争。该书第四编"1937—1949.9的翻译文学"专门设立一章"两个批判"，集中批判了著名翻译家傅雷，以及傅东华对《飘》的翻译，等等。

因为《简史》当时是作为教材在校内使用，并未正式出版，所以在社会上并没有产生什么影响，时过境迁，目前知之者恐怕已经微乎其微，有心者要看也不大可能看到，为使读者对该书有一个大致的了解，这里我们先把该书的目录抄录如下(同时附上页码，以便让读者了解全书和各章的篇幅)：

《中国翻译文学简史》(初稿)目次

如果撇开书中明显的受极左思潮影响的一些观点不提的话，那么从以上的目录我们已经可以看出，这本《简史》完全可以视作我国有史以来编写翻译文学史的第一个完整的实践尝试，而且，更值得注意的是，我们在通读了全书后发现，即使从今天的观点来看，《简史》在编写翻译文学史方面所做的探索也是非常有益的，有好些方面是值得肯定和值得后来者借鉴的，这大概与《简史》在编写过程中得到了当时不少著名的学者和翻译家的指导也有一定的关系(《简史》"后记"中对罗大冈、戈宝权、董秋斯、曹靖华等十余名学者和翻译家点名表示感谢)。

《简史》的意义首先在于从史的角度注意到了翻译文学对中国文学的巨大影响和在中国现代文学发展中的重大作用，并以相当多的篇幅论述了这个问题。如在第二编里，编者以十多页的篇幅论述了翻译文学对中国新诗、中国话剧的影响，尤其具体地分析了郭沫若诗歌创作所受到的泰戈尔、海涅(Heinrich Heine)、惠特曼、歌德等的影响；另外，第四编第三章中的"高尔基、马雅可夫斯基等在中国"和第五编第二章中的"社会主义国家文学的翻译"等也都对这一问题给予了相当的关注。

尤其值得一提的是，《简史》还注意到了中国读者对翻译文学的接受情况，并给予相当篇幅予以介绍。譬如，在第二编第二章中编著者引用阿英的话说明中国读者对易卜生作品的反应："易卜生在当时中国社会引起了巨大的波澜，新的人没有一个不狂热地喜爱他，也几乎没有一个报刊不谈论他。"《简史》对这种情况还进行了分析："这种情况的出现是不难理解的，因为在反抗封建束缚、力争个性解放的当时，易卜生作品中的对传统的旧意识观念形态的不妥协态度，给了人们以极大的鼓舞。"第五编第二章谈到中国读者如何喜爱马雅可夫斯基(Влади́мир Влади́мирович Маяко́вский)的诗："在中国到处都可以听到'我赞美祖国的现在，我三倍地赞美祖国的未来'这样豪迈的诗句。"谈到了巴金的话："中国读者热爱契诃夫，因为他们曾经感觉到契诃夫的作品好像就是为他们写的，而且描写他们中间发生的事情。"当然，《简史》站在当时特定的立场，也批判了"很多青年阅读西方古典文学的目的还不很明确"，"吸收了很多腐朽的、甚至反动的东西"，"有人很崇拜约翰·

克里斯朵夫，欣赏他的坚韧的'反抗精神'，有人沉浸于雪莱、拜伦的抒情诗中，不过问政治。有人受了抽象的资产阶级民主思想的影响，追求所谓的人道主义；更有部分人去学资产阶级生活方式，宣传'享乐至上'，以'享受'作为幸福生活的最高标准；有人则接受了资产阶级的恋爱观，津津乐道地谈论着作品中的爱情故事"。这些都是时代的局限，也可以说是那个特定时代的烙印，而且也从另一个侧面让我们看到了当时读者对翻译文学的接受。

《简史》对中国翻译文学的发轫期的确定令人注目。《简史》的编写者不无根据地意识到，"自汉唐以来中国虽然已有了佛经的翻译，其中许多也具有文学作品的特点，但是真正大量将外国文学介绍到中国来是在戊戌政变前夕，维新的梁启超发表'译印政治小说序'以后，从此翻译文学盛行"，从而把 1898—1919 年作为近代翻译文学事业的开始时期，这是非常有见地的。但《简史》在整体的分期上太受社会发展史的影响，而没有顾及翻译文学史自身的发展特点，显得过于简单化，而且在第四期与第五期之间还空出了一年，也令人感到奇怪。

对翻译家和他们的翻译成就的重视，是《简史》的又一特点。《简史》设立专章或专节的翻译家就有 15 名，至于在书中提到并给予介绍的就更多了。在介绍这些翻译家时，《简史》详细地论述了他们的翻译目的性、翻译观点、翻译成就和存在的不足。譬如，《简史》分析苏曼殊翻译拜伦的诗，说苏曼殊"创造出拜伦的诗，在表达出诗的意境深远上，却是有一些成就"。《简史》指出"田汉译的《哈姆雷特》是中国以严肃态度翻译的第一部莎士比亚剧本"；"在《华伦夫人之职业》中我们看到萧伯纳的诙谐、泼辣、含蓄是和翻译家（指潘家洵——引者）的辛苦劳动分不开的"；指出"朱生豪的译文质量达到了相当高的水平，最大特点是文字流畅，且多多少少表达了原作者风格"；评论郭沫若的译诗"其中大部分是以骚体翻译的，这以当时眼光看来它所谓'达'和'雅'固然是达到了，然而'信'却未必，这对原文是不够忠实的"；等等。

在翻译文学史里，如何让读者看到翻译文学作品和翻译文学里的人物形象，这是翻译文学史的编写者们应该考虑的问题。在这方面，《简史》也做了一定的努力。书中对当时一些产生过重大影响的文学形象，如鲁迅翻译的《工人绥惠略夫》中的同名主人公，郑振铎翻译的路卜洵（书中误印成"路十间"）的《灰色马》中的主人公乔治，莫里哀《悭吝人》的主人公阿巴贡，福楼拜长篇小说《包法利夫人》(李劼人当时译为《马丹波瓦利》)的同名女主人公,等等,都做了相当具体的分析。与此同时,《简史》对一系列的翻译文学作品,如拉夫列涅夫的《第四十一》、纪德的《田园交响乐》、托尔斯泰的《复活》、德莱塞的《美国的悲剧》等,都有较为具体的分析。至于1949年后翻译的一些苏联文学作品,如《钢铁是怎样炼成的》《勇敢》《拖拉机站站长和总农艺师》等,《简史》分析得更是细致入微了。

总之,《简史》在编写中国翻译文学史的实践上进行了有益的探索,而且还触及了一部翻译文学史应该涉及的几个基本要素,即作家(包括翻译家)、作品(包括人物形象)和事件(不仅是指的文学翻译事件,还有翻译文学对中国文学的影响、中国读者对翻译文学的接受等事件),对此后翻译文学史的编写很有借鉴意义。

三、《中国翻译文学史稿》:文学翻译史还是翻译文学史?

编写和出版于改革开放年代的《中国翻译文学史稿》(以下简称《史稿》),在对翻译文学的认识方面显然要超过以前两部同类著作。该书的"编后记"明确指出:

> 翻译文学是人类社会的重要文化活动,翻译文学是世界文学的重要组成部分。我国的翻译文学是我国绚丽多彩的文学园地里一枝独具芬芳的鲜花。十九世纪中叶以来,中国与世界各国的文学和艺术的交流逐渐频繁,我国许多作家从事文学翻译活动,他们把别国的文学作品视为新的营养和对全世界了解的源泉,翻译介绍了大批外国优秀作品给中国读者。他们的文学丰富了我国的文艺思想、艺术形式和文学语言,对我国近代以来的文学发展影响深远,尤其对新文学运动的发展起了很大的促进作用。

尤其值得称许的是,该书编著者特别强调了翻译文学相对独立的特点,提出"翻译文学的产生和发展,同其他形式的文学一样,有着自己的规律"。所以他们撰写中国翻译文学史时,是"以文学翻译的活动的事实为基础,以脉络为主,阐明翻译文学的发展历史和规律,并力图对翻译文学和新文学发展的关系,各个时期翻译文学的特点,重要翻译家的翻译主张以及他们之间的继承和相互影响，翻译文学最基本的特征和它同其他形式的文学基本的不同点等问题进行探讨”。

把《史稿》与《简史》做一对比的话，我们惊奇地发现，两者在全书的编写方式上竟如出一辙：两者都分五“编”，然后在每“编”下，设数章不等，章下再分节。更有甚者，两书在对中国翻译文学史的分期上也颇相仿佛——都把中国翻译文学史分为五个阶段。两者的差别仅在对中国翻译文学的发轫期的把握上，《史稿》把它推得更向前，即把 1840 年的鸦片战争视作中国翻译文学史的滥觞。这真是一个有意思的巧合。

《史稿》对翻译家也非常重视，而且给予了比《简史》更多的篇幅进行论述。《史稿》设立专章专节进行评述的翻译家约 15 名，这个数目与《简史》差不多，但人选已有所调整，增加了巴金，更增加了朱生豪、梅益、李健吾、戈宝权、方重等专门的翻译家。而在书中以专门的篇幅和段落进行评述的翻译家人数更多，将近 70 人，从苏曼殊、马君武、伍光建，直至查良铮、叶君健、草婴，中国一百余年来的主要翻译家几乎全部收入书中。更令人欣慰的是，由于时代的变迁，《史稿》能够根据翻译史上的事实来“拨乱反正”，对曾经遭受不公正对待的翻译家做客观、公正的论述。譬如，同是评述傅雷，《简史》对之罗织罪名，横加笔伐，而《史稿》则让我们看到了一位真正的翻译大师：“傅雷译文准确，用字丰富优美，自然流畅。既能传达出原著的精神，又能为我国读者所乐读和理解。清新、朴实的译文，有如清澈见底的流水，使读者不自觉地陶醉于其中，傅雷所译巴尔扎克的作品，确是千头不乱，繁而不杂，脉理清晰，层次分明，毫不夸张地说，傅译本给原著的语言增添了光彩。”[①]类似的评述，在《史稿》中比比皆是。全书近百位翻译家，《史稿》对他们都有或简或详的生平、翻译活动、翻译观点和翻译成就的介绍，并给予一定的评价，这在国内众多的文学史著作中是独一无二的。

《史稿》的成就还反映在它对我国文学翻译事件的梳理和对各家译学观点的评述上。综观全书，我们可以发现，《史稿》是按照中国文学翻译事件的发展而展开它的叙述的，从晚清同文馆及早期翻译家梁启超、严复、林纾等人的翻译活动，到文学研究会、创造社、未名社等的翻译活动，再到 1949 年后的翻译情况，其间穿插对同期主要翻译家活动和成就的评述，条分缕析，

① 陈玉刚：《中国翻译文学史稿》，北京：中国对外翻译出版公司，1989 年，第 314 页。

脉络清楚。尤其值得肯定的是《史稿》对中国翻译文学史上的有关文学翻译的事件，如创造社和文学研究会译家的观点，如林语堂等人的翻译观，都给予高度的重视，设立专节予以评述，体现了翻译文学史的特色。而且，在这样做的时候，《史稿》能公允地对待各家观点，既不因人立言，也不因人废言。如《史稿》在高度评价鲁迅的翻译活动和翻译理论的同时，对鲁迅的翻译理论却能恰如其分地给予评价，指出“翻译理论”是一个学术概念，“如果从建立完整的、科学的理论体系来要求的话，鲁迅的翻译理论，还有一定的差距。个别见解也不无偏颇之处”。[①] 又如，在评价长期来颇有争议的作家林语堂的翻译理论时，《史稿》也能运用历史唯物主义的观点，客观、冷静地看到林语堂“在翻译理论上有很大的贡献，是继严复之后，在翻译理论上很有影响的翻译文学家”[②]。这些论述与《简史》相比，都是难能可贵的。

《史稿》是我国有史以来第一部正式出版的、标明为“中国翻译文学史稿”的完整著作，是“在翻译文学似尚无系统专著的情况下”编著的，“筚路蓝缕，以启山林”，开创之功不可没。但是正因为是一部开创之作，所以它也就难免存在一些值得商榷的问题。这些问题主要表现在我们怎么看待“翻译文学史”中的“翻译文学”的问题，怎样看待“翻译文学史”的编写问题。综观《史稿》全书，这部标明为“中国翻译文学史稿”的著作，却没有能让读者在其中看到“翻译文学”，这里指的是翻译文学作品和翻译文学作品中的文学形象以及对它们的分析和评述；没有能让读者看到披上了中国外衣的外国作家，即译介到中国来的外国作家，而从译介学的观点来看，他们应该和中国的翻译家一起构成中国翻译文学的创作主体；该书也没有能让读者看到对翻译文学在中国的接受和影响的分析和评论，而这些似乎应该是一部翻译文学史必要的组成部分。否则，如果仅仅只有对文学翻译事件和文学翻译家的评述和介绍，那么，更确切地说，这样一部著作不是一部“翻译文学史”，而是一部“文学翻译史”。如果说《史稿》在某些方面还存在缺憾的话，那么这种在严格意义上的翻译文学史的“名”与“实”之间的脱节，也许是《史稿》编写中存在的一个缺憾。

这里不无必要强调一下的是，当我们说一部著作不是“翻译文学史”，而

① 陈玉刚：《中国翻译文学史稿》，北京：中国对外翻译出版公司，1989 年，第 178 页。

② 陈玉刚：《中国翻译文学史稿》，北京：中国对外翻译出版公司，1989 年，第 274 页。

是一部"文学翻译史"时，我们并没有贬低这部著作的意思。学术研究需要有众多著作从不同的角度编撰各种不同的著作，这有利于学术的繁荣。《史稿》偏重文学翻译史的描述，以文学翻译事件和翻译家的活动、观点为主要内容，为我们提供了一部内容丰富的"文学翻译史"著作，这同样是很有意义、很有价值的，也是目前国内学术界所需要的。事实上，迄今为止，我们也没有一部完整的、相对独立的"文学翻译史"。但是，当我们从翻译文学史的角度提出问题、考察问题时，《史稿》存在的这种"名"与"实"之间的脱节就不能不引起我们的注意，并且引起我们的深思：一部翻译文学史究竟应该包括哪些内容？或者说，什么样的著作才能算是翻译文学史？这个问题是到了认真加以讨论的时候了。

四、中国翻译文学史：呼唤理论

以上三部（严格而言，不过两部多一点）著作是中国学界在半个多世纪里硕果仅有的三部翻译文学史，代表了中国学界在不同的年代和时代背景下对翻译文学的编撰实践所做的可贵的探索。但是，当我们对这三部著作的演变轨迹做一番仔细的考察时，我们不能不发现，它们的探索尚缺乏应有的理论支持，这也就是为什么经过了漫长的半个多世纪的实践，我们最终却没有编写出一部严格意义上的翻译文学史的原因。我们发现，无论是三部著作的编写者本人，还是这三部著作撰写时所处的外部学术环境，都没有对翻译文学史的概念、内涵、分期、定位等问题从理论上进行过探讨。

对此，我们只要对照一下近年来国内学界在编写20世纪中国文学史上所取得的成绩即可清楚。近年来，国内学术界之所以能在20世纪中国文学史的编撰上取得引人注目的成就，与前些年学术界对20世纪中国文学史的理论探讨，尤其是关于重写文学史等问题的探讨有直接的关系。因此，如果我们想要在编写中国翻译文学史的实践上取得更大进展的话，我们必须展开理论上的探讨。

编写翻译文学史所遇到的理论问题，在笔者看来，主要有以下几个方面：

（一）对翻译文学的认识问题

对中国文学界而言，翻译文学指的是从各种外文原版作品译成中文的文学作品。假如我们能认识到文学翻译中必不可免的创造性叛逆，认识到文学翻译家的再创作，从而不再把翻译文学简单地等同于外国文学的话，那么我们就有可能触及对翻译文学发展轨迹进行研究的问题，也就是触及撰写翻译文学史的问题。否则，把翻译文学简单地等同于外国文学，那么，这种对翻译文学发展轨迹的研究就无异于外国文学研究，翻译文学史也就成了外国文学史，从而也就失去了它的相对独立的研究价值了。

（二）翻译文学的归属问题

对中国文学界而言，翻译文学的归属问题也就是是否承认翻译文学是中国文学的一个组成部分的问题。本来，翻译文学的创作（严格而言是再创作）主体（译者）和客体（译作）都是在中国文学的范围内传播、接受、产生影响，并对中国文学的发展做出贡献的，翻译文学的归属不应有什么问题。譬如，魏晋时期的佛经文学，早已成为中国传统文学不可或缺的一部分，对其“身份”无人置疑。但是由于目前流行的翻译文学还没有融入我们的主流文学中去（而且其大多数也永远不会融入），只能成为其中相对独立的一个组成部分，有些人便对其归属表示怀疑，他们问：翻译文学明明是外国文学，怎么会是中国文学的一个组成部分呢？因此，只有解决了翻译文学的归属问题，我们才有可能进而讨论翻译文学史的问题。

（三）翻译文学史的性质问题

翻译文学史究竟是一部什么样的历史著作？是一部翻译史，即描述文学翻译事件的“史”呢？还是一部文学史，即描述翻译文学发展的“史”？如果把翻译文学史定位为“翻译史”，那么《中国翻译文学史稿》已经基本完成这个任务了，今后要做的事就是在这部著作的基础上进行修订、充实就行了。如果把它定位为文学史，那就意味着翻译文学史也应该有文学史的三个基本要素，即作家、作品和事件。这里的作家不仅指的是原作家，还有进行再创作的译作家即文学翻译家。这里的作品指的却不是原作，而是文学翻译家的辛勤劳动的成果——译作。由于同一部原作有时在不同时代，甚至同一时代都会有多种不同的译作，从而形成翻译文学史中的一种独特的现象。这里的事件当然就是指的文学翻译的事件，包括翻译家个人或团体的翻译活动，译界潮流、动向、主张、争论等。由于翻译文学的独特性质，翻译文学史实际上是一部文学交流史、文学影响史、文学接受史。

以上就是编撰翻译文学史时所面临的三个最基本的理论问题，而这些问题如果不能深入地展开讨论，取得比较深刻的认识的话，那么我们恐怕就很难期待一部严格意义上的中国翻译文学史的诞生，而只能在文学翻译史与翻译文学史之间徘徊。

第五节　翻译文学史：探索与实践

进入21世纪以后，翻译文学史的研究和编撰显然获得了国内学术界(尤其是比较文学界和外国文学研究界)越来越多的关注和重视。迄今为止，以“翻译文学史”“外国文学译介史”或类似名称编撰、出版的著述，其数量至少已有二十几种，呈现出相当活跃而繁荣的景象。这些著述的作者，在翻译文学史及其编撰的理念、方法等方面不尽一致，但都从各自的立场对翻译文学史的理念和编写进行了有益的探索，为进一步提升和完善中国翻译文学史的编写提供了宝贵的经验。不仅如此，这些著述实际上还是对目前国内的外国文学研究和中国现当代文学研究的拓展和补充，具有独特的学术研究价值。

在这些著述中，首先吸引笔者注意的是王向远教授于2001年推出的《二十世纪中国的日本翻译文学史》，其对“翻译文学”和“翻译文学史”概念、性质、位置的确切清晰的认识和界定，给人留下深刻的印象。在这本将近五十万言的国内首部“二十世纪中国的日本翻译文学史”里，作者在“前言”第一段即旗帜鲜明地宣称：“中国的翻译文学既是中外文学关系的媒介，也是中国现代文学的一个特殊的重要组成部分。完备的中国现代文学史，不能缺少翻译文学史；完整的比较文学的研究，也不能缺少翻译文学的研究。”接着，他对此又做了进一步的阐释，认为“翻译文学及翻译文学史是比较文学研究的重要组成部分。比较文学的学科范围，应该由纵、横两部分构成。横的方面，是比较文学的基本理论研究，不同文学体系之间、文学和其他学科之间的贯通研究等；纵的方面，则是比较文学视角的文学史研究，其中包括‘影响—接受’史的研究、文学关系史的研究、翻译文学史的研究等。翻译文学史本身就是一种文学交流史、文学关系史，因而也就是一种比较文学史。比较文学的一些分支学科，如渊源学、媒介学、形象学、思潮流派比较研究等，都应该，也只能放在比较文学史，特别是翻译文学史的知识领域中。这样看来，翻译文学及翻译文学史的研究就成了比较文学学科中一项最基础的工程。”[①]

对翻译文学史应该包括的内容，作者也有自己独特的见解。他认为翻译文学史的内容要素为六个，即“时代环境—作家—作品—翻译家—译本—读者，在这六个要素中，前三个要素是外国文学史著作的核心，而翻译文学史则应该把重心放在后三个要素上，而其中最重要的还是‘译本’，所以归根到底，核心的要素还是译本。……翻译文学史还是应以译本为中心来写”。[②]

至于翻译文学史应该解决和回答的问题，作者把它们归纳为四个问题：“一、为什么要译？二、译的是什么？三、译得怎么样？四、译本有何反响？”第一个问题关系的是翻译的动机以及翻译家所受到的主客观制约因素，作者分析说：“在众多可供选择的对象中，为什么要选这个作家而不选那个作家，为什么选这个作品而不选那个作品？这当中，有翻译家对选题对象的认识与判断，有翻译家的思想倾向、审美趣味在起作用，同时也受到翻译家所处的时代背景、社会环境、出版走向等因素的制约。”第二个问题涉及翻译的对象，也即原作。对此，作者强调“翻译文学史对原作的介绍和分析”应该“在原作如何被转化为译作这一独特的立场上进行”，而不应该像外国文学史那样为说明、阐释原作而对原作进行介绍和分析。第三个问题显然是与翻译的语言技巧层面有关，但作者指出：“除了语言层面之外，还必须进一步从文学的层面对译作做出评价。……一个好作品译作应该是‘语言’与‘文学’两方面艺术的高度统一。”最后一个问题关注的是译本的影响和反响。通常人们都把这个问题与“读者反应”联系在一起，这当然不错。但该书作者笔下的“读者”除了普通读者外，还有翻译家、研究者、评论家和作家等。这样，在作者看来，“‘翻译文学史’不能只是孤立地讲‘翻译’，它还必须包括‘研究’和‘评价’。因此，完整的、全面的‘翻译文学史’同时也是‘译介史’，即翻译史和研究评介史”。[③] 特别值得肯定的是，作者把他关于翻译文学史的理念切实、具体地贯彻到这本著作中。譬如第三章“战争时期的日本翻译

① 王向远：《二十世纪中国的日本翻译文学史》，北京：北京师范大学出版社，2001年，第1－2页。

② 王向远：《二十世纪中国的日本翻译文学史》，北京：北京师范大学出版社，2001年，第8页。

③ 王向远：《二十世纪中国的日本翻译文学史》，北京：北京师范大学出版社，2001年，第9－10页。

文学”第二节“对侵华文学和在华反战文学的译介”，通过对石川达三《活着的士兵》的译介及其反响和对火野苇平《麦与士兵》的译介和批判的论述，引述大量第一手的评论资料，生动地还原了当时的历史语境，并具体再现了这两部作品在当时中国的译介、接受、反响等过程。这些内容不可能在国内传统的“日本文学史”里得到反映，而只能为翻译文学史所独有。

王向远教授同期推出的另一部著作《东方各国文学在中国——译介与研究史述论》(2001)[①]虽然没有明确标示“翻译文学史”，但其副标题以及书中各章节的标题，诸如“泰戈尔的译介”“阿拉伯文学的译介”“日本现当代文学的译介”等，已经喻示了它的“译介史”性质。而书中介绍的国内学界对东方各国文学的“研究”，正好反映了中国对东方各国文学的“接受”。再加上该书与王向远教授的《二十世纪中国的日本翻译文学史》一样，以翔实的史料、深刻的分析和严谨的论证见长，所以该书也是一本值得关注的翻译文学史类著述。

明确标举翻译文学研究的还有王建开教授的《五四以来我国英美文学作品译介史(1919—1949)》(2003)和孟昭毅、李载道主编的《中国翻译文学史》(2005)两书。王建开认为：“研究翻译文学，有两个方面可写。一是从史料的角度，对不同阶段的译介状况做描述，并从中引出一些结论性的意见。一是运用理论系统，从某几个视角切入做观察。如读者接受的方法，可用来探究影响译介的各项因素，窥见诸如某类译本何以盛行之类的背景。”[②]据作者在“前言”中自述，他在以下四个方面花了较大力气，具体为：一是“充分占有资料，让史实说话”；二是把文艺期刊纳入研究视野；三是保证信息的完整，尽量对每一条信息与之关联的前后情况加以必要的说明；四是对早期译本上原作者缺失的现象尽力发现和给出原作名和原作者名。“尽管因年代久远，仍有少部分无法查得，但主要的那些算是有了着落。”[③]事实也确是如此，该书作者收集、归纳、整理了自“五四”以来几十年间我国翻译、介绍、接受英美文学的整个过程的资料，并对这个过程的性质、特点等

① 王向远：《东方各国文学在中国——译介与研究史述论》，南昌：江西教育出版社，2001年。

② 王建开：《五四以来我国英美文学作品译介史(1919—1949)》，上海：上海外语教育出版社，2003年，第Ⅶ页。

③ 王建开：《五四以来我国英美文学作品译介史(1919—1949)》，上海：上海外语教育出版社，2003年，第Ⅵ页。

进行了全方位的描述和剖析。尤其值得肯定的是，该书跳出了此前类似著作（翻译史）以时间为序平铺直叙的模式，而把“五四”以来的英美文学翻译作为一个整体，然后从不同角度加以切入，如初期关于译介方向的论辩、期刊在译介英美文学方面的贡献、译介题材的变化等，从而使读者对“五四”以来的英美文学翻译有了更为深刻、更为全面的把握。而把发表在期刊上的译作纳入译介史研究的视野，更成为该书的一个特色，很好地补充和丰富了已有翻译文学史类著述的编写和研究。

孟昭毅、李载道主编的《中国翻译文学史》实际上是对1989年出版的陈玉刚主编的《中国翻译文学史稿》一书的改写。两相对照，可以发现新版比旧版在内容上和地域上都有了极大的扩充。内容上新增加的“第四编”把叙事的目光一直延伸到了“文化大革命”结束后至2003年这一时期的翻译文学，这是中国翻译史上第四个翻译高潮期，翻译文学的内容极其丰富多彩。在地域方面，新版还把港台翻译文学也纳入叙事视野，从而弥补了其他同类著述的缺失。但新版在翻译文学史编写的理念上与旧版相比，似无实质性的变化，这反映在翻译文学史的分期还未能明确彰显翻译文学史的特点，对为何设定1897年为这本翻译文学史的起源年份也缺乏明确的交代。

平保兴的《五四翻译文学史》(2005)借用传播学理论，为“五四”翻译文学整理出一个翻译文学的传播过程，即译者（传播者，包括个人或团体）——翻译了什么（哪位/哪些作家及其多少作品）——通过什么渠道（媒介，包括报刊、个人、社团、组织等）——对谁（读者，包括各阶层的人）——产生什么影响（效果），提供了一个独特的翻译文学史研究的切入点，很有价值。作者指出：“由于传播是一个反映历史发展、变化的过程，我们研究翻译文学时，必须考虑到分析的焦点受到社会和历史文化语境影响的问题。从这一点来说，翻译传播理论还应有一个传播成因。这样就构成了一个完整的翻译文学史研究的内容。”①

作者指出：“翻译传播研究，可分为定性研究法（Qualitative Methods）和定量研究法（Quantitative Methods）。前者借助理论范式，进行逻辑推理，据此解释命题，得出理论性的结论。而后者（又称量化研究方法和实证研究方法）是在大量量化事实的基础上，描述、解释和预测研究对象，通过逻辑推论

① 平保兴：《五四翻译文学史》，北京：中国文史出版社，2005年，第2页。

和相关分析，提出观点。”[①]

作者认为该书的“研究就是基于上述理论和方法。从社会历史文化的语境出发，该书首先介绍了外国文学在中国的翻译情况，分析外国文学在中国传播的原因。接着介绍文学传播的媒介，通过对译作数量的统计和分析，得出相关的研究结果。同时又选择译本或原作，进行比较、分析，评析其得失。最后从读者接受的角度，考察外国翻译文学作品在传播过程中对中国作家和作品的影响”[②]。借用传播学理论对翻译文学史的发展进程及其特点进行描述和分析，平保兴的这部著作应该是一个比较独特，也比较成功的探索和尝试。

在已经出版的翻译文学史类著述中，也许并不算特别引人注目，但却让笔者非常欣赏的是李今的《三四十年代苏俄汉译文学论》(2006)。该书作者的专业背景是中国现代文学，但她却敏锐地注意到了当代翻译研究范式从文学翻译(translating)向翻译文学(translation)转变的迹象，“也就是说从以原著为中心，把分析的注意力集中在译文对原著的传译上，到译品跨文化传递中的中介作用及其在多元语境与传统中的渗透；从单一文本的内部研究转向翻译生产或整个文学与文化的历史流变及社会因素影响的外部研究”[③]。这样，作者把她的关注焦点也定位在“已经被翻译过来的译作如何被选择、被阐释以及适应着中国社会政治文化和文学的变化发展，不断被重译，被重新阐释的过程及其影响”[④]。笔者以为，她关注的这个焦点恰恰也就是一部真正意义上的翻译文学史应该关注的焦点。还有，该书的编排也很值得称道，基本上就是以译者为经脉而构筑，上卷谈苏联文学的翻译，下卷谈俄罗斯文学的翻译，各章节的标题突显的都是译者的名字，诸如“傅东华译富曼诺夫《夏伯阳》”“贺非、金人译肖洛霍夫《静静的顿河》”(上卷第五节中的两小节)、“赵景深、满涛、焦菊隐、芳信等人对契诃夫的翻译及其传播”(下卷第七节)，等等。最后，该书在文本的细读方面也很显功力，譬如作者把托尔斯泰《战争与和平》的郭沫若、高地(即高植)译本与董秋斯译本进行了比较，一方面当然是为判断哪个译本的“理解更为透彻，意思更为准确

---

① 平保兴：《五四翻译文学史》，北京：中国文史出版社，2005年，第2页。

② 平保兴：《五四翻译文学史》，北京：中国文史出版社，2005年，第2页。

③ 李今：《三四十年代苏俄汉译文学论》，北京：人民文学出版社，2006年，第349页。

④ 李今：《三四十年代苏俄汉译文学论》，北京：人民文学出版社，2006年，第351页。

清晰，语气更为连贯通畅”，但另一方面还触及了文学翻译中的另一个问题：“直接（从原文）翻译好过间接翻译是有条件的，不是无条件的”。郭、高的译本是直接从俄文原文翻译的，而董译本是从英译本转译的，但茅盾明确认为“还是董秋斯从英文转译的本子好些”[①]。这个结论应该可以引起我们对翻译文学史上一些似乎是毋庸置疑的现象和问题的重新思考。

许钧、宋学智合作撰写的《20世纪法国文学在中国的译介与接受》（2007）与上述李今的著作相仿，也是一部集中在某一国别文学在中国的译介史类著述，不过它的译介学意识更为明显和深刻。该书的“绪论”部分第二节在阐述20世纪法国文学译介特点时所设的几个小标题，如“翻译动机和选择”“自发的选择与系统的组织相并存”“翻译与研究互为促进”“广泛与直接的交流促进了翻译”，等等，尤其是他们在全书撰写过程中所思考的一些问题，诸如在整个20世纪中国的法国文学研究与翻译工作者，在译介工作中是如何选择作品的，哪些因素对翻译和研究工作起着不可忽视的影响作用，整个译介工作又有哪些特点，20世纪法国文学在中国产生了何种影响，对中国当代文学观念、对中国作家的创作起了怎样的作用，等等，可谓紧紧抓住了译介学研究的关键节点，是一部非常出色的译介学研究著作。

与许、宋这部合著正好形成呼应的是彭建华的《现代中国的法国文学接受——革新的时代、人、期刊、出版社》（2008）。彭著不能算是严格意义上的翻译文学史类的著述，它着重考察的是法国文学的翻译评介与中国现代文学创作之间的关系，设定的研究对象是“现代中国学习过法语的作家对法国文学的翻译、批评、传播，尤其是在翻译批评基础上的创作”。但作者的独特切入点，以及他希望揭示的一些问题，诸如“现代中国怎样接受法国文学”“接受法国文学的活跃的主体是谁”“接受了法国文学的什么”，以及“法国文学怎样影响了他们的创作”，等等，使该部著作成为国内的法国翻译文学史类著述或研究的一个颇有价值的补充和拓展。

与彭著性质相仿的还有同年出版的李晶的《当代中国翻译考察（1966—1976）——“后现代”文化研究视域下的历史反思》（2008）。李著同样并非严格意义上的翻译文学史著述，但作者对“文化大革命”期间的翻译考察也多涉及文学翻译，而“文化大革命”期间的翻译文学在其他同类翻译文学史

---

① 李今：《三四十年代苏俄汉译文学论》，北京：人民文学出版社，2006年，第302页。

著述里涉及不多，甚至缺失，所以从题材上而言，该书对当代中国翻译文学史还是一个很有价值的补充。此外，作者借用当代中西翻译理论视角，对"文化大革命"期间的翻译现象以及翻译史的编写等问题展开了考察和思考。譬如作者认为，"文化大革命"时期"外国著作的内部译介，通过特殊的地下读书活动，给国人带来了思想启蒙和精神冲击，因而对当时极端化的政治意识形态具有潜在的、一定程度上的'消解'作用；而对西方资本主义的自然科学著作的相对大量译介，对当时社会的进步和发展也具有一定的积极作用，继而也有助于对极端化政治意识形态的'消解'"[①]，不乏作者的独特立场，对翻译文学史的编写也有一定的借鉴意义。

李著的价值在与下一年出版的孙致礼主编的《中国的英美文学翻译：1949—2008》(2009)的比较中也可见出。孙著的副标题为"1949—2008"，但其中1966年至1976年期间的英美文学翻译情况描述完全缺失。然而这种"空白"是不符合实际的，事实上，"文化大革命"期间内部出版的当代美国文学的翻译，从意义和价值上甚至超过了之前的十七年即1949年至1966年间的翻译。

孙著当然也不是一部严格意义上的翻译文学史，但是一部名副其实的文学翻译史：对文学翻译家、文学翻译事件都有非常具体的梳理和深刻的分析，在译文与原文的对照细读方面则尤显功力。至于该书后面附录的多达四百余页的几则中国英美文学翻译出版一览表，更是给今后从事英美翻译文学史编写的专家学者提供了不可多得的丰硕资料。

由杨义主编的一套六本的《二十世纪中国翻译文学史》[②]，以其浩繁的篇幅、强大的作者阵营令人瞩目，也让人对之满怀期待。杨义在为全书所撰写的总序《文学翻译与百年中国精神谱系》中通过对"翻译"一词的语义多重性的分析指出，"在研究翻译文学史的时候，不能只停留在翻译的技艺性层面，而应该高度关注这种以翻译为手段的文学精神方式的内核。也就是说，要重视翻译文学之道，从而超越对文学翻译之技的拘泥。道是根本的，技只

① 李晶：《当代中国翻译考察(1966—1976)——"后现代"文化研究视域下的历史反思》，天津：南开大学出版社，2008年，第2页。

② 分别为"近代卷"(连燕堂)、"五四时期卷"(秦弓)、"三四十年代·俄苏卷"(李今)、"三四十年代·英法美卷"(李宪瑜)、"十七年及'文革'卷"(周发祥等)以及"新时期卷"(赵稀方)，由百花文艺出版社于2009年出版。

不过是道的体现、外化和完成。这种道技之辨和道技内外相应、相辅相成之思，乃是我们研究翻译文学史的思维方式的神髓所在”[①]。他还明确表示：“20世纪中国翻译文学，是20世纪中国总体文学的一个独特组成部分。它是外来文学，但它已获得中国生存的身份，是生存于中国文化土壤上的外来文学，具有混合型的双重文化基因。”[②]这反映出主编杨义对翻译文学归属问题的清晰认识。然而，他在这篇洋洋数万言的“总序”中大谈特谈了文学翻译的本质、姿态、功能和标准等问题，却对“翻译文学史”这个关乎这套丛书最本质的概念问题未置一词，似暴露出其对此问题认识上的不足。由此也不难理解，为何这套皇皇六大卷的《二十世纪中国翻译文学史》尽管卷帙浩繁，但在内容安排上存在明显的缺失：安排了两卷“三四十年代卷”，分别是“俄苏卷”和“英法美卷”，却没有德语文学卷和东、南、北欧卷，然而在20世纪三四十年代，德语文学和东、南、北欧文学却无论是在20世纪中国翻译文学史上，还是在中国现代文学史上，都曾产生过巨大的影响。另外，由于其作者多为中国现代文学研究背景，所以对文学翻译活动和翻译文学本身的关注似尚嫌不够。所以确切地说来，这部《二十世纪中国翻译文学史》也许只是一套“二十世纪中国翻译文学专题研究”丛书，还不是严格意义上的“二十世纪中国翻译文学史”。当然，不无必要一提的是，这样说并没有否定甚至贬低这套丛书的学术意义和价值的意思，而仅仅是从“翻译文学史”的角度对翻译文学史概念的厘清做些探讨罢了。更何况丛书中的“五四时期卷”“新时期卷”和“三四十年代·俄苏卷”等还是表现出对翻译文学的深刻认识，其许多论述切中肯綮，很见功力。

由以上的梳理和描述可见，自20世纪末以来，我国在翻译文学史类著述的编写方面进行了大量丰富的实践探索，在短短的十余年时间里即能取得如此丰硕的成果，这在国际翻译界恐怕也罕有其匹。

但与此同时我们恐怕也不能不看到所存在的一些问题。首先是对翻译文学史性质的认识问题。翻译文学史具有两个非常重要的性质，一是它的文学史性质，二是它的比较文学性质。前者决定了一部完整的翻译文学史

① 杨义：《二十世纪中国翻译文学史》总序《文学翻译与百年中国精神谱系》，连燕堂：《二十世纪中国翻译文学卷（近代卷）》，天津：百花文艺出版社，2009年，第3页。

② 杨义：《二十世纪中国翻译文学史》总序《文学翻译与百年中国精神谱系》，连燕堂：《二十世纪中国翻译文学卷（近代卷）》，天津：百花文艺出版社，2009年，第1页。

必须让读者看到作家（包括译作家和披上中国外衣的外国作家）、作品（译作）和事件（与翻译相关的各种事件）这一多数文学史都具备的三大基本要素；后者决定了一部严格意义上的翻译文学史应该是一部文学关系史、文学接受史和文学影响史，从而让读者在其中看到外国文学在中国的传播、接受和影响。对照这两个性质，我们目前已经出版的翻译文学史类著述，大多还是存在一定的差距。其次是翻译文学史所独具的一些问题尚未引起我们的相关编写者的注意，譬如翻译文学史的分期时间节点，以及断代史的年代起讫时间的确定问题，如何突显翻译文学史自身的发展特点而不与社会政治史的发展时间节点相混淆？再如翻译的中介语问题，不同历史时期翻译中介语的变化显然尚未引起我们的翻译文学史编撰者的足够注意，然而这却是独具翻译文学史特色，且能折射出背后社会语境如何变迁的重要问题。再次，翻译文学史的地区覆盖面也是有待进一步探讨的问题。目前我国出版的大多数翻译文学史其实视野多局限于大陆，只有个别著述注意到了港澳台地区的翻译文学史实。然而作为一部完整的中国翻译文学史，港澳台地区的翻译文学显然是其不可或缺的一部分内容，尤其是该地区的翻译文学有时还呈现出中国大陆所没有的特点，譬如台湾地区曾长期出版大陆译者翻译的译著，但与此同时却又隐匿大陆译者的真实姓名[①]。类似现象其实在香港、澳门也都有。最后，与编写翻译文学史相关的理论探讨就更薄弱了，尤其是对翻译文学史与文学翻译史的区别，不少编写者其实并不都是很清楚，他们大多还是凭着对翻译文学的感觉在做翻译文学史，这样，在他们的笔下，翻译文学史与文学翻译史就难以有质的区别。可见，国内的翻译文学史的编写与研究还存在很大的探索空间，期待着有志于此的专家学者和广大青年学子共同去进一步研究和探讨。

第六节　重写翻译文学史再思

众所周知，翻译的历史很长，见诸文字记载的至少也有两千多年了，但是翻译史的历史，确切地说，编写或撰写翻译史的历史，更具体地说，是从人

① 参见赖慈芸：《埋名异乡五十载——大陆译作在台湾》，《东方翻译》，2013年第1期，第49—58页。

类社会历史发展的角度考察、审视、分析这类学术研究行为的历史，其时间却并不长。不过随着“五四”时期我国历史上第三次翻译高潮的兴起，人们对翻译包括翻译文学的关注度开始有明显的提高，这也是为什么陈子展会推出他的《中国近代文学之变迁》，率先从史的角度注意到了翻译文学并给予其专门章节的深层原因吧。此举开启了一个先河，即编写中国文学史时给予翻译文学以专门的地位，并引出此后王哲甫的《中国新文学运动史》、郭箴一的《中国小说史》等类似著作。与此同时，胡适编写的《白话文学史》则首次关注到了佛经翻译文学在中国文学史上的影响与意义，并在他的这本《白话文学史》里给予了佛经翻译文学两章的位置。以上这些恐怕就是我们国家编写翻译史的最早实践，距今正好是一百年左右的时间。但是这段时间里单独的翻译史著述尚未正式出现，阿英于20世纪30年代撰写的《翻译史话》倒是有这个意识，可惜仅写出了四章文字存世，再无后续。

20世纪70年代末、80年代初，改革开放的国策带来了我国历史上第四次翻译高潮，这次翻译高潮的广度（指翻译的题材、类型等）、深度（思想内容和对社会的冲击力等）和影响的层面，都是前三次高潮所远远不能比拟的，从而极大地提升了翻译的地位，相应地，也推动了单独的翻译史、翻译文学史的编写，以及对翻译从史的层面上展开思考和研究。这一时期揭开翻译史编写帷幕的，也许可推马祖毅编撰的《中国翻译简史》（1984）、陈玉刚主编的《中国翻译文学史稿》（1989）和罗新璋编的《翻译论集》（1984）等著述，这三部著述分别涉及了翻译史、翻译文学史和翻译思想史这三个领域，值得肯定。至于进入20世纪90年代，特别是进入21世纪以后，翻译史类著述的编撰似乎也形成了一个小小的高潮，数量一下子增加了许多，且有不少质量上乘的佳作，限于篇幅，在此不一一赘述。

然而综观这40年来出版的翻译史类著述，尽管成绩斐然，但也有一点不足，那就是视野还不够开阔，比较拘泥于翻译本身，或是翻译的文本，或是翻译的事件。翻译史紧扣翻译展开其叙述自然无可非议，但会有遗憾，因为就事论事般地就翻译谈翻译，这样的翻译史不易反映出翻译的本质及其特点。由于翻译这一行为和实践活动的跨语言、跨文化、跨民族/国家本质，以及翻译经常还会涉及多种学科这样的特点，对翻译史的梳理和描述如果也能凸显上述这些“跨越性”及相关特点，而不是只局限于某一种语言和文化，固守于某一个民族、国家或学科的话，这样就能较全面、立体、深入地展现翻译行为和翻译实践活动的特点了。

这里以胡适的《尝试集》为例。这是胡适的第一本白话新诗集，而里面其实有好多首译诗，尤其是胡适翻译自美国女诗人蒂斯戴尔（Sara Teasdale）的《关不住了！》，胡适自己称之为他新诗成立的“纪元”：“这个时期——六年秋天到七年年底[①]——还只是一个自由变化的词调时期。自此以后，我的诗方才渐渐做到‘新诗’的地位。《关不住了！》一首是我的‘新诗’成立的纪元。”[②]学界也一致认为，由于该诗对“传统诗歌和传统诗歌模式的巨大突破”，《关不住了！》一诗不论对于诗歌翻译还是诗歌创作都“具有巨大的开创意义”。[③]《二十世纪中国翻译文学史（五四时期卷）》作者秦弓在该书的“后记”中写道：“我在比较了胡适、周作人等的白话创作与白话翻译之后，发现这些新文学代表人物的现代汉语水平在初始阶段很大程度上借重于翻译的训练。《尝试集》中最好的诗歌从构思到语言是《老洛伯》《关不住了！》等译作，周作人早期白话文成熟的标志也是《童子Lin之奇迹》《酋长》《卖火柴的女孩》等译作。这一发现使我对翻译文字刮目相看，增加了对翻译文学史研究价值的确信，因而能够在学术研究的寂寞中咀嚼出乐趣。”[④]然而这样一首在“五四”时期具有巨大意义的译诗，包括胡适同时翻译的其他好多首对中国新诗的确立和发展都具有非同寻常意义的译诗，包括胡适的其他翻译活动[胡适其实还翻译了不少小说，如法国作家都德（Alphonse Daudet）的《最后一课》（“La Dernière Classe”）等]，我们的翻译史编者们对之要么视而不见，要么也只是轻轻地一笔带过。[⑤] 究其原因，笔者以为，是我们的翻译史编者们对胡适这样的学术大师认识失之偏颇，看不到他们同时也是杰出的翻译家，更没有看到他们的翻译活动在中国的新文学史上和翻译文学史上所具有的重要意义。

以上是笔者对重写翻译史的第一点思考，即希望我们的翻译史编写者拓展他们的视野，不要把他们的眼光只局限于身份或性质明显的翻译家或翻译事件上。

---

① 指民国六年到七年，也即1917年到1918年。

② 胡适：《胡适的尝试集附去国集》，上海：亚东图书馆，1920年，第51—53页。

③ 参见廖七一：《胡适诗歌翻译研究》，北京：清华大学出版社，2006年，第53页。

④ 参见廖七一：《胡适诗歌翻译研究》，北京：清华大学出版社，2006年，第313页。

⑤ 如孟昭毅、李载道主编的《中国翻译文学史》（北京大学出版社，2005年）等。

笔者对重写翻译史的第二点思考其实仍然跟拓展翻译史编写者的学术视野有关。鉴于我国地域广阔，近百年的国家历史呈现出错综复杂并不完全一致的面貌，我们的翻译活动也因此呈现出不同的地域面貌，诸如上海孤岛时期的翻译、延安解放区的翻译、重庆陪都时期的翻译、东北沦陷区时期的翻译，以及许多少数民族地区的少数民族语言与汉语之间、与外语之间的翻译活动，等等，笔者认为中国的翻译史应该充分体现这些不尽相同的多元面貌。譬如上海孤岛时期的翻译与延安解放区的翻译，不仅在翻译的对象上，在翻译的组织、实施、出版、发行乃至翻译标准的制定上，都大异其趣，相去甚远。

笔者对重写翻译史的第三点思考是，今天我们编写翻译史不能仅仅满足于对翻译史实的简单梳理和描述，还应该通过翻译史的编写，具体当然是通过对翻译史实、翻译家及其译作的成就得失的梳理、归纳和分析，揭示出翻译思想、理念的变迁和发展，从而更好地指导今天的翻译实践，包括译入与译出。尤其是对于一些被译界普遍接受的观点，诸如对严复"信、达、雅"的认识、对林译价值的认识等，也应该站在今天的理论认识高度，进行新的阐释和分析。

譬如对林译的评价，尽管大家都承认林纾在中国翻译史上的地位，但在具体评价其译作的价值时，却一直有一种声音，认为林纾"译小说百数十种，颇风行于时，然所译本率皆欧洲第二三流作者"(梁启超语)。林纾翻译小说为数巨大，然"名著仅有四十余种，其余的都是'第二三流的毫无价值的书'"(郑振铎语)。百余年来，这种声音不仅不绝如缕，且成为我国译学界的"共识"，一些翻译史类著作也都接受了这样的表述。所幸近年终于有学者敏锐地指出，所谓的"名著""经典"是"历史选择的结果，有其动态建构的一面，名著入选标准不会听从单一'名著'书单的指引，因此'名'与'不名'的分类失之武断，甚至无用"。[①] 该学者在文中更是通过对多部被学界视作"二三流者"林纾译作的分析，指出这些所谓"二三流者"的林译如何"有助于目的语(即翻译学中的 target language)国家国族观念的发育"(指林译哈葛德作品)，如何帮助晚清读者对"大国之间看不见的博弈"有所认识(指林译间谍

① 陆建德:《文化交流中"二三流者"的非凡意义——略说林译小说中的通俗作品》,《社会科学战线》,2016 年第 6 期第 136 页。

小说《藕孔避兵录》)。至于林译《爱国二童子传》之类的"实业小说",帮助清末民初大量年轻人读书的目的逐渐发生变化,在该学者看来"其意义之大不亚于一场轰轰烈烈的运动"[①]。

再如严复的"信、达、雅",情况与上述对林译的认识也不乏相似之处。自"五四"至今一百多年,我国译界一直把"信、达、雅"视作翻译的不二标准,总觉得严复是把"信"放在翻译标准的第一位的。然而如果我们回到严复当初提出"信、达、雅"说的原始语境,那我们一定能够发现,严复当初提出"信、达、雅"说时是把"达"放在第一位的:"顾信矣不达,虽译犹不译也。"[②]

笔者相信,像这样对林译和严复"信、达、雅"说进行的重新阐释,一定能引发我们对这些原先国内译学界都深信不疑的"共识"的反思,从而刷新我们国内译学界目前的翻译史观,为我们重写翻译史提供新的切入点。

---

① 陆建德:《文化交流中"二三流者"的非凡意义——略说林译小说中的通俗作品》,《社会科学战线》,2016 年第 6 期,第 138 页。

② 对严复"信、达、雅"说的本意,笔者另有专文予以分析和阐释,此处限于篇幅就不展开了。

第五章　从《译介学》到《译介学概论》

第一节　比较文学视野中的翻译研究

自20世纪70年代末80年代初比较文学在中国大陆重新崛起以来，在相当长的一段时间里，我国学界比较文学与翻译研究之间的关系并不是很紧密的，直至90年代中期以后，这种情况才慢慢开始有所改变。而在此之前，在一些从事比较文学研究和教学的学者和教师看来，比较文学研究的是文学，是对世界各国、各民族文学的比较研究或关系研究，而翻译研究关注的则是不同民族语言文字之间的转换，两者似乎风马牛不相及，并不相干。即使在一些比较文学著作或教材中也提到翻译，但多是把翻译作为比较文学中媒介学的一个关注对象而已，并未意识到翻译研究对于比较文学研究的重大意义。之所以会出现这样的情况，一方面是因为人们对比较文学的认识失之偏颇，他们往往把比较文学理解为单纯的文学的比较，而并不了解比较文学包含着许多研究分支领域，诸如文类学、主题学、形象学、比较诗学，等等，而翻译研究在比较文学研究中被称为译介学，占有十分重要的位置；另一方面，则是人们对当今国际学术界的翻译研究的最新进展也不是很清楚，他们不知道目前国际译学界的翻译研究已经越出从前那种单纯的语言文字的技术性转换层面的研究，而已经进入从文化层面对翻译的全方位分析、审视和探究。就在20世纪七八十年代，正当比较文学在中国大陆重新崛起之时，国际译学界出现了西方翻译史上前所未有的重大转折：翻译研究向文化研究转向——西方译学专家们借鉴、运用形形色色的当代西方文化理论，从各种不同的角度，对翻译进行了别开生面的切入，从而使得翻译研究不仅仅是一种语言文字转换的研究，而且还具有了文学研究和文化研究的性质。特别值得一提的是，正是翻译研究的文化转向，使得翻译研究摆脱了对应用语言学的从属地位，取得了翻译学独立的学科地位，在世界几十个国家两百多所高等院校建立了独立的翻译系或翻译学科。

其实，对比较文学与翻译研究的关系，国际译联（FIT）倒有很清醒的认识：早在1977年5月，国际译联在加拿大蒙特利尔召开会议期间就曾经通过了一项特别的决议，鼓励一些比较文学专业把翻译的艺术和理论正式作为它们课程的一部分。国际译联本来是一个以技术翻译为基本方向的国际组织，然而像这样一个组织竟然也通过了上述这样一个决议，这首先当然是表明了它对文学翻译和比较文学的重视，但另一方面我们也不难从中窥见翻译与比较文学之间的特殊关系。事实上，在西方国家的许多大学里都设有以"比较文学与翻译"命名的系或专业，有的学校虽然单独命名为"比较文学系"，但在比较文学系里必定开设翻译课（从比较文学的角度讲授翻译理论）。此外，国际比较文学学会历来也把翻译视作它的主要研究对象，它的机构中不但有一个常设的翻译委员会，而且每次会议都把翻译作为主要的议题之一加以讨论。具体而言，自1967年第5届国际比较文学学会年会（贝尔格莱德会议）起，国际比较文学学会的每一次年会都把翻译列入会议的主要议题之一加以讨论。在1976年的第8届年会（布达佩斯会议）上，会议组织者不但把翻译研究作为专题讨论的内容之一，而且还成立了一个常设的翻译委员会①。1988年第12届年会（慕尼黑会议）上，年会的三个大会主题发言之一就是翻译研究问题——"翻译研究中的'历史'与'体系'"，而在2000年第16届年会（比勒陀利亚会议）上的一个专题讨论也是"译本和译者创造的新语境"。在2004年举行的第17届年会（中国香港会议）上，同样有多场翻译研究的专题讨论会，不光有研讨翻译问题的工作坊（workshop），还有翻译研究专题的圆桌会议。如果说，在20世纪五六十年代，学者们还是较多强调借助语言学理论来研究翻译的话，那么，从70年代起，他们已经开始重视结合文学翻译的特点来研究翻译了②，而进入七八十年代以后，则如前所说，随着翻译研究的文化转向，已经有越来越多的学者

① 该翻译委员会由东西方各国共6名翻译专家组成，笔者于2000年第16届年会（比勒陀利亚会议）、2004年第17届年会（中国香港会议）上，与来自日本、韩国的两名学者一起，作为东方国家的代表，连续两届当选为翻译委员会委员。

② 这里指的是从理论层面上对文学翻译进行的研究。众所周知，文学翻译研究在西方古已有之，但上升到严格意义上的理论研究层面却是20世纪后半叶以后的事。

从广阔的文化层面上去审视翻译，把翻译提升为一种跨文化的交际行为，一种受译入国文化语境中的意识形态、文学观念等因素操控的政治行为、文化行为予以分析并进行研究了。在这一发展过程中，比较文学可以说起了相当重要的推波助澜的作用。像对当前国际译学研究产生重大影响的埃文-佐哈尔、图里、巴斯奈特、勒菲弗尔等人，他们不光是著名的翻译理论家，而且也都是当代世界著名的比较文学家。

比较文学学者之所以高度重视翻译研究，与比较文学的学科性质有着密不可分的关系。众所周知，比较文学自诞生以来，它的一个主要研究对象就是不同民族、不同国家之间的文学交流和文学关系。而不同民族和不同国家之间的文学要发生关系——传播、接受并产生影响，其最重要的条件之一就是要打破相互之间的语言壁垒，其中翻译毫无疑问起着至关重要的作用，翻译也因此成为国际比较文学学者最为关注的一个研究对象。

其实，追根溯源的话，我们当能发现，译介学的研究并不是从现在才开始的。早在 20 世纪二三十年代，比较文学家们对翻译的关注就已经不再局限于单纯的翻译文本了。1931 年，法国比较文学家梵·第根（Paul van Tieghem）在其专著《比较文学论》（*La littérature comparée*）的第七章“媒介”里就提出，对译本的研究可以从两个方面展开：一个是把译文与原文进行比较研究，以“确定译者有没有删去几节、几页、几章或者有没有杜撰一些进去”，以“看出译本所给予的原文之思想和作风的面目，是逼真到什么程度……他所给予的（故意的或非故意的）作者的印象是什么”；另一个是同一作品的几个不同译本之间的比较，以“逐时代地研究趣味之变化，以及同一位作家对于各时代所发生的印象之不同”。关于译者，他认为可以研究“他们的传记，他们的文学生活，他们的社会地位……他们的媒介者的任务”等。此外，梵·第根认为，译者的序文也很有研究价值，因为它们会告诉我们许多“关于每个译者的个人思想以及他所采用（或自以为采用）的翻译体系”等“最可宝贵的材料”。[①]

继梵·第根之后，1951 年，另一位法国比较文学家基亚（Marius-Francois Guyard）在其专著中以大量的例子说明，“长期以来，我们对译者的

① 梵·第根：《比较文学论》，戴望舒译，北京：商务印书馆，1937 年。

研究范围是太狭窄了"，他认为在这方面有许多"心理的""历史的工作"可做。①

比较文学家还从一个新的角度去阐述翻译和翻译研究。意大利比较文学家梅雷加利(Franco Meregalli)指出："翻译不仅是不同语种文学交流中头等重要的现象，并且也是一般人类生活和历史中头等重要的现象。虽然翻译的最终结果大概是属于语言，而后又属于终点文学(指译入语文学——引者)范畴的，可是翻译行为的本质是语际性。它是自然语言所形成的各个人类岛屿之间的桥梁，是自然语言非常特殊的研究对象，并且还应当是比较文学的优先研究对象。"②法国比较文学家布吕奈尔(P. Brunel)等三人在他们合著的《什么是比较文学》一书中也提出："对一种翻译的研究，尤其属于接受文学的历史，和其他艺术一样，文学首先'翻译'现实、生活、自然，然后是公众对它无休止地'翻译'。所以，在无数的变动作品和读者间的距离的方式中，比较文学更喜欢对翻译这一种方式进行研究。"他们还明确提出，"比较学者的任务在于指出，翻译不仅仅是表面上使读者的数量增加，而且还是发明创造的学校"。③

斯洛伐克比较文学家朱里申(Dioniz Durisin)的论述同样把翻译看作文学接受的一种非常重要的形式。他以俄罗斯文学中克雷洛夫(Иван Андреевич Крылов)翻译法国作家拉封丹(Jean de la Fontaine)的寓言和茹科夫斯基(Николай Егорович Жуковский)翻译德国诗人毕尔格(Gottfride August Būrger)的叙事诗《莱诺勒》("Lenore")为例，说明翻译是如何深深地影响了接受国文学的：克、茹两氏的翻译由于译者有太多的再创造，已使得译作与创作融为一体，然后又通过这种似译作非译作、似创作非创作的文学变体，影响了接受国的文学。④

罗马尼亚比较文学家迪马(Al Dima)则对译序和译者的前言等内容给予了高度的重视，认为它们"包含着译者对原作的评价、对作者的介绍……

① 基亚：《比较文学》，颜保译，北京：北京大学出版社，1983年，第26、20页。

② 梅雷加利：《论文学接受》，《比较文学研究译文集》，上海：上海译文出版社，1985年，第409页。

③ 布吕奈尔等：《什么是比较文学》，葛雷等译，北京：北京大学出版社，1989年，第60、216、223页。

④ 朱里申：《文学比较研究理论》(俄文版)，莫斯科：进步出版社，1979年，第159－172页。

连同译作一起都是促进文学联系的一个因素，也是历史比较研究的一个材料来源”[①]。

至于20世纪90年代初英国比较文学家和翻译研究家巴斯奈特在她出版的专著《比较文学》(*Comparative Literature*)第七章也是最后一章“从比较文学到翻译学”中，更是相当深入地考察了比较文学与翻译研究之间的关系，并认为，原本作为比较文学一个分支的翻译研究，从20世纪70年代末以来已经成长为一门独立的学科了，“当人们对比较文学是否可视作一门独立的学科继续争论不休之际，翻译学却断然宣称它是一门独立的学科，而且这个研究在全球范围内所表现出来的势头和活力也证实了这一结论”[②]。

综上所述，翻译研究一直是比较文学研究的一个核心分支，它不同于传统意义上的以语言转换为对象的翻译研究，而是一种跨文化交际视野中的文学研究或文化研究。

说起来，国内学者对比较文学与翻译研究的关系也不是一无所知。20世纪80年代初张隆溪在《钱锺书谈比较文学与“文学比较”》一文中就已经提到：“钱先生在谈到翻译问题时，认为我们不仅应当重视翻译，努力提高译文质量，而且应当注意研究翻译史和翻译理论。……就目前情况看来，我们对翻译重视还不够，高质量的译文并不很多，翻译理论的探讨也还不够深入，这种种方面的问题，也许我国比较文学的发展会有助于逐步解决。”[③]由此可见，钱先生也早已把深入探讨翻译理论的希望寄托在我国比较文学研究事业的发展上。

不过，不无必要强调指出的是，比较文学学者对翻译所做的研究，或者说得更确切些，从比较文学的立场出发所进行的翻译研究，也即我们在这里所说的译介学研究，与相当一部分传统意义上的翻译研究并不完全一样，在某些方面甚至还存在着实质性的差异。

一般说来，传统意义上的翻译研究大致可以分为以下三类：

第一类属翻译技巧与翻译艺术范畴，旨在探讨对出发语(外语)的理解与表达，如讨论英语中某些特殊句型如何理解，如何译成中文，或是研究翻

① 迪马：《比较文学引论》，谢天振译，上海：上海译文出版社，1991年，第141－142页。

② Susan Bassnett. *Comparative Literature*. Oxford: Blackwell Publishers, 1993: 160－161.

③ 张隆溪：《钱锺书谈比较文学与“文学比较”》，《读书》，1981年第10期，第136－137页。

译的修辞艺术，诸如外译中时长句的处理，某些外语结构的汉译分析，等等。

第二类属翻译理论范畴，多结合现代语言学、交际学、符号学等各种理论，或结合民族、社会、文化等方面的差异，对翻译现象做理论性的阐发，或从理论上进行归纳和提高，总结出能指导翻译实践的理论，如等值论、等效翻译论，等等。

第三类属翻译史范畴。这一类研究除了有对翻译活动和翻译事件的历时描述外，还有大量的对翻译家、文学社团、翻译流派的翻译主张、成就得失的探讨，对同一原作的不同译本的比较、钩沉、溯源，等等。

不难发现，其中相当一部分研究（尤其是第一类、第二类研究），其实质更多的是一种语言层面上的研究。

而从比较文学立场出发的翻译研究，也即我们这里所说的译介学研究，其实质是一种文学研究或文化研究，因为它并不局限于对某些语言现象的理解与表达，也不参与评论其翻译质量的优劣，它把翻译文本作为一个既成的历史事实进行研究，把翻译过程以及翻译过程中涉及的语言现象作为文学研究或文化研究，而不是外语教学研究的对象加以审视和考察。因此，比较文学的翻译研究，也即译介学研究就摆脱了一般意义上的价值判断和对翻译实践操作的规定、指导，从而更富美学成分。当然，与此相对应的是，它也就缺乏对外语教学和具体翻译实践层面上的直接指导意义。曾经有一位语言学家这样问笔者，他说："读了你的《译介学》，读者的翻译水平会不会得到提高?"这位语言学家显然并不了解译介学研究的真正意义和价值，而把译介学研究与传统意义上的规定性翻译研究混为一谈了。其实，就像我们读了这位学者的语言学著作，我们的讲话水平不见得就会得到提高一样，译介学研究的目的也不在于指导读者具体的翻译技巧，尽管在某种意义上它也会有益于读者翻译水平的提高，但这是另一回事。从这个意义而言，译介学与语言学其实倒不无相通之处，即它们都是一种纯理论的研究，都是一种描述性的研究，它们可以帮助读者更好地认识它们所研究的对象，揭示这些对象的性质；但它们不是应用性研究，帮助读者更好地进行翻译实践操作并不是它们的目的。

明乎此，我们再去看比较文学对翻译的研究就可以比较明白了：比较文学是基于一个更为广阔的文化背景去理解翻译、阐释翻译，并给翻译注入了空前丰富的内涵。譬如把文学作品创作过程本身也视作一种翻译，即作家对现实、对生活、对自然的“翻译”。从这个意义而言,一部文学作品一旦问世,它就开始接受读者对它的形形色色、无休无止的“翻译”——各种读者会有不同的理解、接受和阐释。也正是在这个意义上,译者对另一民族或国家的文学作品的翻译就不仅是语言之间的转换,它还是译者对作品所体现的另一国家、民族的现实生活和自然环境的理解、接受和阐释,翻译研究也因此具有了文学研究、文化研究的性质。譬如比较文学学者对误译的研究、对庞德英译唐诗的研究,等等,就是这样性质的研究。庞德的英译唐诗充满误译,许多句子的“英文文法都不通”,对一般的外语教学和翻译实践显然不足为训,但庞德的英译唐诗却引发了 20 世纪美国的一场新诗运动,具有明显的文学史上的意义。比较文学学者对它的研究正是在于揭示这方面的意义。事实上,把翻译作为文学研究的对象,也正是当代西方文学翻译研究的一个趋势,美国《今日世界文学》季刊(*World Literature Today*)1978 年春季号就刊登了一篇谈西方文学翻译的文章《西方的文学翻译:一场争取承认的斗争》(“Literary Translation in the West: A Struggle for Recognition”),作者赖纳·许尔特(Rainer Schulte)就呼吁,“从创作观点和学术观点两方面看来,现在是把翻译看作文学研究的一个重要部分的时候了”[1]。

至此,我们应该可以看得比较清楚,比较文学为我们看待翻译(尤其是文学翻译)提供了一个新的视角,同时也展现了一个新的、相当广阔的研究领域,这个领域就是译介学。

那么,什么是译介学呢?对比较文学圈外的学界来说,译介学应该还是一个比较陌生的术语,人们往往把它和一般意义上的翻译研究混同起来,像前面提到的那位语言学家一样,以为译介学也是研究什么翻译技巧或是什么翻译理论,甚至把它与训练和提高人们的翻译能力联系在一起,这显然是一个误解。因此,要为译介学下一个定义的话,首先有必要先把它与传统意义上的翻译研究区别开来。两者的区别大致可以归纳为以下三个方面:

首先,是研究角度的不同。比较文学学者研究翻译,多把其研究对象(译者、译品或翻译行为)置于两个或几个不同民族、文化或社会的巨大背景下,审视和阐发这些不同民族、文化和社会是如何进行交流的。例如钟玲对

① 许尔特:《西方的文学翻译》,《外国翻译理论评介文集》,北京:中国对外翻译出版公司,1983 年,第 114 页。

寒山诗在日、美两国的翻译与流传的研究，研究者并不关心寒山诗的日译本和英译本的翻译水平、忠实程度，她感兴趣的是，在中国本土默默无闻的寒山诗何以在译成了日文和英文后会在日本长期广为流传、大受尊崇，在20世纪五六十年代的美国同样大行其道，不仅成为“垮掉的一代”青年人的精神食粮，而且还形成了连李白、杜甫都难以望其项背的“寒山热”。由此她详细考察了美国社会盛行的学禅之风以及风靡一时的嬉皮士运动与寒山诗在美国流传的关系。①

其次，是研究重点的不同。众所周知，传统翻译研究多注重语言的转换过程，以及与之有关的理论问题，因此翻译的方法、技巧、标准等，诸如“直译”和“意译”、“归化”和“异化”、“信、达、雅”等一直是传统翻译研究的中心话题。而比较文学研究者关心的是不同民族的语言在转换过程中所表现出来的两种文化和文学的交流，它们的相互理解和交融，相互误解和排斥，以及由相互误释而导致的文化扭曲与变形，等等。一般说来，比较文学研究者不会涉及传统翻译研究意义上的价值判断问题。

当然，有时候在这种研究中，比较文学研究者同样也会触及翻译的忠实与否、表达是否确切等问题并对之做出评判，如奚密的《寒山译诗与〈敲打集〉》，研究者把译诗与原诗进行了对照，以求证译者的忠实程度，但这些分析并不是研究者的重点，她的重点在于揭示寒山译诗与译者本人的诗歌创作在题材、思想、意义等方面的相通之处——英译者斯奈德(Gary Snyder)在翻译出版了译诗《寒山诗集》一年后出版了他的第一本个人诗集《敲打集》，因此寒山诗的翻译对他个人的诗歌创作具有很明显的影响。②

最后，也是最根本的区别，就是研究目的的不同：传统翻译研究的目的大多是总结和指导翻译实践，而比较文学研究者则把翻译看作文学研究或文化研究的一个对象，他把任何一个翻译行为的结果(也即译作)都作为一个既成事实加以接受，然后在此基础上展开其对影响、接受、传播等文学关系以及文化交流等问题的考察和分析。这样，比较文学的翻译研究相对说来就比较超脱，视野也更为开阔，同时更富审美成分。

---

① 钟玲：《寒山诗的流传》，《中国古典文学比较研究》，台北：黎明文化事业股份有限公司，1977年。

② 奚密：《寒山译诗与〈敲打集〉》，郑树森编：《中美文学姻缘》，台北：东大图书公司，1985年，第165—193页。

例如，比较文学学者可以对跨文化交流中的缺乏对应词现象进行研究，从而具体揭示不同文化之间的差异。譬如汉语中丰富的烹饪词，如“炒、炸、滑、溜、扒、焖、煎、煮、炖”等，常常使汉译外工作者感到穷于应付，但英语、俄语中大量的表示“胡子”的词，法语中大量的关于“酒”的词，阿拉伯语中数以百计的描写骆驼及其各部分的词，因纽特语中不可胜数的关于“雪”的词，同样使外译汉工作者感到汉语词语在这方面的匮乏。而当我们遇到像“trespass”这样的词时，我们不能不感到更深的为难了，我们虽然可以把它译为“侵入”，但远未传达出该词的真正含义。因为对我们中国人来说，举例说，两家紧挨着的邻居，屋后的场地仅隔着一排高不及腰的栅栏，一旦有东西掉入对方场地，当即越过栅栏去把它捡回来是很寻常的事，绝不会想到他这种不经过主人许可就擅自进入邻居场地的行为已经构成了“trespass”。“trespass”一词背后所蕴含的西方人对私有空间的尊重，对多数中国人（由于居住空间比较狭小，相互关系比较亲密，不分彼此）来说恐怕很难想象。由此可见，缺乏对应词现象不仅仅反映了不同民族在地理、气候、环境等方面的差异，还反映了不同民族和社会在生活方式、行为准则、道德价值等方面的差异。

在两种语言转换的过程中，原文文化信息在译入语文化语境中的增添、失落和变形也是译介学研究者非常关注的一个现象。例如，在许多语言中都有以动物喻人的比喻。在多数情况下，由于人类对动物特性的认识有共通之处，所以这些比喻在翻译时不会引起接受者的误会。如汉语中说某人是一条蛇、一条狼，或是一只虎，译成外语后人们马上就能理解其真正的含义。同样，英语“He is a fox”译成中文“他是一只狐狸”，中文读者也能领会其中“喻某人狡猾”的含义。但是当我们把“She is a cat”译成中文“她是一只猫”时，有多少中文读者能体会到原文暗喻某女人“居心叵测、包藏祸心”的意思呢？而当我们把“You are a lucky dog”（直译“你是一条幸运的狗”）译成中文时，中文读者很可能会拂然变色，甚至勃然大怒，因为他不知道在英语中某些语句中的“狗”并无贬义。

从以上我们对译介学研究与传统翻译研究所做的区分中我们不难发现，译介学研究跳出了单纯语言层面和文本层面的研究，而进入了一个更为广阔的文化研究层面。所以笔者在拙著《译介学》中对译介学的定义进行了如下简单的描述：

> 译介学不同于一般意义上的翻译研究，如果要对它做一个简明扼要的界定的话，那么不妨说，译介学最初是从比较文学中媒介学的角度出发、目前则越来越多是从比较文化的角度出发对翻译（尤其是文学翻译）和翻译文学进行的研究。严格而言，译介学的研究不是一种语言研究，而是一种文学研究或者文化研究，它关心的不是语言层面上出发语与目的语之间如何转换的问题，它关心的是原文在这种外语和本族语转换过程中信息的失落、变形、增添、扩伸等问题，它关心的是翻译（主要是文学翻译）作为人类一种跨文化交流的实践活动所具有的独特价值和意义。译介学尚没有相应的固定英语术语，曾有人建议可翻译成 Medio-Translatology，这个词的前半部分意为"媒介""中介"，英语中"媒介学"一词即为 Mediology，后半部分意为"翻译学"，这样勉强可以表达译介学的意思。在西方比较文学界，在谈到译介学我们经常接触到的是一个意义相当宽泛的术语——翻译研究（translation studies 或 translation study）。但这样一来，这个术语所指的内容其实大大超出了严格意义上的译介学研究的范畴了。[①]

确实，自从霍尔姆斯 1972 年在他那篇翻译学的奠基性论文《翻译学的名与实》（"The Name and Nature of Translation Studies"）一文中提出用"translation studies"这一术语来表示"翻译学"这门新兴的学科以来，"translation studies"就不再仅仅意味着"翻译研究"，而在一些特定场合，它就是一门独立的学科"翻译学"的英文名称。事实上，霍尔姆斯在文中也确实是把它（translation studies）作为这门新兴的独立学科"翻译学"的最合适的专门术语提出的。只是，从我们今天所讨论的译介学的角度看，该术语无论是其字面还是其内涵，其意义显然要比我们在这里所说的"译介学"一词所包含的内容宽泛得多。

然而，传统的翻译研究有一个最大的优点，那就是理论与实践之间的极为密切的关系。它所关心的关于"直译""意译"的讨论，它所津津乐道的针对翻译技巧的探讨，乃至对一个个翻译个案实例的分析，无一不与翻译的实

① 谢天振：《译介学》，上海：上海外语教育出版社，1999 年，第 1—2 页。

践密切相关。鉴于此,当代译学研究者把这种性质的传统翻译研究称为"规定性研究"(prescriptive research)。毫无疑问,这种性质的研究对于提高翻译工作者的翻译实践水平,促进某一民族或国家的翻译事业的发展,具有比较直接的意义和价值。那么与之对照,我们这种不以语言层面上出发语与目的语之间的转换为终极关注对象的译介学研究,也即当代译学理论所说的"描述性研究"(descriptive research)能有什么理论意义和实践价值呢?这种研究会不会是纸上谈兵,流于某种不着边际的空谈呢?答案当然是否定的:译介学不仅不是一种空谈,而且具有重大的理论意义和实践价值。

首先,译介学研究扩大并深化了对翻译和翻译研究的认识。

长期以来,人们对翻译的认识多局限于两种语言文字的转换上,所谓"译即易,谓换易言语使相解也"。这就足说以说明,所谓翻译就是变通语言,让人们得以相互理解。这句中国古人对翻译的解释主宰了我们(其实也不光是我们,其他国家和民族也一样)千百年之久。但是,当比较文学家把翻译放到比较文化的语境中予以审视时,翻译的内涵就大大扩大了。试看20世纪80年代法国比较文学家布吕奈尔等在《什么是比较文学》一书中的一句话:"和其他艺术一样,文学首先'翻译'现实、生活、自然,然后是公众对它无休止地'翻译'。"[①]这里所说的"翻译"显然已不是简单的语言文字的转换了,作者已经把翻译的内涵扩大到了文学艺术对现实、生活和自然的"再现",扩大到了公众(当然也包括文学作品的读者)的理解、接受和解释。这样,"翻译"就成了人类社会中无处不在的一个行为,我们甚至可以这样说:哪里有交往,哪里有交流,哪里就有翻译。

当然,译介学还没有把翻译的内涵扩大到如此大的范围,但它同样是在一个比传统意义上的翻译内涵要大得多的文化交流和文化交往的层面上去审视翻译、研究翻译的。在这样的层面上,研究者对翻译的关注就不会仅仅局限于翻译文本内部的语言文字的转换(虽然这也是译介学一个重要的研究内容),而是还要探讨译本以外的许多因素,诸如译入国文化语境中的意识形态、占统治地位的文学观念、译介者、翻译的"赞助人"(出版者或文学社团等)、接受环境,等等。

译介学关于译介者风格问题的讨论也与传统翻译研究不同,并且有自

① 布吕奈尔等:《什么是比较文学?》,葛雷等译,北京:北京大学出版社,1989年,第216页。

己独特的贡献。在传统意义上的翻译研究者看来，译者的风格自然是不容存在的，因为理想的翻译应该是透明的，也即最好让读者感觉不到译者的存在，因为翻译的目的是要让读者接触原作。翻译好比是媒婆，一旦双方已经见面，她的任务就已经完成，她就应该“告退”。然而，果真如此吗？若是，为何精通外文的钱锺书先生在晚年会重新拣出林译本，一本本读得津津有味？若是，为何读者会对某个译者念念不忘，特别青睐？譬如傅雷，譬如朱生豪、卞之琳……而这些译者恰恰没有“隐形”，他们的翻译风格特别明显。可见，译者的风格自有其存在的理由，也有原作所无法取代的独特的价值。

其次，译介学对文学翻译中创造性叛逆的研究，肯定并提高了文学翻译的价值和文学翻译家的地位。

关于文学翻译中的创造性叛逆的观点本是法国文学社会学家埃斯卡皮提出来的。他在《文学社会学》一书中说“翻译总是一种创造性的背叛”。他解释说：

> 说翻译是背叛，那是因为它把作品置于一个完全没有预料到的参照体系里（指语言）；说翻译是创造性的，那是因为它赋予作品一个崭新的面貌，使之能与更广泛的读者进行一次崭新的文学交流，还因为它不仅延长了作品的生命，而且又赋予它第二次生命。[①]

译介学研究者接过“创造性叛逆”这个命题，结合中外翻译史上大量丰富的翻译实例，对文学翻译中的创造性和叛逆性做了进一步的发挥和深入的阐释。耳熟能详的例子，如殷夫翻译的匈牙利诗人裴多菲的名诗“生命诚宝贵，爱情价更高。若为自由故，二者皆可抛”。那整齐划一的诗的形式，抑扬顿挫的诗的韵律，以及诗中那层层递进的诗的意境，等等，在译介学研究者看来，都已经是译者的贡献了，属于原作者的仅是那“甘愿抛弃一切，为自由献身”的思想。

不无必要强调一下的是，译介学对“创造性叛逆”观点的发挥和阐释并不是局限在对这一观点简单的论证和确认上，而是另有更深刻的含义。译介学通过对“创造性叛逆”观点的阐发，生动、形象、有力地论证了文学翻译

① 埃斯卡皮：《文学社会学》，王美华、于沛译，合肥：安徽文艺出版社，1987年，第137—138页。

的再创造价值。译介学研究者指出,经过文学翻译家的再创造,译作中已经融入了文学翻译家的艺术贡献,无论怎么忠实的译作,它已经不可能等同于原作,译作已经成为一个相对独立的存在。这样,译介学研究便从根本上肯定并提高了文学翻译和文学翻译家的劳动。

再次,就是把翻译文学作为一个专门概念提出并予以界定,同时它还对翻译文学的归属进行了论证,提出了“翻译文学是中国文学的一个组成部分”的鲜明观点。译介学提出的翻译文学的概念和对翻译文学归属问题的探讨,不仅为文学翻译研究开拓出了一片相对独立而又巨大的研究空间,而且还触动了对传统的国别文学史的编写原则的反思。从某种程度上而言,这也许可视作译介学研究对学界的最大贡献了。因为如果承认翻译文学应该在译入语文学史上占有一席之地,那么随之而来的问题就是,现今没有把翻译文学包括在内的文学史是不是应该算不完整的文学史而需要重写呢?可见,译介学关于翻译文学归属问题的思考,对当前的民族或国别文学史的编写者也是一种触动和启发。

最后,译介学对编写翻译文学史的思考同样展现了一个广阔的学术空间。

译介学分析了文学翻译的创造性叛逆本质,厘清了翻译文学与外国文学之间并不等同的关系,强调了翻译与创作所具有的同等的创造意义和建构民族、国别文学发展史的意义。在此基础上,它又进一步指出了翻译文学与外国文学是既有联系又相对独立的文化和文学的特性。于是,它又提出了编撰翻译文学史的设想。

虽然在译介学之前,我国学术史上已经有人提出过关于翻译文学史的设想,并且还有过不止一次的编撰翻译文学史的实践。[①] 然而,由于历史的原因,人们往往对翻译文学史与文学翻译史不做区分,把两者相混,有的著作尽管标题也是“翻译文学史”,实质上仍是一部文学翻译史。

译介学的贡献在于首次对翻译文学史与文学翻译史这两个不同的概念进行了明确的区分界定。译介学研究者认为,以叙述文学翻译事件为主的“翻译文学史”不是严格意义上的翻译文学史,而是文学翻译史。文学翻译史以翻译事件为核心,关注的是翻译事件和历史过程历时性的线索。而翻

① 详见谢天振:《译介学》,上海:上海外语教育出版社,1999年。

译文学史不仅注重历时性的翻译活动，更关注翻译事件发生的文化空间、译者翻译行为的文学文化目的以及进入中国文学视野的外国作家。翻译文学史将翻译文学纳入特定时代的文化时空中进行考察，阐释文学翻译的文化目的、翻译形态、为达到某种文化目的而进行的翻译处理，以及翻译的效果，等等，探讨翻译文学与民族文学在特定时代的关系和意义。

毋庸讳言，尽管带有译介学性质的研究早已有之，但严格意义上的译介学研究进行的时间毕竟还不长，人们对译介学理论的理解和认识尚需一定的时间方可进一步深入。事实上，无论在国际学术界还是国内学术界，仍有不少学者对译介学研究尚缺乏确切的把握，甚至还存在一些误解。甚至像著名的英国比较文学家巴斯奈特，她在高度肯定翻译学（研究）前景的同时，却又提出“现在是到了重新审视比较文学与翻译学（研究）之间的关系的时候了”，因为“女性研究、后殖民主义理论和文化研究中的跨文化研究已经从总体上改变了文学研究的面目。从现在起，我们应该把翻译学（研究）视作一门主导学科，而把比较文学当作它的一个有价值的，但是处于从属地位的研究领域”，做出了“翻译学（研究）将取代比较文学成为一门独立的学科、比较文学将成为翻译学（研究）的一个分支”的结论。这显然是混淆了比较文学范畴内的翻译研究（主要是译介学）与一般的翻译学研究的界限，后者也即范围更为广阔的翻译学研究，不仅包括文学翻译研究，还包括对于非文学翻译现象的研究。

再如国内学术界，一提到译介学研究，有人就立即会提出“译介学研究能不能提高读者的翻译水平”的问题，还有人甚至撰文对译介学这种“摆脱了一般意义上的价值判断和对翻译实践操作的规定、指导”的研究表示担忧，认为译介学所举的庞德的例子会“成为鼓励乱译的误导”，是放弃了翻译研究，应该“维护译文的质量”的“义不容辞的义务”[①]。该文作者甚至指出：“庞德的例子告诉我们，乱译可以成为大师而名留青史。那么，当我们面对一个乱译的文本时，我们有理由责备他吗？如果翻译界群起而攻之，是否可能扼杀另一个‘庞德’，从而阻挡文学史上另一股文学思潮的涌现，摧毁文学

① 林璋：《译学理论谈》，许钧主编：《翻译思考录》，武汉：湖北教育出版社，1998年，第562—569页。

园地中一枝美丽的花朵?”[①]该文作者所表达的观点有一定的典型性,其实质是混淆了译介学作为一种描述性研究与传统翻译研究作为一种规定性研究之间的界限,同时又完全无视译介学的文学研究和文化研究的性质。正如在本节前面部分不止一次强调指出的,译介学研究并不负有指导翻译实践的任务,它是对跨语际传递中的既成的文学现象或文化现象的描述和分析。庞德的例子正是这样一个既成事实,不管你对庞德的翻译质量做何评价,把它称作误译,甚至不承认它是严格意义上的翻译,都可以成立,但庞德的翻译行为及其结果确实在文学史上产生了巨大的影响,引发了美国文学史上的一场新诗运动,这都是美国文学史上的事实。任何人看了这段描述,绝不会以为这是在“鼓励乱译”,或看了这段描述后,再面对乱译的文本时就会觉得没有理由责备了。这就像我们读了钱锺书先生的《林纾的翻译》一文,看到钱先生如此高度评价林纾的翻译,绝不会以为钱先生是在鼓励我们做翻译家就不必学外文了,因为林纾不就是一个不懂外文的翻译家吗?既然不懂外文照样可以成为翻译家,而且还是一个大翻译家,那我们还要学外文干什么?

不过,国内或国际学术界对译介学研究存在着这样那样的误解甚至抵触,也正是我们有必要对译介学理论做一个更加全面、更加清晰的梳理的原因。我们相信,随着时间的推移,随着译介学研究成果的增多,随着人们对译介学理论的深入了解,人们终将认识到译介学理念所展现的广阔研究空间,以及它对促进我们国家的文学研究,尤其是比较文学研究的巨大意义和价值。

第二节 译介学:理念创新与学术前景

长期以来,我国国内的翻译研究绝大多数局限在对语言文字转换的层面上。翻译理论家王宏志指出“充其量只不过是有关翻译技巧的讨论”,“对于提高翻译研究的学科地位没有多大帮助”。[②] 自 20 世纪 80 年代中期起,

① 林璋:《译学理论谈》,许钧主编:《翻译思考录》,武汉:湖北教育出版社,1998 年,第 562—569 页。

② 王宏志:《重释“信达雅”——二十世纪中国翻译研究》,上海:东方出版中心,1999 年,第 6 页。

我们开始探索并倡导的译介学理论[①]，也许是国内最早把翻译研究的视角转到翻译作为人类文化的交际行为层面上予以审视和研究的中国大陆学者首创的翻译理论。正是借助这个理论，笔者从 1989 年起在陆续发表的论文中提出一系列比较引人注目、富于一定创新意义的学术观点，并在国内学界引起较大的“震撼”[②]，这些观点首先集中体现在 1999 年推出的专著《译介学》[③]里。进入 21 世纪以来，译介学研究越来越引起国内学界的关注和重视，继“2006 年国家课题指南（外国文学）”把它列为当年国家的八大外国文学研究课题之一后，“国家哲学社会科学研究‘十一五’规划”再次把译介学列为其中的研究课题之一。

尽管如此，国内译学界，尤其是翻译界，对于译介学研究究竟是怎么回事，对它的理论内涵，以及它对翻译研究的实际价值与意义等问题仍感到疑惑不解，甚至误解的专家学者大有人在。因此，笔者认为有必要对译介学理论的核心理念、学术前景等问题做一番阐述。

一、创造性叛逆：译介学研究的理论基石

自从《译介学》一书问世以来，“创造性叛逆”这一观点不胫而走，被越来越多的研究者在撰写论文时广泛引用，作为他们展开研究的一个让人感到富于新意的切入点。在《译介学》中，笔者已经明确提到“创造性叛逆”这一命题并非首创，而是借用自法国文学社会学家埃斯卡皮的专著《文学社会学》一书中的一段话：“如果大家愿意接受翻译总是一种创造性的背叛这一说法的话，那么，翻译这个带刺激性的问题也许能获得解决。说翻译是背叛，那是因为它把作品置于一个完全没有预料到的参照体系里（指语言）；说翻译是创造性的，那是因为它赋予作品一个崭新的面貌，使之能与更广泛的读者进行一次崭新的文学交流，还因为它不仅延长了作品的生命，而且又赋

① 笔者对译介学理论的探索与倡导始于 20 世纪 80 年代中期，先是在学术会议上和在相关院校讲学时进行阐述，后整理成文，于 1989 年起陆续发表，有《为“弃儿”寻找归宿——论翻译在中国现代文学史上的地位》(1989)、《论文学翻译的创造性叛逆》(1992)、《翻译文学——争取承认的文学》(1992)等。

② 陈德鸿、张南峰：《西方翻译理论精选》，香港：香港城市大学出版社，2000 年，第 185－186 页。

③ 谢天振：《译介学》，上海：上海外语教育出版社，1999 年。

予它第二次生命。”[①]

埃斯卡皮关于“创造性叛逆”的观点引起笔者强烈的共鸣，它道出翻译，尤其是文学翻译的本质。不过与此同时，笔者觉得埃斯卡皮把翻译的创造性叛逆仅仅解释为语言的变化似乎有些简单。笔者认为，这里的参照体系不仅应该指语言，还应该包括文化语境。于是，笔者按照埃斯卡皮的这一观点，对创造性叛逆做出进一步的阐发，指出文学翻译中的创造性叛逆现象特别具有研究价值，因为这种创造性叛逆特别鲜明、集中地反映出不同文化在交流过程中所遇到的阻滞、碰撞、误解、扭曲等问题。

在《译介学》和《翻译研究新视野》[②]里，笔者首先对公认的“创造性叛逆”的主体——译者的创造性叛逆现象进行比较详细的分析。译者的创造性叛逆在文学翻译中有 4 种表现，即个性化翻译、误译与漏译、节译与编译以及转译与改编。而且，文学翻译中创造性叛逆的主体不仅仅是译者，读者和接受环境同样也是文学翻译创造性叛逆的主体。之所以将接受环境作为创造性叛逆的主体是因为有学者对这一观点表示质疑，认为媒介者（译者）或接受者（读者）的创造性叛逆都可以理解，这两者都是有行为能力的人，可以实施和完成创造性叛逆这个行为，但接受环境并不是具有行为能力的主体，它如何实施和完成创造性叛逆？这里需说明的是，把接受环境的创造性叛逆与媒介者和接受者的创造性叛逆分开论述是为了让读者看到前者的创造性叛逆是一种集体行为，而后两者多属于一种个体行为。接受环境自身确实没有行为能力，但它通过接受者的集体行为完成并反映出它的创造性叛逆。例如前文所举的英国作家斯威夫特的《格列佛游记》的例子，原著本来深具政治讽刺意义，但被译介到其他国家以后，人们最感兴趣的却是大人国、小人国的故事。中国自 1914 年林纾开始翻译起[③]，这部小说就不断地被译介，但大多数译本仅译出其第一部、第二部，即《小人国》《大人国》两部，很多译本都被列入“少年文学故事丛书”或“世界少年文库”。一部严肃的政治讽刺小说变成了一本轻松、有趣的儿童读物。然而这种“变化”或称“叛逆”是整体接受环境使然，却不是某一译者或某一读者的主观行为和作用。

① 埃斯卡皮：《文学社会学》，王美华、于沛译，合肥：安徽文艺出版社，1987 年，第 137－138 页。

② 谢天振：《翻译研究新视野》，青岛：青岛出版社，2003 年。

③ 实际上在林译之前已经有相关译本，但影响没有林译本大。

“创造性叛逆”这一观点最主要的意义在于它揭示出翻译的一个至关重要的本质特点。千百年来，翻译界，无论中西，都一直把交出一份百分之百忠实于原文的译文视作自己的最高追求，甚至是唯一追求，以为只要交出一份百分之百忠实于原文的译文，翻译的任务就完成了，翻译的目标也就达到了。“创造性叛逆”对此提出新的思考维度，提出“翻译总是一种创造性的背叛”[①]，即译文与原文一定存在某种程度的背离，因此也就不可能有所谓百分之百忠实原文的译文。如此一来，“创造性叛逆”就把我们的目光引向翻译以外的因素，让我们看到，决定翻译效果好坏和翻译行为成功与否的原因，不仅在于译者个人的主观努力与追求，而且还要受到语言、读者、接受环境等诸多因素的制约。正如一部严肃的政治讽刺读物《格列佛游记》，通过译者的翻译传到另一个国家，却变成一部轻松、愉快的儿童读物；而一部在自己国家默默无闻的作品《牛虻》，通过翻译传到中国，却成为一部经典性的作品。其中固然有译者的努力，但又怎能离开读者和接受环境（包括文化差异、意识形态等）的作用？“创造性叛逆”的观点能拓展翻译研究的视野，让翻译界一些聚讼不已的问题得到比较圆满的解决。

笔者在讨论创造性叛逆与文学经典形成之间的关系时，特别是涉及创造性叛逆中与误译有关的某些个案时，常常引起从事文学翻译的老翻译家以及在高校从事实践翻译教学的教师的疑惑和不解，甚至抨击。譬如，针对拙著或其他比较文学学术专著和教材中关于戈蒂耶和庞德误译的例子所做的分析，有观点认为，“这种理论脱离中国翻译实际，鼓吹一种病态的审美观，声称翻译可以脱离原作，误译、误读，甚至更有利于传播与接受，从而在客观上助长，甚至是教唆胡译乱译，导致翻译质量的下降”[②]。这种观点把创造性叛逆简单地理解为对翻译实践的指导，却不知道创造性叛逆并不是一个用来指导如何进行翻译的方法和手段。还有些观点提出要区分“好的创造性叛逆”和“破坏性的创造性叛逆”，提出要把握好创造性叛逆的“度”，这些讨论其实是背离创造性叛逆的本旨，因为创造性叛逆是翻译中的一个客观存在，是对跨语言、跨文化传播和接受中一个规律的揭示，它帮助我们更深刻地认识翻译的实质，但与“该怎么译”的问题无关。

---

① 埃斯卡皮：《文学社会学》，王美华、于沛译，合肥：安徽文艺出版社，1987年，第137页。

② 江枫：《论文学翻译及汉语汉字》，北京：华文出版社，2009年，第136页。

二、"翻译文学":确立翻译家和翻译作品在国别文学中的地位

"创造性叛逆"的观点是整个译介学研究的基础和出发点。翻译文学中"创造性叛逆"现象的存在决定翻译文学是一个相对独立的存在,它不可能等同于外国文学,也决定翻译文学应该在译入语语境里寻找它的归宿,译介学就是在这个基础上提出引人注目的"翻译文学是国别文学的一个组成部分"的观点。对中国的翻译文学而言,翻译文学也是中国文学的一个组成部分。在论文《为"弃儿"寻找归宿——论翻译在中国现代文学史上的地位》中,笔者首次明确地提出"翻译文学应该在中国文学史上占有一席之地"[①]。

这个观点赢得国内以及海外学界的关注和肯定,但与此同时,也有不少学者对此观点提出疑问:"没有一部文学史会把翻译的外国文学作品说成是本国文学作品"[②],或是"外国文学对中国文学的影响不论怎样大,外国文学还是外国文学,怎么可能就成了'中国文学'的组成部分"[③]。

这是因为长期以来人们对翻译文学的概念有一种模糊的认识,把翻译文学混同于或等同于外国文学,而形成这种认识的深层原因则是人们只把文学翻译视作语言层面的纯技术性的符码转换,看不到翻译文学与外国文学的差异,也就模糊了翻译文学的性质及其在国别文学史上的意义和地位,并进而抹杀翻译家的文学贡献。当然这种质疑也不奇怪,因为在 20 世纪 70 年代日本的《比较文学辞典》之前,似乎世界上还没有任何一本其他文学辞典收入过"翻译文学"的条目。比较文学译介学的研究首先揭示翻译文学的学术价值,并把它确立为一条专门的学术术语。

在传统的翻译研究和文学研究中,翻译文学往往处于一种无所归属、非常尴尬的境地。翻译研究者只注意其中的语言现象,而不关心它的文学地位。而文学研究者一方面承认翻译文学对民族文学和国别文学的巨大影响,另一方面却又不给它以明确的地位——他们往往认为这是外国文学的影响,而没有意识到翻译文学作为一个相对独立的文学现象的存在。因此,在 1949 年以后的中国现代文学史里,翻译文学找不到自己的地位。而在源

① 谢天振:《为"弃儿"寻找归宿——论翻译在中国现代文学史上的地位》,《上海文论》,1989 年第 6 期。

② 施志元:《汉译外国作品与中国文学》,《书城》,1995 年第 4 期,第 28 页。

③ 王树荣:《汉译外国作品是"中国文学"吗?》,《书城》,1995 年第 2 期,第 12 页。

语国的文学史里，翻译文学就更找不到自己的地位。譬如，我们无法设想要让法国文学史为傅雷，或让英国文学史为朱生豪、梁实秋留出一席之地。这样，翻译文学就成为一个无家可归的“弃儿”。

然而，如果从语言学或者从传统的翻译学的角度看，我们仅仅将文学翻译视为一种语言文字符号的转换，那么当我们从文学研究和译介学的角度去审视文学翻译时，就应该看到它所具有的一个长期以来被人们忽视的十分重要的意义，即文学翻译是文学创作的一种形式，也是文学作品的一种存在形式。文学翻译和翻译文学正是在这个意义上具有相对独立的艺术价值，以及相对独立的文学地位。

为了论证文学翻译和翻译文学相对独立的艺术价值和意义，我们首先从文学作品可能具有多种不同的存在形式谈起。一般而言，一部作品一旦经作家创作问世后，就具有其最初的文学形式。如前文所举的例子，莎士比亚创作的《哈姆雷特》具有戏剧形式；曹雪芹创作的《红楼梦》具有长篇小说的形式。然而，这都仅仅是这些作品的最初形式，而不是它们的唯一形式。譬如，经过兰姆姐弟的改写，《哈姆雷特》获得散文故事的形式；进入20世纪以后，《哈姆雷特》被一次次地搬上银幕，这样，它又具有电影的形式。曹雪芹的《红楼梦》也有同样的经历：它被搬上舞台，取得地方戏曲如越剧、评弹等形式；它也被搬上银屏，于是又取得电影、电视连续剧的形式。

至于比较文学翻译与改编，如果说改编大多是原作文学样式的变换（小说变成电影，或剧本变成散文故事等），那么文学翻译主要是语言文字的变换。此外，它们还有很多的相似之处：无论是前者还是后者，都有原作作为依据，而且都有介绍、传播原作的目的，尤其改编或翻译的作品是文学经典或文学名著。

但是，翻译与改编又有实质性的区别：改编是通过文学样式的变换把原作引入一个新的接受层面，但该接受层面与原作的接受层面大多仍属于同一个文化圈，仅仅是在文化层次、审美趣味或受众对象等方面有差异。譬如长篇小说《红楼梦》的读者与越剧《红楼梦》的观众或听众就属于相同的汉文化圈；而翻译却是通过语言文字的转换把原作引入一个新的文化圈，在这个文化圈里有与原作所在文化圈相异甚至完全不同的文化传统，有相异甚至相去甚远的审美趣味和文学欣赏习惯，譬如莎剧在中国的译介。翻译的这一功能意义是巨大的，它使翻译远远超过改编。我们再来强调曾重复多次的埃斯卡皮的观点——翻译“把作品置于一个完全没有预料到的参照体系里……它赋予作品一个崭新的面貌，使之能与更广泛的读者进行一次崭新的文学交流……它不仅延长了作品的生命，而且又赋予它第二次生命”①。

回顾人类的文明历史，世界上各个民族的许多优秀文学作品正是通过翻译才得以世代相传，也正是通过翻译才得以走向世界，为各国人民所接受。古希腊罗马文学中的荷马史诗《奥德赛》《伊利亚特》，埃斯库罗斯（Aeschylus）、索福克勒斯（Sophocles）的悲喜剧，亚里士多德（Aristotle）、维吉尔等人的作品，这些举世公认的杰作，却是用已经“死去的语言”——拉丁语写成，假如没有英语等其他语种的译本，也许它们早就湮没无闻了。当今世界上有很多的文学经典作品主要就是以译作的形式在世上存在、流传，在世界各国被认识、被接受、被研究。古希腊罗马的文学作品如此，非通用语种文学家的作品，如易卜生的戏剧、安徒生的童话如此，有时甚至连本国、本民族历史上的一些作品也如此。如托马斯·莫尔（Thomas More）的名作《乌托邦》（*Utopia*），它的主要存在形式就是英译本，因为原作是拉丁文。芬兰文学的奠基人鲁内贝格（Johan Ludvig Runeberg）的诗是以芬兰文译作的形式存于芬兰，因为原作是瑞典文。如果说在把译作视为与原作改编后的其他文学样式一样，是文学作品的一种存在形式的问题上，人们比较容易达成共识，那么在涉及这些无数以译作形式存在的文学作品的总体——翻译文学的国别归属问题时，人们的意见却开始出现分歧。分歧的焦点在于：翻译文学究竟是属于本国文学还是外国文学；或者更确切地说，翻译文学能不能视作国别（民族）文学的一个组成部分；对我们中国文学来说，也就是翻译文学能不能视作中国文学的一个组成部分。对翻译文学存在的这些分歧，在某种程度上完全可以理解，这是由于长期以来我们国家对翻译文学相对独立的地位尚未有足够的认识。在译介学提出翻译文学的国别归属问题之前，国内学术界还从来没有把翻译文学的定义、范畴、归属等作为学术问题提出来讨论过，人们从来就没有意识到在外国文学与国别（民族）文学之间还存在一个“翻译文学”。在不少人（包括相当一部分的专家学者）的眼中，翻译文学实际上就是外国文学的代名词。

① 埃斯卡皮：《文学社会学》，王美华、于沛译，合肥：安徽文艺出版社，1987年，第137－138页。

译介学对翻译文学概念的阐释为解决学界对翻译文学的一系列困惑和质疑提供理论依据：首先是深入分析文学翻译与非文学翻译之间的差别，其次是提出确定文学作品国别归属的依据。

文学翻译与非文学翻译有实质性的差异：文学翻译属于艺术范畴，而非文学翻译属于非艺术范畴。非艺术范畴的哲学、经济学等学科著作的翻译，也包括佛经等宗教典籍的翻译，其主要价值在于对原作中信息（理论、观点、学说、思想等）的传递，译作把这些信息正确、忠实地传达出来就达到了它的目的。特别需要强调的是，当译作把这些哲学、经济学、佛学等著作所包含的信息传达出来后，这些著作中的理论、观点、学说、思想等，它们的归属并没有发生改变。

但是，艺术范畴的文学作品的翻译则不然，它不仅要传达原作的基本信息，而且还要传达原作的审美信息。如果说属于非艺术范畴作品中的基本信息（理论、观点、学说、思想，以及事实、数据等）是一个具有相对界限也相对稳定的“定量”，那么属于艺术范畴的文学作品中的基本信息（故事、情节等）之外的审美信息却是一个相对无限的，有时甚至是难以捉摸的“变量”。而且，越优秀的文学作品，其审美信息越丰富，译者对它的理解和传递也就越难以穷尽（在诗歌翻译中这一点尤其突出），需要译者们从各自的立场出发，各显神通，对它们进行“开采”。在这个意义上，翻译家对文学作品中审美信息的“传递”与作家、诗人对生活中信息的“传递”称得上异曲同工。譬如，一个普通人可以说“昨天晚上雨很大，风很大，把室外的海棠花吹打掉不少，但叶子倒长大了”，以此完成对生活中一个信息的传达。但诗人就不然，他（她）要用另一种语言来传递信息：“昨晚雨疏风骤，……却道海棠依旧。知否知否？应是绿肥红瘦。”从而使他（她）的传递不仅包含一般的信息，而且还有一种审美信息，给人以艺术的享受。文学翻译也如此，如果它仅仅停留在对原作一般信息的传递，而不调动译者的艺术再创造，这样的文学翻译作品不可能有艺术魅力，当然也不可能给人以艺术的享受。因此，如果说艺术创作是作家、诗人对生活现实的“艺术加工”，那么文学翻译就是对外国文学原作的“艺术加工”。

译介学对确定文学作品国籍的依据进行探索，这个问题是一个新问题，因为传统的文学研究者通常是在国别文学的框架内进行他们的研究，作品的国籍归属很清楚。然而问题是：你为何在编写中国文学史时选择鲁迅、茅盾，而不选高尔基、赛珍珠呢？是写作时所用的语言文字吗？显然不是，否则世界上凡是用英文写作的作家岂不全成了英美作家？是作品的题材内容吗？也不是，否则赛珍珠就可视作中国作家了，笔者认为唯一的依据就是作家的国籍。

在此基础上，我们再展开对翻译文学作品的作者这一问题的探讨。如前文所举例证，当我们手捧一本傅雷所译的《高老头》时，我们往往很自然地认为其作者是巴尔扎克，但其实这样的说法似是而非，忽视了译者的存在。其实我们此时捧读的作品，是翻译家傅雷在巴尔扎克法文原作的基础上再创造出来的。由此可见，翻译文学作品的作者应该是翻译家，而根据翻译家的国籍，我们也就不难判定翻译文学作品的国别归属了。

三、“翻译文学史”开拓中外文学关系的新领域

根据翻译家的国籍，为翻译文学在国别文学内找到一席之地，但这并不意味着翻译文学与本国、本族创作文学就是一回事。译介学研究指出，翻译文学是中国文学的一个组成部分，但它是中国文学内相对独立的一部分。这样，既肯定翻译文学在国别文学中的地位，同时还指出翻译文学在国别文学中相对独立的地位，进而引出如何编撰翻译文学史的问题。

在译介学对“翻译文学史”概念进行深入分析和阐释之前，国内学界对翻译文学史的理念及其编撰基本上没有给予特别的关注，在实际的编撰中还经常把文学翻译史与翻译文学史相混淆，即书名为“翻译文学史”，实质为文学翻译史。译介学分析两者的本质差异：文学翻译史以翻译事件为核心，关注翻译事件和历史过程历时性的线索；而翻译文学史不仅注重历时性的翻译活动，更关注翻译事件发生的文化空间、译者翻译行为的文学文化目的以及进入译入国文学视野的外国作家作品的接受、传播和影响等问题。翻译文学史将翻译文学纳入特定时代的文化时空中进行考察，阐释文学翻译的文化目的、翻译形态、为达到某种文化目的而进行的翻译上的处理以及翻译的效果等，探讨翻译文学与民族文学在特定时代的关系和意义。这样，翻译文学史实际上还是一部文学关系史、文学接受史、文学影响史，从而为中外文学关系研究展现一个新的研究领域。

针对翻译文学史如何编撰的具体问题，译介学指出，翻译文学史实质也是一部文学史，因此在编撰翻译文学史时应该把一般文学史都有的三个基

本要素，即作家、作品和事件纳入视野。对翻译文学史来说，这三个基本要素又体现为：作家——翻译家和原作家（是“披上译入国外衣”的原作家）；作品——译作；事件——文学翻译事件及翻译文学在译入国的传播、接受和影响等。这三者是翻译文学史的核心，而由此所展开的历史叙述和分析就是翻译文学史的任务，它不仅要描述文学翻译在译入国的基本面貌、发展历程和特点，还要在译入国文学自身发展的图景中对翻译文学的形成和意义做出明确的界定和阐释。

对中国翻译文学史来说，认定和承认翻译家在翻译文学史里的主体性和地位很重要。20世纪中国出现了一批卓有成就的翻译家，如林纾、严复、苏曼殊、马君武、鲁迅、周作人、郭沫若、茅盾、巴金、傅东华、朱生豪、傅雷、梁实秋，等等，他们的翻译活动不仅丰富了中国翻译文学史的内容，同时也极大地丰富了中国现当代文学史的内容，影响并改变了中国现当代文学的发展轨迹和面貌，他们的贡献在翻译文学史里应该得到充分的展示。

“披上译入国外衣的外国作家”是另一个需要关注的对象，他们是翻译文学的本和源，要全面展示翻译文学史的进程和成就离不开对这些“披上译入国外衣的外国作家”在译入国的译介和接受情况的介绍和分析。从最初的译介到他们的作品在各个时期的翻译出版情况、接受的特点等，尤其是某具体作家或作品在特定时代背景下的译介情况，都应有一个比较完整的描述和阐释。以中国翻译文学史为例，如有些作家作品是作为世界文学遗产被译入中国，而有些则是契合当时的文化、文学需求，作为一种声援和支持，促使特定时代的文学观念或创作方式的转变，如新时期外国现代文学的翻译等。另外，有些外国作家进入中国的形象有一个变化的过程。如前文所举的例子，拜伦开始是以反抗封建专制的“大豪侠”形象进入中国；莎士比亚是“名优”和“曲本小说家”；卢梭是“名贤先哲”“才智之士”“名儒”；尼采是“个人主义之至雄杰者”“大文豪”“极端破坏偶像者”等。

毫无疑问，作为完整形态的翻译文学史的一个重要组成部分，翻译文学史必须关注翻译文学在译入国文化语境中的传播、接受、影响、研究的特点等问题，从而为日益频繁的国际文化交流提供深刻的借鉴和历史参照。正如歌德所说：“原作和译作之间的关系，最能反映民族与民族之间的关系。”[①]可见，翻译文学史实际上也是文学交流史、文学影响史和文学接受史。

四、“译入”与“译出”：换一个方向看翻译

在我们提出译介学理论之初，关注的焦点基本局限在译入语语境内，尤其是对翻译文学和翻译文学史的研究。近年来随着“文化外译”命题的提出，译介学研究的视野也发生相应的拓展。由于译介学理论本来就关注文学与文化跨语言、跨国界传播的本质，也特别关注制约文学、文化在译入国语境中的接受、传播、影响的各种因素，因此译介学对文化外译的理解与阐释比传统的翻译研究显得更加深入。如讨论中国文学、文化的外译，我们都知道，中华人民共和国成立 70 余年来，我们花费了大量的人力、物力、财力进行中国文学、文化典籍的外译，希望以此推动中国文学、文化“走出去”，然而却收效甚微，一直未能取得较为理想的预期效果。原因何在？传统的翻译研究把它归罪于译者，认为是译者的外语能力太差，没能把作品翻译好。这当然有一定的道理，但并未触及其中的根本原因。其实我们有相当数量的译作其质量很好（从对原文的忠实度，以及译文的语言水平等角度来衡量），但并没有很理想地“走出去”，即被译入语国家的读者广泛接受并在译入语国家产生影响。译介学认为，其中的根本原因是：(1)对文学、文化跨语言传播与交流的基本译介规律缺乏应有的认识；(2)不了解“译入”与“译出”这两种翻译行为之间的实质差别。

译介学指出，在一般情况下，文化交流总是由强势文化向弱势文化译介，而且总是由弱势文化语境里的译者主动把强势文化译入自己的文化语境里。法国学者葛岱克指出：“当一个国家在技术、经济和文化上属于强国时，其语言和文化的译出量一定很大；而当一个国家在技术、经济和文化上属于弱国时，语言和文化的译入量一定很大。在第一种情况下，这个国家属于语言和文化的出口国，而在第二种情况下，它则变为语言和文化的进口

① J. W. Goethe. Some Passages Pertaining to the Concept of World Literature. In: H. J. Shulz & P. H. Rhein (eds.). *Comparative Literature: The Early Years — An Anthology of Essays*. Chapel Hill: The University of North Carolina Press, 1973: 10.

国。"[①]在历史上，当中华文化处于强势地位时，我们周边的东南亚国家就曾纷纷主动地译入中华文化，当时我国语言和文化的译出量确实很大。然而，当西方文化处于强势地位，中华文化处于弱势地位时，譬如在我国的晚清时期，我国的知识分子则积极地把西方文化译介给我国的读者，于是我国语言和文化的译入量变得很大。今天在整个世界文化格局中，西方文化仍然处于强势地位，这从各自国家翻译出版物的数量中可见一斑：数年前联合国教科文组织的一份统计资料表明，翻译出版物仅占美国全部出版物总数的百分之三，占英国全部出版物总数的百分之五。而在我们国家，笔者虽然没有看到具体的数据，但粗略地估计一下，翻译出版物占我国出版物总数的比例是远远高于以上国家的。

翻译出版物占一个国家总出版物数量比例的高低还从另一个方面折射出这个国家对外来文学文化的态度和立场。翻译出版物在英美两国及其他英语国家总出版物中所占的比例很低，这反映出英语世界的发达国家对发展中国家（包括中国）的文学、文化的那种强势文化国家的心态和立场。可见，要让中国文学、文化"走出去"（其实质首先是希望走进英语世界）实际上是一种"逆势"译介行为，这样的译介行为要取得成功就不能仅仅停留在把中国文学、文化典籍翻译成外文，交出一份所谓的"合格的译作"就算完事，而必须从译介学规律的高度全面审时度势并对之进行合理的调整。

译介学指出，译入与译出这两种翻译行为并不像人们通常认为的那样，只是翻译方向不同，而是两者之间有实质性的差别：前者（译入）是建立在一个国家或民族内在的对异族以及他国文学、文化强烈需求基础上的翻译行为，而后者（译出）在多数情况下则是一个国家或民族一厢情愿地向异族或他国译介自己的文学和文化，对方对你的文学、文化不一定有强烈的主动需求。由于译入行为所处的语境对外来文学、文化已经具有一种强烈的内在需求，因此译入活动的发起者和具体从事译入活动的译介者考虑的问题就只是如何把外来的文学作品、文化典籍译得忠实、准确和流畅，也就是传统译学理念中的交出一份"合格的译作"，而基本不用考虑译入语环境中制约或影响翻译行为的诸多因素。译者只要能交出"合格的译作"，他们的翻译

① 葛岱克：《职业翻译与翻译职业》，刘和平、文韫译，北京：外语教学与研究出版社，2011年，第10页。

行为及其翻译成果就自然而然地能够赢得读者、赢得市场，甚至在译入语环境里产生一定的影响。过去两千多年来，我们国家的翻译活动基本上是以外译中为主的译入行为。无论是历史上长达千年之久的佛经翻译，还是清末民初以来这一百多年间的文学名著和社科经典翻译，莫不如此。

但译出行为则不然，由于译出行为的目的语方对你的文学、文化尚未产生强烈的内在需求，更遑论形成一个比较成熟的接受群体和接受环境，在这样的情况下，译出行为的发起者和译介者如果也像译入行为的发起者和译介者一样，只考虑译得忠实、准确、流畅，而不考虑、不关注其他许多制约和影响翻译活动成败得失的因素，包括目的语国家读者的阅读习惯、审美趣味，目的语国家的意识形态、诗学观念，以及译介者自己的译介方式、方法、策略等因素，那么这样的译介行为恐怕不可能取得预期的成功。之所以如此，是因为在两千多年来的译入翻译实践（从古代的佛经翻译到清末民初以来的文学名著、社科经典翻译）中形成的译学理念的影响太深——奉“忠实原文”为翻译的唯一标准，以“原文至上”为圭臬。我们常以建立在译入翻译实践基础上的这些翻译理念、标准、方法论来看待并指导今天中国文学、文化典籍的译出行为，于是继续只关心语言文字转换层面“怎么译”的问题，而甚少考虑翻译行为以外的诸种因素，如传播手段、接受环境、译出行为目的语国家的意识形态及诗学观念，等等。由此也就不难理解为什么中华人民共和国成立以来我们在中国文学文化“走出去”一事上投入那么多的人力、财力、物力，而收效甚微的原因了。“简单地用建立在‘译入’翻译实践基础上的翻译理论（更遑论经验）来指导当今的中国文学、文化‘走出去’的‘译出’翻译实践，那就不可能取得预期的成功。”①

五、译介学：当代比较文学和翻译研究发展的必然趋势之一

从以上所述不难发现，译介学研究显然不是传统意义上的翻译研究，它关注的对象已经超出传统翻译研究关心的对象——两种语言文字转换这样一些具体的问题。译介学研究已经具有文学研究、文化研究的实质，它大大地拓展了我们研究者的学术视野。而一旦跳出传统翻译研究的局限，也即

① 谢天振：《隐身与现身——从传统译论到现代译论》，北京：北京大学出版社，2014 年，第 13 页。

文本以内的语言文字的转换的范畴，我们就会进入文化研究的层面，翻译研究也会与当前国际学术界的两大转向——翻译研究的文化转向和文化研究的翻译转向不谋而合。

译介学研究为比较文学和翻译研究打开一个新的、更加广阔的研究空间，传统的比较文学研究课题得到比以前更深刻、具体、清晰的阐释。譬如，文学关系历来是传统比较文学研究中最主要的一个课题，但以前的文学关系研究要么致力于寻求两个民族或国家文学影响与被影响的“事实联系”，要么比较两个民族或国家文学的异同，然后从中推测它们相互间的关系。译介学研究则不然，它以多元系统论为基础，提出一系列原来一直被学术界忽视的问题，如为什么有些国家的文化更重视翻译，翻译进来的东西多，而有些国家的文化则相反？哪些类型的作品会被翻译？这些作品在译入语系统中居何地位？与其在源语系统中相比又有何差异？我们对每个时期的翻译传统和翻译规范有何认识？我们如何评估翻译作为革新力量的作用？蓬勃开展的翻译活动与被奉作经典的作品，两者在文学史上是何关系？译者对自己的翻译工作做何感想？他们的感想又通过何种方式传达出来？毫无疑问，这些问题对于我们深入思考文学关系和译介的规律性等问题极富启迪意义。

译介学研究经常提到的“意识形态、赞助人、诗学”三因素理论，同样揭开了中外文学关系研究和翻译研究的新层面。20 世纪 80 年代初，我国外国文学界曾经围绕英国通俗长篇小说《尼罗河上的惨案》的译介掀起一场轩然大波，从而对我国新时期国外通俗文学的译介产生很大的影响，而这场风波的背后就是我国特有的赞助人机制在起作用。而“诗学”(或译“文学观念”)因素的引入，对于解释为什么我国在 20 世纪 50 年代大量译介西方现实主义文学作品，而进入 80 年代后又开始大量译介西方现代派文学作品，显然提供了一个很好的富有说服力的理论视角，同时也是一个饶有趣味的研究课题。

当前，国际比较文学研究已经出现翻译转向的明显发展趋势，而国内比较文学界的译介学研究也同样方兴未艾。实践证明，无论是国际比较文学研究的翻译转向，还是国内比较文学界的译介学研究，都给当代国内外的比较文学研究带来勃勃生机。在这样的形势下可以预期，随着译介学研究的进一步展开，随着国内译学界翻译研究文化转向的推进和完善，我国的比较文学研究和翻译研究必将迎来一个新的、深入发展的契机，并展示出广阔的发展前景。

第三节 从《译介学》到《译介学概论》

一、笔者译介学研究的缘起

2019 年不光对我们伟大的共和国来说是具有重大历史意义的一个年份，对笔者这样一个渺小的个人来说同样具有非同寻常的意义。1979 年的秋天，笔者结束了 11 年漫长的中学教师生涯，在 72 名考生中以第一名的优异成绩考上上海外国语学院（现上海外国语大学），成为首届俄苏文学专业唯一一名研究生。但现在回顾起来，笔者有点愧对俄苏文学这个专业，因为笔者从俄苏文学专业研究生毕业后一天也没有正式地从事过俄苏文学的教学与研究。尽管如此，我对这 3 年的俄苏文学专业研究生经历还是充满了感恩之情，因为正是这 3 年的专业训练开启了我的学术人生道路。

1989 年的 11 月，同样在秋天，笔者在《上海文论》第 6 期上发表了笔者第一篇具有译介学研究意义的论文《为"弃儿"找归宿——翻译在文学史中的地位》[①]。由于笔者初入学术殿堂不久，文章写得还比较肤浅，但文章提出的两个问题，一是翻译文学的性质及其国别归属，二是恢复翻译在中国现代文学史上的地位，无论在国内还是在国外，都还没有人进行过深入的研究，因此文章发表后还是比较引人注目的，当年的《报刊文摘》立即摘介了这篇文章的观点。之后，随着笔者发表了一系列关于翻译文学和翻译文学史的文章，国内外翻译界和比较文学界有越来越多的学者开始关注这两个问题。有关翻译文学的国别归属问题甚至引发了一场不大不小的学术争论，参与争论者不仅有中国现代文学界的学者，还有比较文学界的学者。

中国古训云"十年磨一剑"。笔者从 1979 年考取上海外国语大学研究生到发表这篇论文正好走过了 10 年的时间。笔者先是顺利完成了 3 年的硕士学业；毕业留校后，在上海外国语大学外国语言文学研究所领导廖鸿钧教授的支持下，在北京大学季羡林教授、复旦大学贾植芳教授等前辈学者的

① 该文已收入拙著《比较文学与翻译研究》，上海：复旦大学出版社，2011 年，第 122—128 页。

扶助提携下，成功创办了中国大陆第一本公开发行的专门的比较文学杂志《中国比较文学》；1985年，笔者出席了由香港中文大学主办的国际比较文学学术会议，并于第二年受该校英文系比较文学研究中心的邀请任该校访问学者。在香港中文大学比较文学中心做访问学者的10个月期间，笔者收集并阅读了大量的海外比较文学资料和相关文献，同时还顺带完成了对罗马尼亚比较文学家迪马(Al Dima)的专著《比较文学引论》的翻译，从而为自己打下了比较厚实的比较文学学科理论基础。

笔者当然清楚，发表在《上海文论》上的这篇小文章远远称不上是“剑”，至多也就是“小刀片”而已。但正是这篇及后续一系列阐释翻译文学性质及其国别归属问题的文章，以及这些文章所引发的质疑和争论，促使我要在理论上对这些问题做进一步的深刻思考，并决定要写一本学术专著，以对学界的质疑做出比较详细和深刻的回应。从这个层面上看，这篇文章也许可以视作系统阐发笔者的译介学思想的最早缘起，它也因此具有了一点特别的意义。

然而，就在笔者做好写作计划并获得上海外语教育出版社的批准后不久，1991年意外地获得了加拿大政府的邀请，赴加拿大阿尔伯塔大学比较文学系做半年高级访问学者。加拿大政府提出这个邀请，给笔者的任务是考察加拿大的比较文学教学与研究，并写一篇研究文章发表在国内的主流期刊上。这个任务于笔者而言是相当轻松的，因而笔者有较多时间和精力可以阅读相关领域的其他学术论著，于是很快就发现了埃文-佐哈尔的多元系统论，以及图里、勒菲弗尔、巴斯奈特等人的翻译研究论著。笔者应该是国内最早发现当代西方译学界翻译研究最新发展趋势即翻译研究的文化转向的学者，这当然要归功于笔者的比较文学和比较文化的学科背景。毕竟，当时国内翻译界具备笔者这样的学科背景的人并不多。

现在回想起当初读到埃文-佐哈尔的多元系统论长文以及他关于翻译文学在国别文学中地位的论文时的情景，笔者都还难掩激动之情，因为埃氏在其论著中所讨论的一些问题、所提出的一些观点，竟然与笔者来加拿大之前在国内发表的论文的观点不谋而合。这大大增强了笔者的学术自信，同时也拓展了笔者的学术视野。而不少港台学者对这样的“不谋而合”感到非常惊讶，他们对于笔者在一个学术信息相对闭塞、匮乏的环境中竟然提出了与当代西方学者几乎毫无二致的前沿理论感到不可思议，所以总是忍不住要问："你是怎么会想到提出译介学理论的?"

结束了在加拿大为期半年的学术访问之后，笔者又不断接到美国、俄罗斯、加拿大等国家及我国香港地区的多所大学的学术活动邀请，包括学术会议、学术访问以及学术合作等。这些活动丰富了笔者的学术生涯，但也影响了笔者的写作进度，这也是笔者的第一部学术专著迟至1999年才出版的一个原因吧。

二、《译介学》的撰写过程及其影响

撰写《译介学》的初衷，如前文所述，是为了进一步深入阐发笔者对翻译文学的性质及其国别归属问题的观点，但《译介学》问世后首先引发国内译学界广泛关注和热议甚至争论不已的，却是笔者在书中引进并加以阐释发挥的法国文学社会学家埃斯卡皮关于"翻译总是一种创造性的背叛"的观点。在《译介学》出版后的相当一段时间里，国内译学界谈论翻译问题时，一度甚至到了言必称"创造性叛逆"的地步。即使时至今日，学界对之的关注热度仍未稍减，2019年仍然分别有两家刊物推出了与"创造性叛逆"有关的专辑。①

笔者曾在多个场合下、多篇文章中提到过，"创造性叛逆"这一命题并不是笔者的首创，而是取自法国文学社会学家埃斯卡皮的专著《文学社会学》。在《文学社会学》一书中，埃斯卡皮关于"创造性叛逆"的阐述并不多，但仅此一段话就足以引发笔者强烈的共鸣，因为笔者认为埃氏比我们译学界的绝大多数人更敏锐地看到了翻译，尤其是文学翻译的本质。然而埃斯卡皮毕竟不是专门做翻译研究的，所以他只是把翻译的"创造性叛逆"解释为语言的变化，而在笔者看来，这里的参照体系不应该仅仅局限于语言层面，还应该包括译入语国的文化语境。于是我接过了埃斯卡皮的这一说法，在《译介

① 《中国社会科学评价》2019年第2期推出一组讨论"创造性叛逆"的文章，分别是谢天振的《"创造性叛逆"：本意与误释——兼与王向远教授商榷》、耿强的《范式创新与本体论话语——对译文学的一个批评》、刘小刚的《创造性叛逆：挪用还是生发？——与王向远教授商榷》和张莹的《理论评价的三个原则和三个误区——以针对"译介学"的评价偏差为例》；《外语学刊》2019年第4期推出"翻译研究：译介学专题"，也涉及对"创造性叛逆"的讨论，分别是谢天振的《译介学：理念创新与学术前景》、宋炳辉的《外来启迪与本土发生：译介学理论的中国语境及其意义》、廖七一的《译介学与当代中国翻译研究的新发展》、周彦的《译介学中的"译"与"介"》、林嘉新和陈琳的《诗学征用与文学变异：美国汉学家华兹生英译苏轼诗词研究》。

学》中对“创造性叛逆”这一概念做了进一步的阐释。笔者首先对创造性叛逆的主体——译者的创造性叛逆现象进行了发挥和细分，把译者的创造性叛逆在文学翻译中的表现归纳为四种情况，即个性化翻译、误译与漏译、节译与编译以及转译与改编。与此同时，笔者还进一步指出，文学翻译中的创造性叛逆主体不仅仅是译者，读者和接受环境等也是文学翻译的创造性叛逆主体。一部严肃的政治讽刺读物，如英国作家斯威夫特的《格列佛游记》，通过翻译传到另一个国家，居然变成了一部轻松愉快的儿童读物；一部在自己国家里默默无闻的作品，如《牛虻》，通过翻译传到另一个国家却成了一部经典性的著作，其中固然有译者的作用，但又怎能离得开读者和接受环境的作用呢？

“创造性叛逆”是笔者的译介学研究的理论基础和出发点，正是因为翻译中“创造性叛逆”现象的存在，翻译文学不可能等同于外国文学，而是应该在译入语语境中寻找它的归宿。笔者最初关于翻译文学的论述都是建立在这一基础之上的。

然而，“创造性叛逆”这个命题的价值和意义远不止于此，它还引发了笔者对翻译的本质、翻译的使命、翻译中的“忠实观”、译者的隐身与现身，乃至“中国文学文化如何切实有效地走出去”等一系列问题的思考和探讨，从而进一步展示了译介学研究无比广阔的理论空间和发展前景，也进一步丰富了译介学研究的理论内涵。

不过这里值得一提的是，自从笔者把“创造性叛逆”这一概念引入国内学界后，一方面引起了国内学界，特别是翻译界对它的高度关注和浓厚兴趣，启迪了他们对翻译的新的认识；但另一方面，也有不少人，包括一些著名学者对这个概念产生了诸多误解与误释，他们询问在翻译时该如何把握创造性叛逆的“度”，还提出是否应该区分好的“创造性叛逆”和不好的、破坏性的“创造性叛逆”等问题。对这些问题我曾在《译介学》(增订本)[①]的相关章节中做过一些简单的回应，这次两家刊物推出的译介学研究专辑表明，对于“创造性叛逆”等这样一些译介学的基本理念，显然还是存在着很大的阐释空间。

① 谢天振：《译介学》(增订本)，南京：译林出版社，2013年。

三、译作是文学作品的存在形式

也许是敝帚自珍吧，笔者认为《译介学》里提出的“译作是文学作品的一种存在形式”[①]这一观点应该更具原创价值。笔者在书中指出，如果说从语言学，或者从传统的翻译学的角度出发，我们仅仅将文学翻译当作一种语言文字符号的转换的话，那么当我们从文学研究、译介学的角度出发去考察文学翻译时，我们就应该看到它所具有的一个长期以来被人们所忽视的十分重要的意义：文学翻译还是文学创作的一种形式，也是文学作品的一种存在形式。文学翻译和翻译文学正是从这个意义上具有了相对独立的艺术价值。[②] 记得1991年底笔者在加拿大阿尔伯塔大学做高级访问学者期间首次发现埃文-佐哈尔的《翻译文学在文学多元系统中的位置》一文时，曾经相当激动并对之充满期待，但笔者细读后发现，埃文-佐哈尔关注的还是翻译与译入语语境中的文学、文化之间的关系问题。对这一关系问题，说实话，之前我国以及其他许多国家的学者都已经注意到了，只是埃文-佐哈尔对翻译文学在译入语文学多元系统中三种地位变化的分析更加深刻，且更具独特的价值与意义，不过他显然并没有对翻译文学本身的性质和价值进行研究。这一点不免让笔者有点失望，也有点不满足。

而拙著《译介学》首次指出，一部文学作品是可能具有多种不同的形式的。譬如莎士比亚创作的《哈姆雷特》，最初具有的是戏剧的形式；曹雪芹创作的《红楼梦》最初具有的是长篇小说的形式。然而，经过兰姆姐弟的改写，《哈姆雷特》就获得了散文故事的形式；进入20世纪以后，《哈姆雷特》被一次次地搬上银幕，这样，它又具有了电影的形式。曹雪芹的《红楼梦》也有同样的经历：它登上舞台，取得了地方戏曲如越剧、评弹等形式；它也走上银屏，取得了电影、电视连续剧的形式。

《译介学》随后又把文学翻译与改编做了比较，指出两者的相似之处：改编大多是原作形式的变换，如小说变成电影，或戏剧变成散文故事等；文学翻译则主要是语言文字的变换。但无论是改编还是翻译，它们都有一本原

① 谢天振：《译介学》，上海：上海外语教育出版社，1999年，第208页。

② 参见谢天振：《译介学概论》，北京：商务印书馆，2019年，第三章第一节“译作：文学作品的一种存在形式”。

作作为依据，且它们都有传播、介绍原作的目的，尤其是当改编或翻译涉及的作品是文学经典和文学名著的时候。

然而如果把改编与文学翻译做一下比较的话，我们又会发现两者有着一个实质性的区别：改编通过文学形式的变换把原作引入一个新的接受层面，但这个接受层面通常与原作的接受层面仍属于同一个文化圈，如长篇小说《红楼梦》的读者与越剧《红楼梦》的观众，属于一个相同的汉文化圈；翻译却是通过语言文字的转换把原作引入了一个新的文化圈，在这个文化圈里存在着与原作所在文化圈相异甚至完全不同的文化传统，存在着相异甚至相去甚远的审美趣味和文学欣赏习惯，如莎剧在中国的译介就是这样。翻译的这一功能的意义是巨大的，它使翻译远远超过了改编。如埃斯卡皮所言，翻译“把作品置于一个完全没有预料到的参照体系里(指语言)……它赋予作品一个崭新的面貌，使之能与更广泛的读者进行一次崭新的文学交流……它不仅延长了作品的生命，而且又赋予它第二次生命”[①]。

回顾人类的文明历史，世界上各个民族的许多优秀文学作品正是通过翻译才得以世代相传，也正是通过翻译才得以走向世界，为各国人民所接受的。西方经典中的荷马史诗《伊利亚特》《奥德赛》，埃斯库罗斯、索福克勒斯的悲喜剧，亚里士多德、维吉尔等人的作品，假如没有英语等其他语种的译本，它们的传播范围和受众会非常狭窄。这种情况在“小”语种文学，或者确切地说，在非通用语种文学里更为明显。试想，用波兰语创作的波兰作家显克维支(Henryk Siekiewicz)，用意第绪语写作的美国犹太作家艾萨克·辛格(Issac Bashevis Singer)，用西班牙语出版小说《百年孤独》的哥伦比亚作家马尔克斯，假如他们的作品在世界上只有原作而无译作的话，他们的作品会被世人了解、世界性文学巨奖的桂冠会降临到他们的头上吗？

然而，如果说，把译作视为原作改编后的一种形态，也是文学作品的一种存在形式，人们还是比较容易达成共识，那么，关于整体意义上的翻译文学的国别归属问题，人们的意见却开始产生分歧了。分歧的焦点在于：翻译文学究竟是属于本国文学还是外国文学？或者说，翻译文学能不能视作民族(国别)文学的一个组成部分？对我们中国文学来说，翻译文学能不能视

---

① 埃斯卡皮：《文学社会学》，王美华、于沛译，合肥：安徽文艺出版社，1987年，第137－138页。

作中国文学的一个组成部分？

为了解决这一问题，《译介学》从以下两个方面进行了分析：一是厘清文学翻译与非文学翻译之间的差别，二是提出确定文学作品国别归属的依据。

《译介学》认为，文学翻译和非文学翻译分属两个不同的范畴。非艺术范畴的哲学、经济学等学科的著作的翻译，包括宗教典籍的翻译，其主要价值在于对原作中理论、观点、学说、思想等的传递，译作把这些信息正确、忠实地传达出来，就达到了其目的。而且毋庸赘言，当译作把这些属非艺术范畴的哲学、经济学、佛学等著作所包含的信息（理论、观点、学说、思想等）传达出来后，这些信息，具体地说，也就是这些著作中的理论、观点、学说、思想等的归属并没有发生改变。譬如马克思《资本论》中的一系列理论观点仍然属于马克思。

然而属于艺术范畴的文学作品的翻译则不仅要传达原作的基本信息，而且还要传达原作的艺术特点。如果说，属于非文学范畴的作品中的基本信息（理论、观点、学说、思想，以及事实、数据等）是一个具有相对界限也相对稳定的“变量”的话，那么，属于艺术范畴的文学作品中的审美信息却是一个难以捉摸的“变量”。而且，越是优秀的文学作品，它的审美信息越是丰富，译者对它的理解和传达也就越困难（在诗歌翻译中这一点尤其突出），需要译者各显神通对它们进行“开采”。文学翻译家如果仅仅停留在对原作的一般信息的传递，而不进行艺术再创作，这样翻译出来的作品是不可能有艺术魅力的，当然也不可能给人以审美的享受。因此，如果说艺术创作是对生活现实的“艺术加工”，那么文学翻译就是对外国文学原著的“艺术加工”。

如何确定文学作品国别归属的依据，这是阅读《译介学》之后的研究者才会面临的一个新问题，因为传统的文学研究者通常是在国别文学的框架内进行研究的，他们无需考虑作品的国别归属问题。传统的翻译研究者也不会考虑这个问题，因为他们局限在从原文到译文的两种语言文字的转换层面上，根本没有想到过还存在这样的翻译研究问题。

然而，尽管如此，问题还是客观存在的：你为何在编写中国文学史时，选择鲁迅、茅盾，而不选高尔基、赛珍珠呢？是根据作家写作时所用的语言文字吗？当然不是，不然凡是用英文写作的作家岂不都成了英美作家？是根据作品的题材吗？也不是，否则赛珍珠就可视作中国作家了。这里唯一的依据，根据译介学的研究，就是作家的国籍。

那么翻译文学作品的作者是谁呢？当我们手捧一本中文版长篇小说《高老头》时，我们往往会脱口而出说它的作者是巴尔扎克。其实，我们这样说时忽视了译者的存在，因为巴尔扎克是不会用中文写作的，我们此时所读的作品是翻译家傅雷在巴尔扎克的法文原作的基础上再创造出来的作品。因此，严格而言，翻译文学作品的作者是翻译家。而根据翻译家的国籍，我们也就可以确定翻译文学作品的国别归属了。

不难发现，译介学研究从文学作品有多种存在形式这一角度切入，通过把翻译与改编进行具体的比较，指出翻译也是文学作品的一种存在形式，从而揭示出了文学翻译作品的独特价值与意义，并最终为翻译家及其译作在译入语文学、文化语境里找到了应有的位置。著名翻译家方平生前对译介学的这一努力推崇不已，他甚至建议把《译介学》的书名改为《翻译文学——争取承认的文学》。笔者没有接受他的建议，因为译介学的目标不止于此。

四、译介学对翻译文学史相关问题的探讨

根据翻译家的国籍，为翻译文学在国别文学内找到了一席之地，却并不意味着翻译文学与译入国文学是一回事。《译介学》认为，翻译文学是译入国文学的一个组成部分，但同时还应看到它是译入国文学内相对独立的一个组成部分。这样，也就引出了编写翻译文学史的问题。

然而，在《译介学》问世之前，国内翻译界对翻译文学史的许多问题（如翻译文学史与文学翻译史之间的区别，翻译文学史的编写结构，如何确定翻译文学史的起点，如何对翻译文学史进行分期等）的认识是模糊不清的，也几乎无人问津。从这个层面上而言，《译介学》对这些问题的研究，似乎也体现出了一定的领先意识和独特意义。

在笔者看来，之前出版的以叙述文学翻译事件为主的名为“翻译文学史”的著述并不能视作严格意义上的翻译文学史，而只能视作“文学翻译史”。《译介学》指出，文学翻译史以翻译事件为核心，关注的是翻译事件和历史过程的历时性线索，而翻译文学史不仅注重历时性的翻译活动，更关注翻译事件发生时所处的文化空间、译者翻译行为的文学和文化目的，以及外国作家在译入国（如中国）文学视野中的传播和被接受情况。

对翻译文学史的性质及其编写问题的研究是译介学研究提出的一个富于个性特色的研究命题。《译介学》指出，翻译文学史究其实质是一部文学

史，所以它应该与其他文学史一样包括三个基本要素，即作家、作品和事件。只是翻译文学史中的这三个基本要素与一般的文学史有点不一样：翻译文学史中的“作家”指的是翻译家和原作家，“作品”指的是译作，而“事件”则不仅指文学翻译事件，还包括翻译文学作品在译入国的传播、接受和影响等事件。因此，编写翻译文学史不仅要勾勒出文学翻译的基本面貌、发展历程和特点，还要在译入语文学自身发展的图景中对翻译文学的形成和意义做出明确的界定和阐释。

《译介学》提出，编写翻译文学史首先要认定和承认翻译家在翻译文学史里的主体性和地位。以中国为例，20 世纪中国翻译文学史上就出现了一批卓有成就的翻译家，如林纾、苏曼殊、马君武、鲁迅、周作人、郭沫若、茅盾、巴金、傅东华、朱生豪、傅雷、梁实秋，等等，他们的翻译使得外国文学的图景生动地展示在了中国读者的面前，极大地丰富了中国文学史的内容，他们是中国翻译文学史中理所当然的“作家”。

翻译文学史里的另一个“作家”是原作家。《译介学》建议不要提“原作家”，而改提“披上了译入国外衣的外国作家”，因为一提“原作家”，不少人就会把他（她）与源语国那个作家混为一谈了。而翻译文学史要关注的是已经译介到译入国来的“原作家”，对于他们及其作品最初的译介情况，其作品在各时期的翻译出版情况和被接受的特点，尤其是某具体作家或作品在特定时代背景下的译介情况，都应有一个比较完整的描述和阐释。

《译介学》在对翻译文学史进行研究时特别强调不要把翻译文学史混同于译入语国的社会发展史，而应该寻找能够体现翻译文学史自身发展特点的历史节点。正是在这一思想的指导下，笔者在主编《中国现代翻译文学史（1898—1949）》一书时，没有像某些同类著述那样简单地把五四运动照搬为中国现代翻译文学史的起点，而是选择了更具翻译史自身特点的 1898 年作为中国现代翻译文学史的起点[①]。

在《译介学》看来，由于翻译文学史的独特性质，翻译文学史实际上是文学交流史、文学影响史、文学接受史。这一观点大大拓展和丰富了翻译文学史的研究价值与编撰意义。

---

① 谢天振、查明建：《中国现代翻译文学史（1898—1949）》，上海：上海外语教育出版社，2004 年。

五、译介学理论的拓展和深化

毋庸讳言，以上所述表明，出版于20多年前的拙著《译介学》主要探讨的还是翻译文学的性质及其国别归属，以及由此带出的关于编写翻译文学史的一些思考。但这并不意味着由译介学理论指导的译介学研究仅限于对翻译文学和译介过程的研究。曾有朋友对笔者说："我们正在做文化外译的研究，但把你的《译介学》从头到尾翻了好几遍，却没有发现书里有这方面的论述。"笔者跟他说："当初我写《译介学》主要是要解决翻译文学的地位及其归属问题，对翻译过程的研究也主要与'译入'有关。译介学涉及的其他问题，包括文化外译问题，我是在之后的文章和著述中展开的。"事实上，在《译介学》出版后的20多年时间里，笔者发表了近百篇论文，出版了近10部与译介学研究直接有关的论著和教材，包括《译介学导论》(2007、2018)[①]、《翻译研究新视野》(2003、2015)[②]、《比较文学与翻译研究》(2011)、《海上译谭》(2013)、《超越文本　超越翻译》(2014)、《隐身与现身——从传统译论到现代译论》(2014)、《海上杂谈》(2018)等，以及《译介学概论》(2019)。在这些文章和著述里，读者也许能够发现译介学理论在笔者笔下不断地拓展和深化。

这里不妨以3本用"译介学"命名的著述为例简单说明一下。出版于1999年的《译介学》共6章，其内容实际上是三大块：第一章、第二章是译介学研究的历史背景和当下语境的概述，第三章、第四章是对"创造性叛逆"概念的阐释和对翻译研究与文化差异之间的关系所展开的分析，第五章、第六章则是展示笔者对翻译文学性质、地位、归属以及翻译文学史的独特思考和观点。而出版于2007年的《译介学导论》[③]就扩展至10章，其最明显的拓展有两块：一是第一章、第二章中把译介学研究明确地与当时中外译学界的研究结合起来，指出了译介学研究与当时国际译学界翻译研究的"文化转向"之间的关系，同时对国内译学界在翻译研究和翻译理论认识上的一些误

① 笔者的《译介学导论》由北京大学出版社出版，2007年出第一版，2018年出第二版。

② 笔者的《翻译研究新视野》于2003年由青岛出版社出版，后经增补和修订，于2015年由福建教育出版社出版。

③ 《译介学导论》是在2003年出版的《翻译研究新视野》的基础上编写而成。由此可见，译介学的思想也不是一蹴而就的，也是一步一步发展而来的。

区提出了直言不讳的批评；二是在继承《译介学》关于翻译文学、翻译文学史的观点的基础上，以3章的篇幅，引入当时国际学术界的前沿文化理论解释学、解构主义、多元系统论，并以此为理论视角对翻译进行了别开生面的阐释，展现了翻译研究的新的发展空间。

至于《译介学概论》，其实本来并不在笔者当年的写作计划之内，但因为要给与共和国同龄的母校——上海外国语大学的70周年校庆献礼，而笔者又不想拿某一本现成的书充数，便在原先的《译介学》和《译介学导论》（以下简称《导论》）等著述的基础上，补充、扩展成为一本《译介学概论》（以下简称《概论》）。

从目录看，《概论》的结构布局只有6个章节，但其实《译介学》关于翻译文学和翻译文学史的内容、《导论》关于翻译研究与当代文化理论关系的内容等都已收入其中。而值得一提的是，在上述内容以外，《概论》还新设了一章"译介学与文化外译理论的探索"，其中的第一节、第二节2个小节把笔者近年来关于文化外译理论的思考也全都囊括进去了。第一节分别对中国佛经翻译史上的成功经验和西方翻译史上传教士成功的外译实践进行了分析。笔者提出，在我国的佛经翻译史上曾经有不少"外来和尚"参与并主导了佛经翻译，他们的这种翻译活动从某种意义而言也是一种"文化外译"，他们的成功经验应该可以为我们当下的文化外译提供借鉴。至于西方翻译史上的传教士，如果撇开其中的宗教因素不谈，笔者认为他们是中西翻译史上从事文化外译最成功的人，他们的一些做法，如利玛窦崇尚的"不以我为主"、传教时"一手拿福音书，一手拿《几何原本》"等主张，都可以让我们今天在从事文化外译活动时从中得到有益的启迪。第二节也先从历史的角度，对中西翻译界的一些基本理念（如"翻译要忠实原文""原文至上""信、达、雅"等）的形成与演变进行了梳理，然后指出，我们当下在从事文化外译时片面地理解了这些建立在"译入"经验基础上的翻译理念，看不到"译入"与"译出"的差异，更认识不到译介学的基本规律，而是急于求成，希望一蹴而就，结果却事与愿违，导致我们文化外译的实际效果至今还不是很理想。其中的症结就在于我们片面理解了长期在翻译界占主流地位的某些翻译理念，忘记了翻译的"初心"——实现跨语言、跨文化的切实有效的交际。

该章的第三节"三则国际翻译日庆祝主题的启示"分别对2009年、2012年、2015年国际译联颁布的三则庆祝主题进行了笔者独有的解读和阐释。

2009 年的庆祝主题是"Working Together"(中国译协网站译为"携手合作"，笔者译为"合作翻译")，笔者结合国内外翻译界的现实变化指出，我们今天的翻译行为和活动已经从"书房"进入了"作坊"，翻译已经进入一个职业化时代，它已不再是一个简单的个人行为，所以需要"携手合作"(实为"合作翻译")。这里笔者提出了"翻译已经进入了职业化时代"观点，提出这个观点在国内翻译界来说尚属首次，应该还是有点新意的。

2012 年国际译联的庆祝主题是"Translation as Intercultural Communication"(中国译协会员电子通讯上的译文为"翻译与跨文化交流"，笔者译为"翻译即跨文化交流")，笔者认为这个主题算不得新鲜，但国际译联把它用作庆祝主题显然有它的用意。在笔者看来，正是当前的时代语境促使国际译联把"翻译即跨文化交流"这个话题确定为 2012 年的国际翻译日庆祝主题，并以此号召全世界的翻译工作者关注翻译的本质目标：推动不同民族、国家间的跨文化交流，这同时也是翻译研究的本质。为此笔者呼吁，我们应积极响应国际译联的号召，站到一个广阔的跨文化交流的平台上，无论是在自己的翻译实践中还是在自己的翻译研究中，拓宽自己的视野，通过自己的专业劳动，使跨文化理解更上一层楼，从而切实有效地推动跨文化交流，进而促进文化繁荣和提升所有人的文化素养。

2015 年国际翻译日的庆祝主题是"The Changing Face of Translation and Interpreting"(中国译协网站提供的译文为"变化中的翻译职业"，笔者译为"变化中的翻译面貌")。笔者很推崇这个主题，认为它很契合当今口笔译翻译面貌所发生的变化，从而给我们展示出了一个崭新的翻译时代，促使我们必须结合当前时代语境的变化，重新思考翻译的定位及其定义，而这也正是我这几年来一直在呼吁、倡导译学界认真思考的问题。所以笔者最后说，"三则国际翻译日的主题，应该能对我们从事中国文学文化外译，乃至深入思考文化外译理论与实践问题予以深刻的启示"。

回顾自己的译介学研究之路，也许可以把它分为两个阶段：第一阶段是从 1989 年发表第一篇译介学论文《为"弃儿"找归宿——翻译在文学史中的地位》到 1999 年第一部学术专著《译介学》的出版，这是笔者的译介学理论思想的酝酿、探索、形成阶段，时间正好是 10 年；第二阶段是从《译介学》的出版到《概论》的完成，时间长达 20 年，它见证了笔者的译介学理论思想的确立、完善和拓展的全过程。与此同时，它还见证了译介学理论从最初的仅属某个学者的个人探索逐渐发展为中国比较文学学科理论的一个组成部分[①]；它还见证了译介学理论作为中国翻译学学者的原创性理论正在逐渐地走出国门，为国际译学界所接受。[②] 当然，毋庸赘言，尽管《概论》把笔者的译介学理论思想相对完整地展示给了读者，但如果有哪位读者对译介学理论真正感兴趣并想投身这方面的研究的话，那恐怕还是得把笔者的2本个人论文集《比较文学与翻译》《超越文本 超越翻译》，2本个人学术散文集《海上译谭》《海上杂谈》，以及由笔者牵头组织编撰的《中西翻译简史》(2009)等著述结合起来一起阅读的。

最后，有必要强调一下的是，尽管说起来笔者算是国内学界最早倡导译介学理论研究并对译介学理论思想发展做出较多努力的学者，但随着译介学理论的不断发展以及研究队伍的不断扩大，译介学思想也在不断地拓展和丰富，一批著名专家学者也都就译介学的理论建设做出了各自的贡献，而一批青年学者也正脱颖而出，成为译介学学科理论建设的接班人。从这个意义上而言，译介学理论早已经不再属于某个学者个人所有，它融入了集体的智慧，属于中国比较文学和中国翻译学的集体理论库，同时也是中国学界对国际学术界的集体理论贡献。

① 自拙著《译介学》出版以后，国内众多比较文学教材都设置了有关“译介学”的专门章节。

② 国际著名出版社 Routledge、Peter Lang、Springer 都有意把《译介学》或《译介学导论》纳入它们的翻译出版计划，而《2019年度国家社科基金中华学术外译项目推荐选题目录》也把《译介学导论》列入其中。

第六章　译介学思想新发展：文化外译的理论思考

第一节　文化外译的翻译史视角

一、佛经翻译史："外来和尚好念经"

众所周知，无论在中国还是西方，大规模翻译活动（尤其是笔译）的源起都跟一件事有关，那就是宗教典籍的翻译。如果说《圣经》翻译揭开了西方翻译史的帷幕，那么佛经和佛教典籍的翻译则揭开了中国翻译史的帷幕。在此之前我们提出过一个观点，认为一部两千年的中西翻译史就是一部译入史。总体而言，这个观点当然是对的，是站得住脚的。但如果我们对中西翻译史做一番深入仔细的探究，那么我们应该能够发现，在这部总体而言属于译入史性质的中西翻译史上，还是有不少关于文化外译的历史记载的。而且，有必要指出的是，无论是中国历史上的佛经翻译，还是西方来华的传教士翻译，相关的史料记载对今天我们思考和探讨中国文化的外译问题都具有非常现实的启迪意义。

关于佛教何时传入中国的探讨，目前引述较多的是东汉明帝（公元58—75年在位）夜梦金人的传说。说的是永平七年某夜，明帝梦见一个身形高大、项有日光的金人在空中飞行，最后落到自己的殿庭之前。翌日以此梦问群臣，有大臣认为明帝所梦金人即是西方称为"佛"的神。明帝遂遣使西行访"佛"，结果在大月氏碰到正在那里弘扬佛法的印度僧人摄摩腾和竺法兰；使者恳请二位僧人去中土弘法，二人也欣然应允，携佛像佛经，用白马驮之，来到洛阳。明帝诏令为他们筑寺，即白马寺，摄摩腾和竺法兰从此就在白马寺译经弘法，所译佛经四十二章，后世称《四十二章经》。

对上述传说乃至《四十二章经》本身的真伪，学界有所质疑，对此我们姑且不论。目前学术界多倾向于认为佛经翻译始自汉桓帝(147—167年在位)时期,系桓帝建和二年(148)安息国僧人安清(字世高,生卒年不详)来华,正式揭开了佛教入华和佛经汉译的历史序幕。据《高僧传》,安世高来华后,很快学会了汉语。在华20多年间,他共汉译佛经35部41卷,其中比较重要的经籍有《安般守意经》《阴持入经》《人本欲生经》和《大安般经》等,开创了后世禅学之源。[①]

从以上传说和史实中,我们可以发现一个共同的事实,即佛经最初的汉译工作都是请"外来和尚"(当时称之为"胡僧")担当的:传说中是两位印度和尚摄摩腾和竺法兰,史实记载的是安息国僧人安世高。

事实上,在佛经翻译的初期、中期乃至后期,"外来和尚"都扮演了主要的甚至是非常重要的角色。譬如与安世高同时代的著名佛经翻译家支娄迦谶(生卒年亦不详),就是大月氏人,桓帝建和元年(147)来华。他比安世高来华还早一年,母语并非中文,但他通晓中文。僧祐的《出三藏记集》收录了他翻译的佛经共14部27卷,只是可惜今天大部分已经散佚。他所译佛经中,较重要的有《般若道行品经》《首楞严经》和《般舟三昧经》等,被视为后世般若学之源。

再如三国时期活跃在北方的几位译经僧:昙柯迦罗本是中天竺人,于魏嘉平年间(249—254年)到了洛阳。他熟悉佛经律部,翻译《僧祇戒心》1卷,填补了此前无律部佛经汉译的空白。康僧铠是西域康居国人,于公元247年抵洛阳,翻译了3部佛经,较重要的是《无量寿经》。昙无谛是安息人,254年来洛阳,在白马寺译经。安法贤,原籍不明,但从汉名推测,可能也是安息人,译有《罗摩伽经》3卷及《大般涅槃经》2卷。

又如竺法护(约230—308),原姓支,是世居敦煌的月氏侨民,8岁时从竺高座出家,改姓竺。他有感于西晋人只注重寺庙佛像等外在形式而忽略教义,决意随师远赴西域搜寻佛经原典,以匡时弊。据说他遍游西域诸国,学会了36种语言,带回大量梵文经卷,自此"终身译写,劳不告倦",译有佛经159部309卷之多,现存84部。竺法护译经不仅数量庞大,范围也很广,包括般若经类(如《光赞般若经》)、宝集经类(如《普门经》)、大集经类(如

---

① 本节有关中西翻译史的史实除注明出处者外,均转引自谢天振、何绍斌:《简明中西翻译史》,北京:外语教学与研究出版社,2013年。

《宝女经》）、法华经类（如《如来兴显经》）、涅槃经类（如《方等泥洹经》）、净土经类（如《无量清平等觉经》）及禅法经类（如《首楞严三昧经》）等。另一位西晋时期的译经者竺叔兰，原本也是天竺人，随父亲避难来到中国河南。所以他生长于中土，幼时即学佛典，于惠帝元康年间译出《首楞严经》2 卷、《异毗摩诘经》3 卷，与无罗叉合译《放光般若经》20 卷。《放光般若经》与竺法护所译《光赞般若经》译自同一原本，但内容更为充实，前者共 90 品，而后者仅 27 品。据说《放光般若经》刚译出，僧俗信徒就争相抄写，后世以此立论者也不在少数，因此奠定了该译本在中国佛教史上的重要地位。

至于中国翻译史上著名的四大佛经翻译家之一的鸠摩罗什（约 350—409），同样是一位“外来和尚”——祖籍天竺，生长于龟兹（今新疆库车一带）。他的成长环境赋予他兼通多种语言文化的优势。《高僧传》载其祖父为天竺世宰，父亲鸠摩罗炎因故放弃相位，来到龟兹国，被聘为国师。鸠摩罗什 7 岁出家，随母亲前往罽宾拜师学法，9 岁赴天竺学佛，12 岁返回龟兹；初习小乘，后转宗大乘，兼通五明之学，擅长辩论，《高僧传》赞其“道流西域，名被东川”。鸠摩罗什主持翻译的佛经数量，历代说法不一致，据今人统计存世者约 39 部 313 卷。[①]代表性译经包括《摩诃般若波罗蜜经》《金刚般若波罗蜜经》《妙法莲华经》《维摩诘经》《大智度论》《中论》《百论》《马鸣菩萨传》和《龙树菩萨传》等。

此外，还有昙无谶和真谛，他们俩也都是“外来和尚”。昙无谶（385—433）亦名昙摩谶，是中天竺人。西晋末年，他携带《大般涅槃经》等一批经卷，经西域，至北凉国都姑臧（今甘肃武威）。北凉统治者是匈奴人，但也信奉佛教，国主沮渠蒙逊请昙无谶译经，且将闲豫宫设置为专门的译经场所，但昙无谶以不善汉语推脱，直到玄始三年（414）才开始译《大涅槃经》。在闲豫宫译经 20 年，昙无谶和他的助手们共译出各类佛经 12 部 117 卷，其中对中国佛教思想影响最大的当推《大般涅槃经》40 卷。真谛（499—569）又名拘那罗陀，是西天竺优禅尼人。真谛少年时代游历诸国，学习过各派佛理，游学至扶南国时，巧遇中国使者，受邀来华。真谛来华的 23 年里，翻译了大量佛经，据《续高僧传》统计共有 64 部 278 卷，现存 26 部 87 卷。其中较知名的有《大乘起信论》1 卷、《中论》1 卷、《全光明经》7 卷、《摄大乘论》15 卷、

① 马祖毅：《中国翻译史》（上卷），武汉：湖北教育出版社，1999 年，第 117 页。

《俱舍论疏》60 卷。

即使在佛经翻译的后期,“外来和尚”也仍然发挥了重要的作用。著名的如金刚智(669—741),梵文名跋日罗菩提,是南天竺人,他 16 岁出家,在那烂陀寺学佛法。公元 719 年,金刚智携弟子不空抵达广州,唐玄宗专门派遣特使前往迎接,并敕住长安慈恩寺,后移至荐福寺。他常随皇驾往返于长安与洛阳之间,翻译了《瑜伽念诵法》《曼殊室利五字心陀罗尼》等经文,共 24 部 30 卷。

另一位著名佛经翻译家不空(705—774),梵名阿目佉跋折罗,也是南天竺人。不空幼年随舅父来华,13 岁时拜金刚智为师,兼通梵语和汉语,与师父共同译经。师父死后,奉师命回国学习密法,搜求密宗经典,得《金刚顶瑜伽经》等 80 部 1200 卷。公元 746 年,不空携带梵文经卷返回中国,唐玄宗赐号“智藏”,命译经。不空所译佛经多为密宗学说,如《金刚顶一切如来真实摄大乘现证大教王经》《金刚顶五秘密修行念诵仪轨》等,共 110 部 143 卷。就数量而言,可与鸠摩罗什、玄奘、真谛等媲美,被誉为中国古代“四大佛经翻译家”之一(还有一种说法是用义静代替不空)。

然而,尽管“外来和尚好念经”,但有必要指出的是,这些“外来和尚”在译经时大多都离不开“本土和尚”的协助。所以确切来讲,恐怕应该说这些“外来和尚”是“主持”了我国佛经翻译史上初期和中期的佛经翻译。当然,与此同时,他们通过与“本土和尚”合作,也参与了具体的实际翻译工作。而随着“本土和尚”外语水平的提高,“本土和尚”在佛经翻译的中后期终于相继脱颖而出,成为我国佛经翻译的主力。这也就是为什么我们在佛经翻译的中后期看到了越来越多的本土佛经翻译家的原因。其中东汉时期的严佛调即是明显的一例。严佛调,临淮(今江苏盱眙)人。他最初的工作就是给安世高和同样是安息国人的安玄当译经助手,负责记录西域僧人的口述佛经,并加以润色。严佛调是第一个参与译经的中国人,所著《沙弥十慧章句》记载了安世高的译经活动与方法,是第一部中国僧人撰写的佛教著作。《高僧传》赞赏严佛调的译笔“理得音正,尽经微旨”,甚至说“世称安侯(即安世高)、都尉(安玄)、佛调三人,传译号为难继”,可见当时严佛调的地位已经几可与外来和尚比肩。

另一位为佛经翻译做出突出贡献的“本土和尚”,非道安莫属。道安(314—385)俗姓卫,常山扶柳(今河北衡水冀州区)人。他出身士族,可生逢乱世，更兼幼年失怙，所以12岁就出家了。24岁至邺城，先后师从数人，兼修大小乘，“堪称东汉以来汉僧佛学造诣最深之人”①。道安本人并不懂梵语或西域语言，但他却整理和编纂了汉末以来已经翻译的经籍，后世名之曰《综理众经目录》，这是中国最早的佛经目录，也是最早的翻译目录。与此同时，他长期在长安五重寺主持译经并宣讲佛法。由于他精深的佛学修养蜚声中外，慕名来五重寺出家礼佛者人数众多。同时他还邀请中外高僧共同译经，共译出佛典14部180卷，约百万字。

与此相仿，道安的弟子慧远对中国的佛经翻译也卓有贡献。慧远，俗姓贾，在21岁时与弟弟听了道安在太行恒山讲法，兄弟俩就决定出家为僧，拜道安为师，24岁开坛讲法。和道安一样，慧远亦不通外语，但他是当时江南译经活动最专业的组织者。当时江南佛经多有残缺，内容比较狭窄，于是他派弟子去西域寻求佛典，所得佛典被转译为汉语后，长期流行于江南。他还大量招集各地名僧去庐山弘法译经，如僧伽提婆曾在道安译场译过《阿毗昙心经》，但很不满意，慧远请他来庐山重译该经，并亲自助译，结果十分成功，毗昙学由此大盛于江南。

对以上史述，熟谙中国翻译史的读者肯定不会感到陌生。尽管如此，对其中的“外来和尚好念经”这个史实却很少有人给予过应有的重视。这个史实从文化译入的角度看，它告诉我们，在引入和译介外来文化的初期，源语文化背景的译介者的参与和介入，对译介的成功能起到很大的助推作用。

实际上，从这个角度我们去观照一下早期西方翻译史的话，也不难发现同样的“外来和尚好念经”的史实。西方翻译史上最早、最著名的《圣经》翻译活动，即史称《七十子希腊文本》的《圣经》翻译，就是公元前3世纪耶路撒冷的主教埃里扎尔应埃及国王托勒密二世费拉德尔弗斯的请求，派出72名“高贵的”犹太学者在埃及亚历山大图书馆合作翻译的结果。在古代，埃及的亚历山大城是当时地中海东部地区的文化贸易中心，城里的五分之二居民是犹太人。但这些犹太人由于好几个世代漂泊在外，已经忘记了他们祖先的语言——希伯来语，而只会说希腊语，也看不懂希伯来文的《圣经·旧约》，所以就希望有一本希腊文的《圣经·旧约》。而他们中间显然又缺乏精通希伯来语和希腊语这两种语言的专家，于是只好向“外来和尚”——72名

① 王铁钧：《中国佛典翻译史稿》，北京：中央编译出版社，2009年，第99页。

来自以色列的学者求助。西方翻译史上第一部《圣经》的译本也就这样诞生了。

此外，古罗马最早的翻译家里维乌斯·安德罗尼柯（Livius Andronicus），尽管出生在意大利，他的原籍也是希腊，所以也可算是一位“外来和尚”。他翻译了荷马史诗《奥德赛》，对西塞罗、贺拉斯（Quintus Horatius Flaccus）等人都有影响。

从文化外译的角度看，“外来和尚好念经”这个史实对我们今天思考“中国文学文化如何切实有效地走出去”问题也是富于启迪意义的：如果能让具有本民族文化背景的专家、学者和译者参与到译入语国家和民族的译介活动中去，那么这个国家或民族的文化就能够更加顺利地译介出去。联系当今中国文化走出去的问题，显然今天的英语世界在引入和译介中国文学与文化方面尚处于初始阶段，还没有形成一支较为优质成熟的译介队伍，更缺乏一个对中国文学文化有较成熟认知的接受群体。在这种情况下，如果我们能够通过适当的途径，以适当的方式，让中国的专家、学者、译者参与到英语国家对中国文学文化的译介活动中去，那么中国文学文化走出去的效果必定会显著得多。而这样的途径实际上是很多的，譬如为当地从事中国文学文化翻译的汉学家、翻译家配备相应的中国本土专家、学者，或者鼓励我们国家从事文学文化外译的翻译家与英语世界的汉学家、翻译家合作，又或者创造条件增进中国的作家与英语国家的汉学家、翻译家的交流与对话，进而建立彼此的友谊，加深彼此的了解等，这些举措都会切实有效地促成中国文学文化走进英语世界。

二、传教士翻译：“不以我为中心”

如上所述，一部两千年的中西翻译史就是一部译入史。西方翻译史，自古希腊罗马时期开始至20世纪初，其翻译活动主要也是以译入活动为主：古罗马时期罗马人把希腊文化译介给自己民族；文艺复兴时期，欧洲诸国把古希腊罗马文化分别译介给自己的国家和民族；即使在18、19世纪甚至在20世纪初，欧洲各国的翻译活动基本上也是以译入活动为主，很少有主动把自己国家和民族的文化向外译介出去的。但也不是没有例外，那就是传教士的译介活动。而且在笔者看来，传教士的译介活动恐怕是西方翻译史上最成功的文化外译活动，尽管迄今为止的西方翻译史对传教士的译介活动很少提及。传教士的译介活动，确切地说，主旨当然是传教，但是我们不能不看到，传教活动中一项最主要的工作就是把宗教典籍译介到传教对象国，所以就此意义而言，传教的实质也就是宗教典籍的外译。

近年来，国内学术界对来华传教士的活动给予了越来越多的关注，但多偏重传教士的汉学研究，如阎宗临著、阎守诚编的《传教士与法国早期汉学》[①]，张西平著的《传教士汉学研究》[②]等，从文化外译的角度进行研究的似还不多见。其实，来华传教士的传教/译介活动以及他们所取得的成功，同样可以为我们当下正在探讨的文化外译研究提供诸多有益的启迪。

从表面看，来华传教士的译介活动与上述“外来和尚好念经”不无暗合之处，但从深层看性质并不一样。这是因为上述佛教在华土的译介和传播有一个前提，即中国本土人士主观上想引入这些外来的宗教典籍，为此甚至不惜花费巨大代价去迎奉这些“外来和尚”。但传教士的译介活动面临的情势却不一样：中国本土的官方人士一开始对他们是抵触的，是不欢迎的，甚至明令禁止他们进入华土。最早想来中国传教的耶稣会士方济各·沙勿略(Francisco Xavier)就因此而屡屡碰壁。自1541年起，沙勿略在印度、日本传教整整十年。由于意识到中国对于传教的战略意义，他于1551年萌念想到中国来传教。他离开日本先到了印度的果阿，后于1552年到达离中国海岸约30海里的一座荒凉小岛——上川岛。尽管他数次想通过非常手段潜入中国，但都归于失败，最终于1552年12月病逝于上川岛。

沙勿略尽管未能如愿进入中国传教，但凭借其在印度、日本丰富的传教实践和敏锐的观察力，他还是逐渐认识到了跨文化交流中的一些规律性问题，特别是“适应”和“认同”在跨文化交流中的作用。这一点对于继其衣钵最终如愿以偿进入中国传教的后来者如范礼安(Alessandro Valignano)、罗明坚(Michele Ruggieri)、利玛窦(Matteo Ricci)等人，毫无疑问是大有裨益的。[③]

沙勿略认识到的“适应”与“认同”的问题，确实非常重要。事实上，正如有关专家曾指出的，佛教典籍在译入中国之初也面临过同样的问题，因为佛

① 阎宗临著、阎守诚编：《传教士与法国早期汉学》，郑州：大象出版社，2003年。

② 张西平：《传教士汉学研究》，郑州：大象出版社，2005年。

③ 参见陈义海：《明清之际：异质文化交流的一种范式》，南京：江苏教育出版社，2007年，第64—65页。

教的一些理念与儒学格格不入，于是为了迎合中国的儒道文化，佛教的译本中采用了“佛道”一词，所以东汉时期佛教的译介是依附于当时流行中国的道术而传播的。但后来在汉末三国期间，中国玄学盛行，于是佛教典籍的译介又开始依附于玄学。凡此种种都提醒我们，任何一种外来文化要想让目标语文化接受的话，都必须经历一个本土化的过程。

然而，对这样一个显而易见的规律性问题，人们对它的认识也并不是一蹴而就的，也是历经反复挫折才最终认识到的。有关史料表明，早期在澳门的传教士在开始传教时，奉行的都是以“我”为中心，要求入教者完全放弃自己的文化传统乃至生活习俗。所谓“凡欲进教者，须葡萄牙化，学习葡国语言，取葡国名姓，度葡国生活”①。“凡是领洗入教的中国人，都要变成葡萄牙国人或西班牙国人。在姓名、服装、风俗上都要按照葡、班两国的式样。”②

这种“以我为中心”的传教方式，听上去似乎很不错，也比较容易博得当时教会上层的满意和欢心，但其实际效果却并不好，就理所当然地受到像范礼安这样的有识之士的反对。范礼安很明白，“要在中国这样一个具有悠久文明的国度立足，必须有耐心，必须尊重中国的传统文化，‘不能采取打倒一切的办法’”③。为此，范礼安积极收集有关中国的资料，努力学习中文。他还鼓励并安排罗明坚、利玛窦等神父在澳门修习中文。后来，罗明坚、利玛窦等人能成功地从澳门到广东、再由广东到中国内地进行传教，显然与范礼安的以上指导思想分不开。利玛窦对此也有深刻认识，所以他撰文写道：“我建议，所有在这里的神父努力学习中国文化，把这作为一种很大程度上决定传教团存亡的事情看待。”④

如果从文化外译的角度对明清之际以利玛窦为代表的传教士的传教活动进行一番较深入的考察，我们应该可以得到不少启发。

首先就是译者及翻译活动组织者要摈弃“以我为中心”的思想，并学会

① 徐宗泽：《中国天主教传教史概论》，上海土山湾印书馆，1938 年，第 169 页。转引自陈义海：《明清之际：异质文化交流的一种范式》，第 66 页。

② 裴化行：《天主教十六世纪在华传教志》，第 194 页。转引自陈义海：《明清之际：异质文化交流的一种范式》，第 66 页。

③ 陈义海：《明清之际：异质文化交流的一种范式》，第 67 页。

④ 裴化行：《利玛窦神父传》，第 639 页。转引自陈义海：《明清之际：异质文化交流的一种范式》，第 72 页。

尊重和适应译入语的文化语境。对于文化译出方来说，在进行文化外译活动时很容易产生和形成“以我为中心”的思想，以为既然是“我”要把“我”的文化译介给你们，那么“译介什么”“如何译介”当然应该是“我”说了算。这种想法貌似有理，实则大谬不然，因为它忽视了文化外译的目的。文化外译都有一定的目的，至少译出者总是希望通过自身的外译活动能让对方（译入语国家、民族的受众）对译出者的文化有所认识和了解，最终还能喜欢和接受，而绝不是仅仅做了一下外译活动、交出几份译成外文的书籍就算完事。具体如传教士的外译活动，他一定是希望通过他的传教（外译）能让听众和读者对他宣讲或译介的教义感兴趣，并进而吸引他们加入教会。如果他只顾自己传教，而不管人家愿不愿听，爱不爱读，那么他的传教肯定是不会成功的。

利玛窦等人的传教（外译）之所以能取得成功，就在于他们确立了正确的、切合实际的文化外译指导思想——摈弃“以我为中心”，尊重并努力适应译入语文化语境。所以利玛窦进入中国内地后，一开始并不是全身心地投入传教工作，而是花了相当多的时间与精力进行社交。他广泛结交当时中国社会的显宦、皇亲、名流，结识叶向高、李贽、徐光启等大儒。为了赢得这些人对他的认同和接受，他还有意不穿自己的民族服装，而是身着僧袍，以“西僧”自居，因为他知道中国人对僧人比较熟悉，也比较认可。后来，在其中国弟子的建议下，他又改穿僧袍为着儒服，因为儒学才是中国文化的主流。利玛窦还巧妙地结合自己原文名字（Matheo Ricci）的音译，给自己取了一个中文名字——利玛窦。其他不少传教士也都如此，譬如汤若望（Jean Adam Schall Von Bell）、艾儒略（Jules Aleni）等。凡此种种，都是为了一个目的，即淡化自己身上的异国、异族色彩，增强自己的亲和力，提高译入语语境对他的认同感，减弱译入语语境对外来文化的排斥。

其次，译介的方式、方法非常重要。文化外译者通常更多关注如何尽快把自己的文化外译出去，而较少注意译介的策略，包括具体的译介方式、方法。以传教士的外译（传教）活动为例，一些传教士往往急于四处宣教，到处发展民众入会，却忽略了合适的传教方式和方法，结果适得其反，甚至引起对象国统治者的疑虑和警惕，引发“南京教案”这样的事件，进而导致明末中国基督教的传教活动陷入低潮。[①] 利玛窦的明智之处在于他深谙文化外译之道，懂得面对中国这样具有深厚文化历史积淀的国家和民族，不能急于求成，而需要极大的耐心。他把科学知识与基督教义结合在一起，所谓"一手拿福音书，一手拿《几何原本》"，以新奇的西方科学知识来吸引中国的士大夫，使他们对西方文化产生兴趣，又以译书修历来打动中国朝廷，使之感到西方文化有可取之处，能满足中国文化自身的需要，从而让传教士获得了进入中国腹地和深入朝廷传教的机会。

与此同时，利玛窦还懂得在与中国人交往时"投其所好"。譬如他发现中国人喜爱并推崇书籍，于是他就不像有些传教士在美洲那样仅仅通过口头传教，而是借助书籍把他们的宗教思想传递给中国人。利玛窦在中国前后达19年时间，在这19年期间，他或是独立完成，或是与中国士大夫合作，撰写和翻译出版了《天主实义》《畸人十篇》《几何原本》(与徐光启合译)等十多部著作，切实有效地向中国译介了西方的天文、数学、物理、语言、文字、音韵、心理、伦理等领域的文化知识。而与此同时，他也达到了向中国人宣传、介绍西方基督教神学思想的目标，并在中国收获了一批信众。

最后，努力挖掘、发现外译文化与对象国文化之间的共同点，构建两种不同文化之间的亲缘关系，缩短对象国的受众与外译文化之间的距离，使得对象国的受众对外译文化易于接受、乐于接受，也是使文化外译取得成功的至关重要的一个策略。譬如传教士在把基督教的最高神"天主"(拉丁文为"Deus")翻译成中文时，起初都采取音译"陡斯"；之后，利玛窦在中国的古籍中发现了"上帝"和"天"，并发现它们的内涵跟基督教的天主有共通之处，于是明末传教士在翻译时就有意把"天主""天"和"上帝"并用。研究者指出："由于'上帝'和'天'是中国古籍当中固有的，所以用它们来称名西方的天主，很多中国人都乐于接受。"[②]研究者把明清之际西方传教士的这种传教(外译)策略称之为"合儒"，即从中国古代经籍中寻找出跟基督教相一致或至少表面上比较一致的成分，如把儒家经典中的"天""上帝"等词汇与基督

① "南京教案"的发生原因，是主持南京教务的王丰肃(Alfonso Vagnone，又名高一志)等耶稣会士急于在教务上取得较大较快的突破，抛弃了利玛窦一直坚持的极其审慎的传教态度，又是盖教堂，又是置花园，又是公开举行宗教仪式，吸引了众多信众，引起南京礼部侍郎沈榷的疑虑，三次上书皇帝，明神宗遂颁发了放逐西洋传教士回其本国的诏令。

② 陈义海：《明清之际：异质文化交流的一种范式》，第79页。

教的“天主”相匹配，或把先秦儒家经典中的某些语汇解释为基督教义中的“天堂地狱”“灵魂不灭”说，或有意把儒家学说中的“仁”等同于天主教的“爱”。[①] 除“合儒”外，他们还有“补儒”“易佛”等策略，都是为了追求切实有效的传教效果。

事实上，在这种策略指导下，“利玛窦们”“适应儒家、释经阐教”的传教活动(其实质就是一种文化外译活动)也确实取得了不俗的效果。据说，徐光启就是花了一个晚上读完了罗如望神父送给他的《天主实义》和《天主十诫》两书后，第二天就要求罗如望神父给他付洗的。[②] 研究者指出，这些书的“可贵之处不仅仅是用纯熟的汉语写成，更主要是它能跟中国传统的思想相契合；无论肯定中国思想，还是指斥中国思想之不足，都能按儒理、按中国路数来进行论辩”，所以特别富有说服力，也就特别能让读者信服。[③]

明清之际西方传教士在中国的传教活动，究其实质，也是一种文化外译活动。当然，它的宗教背景决定了这是一种比较特殊的文化外译行为。但不管怎样，从文化外译的角度看，无论是他们曾经遭遇的失败还是所取得的成功，都可以为我们今天进行文化外译，包括思考和从事中国文学、文化“走出去”提供有益的经验和教训。他们来到中国，明明是来传教的，但首先奉上的不是福音书，而是自鸣钟、望远镜、三棱镜、地图之类的能引起中国人浓厚兴趣的西洋新奇“玩意儿”；他们来到中国，明明是来传教的，但他们在中国期间撰写出版的有关西方科学、文化方面的书籍却比直接与宗教有关的书籍要多得多。这些与西方的天文、历算、数学、地理、物理、生物、医学、建筑、机械、音乐、美术等学科相关的著述，一方面固然是传播了西方的科学、文化知识，但另一方面，却也使得他们可以同时顺利、畅通地传递他们想要传递的主要“货色”——基督教义和相关的神学思想。他们的这种文化外译策略甚至使得他们能够俘获像徐光启、李之藻、杨廷筠这样的“大儒”受洗入教，这不能不说是他们传教活动的一大成功。

① 陈义海：《明清之际：异质文化交流的一种范式》，第127页。

② 罗光：《徐光启传》，第15—16页，转引自陈义海：《明清之际：异质文化交流的一种范式》，第129页。

③ 参见陈义海：《明清之际：异质文化交流的一种范式》，第129页。

第二节　传统翻译理念的演变与文化外译的认识误区

一、中国传统翻译理念:案本、求信、原文至上

如上所述,文化外译活动在中西翻译史上并非绝无仅有,有些文化外译如传教士在中国的传教,还取得了不俗的成绩。但是说到历史上对文化外译进行的经验总结,那就鲜有所闻,更不要说是从理论上对之进行深入的思考了。究其原因,主要还是因为两千年来的中西翻译史其翻译活动的主流是"译入",而非"译出"(也即"文化外译"),因此人们对翻译的审视和思考也就局限于"译入",而把"文化外译"搁置一旁了。也因此,纵贯两千年来的中西翻译史所留下的关于翻译的思考以及所形成的翻译理念,可以说几乎全部是建立在"译入"活动基础之上的。

建立在"译入"活动基础上的翻译理念其主要特征是什么样的呢?一言以蔽之,"原文至上"——"是否忠实于原文"是判断译文价值的最高标准,乃至唯一标准。

我们不妨先看一下中国的传统翻译理念。众所周知,中国的传统翻译理念主要来自两个实践,一是长达千年的佛经翻译实践,二是最近百余年来的文学翻译实践。在长达1100年之久的佛经翻译实践中,翻译家们在译作的序、跋中留下了不少有关佛经翻译的经验体会,它们是构建当今中国翻译理论的宝贵思想资源。然而佛经翻译家们谈得最多的,或者说在翻译时最为重视的,那就是"本""本旨"。历代佛经翻译家在谈论佛经翻译时提出的翻译主张,诸如"因循本旨""审得本旨""案本而传""五失本",等等,都离不开一个"本"字。这里的"本"就是指的"原文"。由此可见,中国古代翻译家很早就确立了"原文至上"的翻译观。

譬如三国时期的佛经翻译家支谦在为其翻译的《法句经》所撰写的"序言"里就明确写下了"因循本旨,不加文饰"的话。在这篇"序言"里,支谦还提道:"圣人意深邃无极。今传胡义,实宜径达。"这里的"圣人"当然是指的佛经中的佛祖,但支谦的话也从一个侧面反映了译者对于原作和原作者的敬畏之情。

其实,在中西翻译史的早期,译者受本人语言修养的局限,加之翻译工

具书、相关参考资料不足，在翻译时往往会表现得比较随意，严肃的翻译家对此不能容忍，并提出严厉的批评。譬如东晋时期的道安在其所撰的《摩诃钵罗若波罗蜜经抄序》中，为了纠正早期译经中不严格遵照原文的做法，就提出了“五失本”“三不易”之说。所谓“五失本”指的是：“译梵为秦(汉语)，有五失本也。一者，梵语尽倒而使从秦，一失本也。二者，梵经尚质，秦人好文，传可(适合)众心，非文不可，斯二失本也。三者，梵语委悉，至于咏叹，叮咛反复，或三或四，不嫌其烦，而今裁斥，三失本也。四者，梵有义说，正似乱辞，寻说向语，文无以异，或千五百，刈而不存，四失本也。五者，事已全成，将更傍及，反腾前辞，已乃后说，而悉除此，五失本也。”概而言之，也就是指出佛经原典的各种语言、文本特点，在经过语言文字的转换后，都会失落。与此同时，道安也很清楚，要保存原文的这些特点也很不容易，他归纳的“三不易”说也就是强调了这个方面。为此，道安主张要“案本而传”。

继道安之后，另一位佛经翻译大师鸠摩罗什的翻译主张以“意译”著称，他指出“天竺国俗甚重藻蔚”，但翻译成汉语后的佛经译本，大多数译文“失其藻蔚，虽得大意，殊隔文体。有似嚼饭与人，非徒失味，乃令呕秽也”。所以他提倡意译，主张只要不违原意，则不必拘泥于原文形式，尽量注意保存原本的语趣，同时还应讲究译文的流畅华美。不过他的一句“依实出华”和“详其意旨，审其文中，然后书之”表明，他所倡导的“意译”并非简单地在文体上追求译本的可读性和辞采的雅驯，而对译本是否保留了原作的整体意旨还是非常注重的。

著名佛经翻译大师玄奘以提出“五不翻”的翻译原则对后世产生深远影响。所谓“五不翻”，即有五种情况在玄奘看来不宜意译而该用音译，如“秘密故不翻”“多含故不翻”“此无故不翻”“顺古故不翻”“生善故不翻”。表面看来这些主张与忠实于原文无关，实质玄奘正是借此“五不翻”原则，强调了对原文的尊重。他认为，在翻译时与其勉强找一些在译入语语境中对应度不高的概念、语词进行意译，还不如使用音译，可以保留原文的精神和风格。

佛经翻译时期的翻译理念是如此，进入文学翻译时期后的翻译理念更是如此。我国真正意义上的文学翻译始于19世纪六七十年代，不过对文学翻译提出国人自己的一些想法、主张和明确的翻译理念，那就要到19世纪末了，具体而言，首先可以拈出马建忠的“善译”说。

马建忠在奏折《拟设翻译书院议》中，在向清朝廷力陈设立翻译书院必要性的同时，也提出了该如何进行翻译、怎样才算是好的翻译（即马所谓的“善译”）的观点。马建忠指出，译者在拿到要翻译的书后，首先应“经营反覆，确知其意旨之所在，而又摹写其神情，仿佛其语气，然后心悟神解，振笔而书，译成之文，适如其所译而止，而曾无毫发出入于其间，夫而后能使阅者所得之益，与观原文无异，是则为善译也已”[①]。这里马建忠强调的三个“其”，即“确知其意旨之所在，而又摹写其神情，仿佛其语气”，尤其是他的最后一句“与观原文无异，是则为善译也已”，可以说最鲜明不过地强调了中国传统翻译理念中的“原文至上”观。

在当代中国译学界，人们通常把严复的“信、达、雅”说也归入中国传统翻译理念范畴，认为它与“案本”“求信”“原文至上”等传统译学理念一脉相承。在笔者看来，实质并不尽然，此点容后文细说。当然，一个无可讳言的事实是，严复“信、达、雅”说所产生的影响也的确是强化了中国传统译学理念中的“忠实”观和“原文至上”观，但这恐怕不仅与严复把“信”字放在第一位有关，更与不少人望文生义，未细究严复的“信、达、雅”说背后的真正思想就决然把它奉为翻译的标准有关。贺麟在刊于1925年《东方杂志》上的《严复的翻译》一文中，就明确提到“严复在翻译史上第二个大影响，就是翻译标准的厘定”。“他这三个标准，虽少有人办到，但影响却很大。在翻译西籍史上的意义，尤为重大；因为在他以前，翻译西书的人都没有讨论到这个问题。严复既首先提出三个标准，后来译书的人，总难免不受他这三个标准支配。”[②]紧跟着陈西滢于1929年在《新月》上的《论翻译》一文中又进一步强调：“严侯官在他翻译的《天演论》的例言里说了一句：‘译事三难：信，达，雅’；这信，达，雅三字便成了几十年来译书者的唯一指南，评衡译文者的唯一标准。”[③]自此，国内翻译界凡论到翻译，几乎言必称“信、达、雅”。其间，尽管也有人对于把此三字作为评判翻译的唯一标准提出质疑，但通常会遭到反驳，反对者并声称：“历史已经证明，‘信、达、雅’理论八十年来一直在对

---

① 马建忠：《拟设翻译书院议》，罗新璋、陈应年编：《翻译论集》（修订本），北京：商务印书馆，2009年，第192页。

② 贺麟：《严复的翻译》，罗新璋、陈应年编：《翻译论集》（修订本），北京：商务印书馆，2009年，第217—218页。

③ 陈西滢：《论翻译》，罗新璋、陈应年编：《翻译论集》（修订本），北京：商务印书馆，2009年，第474页。

我国的翻译工作起着指导作用，至今它还有生命力。……'信、达、雅'完整体现了翻译工作的特殊规律，在翻译工作中的任何问题几乎都离不开这三个方面，因此它具有极大的实践意义。"[①]这使"信、达、雅"成了不容置疑的铁律。更有甚者，发展到只标举一个"信"字，以为翻译只要做到一个"信"字，便完成了翻译的任务，提出所谓"翻译，无'信'则不立"。这种对严复"信、达、雅"三字的褊狭理解和阐释，是否有悖严复本意姑且不论，从某种程度上还误导了翻译界，使得译者忘却了翻译的"初心"——实现跨语言、跨文化的切实有效的交际。这在今天我们讨论文化外译问题时，其误导及其所产生的弊端更为明显。

二、西方传统翻译理念：兼顾美学标准和传教要求

相对而言，西方的传统翻译理念不似中国传统翻译理念那么单一，后者基本上都是围绕着佛经翻译的实践经验展开，然后接着在此基础上发展和延伸。在西方的传统翻译理念中则存在两条清晰可辨的线索：一条是建立在社科经典、文学名著翻译实践基础上的文学翻译理念的线索，另一条则是建立在《圣经》翻译基础上的宗教典籍翻译理念的线索。从发生的时间上看，《圣经》翻译活动的历史要早一些——可追溯至公元前3世纪，但关于翻译思想的阐释，却是从社科经典、文学名著的翻译率先开始的。罗马人在征服希腊后，发现希腊人的文化高于自己的文化，于是开始大量翻译希腊文化典籍，并在此过程中形成了西方翻译史上最早的翻译观，其代表人物可举出罗马帝国早期和中期的西塞罗、贺拉斯和昆体良（Marcus Fabius Quintilianus）。

值得我们今人注意的是，作为西方翻译史上第一位翻译理论家，古罗马的西塞罗远在两千年前就已经态度鲜明地推崇创造性的自由翻译，并强调以译文的效果作为翻译追求的目标。他提出，"要作为演说家而不是作为解释者进行翻译"，认为在翻译时"没有必要字当句对，而应保留语言的总的风格和力量"。译者在翻译的时候"不应当像数钱币一样把原文词语一个个

① 沈苏儒：《论"信、达、雅"》，罗新璋、陈应年编：《翻译论集》（修订本），北京：商务印书馆，2009年，第1046—1047页。

'数'给读者,而是应当把原文'重量''称'给读者"。[①] 紧随其后的贺拉斯在其名著《诗艺》(*Arts Poetica*)一书中也批评了死扣原文、不知变通的翻译,提出"不要费事以一个忠实的译者身份逐字翻译",认为翻译必须避免直译,应该采取灵活的翻译方法。昆体良则觉得翻译虽然无法获得与原作一模一样的效果,但可以通过各种手段接近原作。他主张用最出色的词汇翻译希腊作品,原文是诗歌,可以用散文的形式翻译,因为这样做可以使"这些思想增加了演说的活力,提供了曾被忽略的东西,使原先松散的东西有了密度"。最后,昆体良还提出"翻译要与原作进行竞争",其意思是认为翻译也是创作,翻译应该比原作更好,应该超越原作。[②]

把古罗马这三位翻译家的翻译思想与中国古代翻译家的翻译思想做一比较的话,我们当能发现,他们没有像我国古代翻译家那样推崇"原文至上"的翻译观,并把"忠实原文"视作翻译的唯一标准,而是更重视翻译的效果。之所以如此,是因为如前所述,这些翻译思想是建立在社科经典、文学名著的早期翻译实践基础上的,这与我国清末民初林纾等人在文学翻译实践中所奉行的翻译原则甚相仿佛。众所周知,在早期的社科经典、文学名著的翻译中,无论中西,一开始都不是那么严格遵循"忠实原文"的标准,而是把译介核心内容,让所译著述能引起读者的兴趣,并能对自己民族、国家的文化产生影响放在首位。而一旦进入对《圣经》等宗教典籍翻译的思考,加上教会的因素,于是"忠实"原则、"原文至上"原则,就自然而然地显现出来,并逐渐成为占据主流地位的翻译理念。这自然跟《圣经》等宗教典籍本身所具有的神圣性、崇高性有关,也暗含了笔者在《中西翻译简史》一书里提出的观点:"中西翻译史上的译学观念与各发展阶段的主流翻译对象有着密不可分的关系。从某种意义上而言,特定历史阶段的主流翻译对象是形成该历史阶段的主流译学观念的重要制约因素。譬如,正是中西翻译史上第一阶段的主流翻译对象——宗教文献——奠定了人类最基本的译学观念,诸如'原文至上'观、'忠实原文'观,等等。第二阶段的主流翻译对象——文学名著、

① Douglas Robinson. *Western Translation Theory from Herodotus to Nietzsche*. Beijing: Foreign Language Teaching and Research Press, 2006: 9.(中文译文借鉴自谭载喜:《西方翻译简史》(增订版),北京:商务印书馆,2004年,第19页。)

② Douglas Robinson. *Western Translation Theory from Herodotus to Nietzsche*. Beijing: Foreign Language Teaching and Research Press, 2006: 20.

社科经典——在继承、肯定第一阶段译学观念的基础上，又进一步丰富、深化了人类的译学观，并提出了许多关于翻译的新思考，诸如'翻译的风格'问题、'翻译的文体'问题、'形式与内容的矛盾'问题，等等。"①

通过梳理中西翻译史，我们可以发现，在罗马帝国末期，随着基督教在罗马帝国境内获得合法地位，《圣经》翻译逐渐成为当时文化译入活动的主流，并出现了像哲罗姆(St. Jerome)和奥古斯丁(St. Augustine)这样有代表性的翻译实践者和思想家。他们在各自的翻译实践基础上，逐步形成了自己对翻译的一些主张和思想。如哲罗姆，他耗时23年完成了拉丁语《圣经》文本的重译，其译本世称《通俗拉丁文本圣经》(Editio vulgate，即 Vulgate)，是中世纪流传最广、最具有权威性的《圣经》译本，后来还成为西方各国民族语《圣经》翻译的第一原本。然而很有意思的是，尽管哲罗姆在他的《圣经》翻译实践中并没有采用逐字对译的方法，而是采用了意译的方法，②但他在谈及《圣经》翻译时，却仍然会强调翻译《圣经》这样神圣崇高的宗教文本不宜一概采用意译，而应该主要采用直译，认为意译应更多地应用于文学翻译中；另一位与哲罗姆齐名的翻译家是著名的神学家、作家奥古斯丁，在《圣经》翻译问题上，其立场更为激进，他像他的《七十子希腊文本》的前辈同行一样，强调《圣经》翻译必须依靠"上帝的感召"。这里一句"上帝的感召"便把《圣经》翻译的原文神秘化、崇高化了，其隐含的翻译立场也就昭然若揭："原文至上"，"译者应该跟在原文后面亦步亦趋"。英国翻译理论家巴斯奈特指出："随着基督教的传播，翻译获得了另一个作用：传播上帝的话语。像基督教那样建立在一个文本上的宗教，给译者的任务既包含美学标准，又包含传教要求。"③

也许正是西方《圣经》翻译中包含着的"传教要求"，使得西方的《圣经》翻译家们在翻译实践中尽管也是把原文放在首位，尽管也没有忘记翻译要尽可能地忠实原文，但他们与此同时也没有忘记"传教要求"，因此他们在翻译时时刻关心的是"如何让译文能让读者接受"问题。这一点特别明显地反

---

① 谢天振等：《中西翻译简史》，北京：外语教学与研究出版社，2009年，第Ⅷ页。

② Douglas Robinson. *Western Translation Theory from Herodotus to Nietzsche*. Beijing: Foreign Language Teaching and Research Press, 2006: 25.

③ Susan Bassnett. *Translation Studies*. Shanghai: Shanghai Foreign Language Education Press, 2004: 51.

映在英国的约翰·威克利夫(John Wycliffe)的《新约全书》的英译和德国的马丁·路德的德语版《圣经》翻译上。威克利夫强调要"为普通人翻译",所以他的英译《圣经》文字浅显流畅,朗朗上口,使用了大量当时流行的方言,不仅有效地达到了传教的目的,还为英国民族语言的统一做出了令人瞩目的贡献。而作为16世纪德国宗教改革运动的领袖,路德从事翻译的目的更加明确,就是要让普通的民众都能读懂《圣经》,从而为他所追求的宗教改革服务。为此目的,路德在选择翻译的语言时坚持一个基本原则,即使用普通民众的语言。他说:"你必须走出去问问家庭中的母亲、大街上的孩子、集市上的普通人。在他们说话时,观察他们嘴部的动作。这样翻译他们才能懂得你说的话,并意识到你在和他们说德语。"[①]为了达到译本的可读性,路德在翻译时也并不拘泥于单个字词的增减,体现出一定的灵活性。

严格而言,西方的翻译思想是在进入文艺复兴时期以后才得到了充分的发展,形成了比较全面、严谨的翻译认识,出现了专门论述翻译的论文和著述。譬如多雷,法国文艺复兴时期著名的人文主义者,一位勤奋的翻译家和杰出的翻译思想家,他在《论出色翻译的方法》(1540年)一文中对翻译问题进行了系统的论述,强调说,要想翻译得出色,"切忌做逐字翻译的奴隶"。又如17世纪法国著名的翻译家和翻译思想家于埃,在当时法国译坛自由翻译成为潮流的大趋势下,他提出翻译要忠实于原文和原作者,并要求"翻译的语言要流畅,要能够再创造出原文作者的崇高,而且带给读者的感受要相当于原文带给原文读者的感受"[②]。继于埃之后的巴特(Charles Batteux),其翻译思想与于埃可谓一脉相承,他同样强调在翻译时"应该准确表达原作","翻译时,译者既不能太自由也不能太拘谨;译者应该既不能将原文转变成冗长的赘语,削弱原文的思想,也不能太拘谨地受原文语言的束缚,从而阻滞了情感的表达"。[③]

从某种意义上而言,西方的传统翻译思想至18世纪末英国的泰特勒发

① Douglas Robinson. *Western Translation Theory from Herodotus to Nietzsche*. Beijing: Foreign Language Teaching and Research Press, 2006: 84-89.

② Douglas Robinson. *Western Translation Theory from Herodotus to Nietzsche*. Beijing: Foreign Language Teaching and Research Press, 2006: 164.

③ Douglas Robinson. *Western Translation Theory from Herodotus to Nietzsche*. Beijing: Foreign Language Teaching and Research Press, 2006: 195.

表《论翻译的原则》(1790年)一书也就基本成形。泰氏的翻译三原则具体是：第一，译本应该完全转写出原文作品的思想；第二，译文写作风格和方式应该与原文的风格和方式属于同一性质；第三，译本应该具有原文所具有的所有流畅和自然。[①] 不难发现，在泰氏的翻译三原则里，对原文的尊崇、强调和要求译文对原文忠实的观点已经俨然成为一个不容置疑的、必须遵守的翻译准则。事实上泰氏的三原则在西方翻译界也确实影响深远，即使在今天，不少国家的翻译界对之仍奉若圣旨，深信不疑。

我国翻译界曾有人把严复的“信、达、雅”说与泰氏的三原则进行比较，并猜测有留学英国经历的严复在提出“信、达、雅”之前是否受到过泰氏翻译三原则的影响。这个问题有兴趣的学者自然可以去考证，不过在笔者看来，严复的“信、达、雅”说有无受泰氏三原则的直接影响其实并不很重要，重要的是由此我们可以发现，无论中西，在对翻译的认识上，从古代到今天，人们都会慢慢地形成一个基本认识，那就是“原文至上”“忠实原文”的原则，而且后来都会慢慢地把这个原则绝对化，把它理解为判断翻译价值的不二标准，进而把它作为指导我们所有翻译行为的原则，不管是笔译还是口译，不管是文学翻译还是非文学翻译，不管是译入还是译出。而这个认识也正是造成我们国家半个多世纪以来在文化外译方面(具体如在中国文学、文化典籍的对外译介方面)一直未能取得较为理想的效果的主要原因。

三、当前国内翻译界和译学界围绕文化外译问题的一些认识误区

近年来随着中国文化“走出去”的问题引起国内翻译界、文学界和学术界的重视，不少专家学者围绕此问题都纷纷发表了各自的意见，其中也不乏真知灼见。但与此同时，围绕此问题也存在着一些认识上的误区。一些翻译界和文学界的翻译家、作家及相关专家学者，或许是由于对文化外译规律尚缺乏全面、深刻的认识，提出了一些似是而非的观点，使国内学界的舆论有所偏颇，也容易误导对中国文化“走出去”问题的认识。

其实，中国文化文学“走出去”的问题，说到底就是个文化外译的问题。而国内学界和译界对于文化外译问题的理解尚欠开阔的视野，存在着较多

---

① Douglas Robinson. *Western Translation Theory from Herodotus to Nietzsche*. Beijing: Foreign Language Teaching and Research Press, 2006: 210.

的认识误区。如前所述,第一个认识误区是看不到"译入"和"译出"的差异,受制于两千余年来中西传统翻译理念的局限而不自知,却继续以这种带有一定局限性的译学认识去看待今天的文化外译活动和行为,包括我们今天正在讨论的中国文学文化"走出去"的问题。然而中西翻译史表明,我们对翻译的绝大多数认识,包括翻译理论、思想、主张、标准、目标等,都是基于以引进、输入外来文化为目的的"译入翻译",而不是建立在以对外译介本国文化为目的的"译出翻译"基础上。如前所述,这些认识都是站在引进者或接受者立场上对其从事的翻译活动所展开的思考,从西塞罗到泰特勒,从支谦到严复,莫不如此。

然而建立在"译入翻译"基础上的中西传统翻译理论却不可避免地存在着一些局限性:首先,翻译者对所翻译的对象的价值以及对其进行翻译的必要性是不存在疑问的。西方的《圣经》翻译、中国的佛经翻译就是如此,包括之后对文学名著、社科经典的翻译也都是如此。这样,翻译者包括研究者对翻译的思考就主要集中在"如何把翻译做好"这一非常实际的问题上。发展到最后,在西方就出现了泰特勒的"翻译三原则",而在中国则出现了与之异曲而同工的严复的"信、达、雅"说。其次,在此认知基础上形成的译学理念也就必然奉行"原文至上"的原则,并把"译文是否忠实于原文"视作评判译文优劣的最高甚至唯一标准。如17世纪法国翻译家于埃就特别强调,"在两种语言所具有的表达力允许的情况下,译者首先要不违背原作者的意思,其次要忠实于原文的遣词造句,最后要尽可能地忠实展现原作者的风采和个性,一分不增,一分不减"[①]。我国清末翻译家马建忠提出的"善译"说也与之不谋而合,他同样强调译文的文字表达应该与原文"无异",所谓:"一书到手,经营反覆,确知其意旨之所在,而又摹写其神情,仿佛其语气,然后心悟神解,振笔而书,译成之文,适如其所译而止,而曾无毫发出入于其间,夫而后能使阅者所得之益,与观原文无异,是则为善译也已。"以上这些译学观念,站在接受者的立场上看,自然是毫无疑义的。然而,如果我们换一个角度,站在译出者的立场看,尤其是考虑到译出作品所对接的译入语国家的接受环境、历史时代语境等特殊因素,这些译学观念是否仍然还是完全正确、

① Douglas Robinson. *Western Translation Theory from Herodotus to Nietzsche*. Beijing: Foreign Language Teaching and Research Press, 2006: 169.

毫无疑义的呢？传统翻译理念正是在这里暴露出了它的局限，即建立在“译入翻译”基础上的翻译认识和译学理念，使得翻译者和翻译研究者甚少甚至完全不考虑翻译行为以外的种种因素，诸如传播手段，接受环境，译入国的意识形态、诗学观念，等等。

这样，由于看不到“译入”与“译出”的差异，并以“译入”思维，尤其是以我国翻译家翻译国外社科经典、文学名著的思维方式来思考和讨论当前中国文学文化的外译活动，也就发现不了文化外译的实质和规律。众所周知，一个国家或民族之所以会主动积极地把域外文化翻译进来，是因为这个国家或民族主观上对外来的文化有需求，觉得这些外来文化先进，有可供本土文化学习借鉴的地方。这也就是为什么从“五四”起到现在，我们国家一直在努力积极地翻译域外文化，尤其是西方文化的原因。

翻译史表明，历史上我们国家的翻译活动一直是以“译入”为主，以翻译国外的社科经典、文学名著为主，这是因为我们对国外的，尤其是西方的社科经典、文学名著有着强烈的内在的需求。为了把这些富有先进思想、深刻写作主题和新奇写作技巧的作品尽可能完整、真实地介绍给国内的读者，我们的翻译家慢慢地形成了一套翻译的理念，即所谓“原文至上”，所谓“忠实原文是翻译的唯一标准”，直至被我国翻译界奉为圭臬的严复的“信、达、雅”说。

这些翻译理念无疑是正确的，但需要有一个前提：只有在译入语语境中对外来的文学文化有内在的、自觉的需求的情况下，这些翻译理念才具有其充分的合理性。而当我们把讨论的视角转移到当前中国文化的外译问题时，尤其是当我们讨论的问题是中国文学文化如何翻译到英语世界中去时（这是我们今天讨论中国文化“走出去”的重点所在），这套理念就暴露出它的局限性了。有关数据表明，翻译作品在整个美国的出版物总量中只占3%，在英国只占5%，其中文学作品的翻译甚至连1%都不到，由此可见，英美国家主观上对外来文学文化并无迫切的、强烈的内在需求。在这种情况下，我们简单地套用“译入”思维，以为只要交出一份“忠实”的、“信、达、雅”的译本，就可以达到中国文学文化“走出去”的目的了，这不啻是一厢情愿的幻想。半个多世纪以来我们国家在这方面做了不少努力，无论是新中国成立初期即创刊的英、法文版的《中国文学》期刊，还是20世纪80年代以后推出的“熊猫丛书”和目前仍然在进行的“大中华文库”的翻译和出版，其翻译都遵循了“忠实原文”的准则，但多数并未能取得预期的成功，其中的原因也就不言而喻了。

这里有必要强调的是，指出上述这些遵循忠实标准的译作未能取得预期成功，并不是说不要忠实，而是说不要把忠实作为文化外译的唯一考量，应该把译介的方法、手段、策略，把译入语国家的接受效果等因素一同纳入我们的视野。

围绕文化外译问题的第二个认识误区是，认为提出文化外译要重视接受语境的特点，要考虑接受群体的阅读习惯和审美趣味，就是对西方读者的“曲意奉迎”，是被人家牵着鼻子走，丧失了中国人在文化外译中的话语权，影响了我们国家独立、主动的文化传递，甚至进而认为这是对西方翻译理论“顶礼膜拜”的结果。比如有学者撰文举出作家高尔泰坚决拒绝葛浩文式的“连译带改”的翻译，不愿他本人的作品受到翻译的“文化过滤”的例子，言下之意对高尔泰的“壮举”颇为赞赏。其背后的指导思想显然也与此认识有关。然而，令笔者感到疑惑的是：其一，世界上存不存在没有文化过滤的文学、文化翻译？其二，高尔泰的作品最终有没有绕过“文化过滤”而顺利、成功地“走出去”了？

仔细深究一下，不难发现上述认识误区的症结在于把文化外译与我们的对外宣传混为一谈了，同时还模糊了对文化外译目的的认识。对外宣传要“以我为主”，要掌握我们的“话语权”，这无可厚非，可以理解。但文化外译不然，文化外译不是要去争什么“话语权”，而是要通过文化外译培育起国外读者对中国文化的兴趣和爱好，进而建立起对我们国家和民族的全面、正确的认识。在现阶段，片面强调要把最能代表中国文化精粹的典籍翻译出去，譬如“四书五经”“四大名著”等，还强调不能删节，要出“全译本”，追求所谓的“原汁原味”，却不顾对方能否接受，这样的文化外译是否能让中国文学文化真正“走出去”，值得商榷，也尚待进一步考察。

美国加州某大学中文系主任看到美国孩子选择读日文，却不来读中文，他好奇地问这些孩子：“为什么你们选择读日语啊？”这些孩子回答说：“因为我们从小看日本的动漫。”动漫显然算不上是日本文化的精粹，但它在美国的译介却培育了美国孩子们对日本文化的兴趣与爱好，并使得他们在长大后愿意进一步去学习日本语言和文化，这一事实应该让我们从中得到一些启迪。

第三个认识误区是，看不到文化译介的一个基本规律，即文化译介总是从占据主流地位的强势文化代表性国家"流向"(译介到)弱势文化民族和国家的这个规律。国内有些专家学者在这个问题上有点心态不平衡，尤其是在面对中西文化的交流历史和现状时，觉得我们这一百多年来译介了那么多的西方文化和文学作品到中文语境里来，而西方国家又翻译了多少中国文学文化的作品呢？所以提出文化交流应该彼此尊重，应该平等交流。这话听上去很有道理，实则似是而非。因为这里的"彼此尊重""平等交流"是我们在进行文化交流时应该采取的一种态度、一种立场，但不能把它简单化、数量化，将其理解为我翻译了你多少作品，你也应该对等地翻译我多少作品；我翻译你的作品时是逐字逐句全译的，你翻译我的作品时也应该逐字逐句地全译，否则就是"你不尊重我"，就是"不平等交流"。这种心态在当前讨论中国文学文化英译的历史和现状时特别突出。然而我们不妨扪心自问一下，在我们历史上盛唐文化处于强势文化地位时，周边国家纷纷派出"遣唐使"等专家学者把中华文化译介到他们各自国家去，但当时我们又翻译、介绍了多少这些周边国家的作品呢？事实上，直至今日，我们周边的东南亚国家，仍然在非常积极地向他们国家的人民译介中国文化典籍和文学作品。而与此同时，我们又翻译了多少他们国家的文化典籍和文学作品？这是否就意味着我们对他们"不尊重"，与他们的文化交流"不平等"呢？

笔者以前曾在相关文章中提到，中国文学的英译最好能让当地的汉学家、翻译家担当，或是让我们国家的中译外专家与他们合作，这样更有成效。然而这个观点并不能简单地套用到其他非英语国家，而要区分具体外译的对象国家、地区、民族的接受语境等因素。事实上，中国文化外译在法语国家、德语国家乃至西班牙语国家的接受方式和效果，与英美国家也不尽相同，尽管它们同属西方文化。至于在我国周边的东南亚国家，限于他们的财力和人力，他们还非常希望我们能够主动地把我国的文学、文化作品译成他们的语言文字，介绍到他们国家去呢。

最后，还有一个认识误区，那就是看不到通过文化外译促成中外文化全面深入的交流是一项长期的事业，而是急功近利地指望通过一个时期的外译努力，甚至仅仅通过某几部作品的外译，就能达到中外文化交流的最终目标。

历史表明，任何民族、国家要达到对外来文化的准确理解与全面认识都需要一个长期的过程，不可能一蹴而就。因此，面对当今世界，尤其是英语世界对中国文学、文化的翻译中存在的某些“连译带改”，甚至一些“误译”和“曲解”等现象，不必大惊小怪，因为文化交流需要一个过程。以莎士比亚的汉译为例。我们长期以来一直读的是朱生豪用散文体翻译的《莎士比亚全集》，然而今天读者大都知道，莎士比亚戏剧的原文是诗体，而我们直至前几年才迎来了方平先生主持翻译的诗体《莎士比亚全集》。那么我们是否因为朱生豪的翻译改变了莎士比亚原文的文体，就否定朱译莎士比亚的价值与意义呢？严复当年翻译《天演论》，一开头就把原文的第一人称改成了中国读者习惯的第三人称，但我们应该不会认为当年经过如此“改头换面”而“走进来”的英国文化经典“不值得追求与期盼”吧？这里有两个具体问题应该引起我们的重视，也即笔者之前已经简单提及的两个问题：“语言差”和“时间差”[①]。

所谓“语言差”，指的是操汉语的中国人在学习、掌握英语等现代西方语言并理解与之相关的文化方面，比操英、法、德、俄等西方现代语言的各西方国家的人民学习、掌握汉语及理解相关的中国文化要来得容易。所谓“时间差”，指的是中国人全面、深入地认识西方、了解西方，积极主动地译介西方文化至今已经持续了一百多年的历史，而西方人对中国开始有比较全面深入的了解，也就是中国经济崛起的这二三十年的时间罢了。具体而言，从鸦片战争起，西方列强已经开始进入中国并带来了西方文化，从清末民初起中国人更是兴起了学习西方的热潮。与之相对的是，西方开始有比较多的人积极、主动、热情地想要认识和了解中国文化，则还是最近这二三十年的事。

由于“语言差”的存在，中国能够拥有很多精通英、法、德、俄等西方语言并理解相关文化的专家学者，而我们却不可能指望在西方同样有许多精通汉语并深刻理解中国文化的专家学者，更不可能指望有大批能够直接阅读中文作品，并能比较深刻地理解中国文化的普通读者。而由于“时间差”的存在，我们就拥有比较丰厚的西方文化的积累，也拥有一大批对西方文化感兴趣的读者，且他们都能较轻松地阅读和理解译自西方的文学作品和学术著述，而当代西方就不具备我们这样的异域文化知识储备，他们更缺乏相当

① 史志康教授分别用“language gap”和“time gap”来翻译“语言差”和“时间差”这两个短语，笔者以为比较确切地传递出了这两个短语背后所蕴藏的深层内涵。

数量的能够轻松阅读和理解译自中文的文学作品和学术著述的读者。从某种程度上而言，当今西方各国的中国作品的普通读者大致相当于我们国家严复、林纾那个年代的阅读西方作品的中国读者。明乎此，我们也就能够理解，为什么当今西方国家的翻译家们在翻译中国作品时，多会采取归化的手法，且对原本都会有不同程度的删节；而由我们的出版社提供的更加忠实、完整的译本在西方却会遭到冷遇。但是我们只要回想一下，我国译者在清末民初介绍外国文学作品时，也经常是对原文进行大幅度的删节，甚至还要把外国的长篇小说“改造”成章回体小说，这样才能被当时的中国读者所接受，那么今天中国文学作品和中国文化典籍在西方的这种遭遇也就不难理解了。

有人也许会质疑上述“时间差”的问题，认为西方对中国文化的译介也有很悠久的历史，有不少传教士譬如利玛窦早在16世纪就已经开始译介中国文化典籍了。再譬如理雅各(James Legge)，在19世纪中叶也已经译介了中国的四书五经等典籍。这当然是事实，但他们没有注意到另一个事实，即最近一百多年来西方文化已经发展成当今世界的强势文化，多数西方读者满足于自身的文化而对他者文化缺乏兴趣和热情，这从上面提到的翻译出版物在西方各国出版物总量中所占的比例中即可窥见一斑——在美英等国翻译作品只占这些国家总出版物数量的3%到5%而已，与翻译作品在我国占总出版物数量的比例相比，不可同日而语。“语言差”和“时间差”问题的存在，提醒我们在推动中国文化“走出去”时，必须关注到当代西方读者在接受中国文学和文化时呈现的以上特点。这样，我们在向外译介中国文学和中国文化时，就不要操之过急，一味贪多、贪大、贪全，在现阶段不妨考虑多出一些节译本、改写本，这样做的效果恐怕要比那些“逐字照译”的全译本、比那些大而全的“文库”的效果还要来得好，投入的经济成本还可低一些。据报道，中国外文出版发行事业局推出的重点系列丛书“老人家说”(包括《孔子说》《孟子说》《老子说》《庄子说》《孙子说》五本)，汇编上述几位中国古代文化巨人的名言警句，并配以注释、英文译文和精美插图，从而取得了很大的成功，有效地推动了中国传统文化“走出去”。其成功原因其实也说明了同样道理。[①]

"语言差"和"时间差"问题的存在,也恰好证明了我们国内从事中译外工作的翻译家们还是大有可为的。我们以前强调一个国家、一个民族接受他国、他民族的文化主要依靠的是本民族的翻译家,这是从文化的跨语言、跨民族传播与接受的一般规律出发而言的,譬如我们接受西方文化或者东南亚各国接受中国文化,就是如此。但是由于中西文化交流中的"语言差"和"时间差",我们不可能指望当代西方拥有众多精通汉语的汉学家和翻译家,因此,通过合适的途径和方式,我国的中译外翻译工作者完全可以为中国文化"走出去"一事发挥自身的作用,做出他们的贡献。事实上,在"中国文化走出去"这件事上,全靠我们中国人固然不够,但全靠外国人也是不行的。

第三节　中国文学"走出去":问题与实质

中国文学如何才能切实有效地走出去?随着中国经济实力的增强和国际地位的提升,这个问题被越来越多的人所关注,从国家领导人到普通大众,对此也寄予了期盼。追溯起来,中国人通过自己亲力亲为的翻译活动让中国文学走出去的努力其实早就开始了。不追溯得太远的话,可以举出被称为"东学西渐第一人"的陈季同,他于1884年出版的《中国人自画像》一书中,即把我国唐代诗人李白、杜甫、孟浩然、白居易等人的诗翻译成了法文;他同年出版的另一本书《中国故事》,则把《聊斋志异》中的一些故事译介给了法语读者。至于辜鸿铭在其所著的《春秋大义》中把儒家经典的一些片段翻译成了英文、敬隐渔把《阿Q正传》翻译成法文、林语堂把中国文化译介给英语世界,等等,都为中国文学、文化走出去做出了各自的贡献。

当然,有意识、有组织、有规模地向世界译介中国文学和文化,那还是1949年以后的事。新中国成立以后,领导人迫切希望向世界宣传新生共和国的情况,而文学作品的外译是一个很合适的宣传渠道,因此政府相关部门对中国文学作品的外译非常重视,于1951年创办了英文版的期刊《中国文

① 参见华语:《"老人家说"系列:成功推动中国传统文化"走出去"》,《中华读书报》,2011年8月31日。

学》。该期刊自1958年起改为定期出版，最后发展成月刊，并同时推出了法文版。在相当长的时期里，它是新中国向外译介中国文学最主要的渠道，“文化大革命”期间停刊，之后复刊，但后来国外读者越来越少，最终于2000年停刊。

在20世纪的八九十年代，我们国家在向外译介中国文学方面还有过一个引人注目的行为，那就是由著名翻译家杨宪益主持编辑并组织翻译、出版的“熊猫丛书”。这套“熊猫丛书”共翻译出版了195部文学作品，包括小说145部、诗歌24部、民间传说14部、散文8部、寓言3部、戏剧1部。但正如研究者所指出的，这套丛书同样“并未获得预期的效果。除个别译本获得英美读者的欢迎外，大部分译本并未在他们中间产生任何反响”。因此，“熊猫丛书”最后也难以为继，而于2000年黯然收场。①

进入21世纪以后，这方面另一个更引人注目的行为当推汉英对照的“大中华文库”的翻译出版。这套标举“全面系统地翻译介绍中国传统文化典籍”，旨在让“中学西传”的丛书，规模宏大，拟译选题达200种，几乎囊括了全部中国古典文学名著和传统文化典籍。迄今为止，这套丛书已经翻译出版了一百余种选题，一百七八十册，然而除个别几个选题被国外相关出版机构看中购买了版权外，其余绝大多数已经出版的选题都局限在国内的发行圈内，似尚未真正“传出去”。

不难发现，新中国成立七十余年来，我们国家的领导人和相关翻译出版部门在推动中国文学、文化走出去一事上倾注了极大的热情和关怀，组织了一大批国内（还有部分国外的）中译外的翻译专家，投入了大量的人力、物力、财力；然而总体而言，如上所述，收效甚微，实际效果并不理想。原因何在？2012年年底，第一位中国籍作家莫言获得诺贝尔文学奖之后，曾引发国内学术界和翻译界围绕中国文学、文化走出去问题的广泛讨论，并期图通过对莫言获得诺贝尔文学奖背后翻译问题的探讨，获得对中国文学、文化典籍外译的启示。笔者当时就撰文指出，严格来讲，对莫言获奖背后的翻译问题的讨论，已经超出了传统翻译认识和研究中那种狭隘的语言文字转换层

① 以上关于《中国文学》和“熊猫丛书”的分析，可详见上海外国语大学耿强的博士论文《文学译介与中国文学“走向世界”——“熊猫丛书”英译中国文学研究》（2010年），以及耿强基于其博士论文的专著；上海外国语大学郑晔的博士论文《国家机构赞助下中国文学的对外译介——以英文版〈中国文学〉（1951—2000）为个案》（2012年）。

面上的讨论，而是进入了译介学的层面。这就意味着我们今天在讨论中国文学、文化外译问题时，不仅要关注如何翻译的问题，还要关注译作的传播与接受等问题。在笔者看来，“经过了中外翻译界一两千年的讨论，前一个问题已经基本解决，‘翻译应该忠实原作’已是译界的基本常识，毋须赘言；至于应该‘逐字译’‘逐意译’还是两相结合，等等，具有独特追求的翻译家自有其主张，也不必强求一律。倒是对后一个问题，即译作的传播与接受等问题，长期以来遭到我们的忽视甚至无视，需要我们认真对待。由于多年以来我们国家对外来的先进文化和优秀文学作品一直有一种强烈的需求，所以我们的翻译家只需关心如何把原作翻译好，而甚少甚至根本无需关心译作在我国的传播与接受问题。然而今天我们面对的却是一个新的问题：中国文学与文化的外译问题。进一步来讲，在国外，尤其在西方尚未形成像我们国家这样一个对外来文化、文学有强烈需求的接受环境，这就要求我们必须考虑如何在国外，尤其是在西方国家培育中国文学和文化的受众和接受环境的问题”[①]。

莫言作品外译的成功让我们注意到了以往我们在思考、讨论翻译时所忽视的一些问题。一是“谁来译”的问题。莫言作品的外译者都是国外著名的汉学家、翻译家，虽然单就外语水平而言，我们国内并不缺乏与这些国外翻译家水平相当的译者，但是在对译入语国家读者细微的用语习惯、独特的文字偏好、微妙的审美品味等方面的把握上，我们还是得承认，国外翻译家具有我们国内翻译家较难企及的优势，这也就是为什么由这些国外翻译家翻译的中国文学作品更易为国外读者接受的原因。有些人对这个问题不理解，觉得这些国外的翻译家在对原文的理解甚至表达方面，有时候其实还比不上我们自己的翻译家，我们为何不能用自己的翻译家呢？这个问题其实只要换位思考一下就很容易解释清楚。试想一想，我们国家的读者是依靠我们自己的翻译家、通过他们的翻译作品接受外来文学、文化的呢，还是通过外国翻译家把他们的文学作品、文化典籍译介给我们的？设想在你面前摆着两本巴尔扎克小说的译作，一本是一位精通中文的法国汉学家翻译成中文的，一本是我国著名翻译家傅雷翻译的，你会选择哪一本呢？答案是不言而喻的。实际上可以说，世界上绝大多数的国家和民族接受外来文学和

---

① 谢天振：《莫言作品“外译”成功的启示》，《文汇读书周报》，2012年12月14日。

文化主要都是通过本国和本民族翻译家的翻译来实现的，这是文学、文化跨语言、跨国界译介的一条基本规律。

二是"作者对译者的态度"问题。莫言在对待他的作品的外译者方面表现得特别宽容和大度，给予了充分的理解和尊重。他不仅没有把译者当作自己的"奴隶"，而且还对他们明确放手："外文我不懂，我把书交给你翻译，这就是你的书了，你做主吧，想怎么弄就怎么弄。"正是由于莫言对待译者的这种宽容大度，所以他的译者才得以放开手脚，大胆地"连译带改"以适应译入语环境读者的阅读习惯和审美趣味，从而让莫言作品的外译本顺利跨越了"中西方文化心理与叙述模式差异"的"隐形门槛"，成功地进入了西方的主流阅读语境。我们国内有的作家不懂这个道理，自以为很认真，要求国外翻译家先试译一两个章节给他看。其实这个作家本人并不懂外文，而是请他懂外文的两个朋友帮忙审阅。然而这两个朋友能审阅出什么问题来呢？无非是看看译文有无错译、漏译，文字是否顺畅而已。然而，一个没有错译、漏译，文字顺畅的译文能否保证译文在译入语环境中受到欢迎、得到广泛的传播并产生影响呢？《红楼梦》在英语世界有两个著名的译本，一个是英国翻译家霍克斯的译本，另一个是杨宪益夫妇的译本，前者因其中的某些误译、错译而颇受我们国内翻译界的诟病，后者则因其翻译上的信达程度高被国内翻译界推崇备至。然而有研究者在美国高校进行实地调研后发现，大量的数据表明，在英语世界阅读中国古典文学译本的受众普遍数量较少的前提之下，霍译本和杨译本这两个全译本在普通读者中的接受度，都不如此前出版的王际真节译本和麦克休姐妹译自德文的转译本；同时在专业读者和有限的普通读者当中，霍译本都比杨译本更受欢迎。这主要是由于霍译本提供的周边文本更能满足专业读者学术研究的需要，而其译本正文中意象、语言的变通，又使得译文的可读性大为增强。[①] 这个事实可以给予我们的有些作家一些启示，更应该引起我们国内的翻译界的反思。

三是"谁来出版"的问题。莫言作品的译作都是由国外一流的重要出版社出版，譬如其作品法译本的出版社瑟伊(Seuil)出版社就是法国最重要的出版社之一，这使得莫言的外译作品能很快进入西方的主流发行渠道，得到

---

① 详见复旦大学江帆博士论文《他乡的石头记：〈红楼梦〉百年英译史研究》(2007年)以及江帆基于其博士论文的同名专著，南开大学出版社，2019年。

有效的传播。反之,如果莫言的译作全是由我国国内出版社出版的,恐怕就很难取得目前的成功。近年来国内出版社已经注意到这一问题,开始积极开展与国外出版社的合作,这很值得肯定。

四是"作品本身的可译性"也是一个需要予以注意的问题。这里的可译性不是指一般意义上的作品翻译时的难易程度,而是指作品在翻译过程中其原有的风格、创作特征、原作特有的"滋味"的可传递性;在译成外文后这些风格、特征、"滋味"能否基本保留下来并被译入语读者所理解和接受。譬如有的作品以独特的语言风格见长,其极具地域特色的乡土方言让中国读者印象深刻并颇为欣赏,但是经过翻译后,它的"土味"荡然无存,也不易获得在中文语境中同样的接受效果。莫言作品翻译成外文后,"既接近西方社会的文学标准,又符合西方世界对中国文学的期待",这就让西方读者较易接受。其实类似情况在中国文学史上也早有先例,譬如白居易、寒山的诗外译的就很多,传播也广,相比较而言李商隐诗的外译和传播就要少,原因就在于前两者的诗浅显、直白,易于译介。寒山诗更由于其内容中的"禅意"而在正好盛行学禅之风的20世纪五六十年代的日本和美国得到广泛传播,其地位甚至超过了孟浩然的作品。作品本身的可译性问题提醒我们,在对外译介中国文学作品、文化典籍时,应挑选具有可译性的,也就是在译入语环境里容易接受的作品首先进行译介。

以上关于莫言作品外译成功原因的几点分析,其触及的几个问题其实也还是表面上的,如果对上述《中国文学》期刊等个案进行进一步深入分析的话,那么我们当能发现,真正影响中国文学、文化切实有效地走出去的原因还与以下几个实质性问题有关。

首先,与我们在对翻译的认识上存在误区有关。

大家都知道,中国文学、文化要走出去需要先解决翻译的问题,然而却远非所有的人都清楚翻译究竟包含了何种问题。绝大多数人都以为,翻译无非就是两种语言文字之间的转换。我们要让中国文学、文化走出去,只要把用中国语言文字写成的文学作品、典籍作品翻译成外文就可以了。应该说,这样的翻译认识不仅仅是我们翻译界、学术界,甚至还是我们全社会的一个共识。譬如我们的权威工具书《辞海》(1980年版)对"翻译"的释义就是:"把一种语言文字的意义用另一种语言文字表达出来"。另一部权威工具书《中国大百科全书·语言文字》(1988年版)对"翻译"的定义也与此相仿——“把已说出或写出的话的意思用另一种语言表达出来的活动”。正是在这样的翻译认识或翻译思想的指导下，长期以来我们在进行中国文学作品、文化典籍外译时，考虑的问题仅限于如何尽可能忠实、准确地进行两种语言文字之间的转换，或者说得更具体一些，考虑的问题就是如何交出一份“合格的译作”。然而问题是：交出一份“合格的译作”后是否就意味着能够让中国文学、文化自然而然地“走出去”了呢？上述几个个案表明，事情显然并没有那么简单。在上述个案里，无论是长达半个世纪的英、法文版《中国文学》杂志，还是杨宪益主持的“熊猫丛书”，以及目前仍然在成规模进行着的“大中华文库”的编辑、翻译、出版，其中的大多数甚至绝大多数译文都堪称“合格”；然而一个无可回避且不免让人感到沮丧的事实是，这些“合格”的译文除了极少数外，大多数并没有促成我们的中国文学、文化切实有效地“走出去”。

问题出在哪里？笔者以为就出在我们对翻译失之偏颇的认识上。我们一直简单地认为翻译就只是两种语言文字之间的转换行为，却忽视了翻译的任务和目标。我们相当忠实地、准确地实现了两种语言文字之间的转换，或者说交出了一份份“合格的译作”，然而如果这些行为和译文并不能促成两种文化之间的有效交际，并不能让翻译成外文的中国文学作品、中国文化典籍在译入语环境中被接受、被传播进而产生影响，那么这样的转换（翻译行为）及其成果（译文）恐怕就很难说是成功的；这样的译文，尽管从传统的翻译标准来看都不失为一篇篇“合格的译作”，但恐怕与一堆废纸都并无实质性的差异。这个话也许说得重了些，但事实就是如此。当你看到那一本本被翻译成外文的中国文学、文化典籍没有在海外开花结果，却只能被堆放在国内高校图书馆里自我消化时，你会做何感想呢？为此，我们今天在定义翻译的概念时，有必要重温我国唐代贾公彦在其所撰《周礼义疏》里对翻译所下的定义，即“译即易，谓换易言语使相解也”。

一千多年前贾公彦所下的这个翻译定义，寥寥十几个字，言简意赅，简洁却不失全面。这个定义首先指出“翻译就是两种语言之间的转换”（译即易），然后强调“换易言语”的目的是“使相解也”，也即要促成交际双方相互理解，达成有效的交流。我们把它与上述两个权威工具书对翻译所下的定义进行一下对照的话，可以发现，贾公彦的翻译定义并没有仅仅局限在对两种语言文字转换的描述上，而是把翻译的目的、任务也一并包含进去了。而这才是一个比较完整的翻译定义，一个在今天仍然不失其现实意义的翻译定义。我们应该看到，两种语言文字之间的转换(包括口头的和书面的)只是翻译的表象，而翻译的目的和任务，也即促成操不同语言的双方实现切实有效的交流、达成交际双方相互之间切实有效的理解和沟通，才体现了翻译的本质。然而，一千多年来我们在谈论对翻译的认识或是在进行翻译活动(尤其是笔译活动)时，恰恰是在这个翻译的本质问题上偏离了甚至迷失了方向：我们经常只顾盯着完成两种语言文字之间的转换，却忘了完成这种语言文字转换的目的是什么，任务是什么；我们的翻译研究者也把他们的研究对象局限在探讨"怎么译""怎样才能译得更好、译得更准确"等问题上，于是在相当长的历史时期内，我们的翻译研究就一直停留在研究翻译技巧的层面上。这也许就是70多年来尽管我们花了大量的人力、物力、财力进行中国文学、文化典籍的外译，希望以此推动中国文学、文化走出去，却很难取得预期效果的一个重要原因吧。

其次，与我们看不到译入与译出这两种翻译行为之间的区别有关。

因为对翻译的认识存在误区，偏离甚至迷失了翻译的本质目标，于是译入与译出两种翻译行为之间的区别也就同样未能引起研究者充分的重视。人们只看到译入与译出都是两种语言文字之间的转换，而看不到两者之间极为重要的实质性差别，以为仅仅是翻译的方向有所不同而已。其实前者(译入)是建立在一个国家、一个民族对异族或他国文学、文化的内在需求基础上的翻译行为，而后者(译出)在多数情况下则是一个国家、一个民族单方面主动地向异族或他国译介自己的文学和文化，对方对你的文学、文化不一定有强烈的需求。在前一种情形下，由于译入语环境对外来文学、文化已经具有一种强烈的内在需求，译入活动的发起者和译介者考虑的问题，就只是如何把外来的作品译得忠实、准确和流畅，也就是所谓交出一份"合格的译作"，而基本不考虑译入语环境中制约翻译行为的诸多因素。对他们而言，只要交出了"合格的译作"，他们的翻译成果也就自然地能够赢得读者和市场，甚至在译语环境里产生一定的影响。过去两千多年来，我们国家的翻译活动基本上就是这样一种性质的活动，即建立在以外译中为主的基础上的译入行为。无论是历史悠久的佛经翻译，还是近百年来的文学名著和社科经典翻译，都是如此。

但是译出行为则不然。译出行为的目的语受众对你的文学、文化尚未产生强烈的内在需求，更遑论形成一个比较成熟的接受群体和接受环境，在这样的情况下，译出行为的发起者和译者如果也像译入行为的发起者和译介者一样，只考虑译得忠实、准确、流畅，而不考虑其他许多制约和影响翻译活动成败得失的因素，包括目的语国家读者的阅读习惯、审美趣味乃至意识形态、诗学观念，以及译介者自己的译介方式、方法、策略等因素，那么这样的译介行为能否取得预期的成功显然是值得怀疑的。

然而令人遗憾的是，这样一个显而易见的道理却并没有被我们国家发起和从事中国文学、中国文化典籍外译工作的有关领导和具体翻译工作者所理解和接受。其原因同样是显而易见的，因为在两千多年来的译入翻译实践（从古代的佛经翻译到清末民初以来的文学名著、社科经典翻译）中形成的译学理念，如奉“忠实原文”为翻译的唯一标准、拜“原文至上”为圭臬等，已经深深地扎根在这些领导和翻译工作者的脑海之中，他们以建立在译入翻译实践基础上的这些翻译理念、标准、方法论来看待和指导今天中国文学、文化典籍的译出行为，关注的核心仍只是语言文字转换层面的“怎么译”的问题，而甚少甚至完全不考虑翻译行为以外的诸种因素，如传播手段，接受环境，目的语国家的意识形态、诗学观念，等等。由此我们也就不难明白：上述几个个案之所以未能取得理想的译出效果，完全是情理之中的事了。所以在拙著《隐身与现身——从传统译论到现代译论》中，笔者明确指出：“简单地用建立在‘译入’翻译实践基础上的翻译理论（更遑论经验）来指导当今的中国文学、文化‘走出去’的‘译出’翻译实践，那就不可能取得预期的成功。”①

再次，是对文学、文化的跨语言传播与交流的基本译介规律缺乏应有的认识。

一般情况下，文化总是由强势文化向弱势文化传播，而且总是由弱势文化的译者主动地把强势文化译入自己所在的文化系统。历史上，当中华文化处于强势文化地位时，周边的东南亚国家就曾纷纷主动地把中华文化译介到他们各自的国家。而当西方文化处于强势地位，中华文化处于弱势地位时，我国知识分子也是主动地把西方文化译介给我国读者的。今天，整体

① 谢天振：《隐身与现身——从传统译论到现代译论》，北京：北京大学出版社，2014年，第13页。

而言西方文化仍然处于强势地位，与之相比，中华文化也仍然处于弱势地位，这从各自国家的翻译出版物数量也可看出：数年前联合国教科文组织的一份统计资料表明，翻译出版物仅占美国全部出版物总数的3%，占英国全部出版物总数的5%。而在我们国家，笔者虽然没有看到具体的数据，但粗略估计一下，翻译出版物占我国出版物总数的比例是比上述国家高出不少的。

翻译出版物占一个国家出版物总数的比例其实也从一个方面折射出该国对待外来文学、文化的态度。翻译出版物在英语国家的总出版物中所占的比例相当低，这反映出英语世界对待发展中国家包括中国的文学、文化的强势文化心态和立场。由此可见，要让中国文学、文化走出去(首先是希望走进英语世界)，实际上是一种由弱势文化向强势文化的"逆势"译介，这样的译介行为要取得成功，不能仅仅交出一份所谓的"合格的译作"就算完成任务，而必须从译介学规律的高度全面审时度势，并进行合理的调整。

最后，迄今为止我们在中国文学、文化走出去一事上未能取得预期的理想效果，还与我们未能认识到并正视在中西文化交流中存在着的两个特殊现象或称事实有关，那就是笔者前文详细论述过的"时间差"和"语言差"。在对中国文化外译过程中遇到的实质性问题进行了详尽分析以后，再回头对这两个现象做进一步的观察，我们的理解将更加深刻，对于外译行为中的具体做法也会有更明智的选择。

所谓时间差，指的是中国人试图全面、深入地认识、了解西方已经有一百多年的历史了，而当代西方人对中国开始有比较全面深入的了解，也就是在最近这短短的几十年的时间罢了。从鸦片战争时期起，西方列强就已经开始进入中国，从清末民初起中国人就兴起了主动学习西方文化的热潮。与之形成对照的是，西方国家开始有比较多的人积极主动地来认识和了解中国文学、文化，就是最近这二三十年的事。这种时间上的差别，使得我们拥有丰厚的西方文化的积累，我们的广大读者也都能较轻松地阅读和理解译自西方的文学作品和学术著作；而西方则不具备我们这样的条件和优势，他们更缺乏相当数量的能够轻松阅读和理解译自中国的文学作品和学术著作的读者。从某种程度上而言，当今西方各国的中国文学作品和文化典籍的普通读者，其接受水平相当于我们国家严复、林纾那个年代的阅读西方作品的中国读者。我们不妨回想一下，在严复、林纾那个年代，我们国家的西方文学、西方文化典籍的读者是怎样的接受水平：译自西方的学术著作肯定都有大幅度的删节，如严复翻译的《天演论》；译自西方的小说，其中的风景描写、心理描写等通常都会被删去，如林纾、伍光建的译作。不仅如此，有时整部小说的形式都要被改造成章回体小说的样子，还要给每一章取一个对仗的标题，在每一章的结尾处还要写上“欲知后事如何，且听下回分解”，等等。更有甚者，一些译者明确标榜“译者宜参以己见，当笔则笔，当削则削耳”。[①] 这样，我们也就能够理解，为什么当今西方的翻译家们在翻译中国作品时，很多会采取归化的手法，且对原作都会有不同程度甚至大幅度的删节。

时间差这个事实提醒我们，在积极推进中国文学、文化走出去时，现阶段不宜贪大求全，编译一本诸如《先秦诸子百家寓言故事选》《聊斋志异故事选》《唐宋传奇故事选》这样的出版物也许比花了大力气翻译出版一大套诸子百家全集更受当代西方读者的欢迎。有人担心如此迁就西方读者的接受水平和阅读趣味，他们会接触不到中国文化的精华，读不到中国文学的名著。这些人是把文学交流和文化交际与开设文学史课和文化教程混为一谈了，想一想我们当初接受西方文学和文化，难道都是从荷马史诗、柏拉图、亚里士多德等名人大家的经典原作开始的吗？

所谓语言差，指的是操汉语的中国人在学习英语等现代西方语言并理解与之相关的文化方面，比操西方现代语言的各西方国家的人学习要容易。这种语言差使得中国能够拥有一批精通西方语言并理解相关文化的专家学者，甚至还有一大批粗通这些语言并比较了解与之相关的民族文化的普通读者。而我们就不可能指望在西方也有许多精通汉语并深刻理解博大精深的中国文化的专家学者，更不可能指望有一大批能够轻松理解中国文化的普通读者。

语言差这个事实告诉我们，在现阶段乃至今后相当长的一个时期里，西方国家关注中国文学和文化典籍的读者注定还是相当有限的，能够胜任和从事中国文学和文化译介工作的当地汉学家、翻译家也仍将是有限的，这就要求我们在推动中国文学、文化走出去的同时，还必须关注如何在西方国家培育中国文学、文化的受众群体的问题——近年来我们与有关国家互相举

① 谢天振：《译介学》（增订本），南京：译林出版社，2013年，第63页。

办对方国家的“文化年”即是一个相当不错且有效的举措。此外还必须关注如何扩大国外汉学家、翻译家的队伍问题，关注如何为他们提供切实有效的帮助，从项目资金到提供专家咨询、配备翻译合作者等。

文学、文化的跨语言、跨国界传播是一项牵涉面广、制约因素复杂的活动，决定文学译介效果的原因更是多方面的，但只要我们树立起正确、全面的翻译理念，理解译介学的规律，正视中西文化交流中存在的“语言差”“时间差”等实际情况，树立起正确的指导思想，那么中国文学和文化就一定能够切实有效地“走出去”。

第四节　中国文化“走出去”典型个案解析

在本节，我们将对本章前几节曾经提及的几例中国文学、文化“走出去”的个案进行较为具体细致的解析。在对上述典型个案进行分析之前，笔者想用几个与现实生活较为贴近的翻译现象来引入这个话题。事实上，我们在现实生活中会碰到的与翻译有关的一些事实，有时会给我们带来一些困惑，这些困惑让我们开始怀疑，翻译恐怕并不是那么简单地仅仅是一个语言文字的转换问题。下面几个例子就非常引人深思。

我们都知道 Coca-Cola 翻译成中文是“可口可乐”，不过大家也许不一定知道，Coca-Cola 最早的中译名并不是“可口可乐”，而是“蝌蝌啃蜡”。这是 Coca-Cola 第一个中译名，念上去似乎比今天的“可口可乐”更接近原文吧？但这个译名里有那么多的虫，大家可以想象，当时 Coca-Cola 在中国的销路就不会好。谁敢喝啊？所以 1927 年可口可乐公司打算进军中国市场时，便登报征求 Coca-Cola 的新的中译名。这时一位旅英中国记者、游记作家蒋彝提供了一个译文，这就是今天广为人知的“可口可乐”。这个译文让大家眼前一亮，立即被选中。事实上，这个译文在全世界所有 Coca-Cola 的外译文中，如果不算是最好的，那也肯定是最好的之一。笔者曾到韩国、日本出席过一些翻译研讨会，一些粗通中文的韩国、日本翻译家都说你们中国的“可口可乐”的翻译真是妙绝了。然而这个绝妙的“可口可乐”的翻译却带来一个问题：我们不是都说翻译就应该尽可能准确、完整地传递原文的意思吗？那么这个 Coca-Cola 的原文里有“可口”“可乐”的意思吗？显然没有，然而我们凭感觉又一致认定“可口可乐”是个好翻译，这就对我们深信不疑的翻译的定义带来了挑战：因为一个并不忠实于原文的翻译似乎也可以成为一个好翻译。该如何解释这个现象？

还有一个例子，是一部电影片名的翻译，英文原版片名叫"Lost in Translation"。这个片名取得相当妙，它借用了美国著名诗人弗罗斯特（Robert Frost）的名言："What is poetry? Poetry is what gets lost in translation."（什么是诗？诗就是在翻译中失落的那个东西。）在表达上含而不露，英语世界的观众一看到这个片名脑海里立刻就会跳出"poetry"这个词，然后联想到"真、善、美"的情感。而这部电影也就是讲人们对当代社会中失落的这种美好情感的渴求。电影拍得相当不错，是著名导演科波拉（Francis Ford Coppola）的女儿索菲亚·科波拉（Sofia Coppola）执导的。但这个片名的中文究竟该怎么翻？翻成《翻译中失落的》？还是《失落在翻译中》？如果真翻译成这样的片名，忠实倒是忠实了，但一般观众谁会去看？也许搞翻译研究的人，看到"Lost in Translation"这个片名会很感兴趣，但大多数观众如果看到这样一个翻译片名的话，是激发不起观看兴致的。事实上，这部电影在我国台港地区上映时，片名也确实没有被翻成《翻译中失落的》，而是被翻译成《迷失东京》。同时配上一张以东京繁华的银座街头为背景的海报，上面显要位置是影片的男女主人公——英俊帅气的男演员和漂亮迷人的女影星。观众看了这样的片名翻译，再看到这样的海报，于是纷纷掏钱买票了。由此，这里又是一个悖论：这个《迷失东京》的翻译与英文原文比，显然是不准确的、不忠实的，甚至有点不伦不类。但就是这个翻译却取得了成功，把我们的观众吸引到了电影院。

以上两个例子启示我们，翻译的问题显然不那么简单，并不像我们两千多年来一直深信不疑的"事实"，即翻译仅仅只是两种不同语言文字之间的转换。如果不考虑其他因素，那么翻译就不可能完成它真正的任务。因此我们有必要重新思考翻译的问题，并认识到，语言文字转换的成功并不意味着翻译的成功。正是有鉴于此，当代国际译学界推出了一整套新的翻译理论，诸如多元系统论、目的论、功能论，等等，开始注意到了翻译的功能问题、翻译的目的问题、翻译行为的性质问题、翻译该如何才能实现它的目标的问题，等等。跟我们两千多年来局限在文本以内的语言文字转换层面的传统翻译理论相比，这些理论对翻译的认知已经发生了本质性的变化，认识到翻译并不是在真空中进行的行为。

接下来还可以举一个例子：某市申办世博会，有关部门找到某外国语大学高级翻译学院，要求老师们协助翻译申办报告。但因翻译的费用问题暂未谈妥，他们后来另去找了几个留美博士帮忙翻译。但博士们翻译的报告却碰到了问题，因为巴黎世博总局的有关官员看了报告（当然是报告的译文）后表示对上海承办世博会有所担心。这令市有关部门的领导压力陡增，回来后赶紧找高翻学院重新翻译。毛病出在哪里？这几位留美博士的英文水平没问题，他们都留美多年，英文很好，中文也看得懂。问题就出在他们对翻译任务的理解是褊狭的：他们只是机械地完成了语言文字的转换，而根本没有想过翻译出来的文本要实现何种目的、要发挥什么样的功能，译文读者有什么样的接受特点，等等。

然而今天的翻译却必须考虑这些问题。事实上，今天的译者已经不是一个简单的语言文字的转换工作者，他还是个协调者。怎么协调？仍以上述事件为例。申办报告里关于某些特定的东西可以带多少的问题，对来上海参加世博会的国家都有一些规定。但申办报告的原文用了一个很模糊的词，叫“适量”，这也是我们中国人习惯的表达方式，譬如我们的菜谱里就有“盐少许，味精适量”之类的表述。但这样的词用在一份对外的官方文件里却是不妥的。什么叫适量？五个还是十个？这时译者就要与原文作者联系，请市府有关部门确认，提供具体的数量，然后把它翻译出来。再如申办报告里提到不准带与宗教信仰有关的印刷品，这个表述也有问题，容易使人误解我们限制了人家的宗教信仰自由，人家要随身带《圣经》或《古兰经》都不允许。其实报告撰写者的意思是不能带某些宗教宣传品。所以这也要求译者与原作者进行协调，明确意图，以避免误会。

由此可见，今天我们对翻译的认识，一定要跳出简单的两种语言文字转换的层面，一定要把翻译的问题放到不同民族的文化、社会背景之下，去审视、去思考。我们要看到，好的翻译能够促进不同国家、不同民族之间文学、文化的交流，帮助他们相互理解，相互产生兴趣，但是不好的翻译却使得不同国家、不同民族因此而产生误解，加深偏见，甚至造成相互排斥的问题。借用钱锺书的话来说，好的翻译是“居间者”，会把两者“撮合”在一起，而坏的翻译却是“离间者”，会使对话双方产生离心。这里不无必要说明一下的是，所谓“好的翻译”和“坏的翻译”，不光是指语言文字的转换水平，还包括了这个翻译行为是否能达到它预期的目标，能产生预期的影响。钱锺书在评价林纾的翻译时就没有局限在林译是否与原文“字当句对”，而是对林译的传播效果给予了高度的关注和肯定。当代英国比较文学家兼翻译理论家巴斯奈特更是直截了当地说：“翻译所涉及的问题远远超过两种语言间词汇和语法项目的替换。”笔者在拙著《译介学》里也强调指出，要“把译者、译品或翻译行为置于两个或几个不同民族、文化或社会的巨大背景下，审视和阐发这些不同民族、文化和社会是如何进行交流的”，要“关注在翻译过程中表现出来的两种文化和文学如何相互理解、相互误解和相互排斥，以及相互误释而导致的文化扭曲与变形，等等”。只有这样，我们才能真正“深入考察和分析文学交流、影响、接受、传播等问题”；只有这样，我们才能深刻认识翻译与语言文字转换背后的诸多因素之间错综复杂的微妙关系，我们才有可能抓住“中国文学、文化如何走出去”这个问题的实质，才有可能发现问题的关键所在；也只有这样，我们在思考“中国文学、文化如何走出去”这个问题时，才会有自己独特的发现，并会得出也许与某些学界、媒体的主流意见不尽一致，但却比较符合实际的观点。

下面笔者想结合“中国文学、文化走出去”的历史与实践来进一步探讨这个问题。

“中国文学、文化走出去”的实践并不是从今天才开始的，早的不说，从晚清起我们就已经开始在做这方面的努力了。譬如被誉为“东学西渐第一人”的陈季同，于1884年就把李白、杜甫、孟浩然、白居易等人的诗翻译成了法文，同时也译介过《聊斋志异》中的故事，等等。还有一位被称为“文化怪人”的辜鸿铭，也于19世纪末20世纪初就把《论语》《中庸》《大学》等中国古代典籍翻译成了英文。著名法国文学翻译家敬隐渔在1926年就把《阿Q正传》翻译成了法文；著名记者、作家萧乾在1931年帮助美国人安澜(William D. Allen)编辑英文刊物《中国简报》(*China in Brief*)时，就逐一介绍了鲁迅、郭沫若、茅盾、郁达夫、沈从文等人的作品；翌年，他还翻译了田汉的独幕剧《湖上的悲剧》、郭沫若的《王昭君》、熊佛西的《艺术家》，等等。此外，在中国文化、文学对外译介方面做出杰出贡献的还有林语堂、杨宪益等著名作家、翻译家。

中华人民共和国成立以后，由于当时特殊的国际形势，中国受到英美等西方国家的孤立和封锁。为了打破这种隔绝，我们就希望通过文学作品的外译让世界各国人民了解新中国，所以在新中国成立后不久我们就创办了一本英文杂志《中国文学》,定期地把我们国内的文学作品包括古典作品翻译成英文,然后到世界各国去发行。这本杂志于1951年创刊,然而却在2000年停刊了。按理说,《中国文学》已经办了半个世纪了,翻译的质量也不错,是向世界宣传我们中国文学、文化的一个不可多得的窗口,为什么要停刊呢?

"文化大革命"结束以后,我们先是把已经停刊的英、法文版的《中国文学》杂志重新恢复出版;接着在1981年又推出了一套专门译介现当代中国文学作品的"熊猫丛书"(也是既有英文,又有法文,但以英文为主),发行到世界各国;然后是大家都知道的1995年以后策划的"大中华文库",有二百多个选题,已经出版了一百多本了。《中国文学》和"熊猫丛书"都已于2000年停刊或停止编辑出版,"大中华文库"还在继续做,截至2011年底,"文库"已出版汉英对照版图书九十余种,一百七十余册。而且除了英文版外,还将推出其他语种版。不过笔者对"大中华文库"的做法尚持有保留意见。在讨论"大中华文库"的翻译项目之前,我想先让大家看三个与"中国文学、文化走出去"密切相关的个案,分别是"《红楼梦》百年英译史研究""'熊猫丛书'的编辑、翻译、出版研究"和"英文版《中国文学》杂志的编辑、出版、发行研究"。

第一例个案是江帆女士于2007年完成的一篇博士论文,她对1830年以来的所有十几个《红楼梦》的英译本(一个已经失传的译本除外)进行了全面的梳理,对《红楼梦》译本在英语世界的传播、接受、影响进行了实际数据的收集,除了早期的节译本和转译本以外,还考察了《红楼梦》两个完整的英译本,即英国翻译家大卫·霍克斯的译本和我国著名翻译家杨宪益、戴乃迭夫妇的译本。

大家知道,长期以来,我国翻译界对杨宪益的翻译(简称杨译本)评价很高,推崇备至,发表过不少文章探讨杨译本的精湛技巧,而对霍克斯的译本(简称霍译本)则颇多诟病,认为有不少语句翻译对原文的理解不确,或表达得不对,等等。然而江帆的调查结果却让我们感到惊讶——相关译本从美国高校图书馆里的借阅率、美国学术界的被引用率,以及亚马逊网站的普通读者评论来看,霍译本和杨译本作为全译本,在普通读者当中的接受度都比不上此前出版的节译本和转译本;但与此同时,无论是在非常有限的普通读者当中,还是在对两种全译本均有阅读经验的专业读者当中,相对于霍译本而言，杨译本都受到了明显的冷遇。江帆的论文指出，“首先，英语世界的中国或亚洲文学史、文学选集和文学概论一般都直接收录或援引霍译本片段，《朗曼世界文学选集》选择的也是霍译本片段，杨译本在类似的选集中很少露面；在相关学术论著中，作者一般都将两种译本并列为参考书目，也对杨译本表示相当的尊重，但在实际需要引用原文片段时，选用的都是霍译本，极少将杨译本作为引文来源。其次，以馆藏量为依据，以美国伊利诺伊州(Illinois)为样本，全州六十五所大学的联合馆藏目录(I－Share)表明，十三所大学存有霍克斯译本，只有两所大学存有杨译本(数据截至 2006 年——引者)。最后，以英语世界最大的亚马逊购书网站的读者对两种译本的留言和评分为依据，我们发现，在有限的普通读者群中，霍译本获得了一致的推崇，而杨译本在同样的读者群中的评价却相当低，两者之间的分数相差悬殊，部分读者对杨译本的评论极为严苛。”这是一个让我们相当沮丧的事实，但又是一个我们必须面对的严酷的事实。多年以来，我们闭眼不看或不顾这个事实，以为我们只要把我们的作品翻译好了，我们的文学、文化就能够走出去了。江帆的调查结果给了我们一帖清醒剂。杨译本的质量在我国算得上是顶尖级的，但这个译本它走出去了没有呢？在纪念杨宪益去世的一篇文章中笔者曾说，我们要肯定杨宪益在中译外方面的努力、他的贡献，同时也应该看到杨宪益孜孜以求的目的是要把中国文学、中国文化推向世界，我们应该把他开启而未竟的事业更好地推进，这才是对杨宪益最好的纪念。

第二例个案是上海外国语大学耿强发表于 2010 年的博士论文《文学译介与中国文学“走向世界”——“熊猫丛书”英译中国文学研究》。这套“熊猫丛书”其实也是杨宪益主持编辑、组织翻译的，从 20 世纪 80 年代到 21 世纪初，一共翻译出版了 195 部文学作品，其中有 145 部小说、24 部诗歌、14 部民间传说、8 部散文、3 部寓言，还有 1 部戏剧。国家为之投入的人力物力不能算少，但是它的效果却不尽如人意。耿强调查了该丛书在世界各国的销售情况，以及在相关图书馆的藏书量。研究结果表明，除了个别译本获得了英美读者的欢迎之外，大部分译本并未在他们中间产生任何影响。这又是对我们执着努力的一个提醒：我们一厢情愿地把中国文学作品中的精华翻译成外文，但它们因此就走出去了吗？这些数据表明，不是我们翻译了多少作品，这些作品就自然而然地走出去了。以前我们往往是把这两个问题画等号的，但现在耿强的调查结果显示，把作品翻译成了英文，翻译成了法文，并不意味着这些作品就走出了国门，走向了世界。这是两回事，我们一定要认识到这个问题。耿强在对“熊猫丛书”这一个案进行全面的调查、考察以后也发现了这个问题，指出我们在“中国文学、文化走出去”问题上，缺少清晰的文学译介意识，以为完成了一部“合格的译本”之后，就意味着它一定能获得海外读者的阅读和欢迎，这是一个认识误区。此外，他还指出了我们的“官方赞助人制度”对译介选材方面的限制和干扰，我们通过国家机构对外译介的这种模式的利弊（虽然可以投入巨大的人力、物力和财力生产出高质量的译本，但却无法保证其传播的顺畅）。他提出，在翻译策略上，应该尽量采取归化策略及“跨文化阐释”的翻译方法，使译作阅读起来流畅自然，增加译本的可接受性，避免过于生硬和陌生化的文本，要认识到译介的阶段性差异，即目前中国当代文学的对外译介尚处于起步阶段。

这里要分析的第三例个案，是英文版《中国文学》的编辑、出版和发行研究。这是郑晔博士所做的一项研究。据她调查，《中国文学》这本杂志一开始是不定期的，后来慢慢地成为月刊，每月出一本。再后来，在英文版之外还推出了法文版。而且她发现，这本杂志问世之初还是有一定销路的，尤其是在1957到1965年期间，它还具有一定的受众市场。这里有两个原因，一是在一些不发达国家，主要是在一些与我们比较友好的亚非拉国家，那里的读者对这本杂志所反映的意识形态愿意接受；另一个原因是，西方国家想通过这本杂志了解新成立的中华人民共和国的状况。当时的中国与西方国家基本上没有往来，彼此不开放，他们所能了解的中国信息很少，信息渠道也有限，所以在1957到1965年期间《中国文学》还是有一定的海外市场。1966到1976年，正好是中国进行“文化大革命”的时候。“文化大革命”是全世界都很瞩目的事情，对于资本主义国家的知识分子很有吸引力，他们很想通过这本杂志了解“文化大革命”是怎么回事，所以此时杂志的读者中还增加了一批西方国家的文化人。1977至1989年期间，杂志的读者中又出现了欧美国家搞文学的专业读者，因为1977年以后中国发生了很大的变化，他们对此很关心。但在1990年以后，《中国文学》杂志的国外读者就几乎全部流失了。这个杂志送到国外的大使馆，就堆在那里，无人问津。笔者起先也不能理解，为什么赠送给他们，他们仍然不要。后来知道，这是因为对方接受赠书以后，还要在图书馆安排人员编目、上架，有一整套的手续要做。但是这个杂志上架之后又没有读者，所以索性对方就不要了。

《中国文学》办了整整半个世纪，最后不得不停刊了。对我们来说，它的编辑、翻译、出版、发行等方面也有不少的经验教训可以总结。郑晔博士在她的论文里归纳出四条：首先是“译介主体”，也即谁来做这件事。她认为，国家机构赞助下的译介行为必然受国家主流意识形态和诗学的制约，译本和编译人员不可能摆脱它们的控制，而只能在其允许的范围内做出有限的选择。这种机制既有好处，也有坏处。好处是国家有能力为刊物和专业人员提供资金保障，并保证刊物通过书刊审核流程，得以顺利出版发行；坏处是由于国家赞助人过多的行政干预和指令性要求，使出版社和译者缺乏自主性和能动性，刊物的内容和翻译容易带有保守色彩，逐渐失去对读者的吸引力。其次，她指出用对外宣传的政策来指导文学译介并不合理，也达不到外宣的目的，最终反而让国家赞助人失去信心，从而撤资停止译介。再次，她认为只在源语环境下，也就是只在我们自己国家内考察译者和译作，并不能判定其真正的翻译效果，也不能说明这个团队整体的翻译效果；事实上，必须通过接受方的反馈才能发现，在译语环境下哪些译者的哪些翻译能够被接受，哪些译者的哪些翻译不能够被接受。最后，她指出，单一的政府主导翻译文学的模式远远不够，应该允许更多译者生产更多不同风格、不同形式的译本，通过各种渠道对外译介，由市场规律去淘汰不合格的译者和译本。

以上这三例个案，对于我们深刻认识中国文化“走出去”问题的实质是很有启迪意义的。最近十余年来，围绕中国文化“走出去”的问题，无论是国内还是国外，都存在着一些严重的认识误区，都表现为把这个问题简单地归结于翻译问题，归结为语言问题。譬如德国著名汉学家顾彬（Wolfgang Kubin）、英国著名的唐诗翻译家哈蒂尔（Graham Hartill），他们都持这样的观点，认为中国文学、文化之所以走不出去，或是因为作品的语言太差，或是因为译文语言（尤其指英译文）太差。与之形成对照的是，国内有学者在报上撰文称，我们中国人的英语水平并不比外国人差。该文举民国政府的外交部部长顾维钧为例，说连丘吉尔都承认顾的英文比他好。由此该文作者强调指出，“中国文学、文化走出去要靠自己，不能靠外国人”，并宣称我们中国人“完全有能力、有水平把中国作品译介给世界”，“只要我们编得好，译得好，市场肯定不成问题，前景一定无比灿烂”。

笔者对此不敢苟同。顾彬和哈蒂尔把中国文化“走出去”的问题简单地归结为一个语言问题，然而以上三例个案都已经表明，这个问题并不单单是语言问题。至于说“中国文学、文化走出去要靠自己，不能靠外国人”，很容易把理性探讨导向狭隘的民族主义情绪宣泄。事实上冷静想一想，我们接受外国的文学、文化，依靠的是中国的翻译家，还是外国的翻译家？譬如说，我们了解法国文学，是靠傅雷以及像傅雷这样的中国翻译家，还是靠法国的汉学家把他们的文学作品翻译成汉语的？假设有两本巴尔扎克的汉译作品摆在你面前，一本是傅雷翻译的，另一本是一位法国的汉学家翻译的，把这两个译本与原文进行一下对照的话，也许我们还会发现，那位法国汉学家的译本对原文的理解有许多地方是比较正确的，而傅雷的译本有不少地方对原文的理解还有点不到位，甚至是错误的。但即使如此，你面对这两个译本的时候，会选择购买哪一个译本？对读者来说，选择买傅雷的译本大都因为喜欢傅雷的译笔，喜欢傅雷的翻译风格。与此同时，出版这个译本的出版社的权威性也是读者做出选择的重要依据。由此可见，作品在进行跨国、跨民族、跨语言的传播时，有许多因素都在起作用，如翻译家的名望，他的翻译风格，出版社的信誉，等等。当然不是说翻译得正确与否就不重要了，关键是在翻译的正确与否之外，还有许多因素应该引起我们的关注和重视。而且在许多情况下，这些因素对作品的跨国、跨民族、跨语言传播起了至关重要的作用。上述三例个案已经很好地说明了这个问题。

这里面还有两个问题需要特别强调，那就是我们要学会尊重文学与文化跨国、跨民族、跨语言传播的规律。第一个规律，如前所言，就是读者接受外来文化，主要是依靠自己国家的翻译家。另外，文学与文化的跨国、跨民族、跨语言的走向也是有规律的。在大多数情况下，这种走向总是从强势文化输往弱势文化。为什么我们国家一百多年来，一直不断地在积极翻译西方文化？就因为西方文化是一种强势文化，它启动了现代化的车轮，对后发国家产生了一种示范性的冲击。

正因为上述一般性的跨文化交流规律的存在，对外传播一个国家的文学、文化的时候，绝不能打着对外宣传的旗号，那必然会引起译入语国家接受群体的反感，注定将会失败。用宣传的旗号去进行文化传播，是违背文化交流规律的，在英文里，“propaganda”（宣传）这个词带有十分浓厚的贬义色彩，谁也不愿意来接受你的功利性宣传。举一个简单的例子，譬如我到你家里来，要你来买我推销的衣服。我吹嘘得再天花乱坠，你恐怕也不会买，不仅不会买，而且很反感。但是换一种情况：我跟你是朋友，我告诉你我今天买了一件衣服，很不错，布料也好，样式也很好，价钱也蛮实惠，你很可能就有兴趣问我是哪里买的，你也要买，是不是这样？所以说，你上门来推销、来宣传，我是排斥的；但如果你是以朋友的身份来交流，来分享信息，那我是欢迎的。所以我们在思考中国文学、文化走出去这个问题时，一定要把握好其中的这个关系，不要把文化交流、文学交流搞成了一个文化推销、文学推销，那样的话，肯定是不会成功的。上述几例个案，即是对这一问题很好的说明。至于其中涉及的从“译入”到“译出”的翻译观的转变问题，以及中国文学外译中的“语言差”和“时间差”问题，前文已经进行了充分的论述，在上述典型个案的分析中也得到了充分的体现，在此就不再赘述了。

第五节　从译介学视角看中国文化如何有效地“走出去”

如本章前几节所强调的，随着近年来中国经济实力的增强和国际地位的提升，更随着我国国际交往的日益频繁，中国文化如何才能真正有效地“走出去”，成为从国家领导到普通百姓都非常关心的一个问题。然而很长时期以来，我们国家从上到下对“中国文化如何走出去”这个问题却存在着一个严重的认识误区，总是把这个问题简单地理解为一个翻译的问题，以为只要把中国文化典籍和中国文学作品翻译成外文，中国文化和文学就自然而然地“走出去”了。除了我们在前面已详细分析过的几例个案，近年来国家有关领导部门投入大量的人力和物力，组织翻译、出版的大规模英译中国文学、文化典籍的“大中华文库”，即是这种思维方式的一个反映。再如前些年，我国著名翻译家杨宪益先生因病去世，国内翻译界和文化界在深感哀痛的同时，更加戚戚于心的是：“杨宪益走了，中国自此将进入文学对外翻译的‘大师断层’期。杨宪益的辞世，再次引发人们对中国文化‘走出去’如何迈过第一道坎的思考。”这里所说的“第一道坎”显然也是指的语言文字的翻译问题。然而，中国文学、文化要“走出去”，是否只要迈过这“第一道坎”就万事大吉了呢？答案恐怕远非如此简单。

亦如前文所详尽分析的，上述思维方式的背后涉及的是对翻译的认识问题，而之所以人们一直停留在这个层面上去理解翻译、认识翻译和阐释翻译，是与两千余年来的中西传统译学观念或称之为传统翻译理论有着密切的关系。这里特别需要强调指出的，是两千余年来中西传统翻译理论的局限性，正是这种局限性影响了我们今天对“中国文化走出去”问题的全面认识。中西翻译史表明，迄今为止，我们对翻译的主要认识，包括翻译理论、思想等，都是基于以译入外来文化为目的的“译入翻译”，而不是建立在对外译介本国文化的“译出翻译”基础上的。具体而言，这些认识都是站在引进者或接受者立场上对其从事的翻译活动所展开的思考，譬如古罗马时期西塞罗等人翻译古希腊文化典籍后，在此翻译实践活动中总结出来的关于翻译的思考；又如中国古代对佛经典籍的翻译延续了一千多年，在长期的佛经翻译实践中，同样也总结出了不少可贵的翻译经验和思想。然而建立在“译入翻译”基础上的中西传统翻译理论却不可避免地存在着一些局限性，前文已经进行了详尽的探讨，现从译介学的视角出发，集中总结如下：

首先，“译入翻译”的译者对所翻译的对象的价值以及对其进行翻译的必要性是不存在疑问的。西方的《圣经》翻译、中国的佛经翻译，以及后来对文学名著、社科经典的翻译都是如此。这样，译者和学者对翻译的思考就主要集中在“如何把翻译做好”这一问题上。简而言之，翻译者，也包括翻译的组织者、赞助者等，重点关心的就是“怎么译”的问题，诸如：应该“直译”还是“意译”？译者是否有权对原作进行增删？翻译时是否只能传递原作者的风格，还是也可允许有译者的风格？诗歌翻译必须用诗体翻译，还是也可用散文体翻译？等等。于是古罗马翻译家西塞罗就开始探讨“要作为演说家而不是作为解释者进行翻译”，提出在翻译时“没有必要字当句对，而应保留语言的总的风格和力量”[①]。而我国古代的佛经翻译家支谦等人则提出，“其传经者，当令易晓，勿失厥义”，并强调翻译时要“因循本旨，不加文饰”[②]。发展到最后，在西方就出现了著名英国翻译理论家泰特勒的“翻译三原则”，即第一，译本应该完全转写出原文作品的思想；第二，译文写作风格和方式应该与原文的风格和方式属于同一性质；第三，译本应该具有原文所具有的

① Douglas Robinson. *Western Translation Theory from Herodotus to Nietzsche*. Beijing: Foreign Language Teaching and Research Press, 2006: 9.（中文译文借鉴自谭载喜：《西方翻译简史》（增订版），北京：商务印书馆，2004年，第19页。）

② 支谦：《法句经序》，罗新璋、陈应年编：《翻译论集》（修订本），北京：商务印书馆，2009年，第217—218页。

所有流畅和自然。[①] 而在中国则出现了与之异曲而同工的严复的“信、达、雅”“三字说”。甚至在进入20世纪下半叶后，中国译界和学界对翻译的思考也没有跳出“怎么译”这三个字，如傅雷的“神似”说[②]和钱锺书的“化境”说[③]，无不如此。

其次，在这样的基础上形成的译学理念也就一定会奉行“原文至上”的原则，并将“忠实于原文”视作评判译文的最高标准。譬如17世纪法国著名的翻译家和翻译思想家于埃就特别强调说，译者应该认识到自己工作的重点就是翻译，所以“不要在翻译的时候施展自己的写作技巧，也不要掺入译者自己的东西去欺骗读者，因为他要表现的不是他自己，而是原作者的风格”[④]。在于埃看来，翻译的最好方式就是“在两种语言所具有的表达力允许的情况下，译者首先要不违背原作者的意思，其次要忠实于原文的遣词造句，最后要尽可能地忠实展现原作者的风采和个性，一分不增，一分不减”[⑤]。我国清末翻译家马建忠提出的“善译”说也与之不谋而合，他也同样强调译出的文字应该与原文“无异”，所谓：“一书到手，经营反覆，确知其意旨之所在，而又摹写其神情，仿佛其语气，然后心悟神解，振笔而书，译成之文，适如其所译而止，而曾无毫发出入于其间，夫而后能使阅者所得之益，与观原文无异，是则为善译也已。”[⑥]

以上这些译学观念，站在引进者的立场上看，自然是完全正确的。然而，如果我们换一个角度，站在译出者的立场看，尤其是考虑到译出者对方

---

① Douglas Robinson. *Western Translation Theory from Herodotus to Nietzsche*. Beijing: Foreign Language Teaching and Research Press, 2006: 210.

② 此说源自傅雷于1951年出版的《高老头》重译本的序：“以效果而论，翻译应当像临画一样所求的不在形似而在神似。”参见傅雷：《〈高老头〉重译本序》，罗新璋、陈应年编：《翻译论集》(修订本)，北京：商务印书馆，2009年，第623页。

③ 此说源自钱锺书于1981年发表的《林纾的翻译》一文：“文学翻译的最高标准是‘化’。把作品从一国文字转变成另一国文字，既能不因语文习惯的差异而露出生硬牵强的痕迹，又能完全保存原有的风味，那就算得入于‘化境’。”参见钱锺书：《林纾的翻译》，罗新璋、陈应年编：《翻译论集》(修订本)，北京：商务印书馆，2009年，第774页。

④ Douglas Robinson. *Western Translation Theory from Herodotus to Nietzsche*. Beijing: Foreign Language Teaching and Research Press, 2006: 164.

⑤ Douglas Robinson. *Western Translation Theory from Herodotus to Nietzsche*. Beijing: Foreign Language Teaching and Research Press, 2006: 169.

⑥ 马建忠：《拟设翻译书院议》，罗新璋、陈应年编：《翻译论集》(修订本)，北京：商务印书馆，2009年，第192页。

的接受环境、历史时代语境等特殊因素，这些译学观念是否仍然完全正确、毫无疑义，恐怕是要打一个问号了。传统翻译理论暴露出了它的局限性，即建立在"译入翻译"基础上的翻译认识和译学理念，使得翻译者和翻译研究者甚少考虑翻译行为以外的种种因素，诸如传播手段，接受环境，译入语国家的意识形态、诗学观念等。而在这样的译学理念指导下的翻译(译出)行为，其效果也就不尽如人意。

基于上述译学认识和理念，翻译研究者就甚少甚至完全不考虑翻译行为以外的种种因素，诸如传播手段，接受环境，译入国的意识形态、诗学观念等。以至于当莫言获得了诺贝尔文学奖后，仍有翻译家对记者强调"百分之百的忠实才是翻译主流"，要"逐字逐句"地翻译等似是而非的话[①]，却不知莫言作品的外译事实正好与他所谈的"忠实"说相去甚远：莫言作品的英译者葛浩文在翻译时恰恰不是"逐字、逐句、逐段"地翻译，而是"连译带改"地翻译的。他在翻译莫言的小说《天堂蒜薹之歌》时，甚至把原作的结尾改成了相反的结局。然而事实表明，葛浩文的翻译是成功的，莫言的作品在译入语国家切实地受到读者的认可和好评。德国汉学家顾彬指出，德译者甚至不根据莫言的中文原作，而是选择根据其作品的英译本进行翻译，由此可见英译本与西方读者的语言习惯和审美趣味相吻合。

其实，传统译学理念在20世纪七八十年代的西方已经出现了重大转折。以埃文-佐哈尔、勒菲弗尔和巴斯奈特等人为代表的翻译研究的文化学派，提出了"多元系统论"，以及"翻译即改写"等学说，促成了当代西方翻译研究的文化转向。他们意识到"翻译不是在真空中发生"的一个简单的语言文字转换行为，翻译现象也不是简单孤立的文本翻译行为；翻译行为本身，包括翻译的方法、策略，甚至翻译的结果，必然要受到翻译所处的历史、时代和文化语境等诸多因素的制约。从此，人们开始将目光从单纯的语言文字的转换层面跳出来，关注的主要问题也不再只是局限于文本等值和忠实原文等问题，而是开始关注影响翻译行为的诸多外部因素，如意识形态、诗学、赞助人等，开始关注"权力关系和文本生产"的问题[②]，并阐释翻译与译入语

① 刘莉娜：《译者，是人类文明的邮差》，《上海采风》，2012年第12期，第4－13页。

② 参见苏珊·巴斯奈特：《文化研究的翻译转向》，江帆译，谢天振：《当代国外翻译理论导读》，天津：南开大学出版社，2008年，第296页。

文化和文学体系之间的相互影响和相互作用的问题。

与此同时，在中国，随着比较文学在20世纪70年代末、80年代初的重新崛起和深入发展，中国的翻译研究同样出现了一个实质性的变化。比较文学译介学为中国翻译研究提供了一个新的研究视角，让中国的翻译研究者看到了翻译中创造性叛逆的存在，看到了翻译中必不可免的信息的失落、增添和扭曲等现象，看到了翻译中误译的研究价值，看到了翻译文学在国别文学中的地位，等等。译介学极大地拓展了中国翻译研究者的研究视野，深化了中国翻译研究者对翻译本质的理解，让他们认识到翻译不是一个简单的语言文字的转换行为，而是受到国家政治、意识形态、时代语境、民族审美情趣等许多因素制约的文化交际行为。

借助译介学的视角，我们重新来审视“中国文化走出去”的问题，就不会简单地把它归结为一个仅仅关涉语言文字转换的翻译问题，而会注意到它是一个与文化的跨国、跨民族、跨语言传播的方式、途径、接受心态等密切相关的问题。这样，我们以前在相当长的时间里的某些做法就值得反思了。譬如前文所详细探讨的个案——我们以政府机构为主导编辑、发行英、法文版的《中国文学》杂志，向外译介中国文学和文化；以国有出版社的名义，翻译、出版介绍中国现当代文学作品的丛书等，其效果究竟如何？有没有达到预期的目标？有哪些经验和教训？这些都值得我们进行认真的研究和总结。

在涉及“中国文化走出去”的问题上，还有两个具体问题应该引起我们的重视，这两个问题分别就是笔者在前文详尽讨论过的“语言差”和“时间差”。这里对此再扼要进行总结：所谓“语言差”，指的是操汉语的中国人在学习、掌握英语等现代西方语言并理解与之相关的文化方面，比操西方现代语言的西方各国人学习汉语及理解中国文化要容易。所谓“时间差”，指的是中国人全面、深入地认识西方、了解西方，积极主动地译介西方文化的时间较长，至今已经持续了一百多年，而西方人对中国开始有比较全面深入的了解，也就是中国经济崛起的这二三十年的时间。从鸦片战争开始，西方列强已经开始进入中国并带来了西方文化，从清末民初起中国人更是兴起了引进西方思想的热潮。与之相对的是，西方开始有比较多的人积极、主动地想要了解中国文化，则还是最近这几十年的事。

由于“语言差”的存在，中国拥有很多精通西方语言并理解相关文化的专家学者，我们却不可能指望西方同样有许多精通汉语和中国文化的专家学者，更不可能指望有大批能够比较深刻地理解中国文化的普通读者。加之上述的“时间差”，就造成了以下情形：我们拥有比较丰厚的西方文化的积累，我们也拥有一大批对西方文化感兴趣的读者，他们且都能较轻松地阅读和理解译自西方的文学作品和学术著述，而当代西方就不具备我们这样的优势，他们更缺乏相当数量的能够轻松阅读和理解译自中文的文学作品和学术著述的读者。从某种程度上而言，当今西方各国的中国作品的普通读者大致相当于中国严复、林纾时代阅读西方作品的中国读者。明白这一点，我们也就能够理解，为什么当今西方国家的翻译家在翻译中国作品时，常会采取归化的手法，对原本也会有不同程度的删节；而由我们的出版社提供的显然更加忠实、更加完整的译本在西方却会遭到冷遇。但我们国家在清末民初介绍外国文学作品时，其实也经常是对原文进行大幅度的删节，甚至还要把外国的长篇小说“改造”成章回体小说，这样才能被当时的中国读者所接受，那么今天中国文学和文化要想在域外培养受众群体也应从历史中获得启迪。

由此可见，那种以为只要把中国文化典籍或中国文学作品翻译成外文，中国文学和文化就自然而然地“走出去”了的观点，显然是把问题简单化了，而没有考虑到译成外文后的作品如何才能在国外传播、被国外的读者接受的问题。一千多年来中外文学、文化的译介史早就表明，中国文学和文化之所以能被周边国家和民族所接受并产生很大的影响，并不是靠我们的翻译家把中国文学和文化翻译成他们的文字，然后输送到他们的国家去的，而主要是靠他们国家对中国文学和文化感兴趣的专家、学者、翻译家，或是来中国取经，或是依靠他们在本国获取的相关资料进行翻译，在自己的国家出版、发行，然后在他们各自的国家产生影响的。譬如古代日本就翻译出版了大量中国古代的文学和文化典籍，然后对古代日本的社会和文化产生了很大的影响。从读者接受的角度看，我们即使出版了一本甚至一批翻译质量不错的中译外的译作，但是如果这些译作没有能为国外广大读者所阅读、所接纳、所喜爱的话，那么凭借这样的译作，中国文化显然是难以走出去的。

“语言差”和“时间差”问题的存在，提醒我们在推动中国文化“走出去”时，必须关注到当代西方读者的接受能力。这样，我们在向外译介中国文学和中国文化时，就不宜操之过急，在现阶段不妨考虑多出一些节译本、改写本，这样做的效果恐怕要比那些全译本或"文库"的效果还要来得好，投入的经济成本还可低一些。

"语言差"和"时间差"问题的存在，也说明国内从事中译外工作的翻译家还是能发挥较大作用。人们往往强调一个国家、一个民族接受他国、他民族的文化主要依靠本民族的翻译家，这是从文化交流的一般规律出发而言的，譬如我们接受西方文化或者东南亚各国接受中国文化，就是如此。但是由于中西文化交流中的"语言差"和"时间差"，我们不可能指望当代西方也像我们国家一样拥有众多精通汉语的汉学家和翻译家，因此，通过合适的途径和方式，我国的中译外翻译工作者完全可以为中国文化外译事业发挥他们的作用，做出他们的贡献。

综上，今天我们在思考"中国文化如何走出去"的问题时，首先要树立一个国际合作的眼光，要积极联合和依靠国外广大从事中译外工作的汉学家、翻译家，加强与他们的交流和合作，摒弃那种以为向世界译介中国文学和文化"只能靠我们自己""不能指望外国人"的偏见。其实我们只要冷静想一想，国外的文学和文化是靠谁译介进来的？是靠外国的翻译家，还是靠我们自己的翻译家？答案是很清楚的。事实上，国外有许多汉学家和翻译家，他们对中国文学和文化都怀有很深的感情，多年来一直在默默地从事中国文学和文化的译介，为中国文学和文化走进他们各自的国家做出了很大的贡献。假如我们对他们能给予精神上、物质上乃至具体翻译实践上的帮助，那么他们在中译外的工作中必将取得更大的成就，而中国文学和文化通过他们的努力，也必将在他们的国家得到更加广泛的传播，从而产生更大、更有实质性的影响。

有鉴于此，为了让中国文学和文化更有效地走出去，笔者觉得我们有两件事可以做：一件是设立专项基金，鼓励、资助国外的汉学家、翻译家积极投身中国文学、文化的译介工作。我们可以请相关专家学者开出一批希望翻译成外文的中国文学、文化典籍的书目，向世界各国的汉学家、中译外翻译家招标，中标者不仅要负责翻译，同时还要负责落实译作在各自国家的出版，这样做对促进翻译成外文的中国文学作品和文化典籍在国外的流通有切实的效果；与此同时，基金也可对主动翻译中国文学和文化作品的译者进行资助。尽管这些作品不是我们推荐翻译的作品，但毕竟也是中国文学和文化的作品，而且因为是他们主动选择翻译的，也许更契合相应国家读者的关注点。

另一件事是在国内选择适当的地方建立一个或几个中译外的常设基地，这种基地相当于某些国家的翻译工作坊或“翻译夏令营”。邀请国外从事中译外工作的汉学家、翻译家来基地小住一两个月，在他们驻基地期间，我们可组织国内相关专家学者和作家与他们见面，共同切磋他们在翻译过程中碰到的问题。

最后，在讨论“中国文化如何走出去”问题时，还有一个指导思想必须明确，即我们关心“中国文化走出去”，并不是为了搞“文化输出”，更不是搞“文化侵略”，而是希望通过对中国文化、文学在世界各国的译介，让世界各国人民更好地了解中国、认识中国、理解中国，从而让中国人民与世界各国人民携手合作，共同建设一个更加和谐的世界。众所周知，文学和文化是一个民族最形象、最生动的反映，通过文学和文化了解其他民族，也是最便捷的一个途径。如果说，有时候政治让我们彼此疏远的话，那么文化，即使是存在着巨大差异的文化，也有可能让我们真正地走到一起。有鉴于此，在对外的公开场合，我们应慎提甚至不提“中国文化走出去战略”之类的说法，这种说法很容易引起误解、反感和警惕，结果适得其反；反之，应该多提“努力促进和开展中外文化交流”这样的话。如果我们能确立起这样的指导思想，同时又能确实地顾及中西文化交流中存在的“语言差”“时间差”等因素，那么中国文化就一定能真正有效地“走出去”。

参考文献

[1] Anderman, Gunilla & Rogers, Margaret (eds.). *Translation Today — Trends and Perspectives*[M]. Clevedon: Multilingual Matters LTD, 2003.

[2] Baker, Mona. Linguistics and Cultural Studies: complementary or competing paradigms in translation studies[A]. Lauer, A. (ed.). *Uebersetzungwissenschaft im Umbruch: Festschrift filr Wolfram Wilss zum* 70. Geburtstag, Tubingen: Gunter Nan Verlag, 1996.

[3] Barnstone, Willis. *The Poetics of Translation* [M]. Cuberland: Yale University Press, 1993.

[4] Bassnett, Susan. *Comparative Literature*[M]. Oxford: Blackwell Publishers, 1993.

[5] Bassnett, Susan. The Translation Turn in Cultural Studies [A]. Bassnett, S. & Lefevere, A. (eds.). *Constructing Cultures: Essays on Literary Translation*. Shanghai: Shanghai Foreign Language Education Press, 2001.

[6] Bassnett, Susan. *Translation Studies*[M]. Shanghai: Shanghai Foreign Language Education Press, 2004.

[7] Chesterman, Andrew & Wagner, Emma. *Can Theory Help Translators? A dialogue between the ivory tower and the wordface*[M]. Manchester: St. Jerome Publishing, 2002.

[8] Even-Zohar, Itamar. Polysystem Theory [J]. *Poetics Today*, 1979(1):9—26.

[9] Goethe, J. W. Some Passages Pertaining to the Concept of World Literature [A]. Schulz, H. J., Rhein, P. H. (eds.). *Comparative Literature: The Early Years—An Anthology of Essays*. Raleigh: The University of North Carolina Press, 1973.

[10] Hans, J. Vermeer. Skopos and commission in translational action[A]. Venuti, L. (ed.). *The Translation Studies Reader*. London: Routledge, 2000.

[11] Hatim, B. & Mason, I. *Discourse and the Translator*[M]. London: Longman, 1990.

[12] Holmes, James S. Translation theory, translation theories, translation studies, and the translator [A]. Holmes, James S. *Translated!: Papers on Literary Translation and*

Translation Studies. Amsterdam: Rodopi, 1988.

[13] Lefevere, André. *Translation, Rewriting, and the Manipulation of Literary Fame* [M]. London: Routledge, 1992.

[14] Luise, von Flotow. *Translation and Gender* [M]. Manchester: St Jerome Publishing, 1997.

[15] Niranjana, Tejaswini. *Siting Translation: History, Post-Structuralism, and the Colonial Context* [M]. Berkley: University of California Press, 1992.

[16] Paris, Jean. Translation and creation[A]. Arrowsmith, W. & Shattuck, R. (eds.). *The Craft and Context of Translation*. Austin: The University of Texas Press, 1961.

[17] Robinson, Douglas. *Western Translation Theory: from Herodotus to Nietzsche*[M]. Manchester: St. Jerome Publishing, 1997.

[18] Robinson, Douglas. *Western Translation Theory: from Herodotus to Nietzsche*[M]. Beijing: Foreign Language Teaching and Research Press, 2006.

[19] Escarpit, Robert. "Creative Treason" as a Key to Literature [J]. *Journal of Comparative and General Literature*, 1961 (10):16－21.

[20] Jakobson, Roman. On linguistic aspects of translation — An anthology of essays from Dryden to Derida [A]. Schulte, Rainer and Biguenet, John (eds.). *Theories of Translation*. Chicago: The University of Chicago Press, 1992.

[21] Simon, Sherry. *Gender in Translation*[M]. London: Routledge, 1996.

[22] Steiner, George. *After Babel — Aspects of Language and Translation*[M]. Oxford: Oxford University Press, 1975.

[23] Venuti, Lawrence. *The Translation Studies Reader* [M]. London: Routledge, 2000.

[24] 阿英.小说四谈[M].上海:上海古籍出版社,1981.

[25] 埃斯卡皮.文学社会学[M].王美华、于沛,译.合肥:安徽文艺出版社,1987.

[26] 埃文-佐哈尔.多元系统论[J].张南峰,译. 中国翻译,2002(4):19－25.

[27] 埃文-佐哈尔.翻译文学在文学多元系统中的位置[A].庄柔玉,译.西方翻译理论精选.香港:香港城市大学出版社,2000.

[28] 巴金.文学生活五十年[M].巴金.创作回忆录.北京:人民文学出版社,1982.

[29] 巴斯奈特.文化研究的翻译转向[A].江帆,译.谢天振:《当代国外翻译理论导读》,天津:南开大学出版社,2008.

[30] 贝克.翻译与冲突——叙事性阐释[M].赵文静,主译.北京:北京大学出版社,2011.

[31] 贝尔沙尼,等.法国现代文学史[M].孙恒、肖旻,译.长沙:湖南人民出版社,1989.

[32] 布吕奈尔,等.什么是比较文学[M].葛雷,等,译.北京:北京大学出版社,1989.

[33] 车尔尼雪夫斯基.车尔尼雪夫斯基论文学(下卷)[M].辛未艾,译.上海:上海译文出版社,1982 年.
[34] 陈德鸿、张南峰.西方翻译理论精选[M].香港:香港城市大学出版社,2000.
[35] 陈惇、刘象愚.比较文学概论[M].北京:北京师范大学出版社,1988.
[36] 陈平原.二十世纪中国小说史(第一卷)[M].北京:北京大学出版社,1989.
[37] 陈西滢.论翻译[A]. 罗新璋、陈应年,编.翻译论集(修订本).北京:商务印书馆,2009.
[38] 陈义海.明清之际:异质文化交流的一种范式[M].南京:江苏教育出版社,2007.
[39] 陈玉刚.中国翻译文学史稿[M].北京:中国对外翻译出版公司,1989.
[40] 陈子展. 中国近代文学之变迁[M].北京:中华书局,1929.
[41] 辞海编辑委员会.辞海[Z].上海:上海辞书出版社,1990.
[42] 大冢幸男.比较文学原理[M].陈秋峰、杨国华,译.西安:陕西人民出版社,1987.
[43] 迪马.比较文学引论[M].谢天振,译.上海:上海译文出版社,1991.
[44] 董明.翻译:创造性叛逆[M].北京:中央编译出版社,2006.
[45] 段俊晖.重新定义创造性叛逆——以庞德汉诗英译为个案[J].四川外语学院学报,2004(4):117—121.
[46] 梵·第根.比较文学论[M].戴望舒,译.北京:商务印书馆,1937.
[47] 范文美.翻译再思——可译与不可译之间[M].台北:书林出版有限公司,2000.
[48] 费道罗夫.翻译理论概要[M].李流,等,译.北京:中华书局,1955.
[49] 冯明惠.翻译与文学的关系及其在比较文学中的意义[J].中外文学,1978,6(12):142—151.
[50] 傅东华,译.飘[M].杭州:浙江人民出版社,1979.
[51] 傅雷.《高老头》重译本序[A]. 罗新璋、陈应年,编.翻译论集(修订本).北京:商务印书馆,2009.
[52] 傅雷.翻译经验点滴[A]. 罗新璋、陈应年,编.翻译论集(修订本).北京:商务印书馆,2009.
[53] 葛岱克.职业翻译与翻译职业[M].刘和平、文韫,译.北京:外语教学与研究出版社,2011.
[54] 耿强.文学译介与中国文学"走向世界"——"熊猫丛书"英译中国文学研究[D].上海:上海外国语大学,2010.
[55] 耿强.中国文学:新时期的译介与传播——"熊猫丛书"英译中国文学研究[M].天津:南开大学出版社,2019.
[56] 郭建中.当代美国翻译理论[M].武汉:湖北教育出版社,2000.

[57] 郭绍虞，等.中国近代文论选(下册)[M].北京：人民文学出版社，1965.

[58] 郭箴一.中国小说史[M].上海：上海书店，1984.

[59] 何刚强.翻译的“学”与“术”——兼谈我国高校翻译系科(专业)面临的问题[J].中国翻译，2005(2)：32－35.

[60] 贺麟.严复的翻译[A]. 罗新璋、陈应年，编.翻译论集(修订本).北京：商务印书馆，2009.

[61] 胡适.胡适的尝试集附去国集[M].上海：亚东图书馆，1920.

[62] 华语.“老人家说”系列：成功推动中国传统文化“走出去”[N].中华读书报，2011－08－31(17).

[63] 基亚.比较文学[M].颜保，译.北京：北京大学出版社，1983.

[64] 江帆.他乡的石头记：《红楼梦》百年英译史研究[D].上海：复旦大学，2007.

[65] 江帆.他乡的石头记：《红楼梦》百年英译史研究[M].天津：南开大学出版社，2019.

[66] 江枫.论文学翻译及汉语汉字[M].北京：华文出版社，2009.

[67] 江忠杰.从顺应性理论看创造性叛逆[J].四川外国语学院学报，2006(2)：83 －87.

[68] 卡特福特.翻译的语言学理论[M].穆雷，译.北京：旅游教育出版社，1991.

[69] 拉斯奈尔.理解与曲解[A]. 文学的比较研究.列宁格勒：科学出版社，1976.

[70] 赖慈芸.埋名异乡五十载——大陆译作在台湾[J].东方翻译，2013(1)：49－58.

[71] 李今.三四十年代苏俄汉译文学论[M].北京：人民文学出版社，2006.

[72] 李晶.当代中国翻译考察(1966—1976)——“后现代”文化研究视域下的历史反思[M].天津：南开大学出版社，2008.

[73] 李克兴.中国翻译学科建设的出路[A]. 杨自俭，主编.译学新探.青岛：青岛出版社，2002.

[74] 李翔一.文化翻译的创造性叛逆与最佳关联[J].江西社会科学，2007(6)：203－206.

[75] 李小均.促进译学观念转变 推动译学建设——2002 年上外中国译学观念现代化高层学术论坛综述[J].中国比较文学，2003(1)：174－180.

[76] 廖七一.胡适诗歌翻译研究[M].北京：清华大学出版社，2006.

[77] 林璋.译学理论谈[A]. 许钧，主编.翻译思考录.武汉：湖北教育出版社，1998：562－569.

[78] 刘莉娜.译者，是人类文明的邮差[J].上海采风，2012(12)：4－13.

[79] 刘小刚.翻译中的创造性叛逆与跨文化交际[D].上海：复旦大学，2006.

[80] 刘小刚.翻译中的创造性叛逆与跨文化交际[M].天津：南开大学出版社，2014.

[81] 刘云虹、许钧.文学翻译模式与中国文学对外译介——关于葛浩文的翻译[J].外国语，2014(3)：6－17.

[82] 鲁迅.二心集[M].北京：人民文学出版社，1973.

[83] 陆建德.文化交流中“二三流者”的非凡意义——略说林译小说中的通俗作品[J].社会科学战线,2016(6):135－142.

[84] 罗新璋、陈应年,编.翻译论集(修订本)[C].北京:商务印书馆,2009.

[85] 罗益民、韩志华.反论:他山之石,可以毁玉——对文化翻译派的理论反思[J].当代外语研究,2011(8):36－40.

[86] 吕俊、侯向群.翻译学——一个建构主义视角[M].上海:上海外语教育出版社,2006.

[87] 马建忠.拟设翻译书院议[A]. 罗新璋、陈应年,编.翻译论集(修订本).北京:商务印书馆,2009.

[88] 马西修斯.翻译的技巧(俄文版)[M].莫斯科:苏联作家出版社,1970.

[89] 马祖毅.中国翻译简史[M].北京:中国对外翻译出版公司,1984.

[90] 梅雷加利.论文学接受[A].于永昌,等,编译.比较文学研究译文集.上海:上海译文出版社,1985.

[91] 孟昭毅、李载道.中国翻译文学史[M].北京:北京大学出版社,2005.

[92] 穆雷、方梦之.翻译[Z]. 林煌天.中国翻译词典.武汉:湖北教育出版社,1997.

[93] 尼南贾纳.为翻译定位[A]. 许宝强、袁伟,选编.语言与翻译的政治.北京:中央编译出版社,2001.

[94] 倪蕊琴.列夫·托尔斯泰比较研究[M].上海:华东师范大学出版社,1988.

[95] 潘文国.当代西方的翻译研究[A]. 杨自俭,主编.译学新探.青岛:青岛出版社,2002.

[96] 彭建华.现代中国的法国文学接受——革新的时代、人、期刊、出版社[M].北京:中国书籍出版社,2008.

[97] 平保兴.五四翻译文学史[M].北京:中国文史出版社,2005.

[98] 钱锺书.林纾的翻译[A]. 罗新璋、陈应年,编.翻译论集(修订本).北京:商务印书馆,2009.

[99] 日尔蒙斯基.俄国文学中的歌德[M].列宁格勒:科学出版社,1981.

[100] 沈苏儒. 论“信、达、雅”[A]. 罗新璋、陈应年,编.翻译论集(修订本).北京:商务印书馆,2009.

[101] 莎士比亚.罗密欧与朱丽叶[M].曹未风,译.上海:上海译文出版社,1979.

[102] 莎士比亚.罗密欧与朱丽叶[M].朱生豪,译.北京:人民文学出版社,2001.

[103] 上海外国语学院外国语言文学研究所.中西比较文学手册[C].成都:四川人民出版社,1987.

[104] 施蛰存.文化过渡的桥梁[N].文学报,1990－01－18(4).

[105] 施志元.汉译外国作品与中国文学 [J].书城,1995(4):27－29.

[106] 斯坦纳.通天塔——文学翻译理论研究[M].庄绎传,编译.北京:中国对外翻译出版

公司,1987.
[107] 孙建昌.试论比较文学研究中翻译的创造性叛逆[J].理论学刊,2001(4):118—120.
[108] 孙绍振、谢天振.关于“创造性叛逆”的电子通信[A]. 杨国良,主编.古典与现代(第二卷).桂林:广西师范大学出版社,2010.
[109] 孙致礼.中国的英美文学翻译:1949—2008[M].南京:译林出版社,2009.
[110] 田中千春.日本翻译史概要[J].赵和平,译.翻译通讯,1985(11):41—44.
[111] 谭载喜.西方翻译简史[M].北京:商务印书馆,1991.
[112] 谭载喜.西方翻译简史(增订版)[M].北京:商务印书馆,2004.
[113] 唐弢.中国现代文学史[M].北京:人民文学出版社,1984.
[114] 王东风.中国译学研究:世纪末的思考[J].中国翻译,1999(1):7—11.
[115] 王东风.中国译学研究:世纪末的思考[A]. 张柏然、许钧.面向21世纪的译学研究.北京:商务印书馆,2002.
[116] 王宏志.重释“信达雅”:二十世纪中国翻译研究[M].上海:东方出版中心,1999.
[117] 王建开.五四以来我国英美文学作品译介史(1919—1949)[M].上海:上海外语教育出版社,2003.
[118] 王树荣.汉译外国作品是“中国文学”吗? [J].书城,1995(2):11—15.
[119] 王铁钧.中国佛典翻译史稿[M].北京:中央编译出版社,2009.
[120] 王向远. 二十世纪中国的日本翻译文学史[M].北京:北京师范大学出版社,2001.
[121] 王向远.东方各国文学在中国——译介与研究史述论[M].南昌:江西教育出版社,2001.
[122] 王向远.译介学及翻译文学研究界的“震天”者——谢天振[J].渤海大学学报(哲学社会科学版),2008(2):53—57.
[123] 王向远.“创造性叛逆”还是“破坏性叛逆”? ——近年来译学界“叛逆派”、“忠实派”之争的偏颇与问题[J].广东社会科学,2014(3):141—148.
[124] 王向远.“创造性叛逆”的原意、语境与适用性——并论译介学对“创造性叛逆”的挪用与转换[J].人文杂志,2017(10):62—69.
[125] 王哲甫.中国新文学运动史[M].上海:上海书店,1986.
[126] 王佐良.翻译:思考与试笔[M].北京:外语教学与研究出版社,1989.
[127] 韦斯坦因.比较文学与文学理论[M].刘象愚,译.沈阳:辽宁人民出版社,1987.
[128] 吴克礼.俄苏翻译理论流派述评[M].上海:上海外语教育出版社,2006.
[129] 奚密.寒山译诗与《敲打集》[A]. 郑树森,编.中美文学姻缘.台北:东大图书公司,1985:165—193.
[130] 谢世坚.从中国近代翻译文学看多元系统理论的局限性[J].四川外语学院学报,2002

(4):103－108.

[131] 谢天振.为“弃儿”找归宿——论翻译在中国现代文学史上的地位[M].比较文学与翻译研究. 上海:复旦大学出版社,2011:122－128.

[132] 谢天振.翻译文学——争取承认的文学[J].中国翻译,1992(1):19－22.

[133] 谢天振.论文学翻译的创造性叛逆[J].外国语,1992(1):30－37.

[134] 谢天振.比较文学与翻译研究[J].外语与翻译,1994(1).

[135] 谢天振.误译:不同文化的误解与误释[J].中国比较文学,1994(1):121－132.

[136] 谢天振.翻译:文化意象的失落与歪曲[J].上海文化,1994(3).

[137] 谢天振.文学翻译:一种跨文化的创造性叛逆[J].上海文化,1996(3).

[138] 谢天振.中国翻译文学史:实践与理论[J].中国比较文学,1998(2):3－5.

[139] 谢天振.译介学[M].上海:上海外语教育出版社,1999.

[140] 谢天振.国内翻译界在翻译研究和翻译理论认识上的误区[J].中国翻译,2001(4):2－5.

[141] 谢天振.多元系统理论:翻译研究领域的拓展[J].外国语,2003(4):59－66.

[142] 谢天振.当代西方翻译研究的三大突破和两大转向[J].四川外语学院学报,2003(5):110－116.

[143] 谢天振.翻译研究新视野[M].青岛:青岛出版社,2003.

[144] 谢天振.论译学观念现代化[J].中国翻译,2004(1):5.

[145] 谢天振.假设鲁迅带着译作来申报鲁迅文学奖[N].文汇读书周报,2005－07－08(3).

[146] 谢天振.对两句翻译“妙论”的反思[N].文汇读书周报,2006－06－30.

[147] 谢天振.译介学导论[M].北京:北京大学出版社,2007.

[148] 谢天振.翻译本体研究与翻译研究本体[J].中国翻译,2008(5):6－10,95.

[149] 谢天振.当代国外翻译理论导读[M].天津:南开大学出版社,2008.

[150] 谢天振,等.中西翻译简史[M].北京:外语教学与研究出版社,2009.

[151] 谢天振.中西翻译史整体观探索[J].东方翻译,2010(2):4－8.

[152] 谢天振.文学翻译缺席鲁迅奖说明了什么?[J].东方翻译,2010(6):4－8.

[153] 谢天振.中国文化如何才能真正有效地“走出去”[J].东方翻译,2011(5):4－7.

[154] 谢天振.比较文学与翻译研究[M].上海:复旦大学出版社,2011.

[155] 谢天振.创造性叛逆:争论、实质与意义[J].中国比较文学,2012(2):33－40.

[156] 谢天振.关注翻译与翻译研究的本质目标——2012年国际翻译日主题解读[J].东方翻译,2012(5):4－8.

[157] 谢天振.莫言作品“外译”成功的启示[N].文汇读书周报,2012－12－14.

[158] 谢天振.中国文学文化走出去:问题与反思[J].学术月刊,2013(2):21-27.

[159] 谢天振.翻译文学史:探索与实践——对新世纪以来国内翻译文学史著述的阅读与思考[J].东方翻译,2013(4):9-13.

[160] 谢天振.中国文化走出去:理论与实践[A]. 中国梦:道路・精神・力量——上海市社会科学界第十一届学术年会文集.上海:上海人民出版社,2013:313-321.

[161] 谢天振."目标始终如一"——我的学术道路回顾[J].当代外语研究,2013(11):1-5,82.

[162] 谢天振.译介学(增订本)[M].南京:译林出版社,2013.

[163] 谢天振.海上译谭[M].上海:复旦大学出版社,2013.

[164] 谢天振.中国文学走出去:问题与实质[J].中国比较文学,2014(1):1-10.

[165] 谢天振.正确理解"文化转向"的实质[J].外国语,2014(5):45-47.

[166] 谢天振.超越文本 超越翻译[M].上海:复旦大学出版社,2014.

[167] 谢天振.隐身与现身——从传统译论到现代译论[M].北京:北京大学出版社,2014.

[168] 谢天振.中国文化如何才能走出去——译介学视角[A]. 杨乃乔,主编.当代比较文学与方法论建构.上海:复旦大学出版社,2014.

[169] 谢天振.现行翻译定义已落后于时代的发展——对重新定位和定义翻译的几点反思[J].中国翻译,2015(3):14-15.

[170] 谢天振.翻译巨变与翻译的重新定位与定义——从 2015 年国际翻译日主题谈起[J].东方翻译,2015(6):4-8.

[171] 谢天振.翻译研究新视野[M].福州:福建教育出版社,2015.

[172] 谢天振.创造性叛逆——翻译中文化信息的失落与变形[J].世界文化,2016(4):4-8.

[173] 谢天振.海上杂谈[M].香港:香港城市大学出版社,2018.

[174] 谢天振.译介学导论(第二版)[M].北京:北京大学出版社,2018.

[175] 谢天振.译介学:理念创新与学术前景[J].外语学刊,2019(4):95-102.

[176] 谢天振.百年五四与今天的重写翻译史——对重写翻译史的几点思考[J].外国语,2019(4):4-6.

[177] 谢天振."创造性叛逆":本意与误释——兼与王向远教授商榷[J].中国社会科学评价,2019(2):4-13,141.

[178] 谢天振.从《译介学》到《译介学概论》——对我的译介学研究之路的回顾[J].东方翻译,2019(6):4-11.

[179] 谢天振.译介学概论[M].北京:商务印书馆,2019.

[180] 谢天振、何绍斌.简明中西翻译史[M].北京:外语教学与研究出版社,2013.

[181] 谢天振、查明建.中国现代翻译文学史[M].上海:上海外语教育出版社, 2004.

[182] 许宝强、袁伟,选编. 语言与翻译的政治[M].北京:中央编译出版社,2001.

[183] 许钧."创造性叛逆"和翻译主体性的确立[J].中国翻译,2003 (1):6-11.

[184] 许钧、宋学智.20 世纪法国文学在中国的译介与接受[M].武汉:湖北教育出版社,2007.

[185] 许渊冲.关于翻译学的论战[J].外语与外语教学,2001(11):19-20.

[186] 许渊冲.初版序[A]. 王秉钦、王颉.20 世纪中国翻译思想史(第二版).天津:南开大学出版社,2009.

[187] 阎宗临.传教士与法国早期汉学[M].阎守诚,编.郑州:大象出版社,2003.

[188] 杨义.《文学翻译与百年中国精神谱系》[A]. 连燕堂.二十世纪中国翻译文学卷(近代卷).天津:百花文艺出版社,2009:1-30.

[189] 杨周翰.攻玉集[M].北京:北京大学出版社,1983.

[190] 叶君健. 关于文学作品翻译的一点体会[A]. 当代文学翻译百家谈.北京:北京大学出版社,1989.

[191] 叶维廉.中国古典文学比较研究[M].台北:黎明文化事业股份有限公司,1977.

[192] 袁枚.袁枚文选[M].北京:作家出版社,1997.

[193] 杨宪益.漏船载舟忆当年[M].北京:北京十月文艺出版社,2001.

[194] 查明建.意识形态、翻译选择规范与翻译文学形式库[J].中外文学,2001,30(3):63-92.

[195] 张柏然、辛红娟.西方现代翻译学学派的理论偏向[J].外语与翻译,2005(2):1-7.

[196] 张隆溪.钱锺书谈比较文学与"文学比较"[J].读书,1981(10):132-137.

[197] 张南峰.特性与共性——论中国翻译学与翻译学的关系[A].谢天振.翻译的理论建构与文化透视.上海:上海外语教育出版社,2000:223-235.

[198] 张培基,等.英汉翻译教程[M].上海:上海外语教育出版社,1980.

[199] 张西平.传教士汉学研究[M].郑州:大象出版社,2005.

[200] 赵萝蕤.我是怎样翻译文学作品的[A].当代文学翻译百家谈.北京:北京大学出版社,1989.

[201] 赵彦春.翻译学归结论[M].上海:上海外语教育出版社,2005.

[202] 赵毅衡.远游的诗神[M].成都:四川人民出版社,1985.

[203] 郑晔.国家机构赞助下中国文学的对外译介——以英文版《中国文学》(1951-2000)为个案[D].上海:上海外国语大学,2012.

[204] 支谦.法句经序[A].罗新璋、陈应年,编.翻译论集(修订本).北京:商务印书馆,2009.

[205] 中国大百科全书出版社编辑部.中国大百科全书·语言文字[Z].北京:中国大百科全书出版社,1988.

[206] 中国译协网.国际译联发布 2015 年国际翻译日主题文章[EB/OL].[2015-11-20].

http://www.tac-online.org.cn/ch/tran/2015-06/30/ content_8029778.htm.

[207] 钟玲.寒山诗的流传[A].中国古典文学比较研究.台北:黎明文化事业股份有限公司,1977.

[208] 朱徽.中美诗缘[M].成都:四川人民出版社,2001.

[209] 朱里申.文学比较研究理论(俄文版)[M].莫斯科:进步出版社,1979.

[210] 庄柔玉.用多元系统理论研究翻译的意识形态的局限[J].翻译季刊,2000(16/17):122-136.

[211] 庄绎传.编译者言[A].斯坦纳.通天塔——文学翻译理论研究.庄绎传,编译.北京:中国对外翻译出版公司,1987.

后记

谢老师离开我们快一年了。一年来，我们都很想念他。2020 年 10 月 24 日，上海外国语大学翻译研究院成立，翻译学界很多著名学者都前来出席揭牌仪式暨翻译学高端论坛。第二天召开的翻译文化研究会理事会和翻译研究会理事会，专门设置了“谢天振先生翻译思想研讨”环节，与会学者以探讨谢天振教授学术思想的方式，来表达对他的思念。除了这个会议，在一年来线上线下举办的翻译学和比较文学会议上，大家都会提到谢老师，大家都深有“遍插茱萸少一人”之感，心里默念着他，痛惜他过早地离开了我们！

谢老师终身勤奋，好学深思，他以一生的勤勉、努力和智慧，而成为一代名家和名师。他在比较文学和翻译学两大领域，都做出了杰出的学术贡献。

作为比较文学家，谢老师是 20 世纪 80 年代最早倡导开展比较文学研究的学者之一，他非常看重比较文学学科理论建设。在国际比较文学出现危机、中国比较文学面临“何去何从”之际，他及时地提出了要加强比较文学学科理论研究。

作为翻译理论家，他所开创的译介学研究，为比较文学的发展带来了新的生机，成为 20 年来中国比较文学最富学术活力、最充满生机的研究领域之一，也是中国比较文学国际学术贡献的典范。

2020 年 4 月初，我怀着沉甸甸的心情，与陈建华老师一起去静安中心医院探望谢老师。进入谢老师病房，他正在昏睡中。谢老师儿子谢憬喊醒了他。谢老师睁开眼，见是我们来了，露出笑容，很快从睡意蒙胧的状态中清醒过来。谢老师对我说：“你来了正好，我还有件事要拜托你。”他说他帮南开大学出版社主编了一套丛书，其中也有他的一本，尚未完稿，希望我帮他编完。另外，这本书书名是“从译入到译出——文化外译理论研究”，但“从译入到译出”这个书名，他已用作了另一本书的书名，名称得重新斟酌。他顿了顿，接着悠悠地说：“这些对我，实际上已没什么意义了，但既然开了头，还是完成了为好。”我说：“您放心！我会帮您编写完的。”

谢老师逝世后，我请谢憬帮忙从谢老师电脑中找到他说的那部书稿。细读下来，发现内容很不完整，只有10来万字左右，且内容上有较多的重复。我知道，文化外译理论研究，是谢老师生命中最后几年特别关注的研究课题，他是很想出一本这方面的专著的。我初步设想，是以谢老师这部未完成稿作为基础，再加上其他学者相关研究文章，汇编成一部文化外译理论研究的著作。但这样，就不是完整意义上谢老师的专著了。于是，我与南开大学出版社张彤老师商量：谢老师的译介学著作出了多种，有《译介学》《译介学导论》《译介学概论》，以及以译介学研究为主要内容的多种文集，但完整体现他译介学思想发展的著作还没有，我想从谢老师译介学思想起源、发展的角度，来编辑这部书。张老师很赞同我的思路。我把此构想也告诉了江帆副教授，问询她意见，她也觉得这样很好。于是，我就重新翻阅谢老师的所有著作，并请江帆将谢老师在报刊上发表的所有文章都搜集给我。反复阅读，几经斟酌，最后形成了这部著作的目录。由江帆根据目录顺序来编排文章。很多文章都只有电子版只读格式，需要转换成 Word 版本。我请我的博士生周丽娅同学将所有电子版文章转换成 Word 版本，输入从谢老师文集中选取的部分内容，并统一全书注释格式，标出书稿中的重复内容等初步编辑工作。之后，再请江帆审校。她做了非常细致的审读工作。针对前后重复的内容，根据各章节论述的重点，在最有必要的地方保留全部内容，其余地方的重复内容，则进行了压缩、概述和改写，尽量避免段落和文句上的重复。根据南开大学出版社的出版规范，重新制作了脚注，对于原脚注中文献信息不详或疑似有误的地方，进行了核对和查证。补充了外文人名，并编制了全书的参考文献。

谢老师开创的译介学，从理论上论证了翻译家和翻译文学在文学史上的地位和意义，其提出的“翻译文学是中国文学的组成部分”学术命题，有力地开拓了翻译文学和翻译文学史研究的新领域。译介学不仅是对比较文学翻译研究的理论创新和翻译文学史研究的开拓，同时也从翻译文学角度，为中外文学关系研究乃至中国文学史、文化史研究，提供了富有学术启迪的研究视角。

谢老师的译介学思想，如果放置在当代国际译学发展的思想系统中，来回顾他是如何结合20世纪中国翻译文学实践，将西方翻译理论本土化，并形成了自己的理论话语和方法论，就更能看出译介学的学术意义及其对国际译学的贡献。

这部专著呈现了谢老师译介学思想的缘起、发展和深化的过程，也可看出他不断思考、不断开拓创新的学术轨迹。从“为弃儿寻找归宿”到翻译文学史的编写，从“翻译研究”到“超越翻译”，从“创造性叛逆”学术命题的阐发到“文化外译”的理论思考，谢老师完成了“从译入到译出”、从“翻译世界”到“翻译中国”完整的译介学理论体系的建构。

之前帮老师编辑和审读过多部书稿。老师出版的第一部主要学术专著《译介学》，当时就是我审读校样，并编制参考文献的。这次再为老师编辑、审读书稿，老师虽然不在了，但每每从电脑中打开这部书稿，他的音容笑貌又浮现在眼前。读着书稿中的每句话，又仿佛听到他的声音，还是那样真切和亲切。

愿我们以拳拳之心奉上的这部恩师遗作，能帮助读者领略到一代学者深广的学术追求，并以此告慰老师的在天之灵！

查明建　江帆

2021 年 4 月 24 日